BASTEI
LÜBBE
TASCHENBUCH

Weitere Titel der Autorin:

Kalter Grund
Engelsgrube
Blaues Gift
Grablichter
Tödliche Mitgift
Ostseeblut
Düsterbruch
Ostseefluch

Dornteufel

Titel auch als E-Book erhältlich

Eva Almstädt

OSTSEE-SÜHNE

Kriminalroman

BASTEI LÜBBE
TASCHENBUCH

BASTEI LÜBBE TASCHENBUCH
Band 16 928

1. Auflage: April 2014

Dieser Titel ist auch als Hörbuch und E-Book erschienen

MIX
Papier aus verantwortungsvollen Quellen
FSC® C006701

Originalausgabe

Dieses Werk wurde vermittelt durch die
Michael Meller Literary Agency GmbH, München

Titelillustration: © plainpicture/Anna Matzen
Umschlaggestaltung: Christin Wilhelm, www.grafic4u.de
Satz: SatzKonzept, Düsseldorf
Gesetzt aus der Garamond
Druck und Verarbeitung: CPI – Ebner & Spiegel, Ulm
Printed in Germany
ISBN 978-3-404-16928-3

Sie finden uns im Internet unter
www.luebbe.de
Bitte beachten Sie auch: www.lesejury.de

Prolog

Das Laub unter der dünnen Schneedecke knisterte. Im Dämmerlicht näherte sich Ulf Nielsen der Bodenerhebung im Wald. Andere würden es für einen gewöhnlichen Hügel halten, doch ihm verursachte allein die typische Form Herzklopfen. Das Wissen darüber, was es damit auf sich hatte. Er leuchtete mit seiner Taschenlampe auf das Zifferblatt seiner Uhr. Noch ein paar Minuten bis Sonnenaufgang.

Die meisten seiner Mitmenschen lagen an einem Sonntagmorgen um diese Uhrzeit im warmen Bett. Er hatte Besseres zu tun. Ulf Nielsen lehnte sich gegen einen Baumstamm und nahm seine Spiegelreflexkamera zur Hand. Er wartete auf den magischen Moment, wenn die ersten Sonnenstrahlen auf die Reste der mittelalterlichen Turmhügelburg fallen und sie in seiner Fantasie zum Leben erwecken würden. Die Burg, oder auch Motte, war von einem breiten, immer noch sumpfigen Graben umgeben. So hatte man im 12. Jahrhundert von der natürlichen Schutzlage in den feuchten Niederungen profitiert. Als Lehrer für Erdkunde und Geschichte, und vor allem als Sachbuchautor, hatte er diesen Ort eingehend studiert.

Gleich würde die Sonne über der nahen Ostsee aufgehen. Der Himmel hinter den Baumstämmen schimmerte schon lilagrau. Nielsens Herz schlug schneller. In seiner Vorstellung ergänzte er den Hügel durch einen Holzturm und eine Befestigungsanlage rundherum. Es waren mit Erde verfüllte Holzbarrikaden gewesen. Nur in Linau bei Trittau war ihm die Raubritterburg »Linowe« mit Resten eines Steinturms bekannt. Zu der Motte vor ihm, die »Ravensvelde« genannt wurde, hatte eine mit Wall und Graben geschützte Vorburg gehört, doch davon war selbst unter günstigen Lichtverhältnissen nichts mehr zu erkennen. Er stellte sich die Wachen vor, die über die Brüstung schauten und ins Wasser spuckten. In der Ferne klopfte ein Specht. Als die ersten Sonnenstrahlen über den Hügel fielen, nahm Ulf Nielsen die Kamera hoch und fotografierte mit verschiedenen Einstellungen.

Hinter ihm knackte etwas. Er ließ den Fotoapparat sinken und sah über seine Schulter. Allein im Wald fühlt sich ein Mensch nie ganz sicher, dachte er. Bei aller Vernunft behielten Urängste die Oberhand. Doch da war niemand. Es war nur ein Zweig gewesen, der durch den Frost gebrochen war. Er würde um diese Uhrzeit ja kaum Spaziergängern oder gar dem Bauern begegnen.

Ulf Nielsen kannte den Mann, auf dessen Grund und Boden er sich befand: Armin Fuhrmann, ein grober Klotz, den eine ehemalige Ritterburg auf seinem Land nicht die Bohne interessierte. Der es lästig fand, dass er an der Motte nichts verändern durfte. Der auch einen Eiskeller aus dem 17. Jahrhundert, der etwa zweihundert Meter von hier entfernt lag, für ein paar Steine, die er verkaufen konnte, abtragen würde.

Ulf Nielsen erinnerte sich, wie er Armin Fuhrmann und seine Frau vor ein paar Jahren davon überzeugen musste, ihren Sohn von der Hauptschule auf die Förderschule zu schicken. Jeder Mensch hatte ein Anrecht auf eine ihm angemessene und fördernde Bildung, selbst einer, der vor dreißig Jahren noch als Dorftrottel durchgefüttert worden wäre. Dieses Wort hatte er natürlich gegenüber den Eltern nicht in den Mund genommen. Trotzdem war Nielsen von Armin Fuhrmann beschimpft und schließlich auch körperlich bedroht worden. Die Mutter des Jungen hatte ihn nur entsetzt und ängstlich angestarrt. Es hatte zwar eine Weile gedauert, aber Nielsen hatte nicht locker gelassen und seinen Plan mithilfe der Schulleitung und des Jugendamtes schließlich durchgesetzt. Thilo Fuhrmann, so hieß der Junge, musste jetzt auch schon mit der Schule fertig sein. Was er wohl trieb? Nielsen erinnerte sich noch gut an ihn. Ein Kind mit einem auffallend hübschen Gesicht und unheimlichen grünen Augen. Dieser leere Blick, mit dem ihn Thilo während des Unterrichts verfolgt hatte ... Er fröstelte. Es knackte wieder, scharf und hell, wie ein Schuss in weiter Ferne. Nielsen widerstand dem Drang, sich nochmals umzusehen. Nein, weder ein Raubritter noch der hünenhafte, grobschlächtige Armin Fuhrmann oder sein Sohn würden gleich hinter dem Hügel auftauchen. Er war allein im Wald. Dann fiel ihm ein, dass auch Jäger diese frühe Stunde bevorzugten. Auf der Fahrt mit dem Rad hierher hatte er auf einer Wiese Damwild im dichten Bodennebel äsen sehen. Ein weißes Tier hatte aus der Masse herausgestochen. Der Anblick des seltenen Wildtieres im Zwielicht war unheimlich gewesen. Ein Jäger, den Nielsen kannte, hatte ihm mal erzählt, dass er in vierzig Jahren kein einziges Mal auf weißes Rot- oder Damwild angelegt habe. Das bringe Unglück.

Die Freude an seinen mittelalterlichen Fantasien wollte sich heute nicht so recht einstellen. Es war zu kalt. Seine Gedanken an den schwierigen Jungen, und damit an seinen eigentlichen Beruf, hatten Nielsen zu sehr abgelenkt. Er hängte sich die Kamera über die Schulter und hauchte sich in die Hände. Dann machte er sich zu der Weide auf, an der er sein Fahrrad abgestellt hatte. Zurück in Bad Schwartau wollte er sich ein Frühstück beim Bäcker gönnen. Eine seiner Schülerinnen aus dem Erdkunde-Profil jobbte an den Wochenenden dort. Ulf Nielsen nahm sich vor, mit ihr zu plaudern. Sie war schüchtern, nicht sehr hübsch und hatte anscheinend nicht viele Freunde. In den Pausen sah er sie oft allein herumsitzen und lesen. Sie würde in einem Jahr mit der Schule fertig sein ...

Er ging schneller. Der Boden war unangenehm weich, Brombeerranken zogen an seinen Hosenbeinen, und er trat in ein mit Wasser gefülltes Loch. Die eisige Brühe drang von oben in seinen linken Wanderschuh. Vor sich sah er nun die Kuppe eines lang gezogenen Hügels, an dessen Nordseite sich die Öffnung des Eiskellers befand. Hinter dem Eiskeller führte der Feldweg bis zum Röperhof, wo die Fuhrmanns lebten. Die großflächigen Dächer von Wohnhaus und Scheune lagen noch hinter dem nächsten Hügelkamm, aber in der Ferne blinkten ein paar Windräder im ersten Morgenlicht. Sie zerstörten Ulf Nielsens geschichtliche Visionen endgültig. Und noch etwas störte ihn: Hinter dem Eiskeller stand nun ein Auto.

Der Bauer? Oder ein Jäger? Hatten sie ihn auf dem Rad vorbeifahren sehen und waren dem vermeintlichen Störenfried gefolgt? Oder hatte jemand etwas im Eiskeller zu tun? Egal, er musste daran vorbeigehen, wenn er zu seinem Fahrrad wollte. Nielsen sah, dass der Boden vor dem Eiskeller aufgewühlt war. Fuß- und auch Schleifspuren in der puderzuckerartigen Schneedecke. Die Spuren konnten nicht vom gestrigen Abend stammen, weil es erst ein paar Stunden vor Sonnenaufgang zu schneien begonnen hatte. Die grob zusammengezimmerte Holztür, die den Eiskeller versperrte, war wie immer geschlossen. Nielsen konnte sich nicht vorstellen, dass jemand in den höhlenartigen Raum ging und die Tür hinter sich zuzog. Also war wohl niemand darin. Aber warum parkte dann das Auto hier? Unschlüssig stand er am Waldrand, bis er merkte, dass er zitterte und kaum noch Gefühl in seinem nassen Fuß hatte. Also weiter.

Im Vorbeigehen sah er, dass an der rostigen Metallöse an der Tür des Eiskellers eine neue Kette und ein neues Vorhängeschloss hingen. Wieder knackte es im Unterholz. Von diesem Moment an hatte er das Gefühl, beobachtet zu werden. Doch im Zwielicht des Waldes war niemand zu sehen. Wurde er etwa auf seine alten Tage nervös?

Er würde noch einen Blick auf das Auto am Feldrand werfen, nur der Ordnung halber, und dann zurück nach Bad Schwartau fahren. Als er den Feldweg beinahe erreicht hatte, hörte er ein Trampeln und Rascheln, als bräche ein Wildschwein durch das Unterholz. Er wollte sich umdrehen, doch da spürte er schon einen heftigen Schlag zwischen den Schulterblättern und fiel nach vorn. Er landete in einer Pfütze. So groß ist kein Wildschwein, dachte er noch. Etwas drückte ihn hinunter, in das schwarze Wasser. Er hörte ein Keuchen und versuchte, sich hochzustemmen, doch der Gegendruck war zu stark. Da war eine Hand an seinem Hinterkopf, die in sein Haar verkrallt war und sein Gesicht in das eisige, faulig schmeckende Wasser tauchte. Er versuchte sich aufzurichten, seine Hände griffen in den glitschigen Untergrund. Kurz flackerten Bilder vor ihm auf, Bilder von Raubrittern und blutigen Schlachten, von überfallenen und ermordeten Kaufleuten ... Da ließ der Druck auf seinen Kopf nach, und Nielsen fuhr, nach Luft schnappend, hoch. Das musste ein Irrtum sein, ein irrwitziger Streich! Er würde nicht in einer Pfütze ertrinken. Gleich würde jemand lachen und ihm hochhelfen, ihm auf die Schulter klopfen. Er würde weiterleben! Doch ein glühender Schmerz am Hinterkopf setzte diesem Gedanken ein Ende: Der Wald, der pulvrige Schnee auf zerwühltem Laub und das schwarze Wasser versanken in Dunkelheit.

1. Kapitel

Pia Korittki stand in ihrer Küche und filetierte eine Apfelsine. Der Fruchtsaft rann ihr über die Finger, und als das Messer aus Versehen in das weiche Fleisch schnitt, spritzte Fruchtsaft auf ihren nackten Bauch.

Sie unterdrückte einen leisen Fluch, denn sie wurde beobachtet. Neben ihr in seinem Kinderstuhl saß ihr Sohn Felix und aß ein Käsebrot. Er blickte sie aufmerksam aus großen, dicht bewimperten Augen an. Pia war nur mit Unterhose und einem schwarzen BH bekleidet. Das Top und der Hosenanzug, den sie zur Gerichtsverhandlung tragen wollte, hingen noch sauber und gebügelt am Schrank. Mit seinen zwei Jahren fand ihr Sohn es noch nicht komisch, wenn sie so herumlief. Wann sie wohl mal wieder ein erwachsener Mann so zu sehen bekommen würde? Ihre letzte Nacht mit Lars lag schon wieder ein paar Wochen zurück. Ein schöner Abend, wunderbarer Sex, und als sie ihn am Morgen darauf gebeten hatte zu gehen, bevor Felix wach wurde, hatte er mit Unverständnis reagiert. Er beschwerte sich, dass sie kaum Zeit für ihn habe. Sie hatte versucht, ihm begreiflich zu machen, dass sie wegen Felix eben vorsichtig sein müsse. Tja, und dann hatte sie noch gesagt, dass es ihr auf die Nerven gehe, wie er immer über ihren Beruf lästere. Er hatte gekontert, dass sie seine Hobbys ja auch nicht gerade gutheiße, woraufhin sie gesagt hatte, dass er schon wegen dieser bescheuerten Hobbys zeitlich mindestens genauso eingeschränkt sei wie sie, von seiner Agentur ganz zu schweigen … Hatte sie wirklich »bescheuert« gesagt? Er war jedenfalls ziemlich wütend geworden und, wenn sie sich recht erinnerte, wutschnaubend gegangen. Seitdem herrschte Funkstille.

Pia seufzte bei der Erinnerung an den Streit und legte die Orangenscheiben zu den anderen Obststückchen in die Frühstücksdose. Sie verschloss sie mit einem kräftigen Druck ihres Handballens und legte sie in Felix' Rucksack. Obst und Vitamine, gute Mutter!, dachte sie spöttisch. Die Verhandlung vor Gericht heute würde weniger einfach werden.

Pia arbeitete als Kriminaloberkommissarin im Kommissariat 1 der Bezirkskriminalinspektion Lübeck. Heute sollte sie als Zeugin in einem Mordprozess aussagen. Sie war im Sommer an den Ermittlungen in einem Fall auf Fehmarn beteiligt gewesen, der großes Medieninteresse hervorgerufen hatte. Sie hoffte, dass die Presse ihre Aufmerksamkeit inzwischen anderen Ereignissen widmete. Der Täter war überführt und gefasst worden, eine Entführung, die mit der Tat in Zusammenhang stand, glimpflich ausgegangen. Doch Pia hatte damals eine unangenehme Begegnung mit dem Täter in ihrer Küche gehabt. Nicht daran denken! Die Befriedigung darüber, dass er sich heute vor Gericht für seine Taten verantworten musste, dass Jesko Ebel wahrscheinlich verurteilt werden würde, stellte sich nicht ein. Die Täter wurden früher oder später aus der Haft entlassen, spazierten frei herum und erfreuten sich unter Umständen ihres Lebens, während die Opfer für alle Zeiten tot waren oder traumatisiert blieben. Viele fürchteten sich sogar vor einer weiteren Begegnung mit dem Täter.

Pia warf einen Blick auf die Küchenuhr. Sie lag noch gut in der Zeit. Sie wollte Felix um kurz vor halb acht zu seiner Tagesmutter bringen, um dann rechtzeitig um acht im Gericht zu sein. Sie wischte Felix den Mund und die klebrigen Finger mit einem feuchten Waschlappen ab und trug ihn ins Bad, um ihm die Zähne zu putzen.

Felix streichelte ihr Haar. »Milla«, sagte er.

»Mama, nicht Milla«, korrigierte Pia.

»Milla bielen.«

Milla? Pias Mobiltelefon auf der Kommode im Flur vibrierte.

»Korittki.«

»Oh, gut, dass ich dich noch erwische, Pia! Es tut mir leid, aber du kannst Felix heute nicht zu mir bringen. Ich hab über Nacht wahnsinnige Zahnschmerzen bekommen und muss erst mal zum Zahnarzt.«

»Mist!«, entfuhr es Pia. »Ich meine, tut mir leid, dass du krank bist. Ich hab nur gleich einen Gerichtstermin.« Noch während sie sprach, wurde Pia klar, dass es nichts half. Wenn Fiona krank war, war sie krank. Felix begann, auf ihrem Arm zu zappeln, und sie ließ ihn herunter.

»Ja, es kommt immer alles auf einmal«, bestätigte die Tagesmutter. »Du bist leider nicht die Einzige, der das heute gar nicht passt. Hast du nicht einen Babysitter, der einspringen kann?«

»Ich weiß noch nicht, ich werde die beiden gleich mal anrufen. Dir gute Besserung!«

»Danke. Wenigstens konnten sie mich beim Zahnarzt gleich heute Vormittag einschieben. Wir hören uns wieder.«

»Gute Besserung und viel Glück!« Pia unterbrach die Verbindung und starrte auf ihr Telefon, als wüsste das die Lösung des Problems. Glück konnte sie jetzt ebenfalls gut gebrauchen.

Felix, der kein großer Fan des Zähneputzens war, war im Wohnzimmer verschwunden und spielte mit seinen Bausteinen. Pia ging ihr Telefonregister durch und suchte nach einer Alternative. Ihre Eltern waren nicht da. Lars fiel selbstredend aus. Ihre Freundin Susanne Herbold, die gleichzeitig ihre Vermieterin war, arbeitete tagsüber ebenfalls. Zwei ihrer sporadisch einspringenden Babysitter, die sie erreichte, waren auf dem Weg zur Schule oder zur Uni. Und jetzt war es schon Viertel nach sieben. Pia wusste niemanden mehr. Mitnehmen konnte sie Felix auch nicht. Allein die Vorstellung, ihn in die Nähe von Jesko Ebel zu bringen, bereitete ihr Magenschmerzen.

Seit sie ein Kind hatte, war ihr die Trennung von Privat- und Berufsleben wichtiger denn je. Wer also dann? Hinnerk, Felix' Vater? Sie hatten sich schon vor Felix' Geburt getrennt, doch seine Vaterrolle nahm Hinnerk sehr ernst. Er hatte inzwischen einen Studienplatz für Medizin in Lübeck bekommen, nachdem er sein Studium in Ungarn begonnen hatte. Verabredet war, dass er Felix an diesem Samstagvormittag abholte und das Wochenende mit ihm verbrachte. Mit von der Partie wäre seine neue Freundin, von der Pia bisher nur wusste, dass sie Mascha hieß. Sollte sie Hinnerk fragen, ob er spontan einspringen konnte, um ihr zu helfen? Letztlich hatte sie keine andere Wahl. Pünktlich zu einer Gerichtsverhandlung zu erscheinen war ihr dann doch wichtiger als ihr Stolz. Sie musste wohl oder übel über ihren Schatten springen. Zwanzig nach sieben! Hinnerk war ihre letzte Option. Pia spürte, wie ihr der Schweiß ausbrach. Wie gut, dass sie noch nicht vollständig angezogen war. Sie wählte Hinnerks Mobilnummer.

Gernot Wiese stand im Wintergarten und beobachtete, wie die Schneeflocken gegen das Glas wehten, schmolzen und dann als Tropfen daran herunterrutschten. Manchmal vereinigten sie sich, meistens überholten sie sich gegenseitig. Eine Parabel auf das menschliche Miteinander. Auch er war gerade heimtückisch überholt worden. Gernot schloss Wetten mit sich selbst darüber ab, welche Tropfen bis unten durchkamen und welche nicht. Wenn der eine hier es bis an den Rahmen schaffte, würde es ein schlimmer Tag werden, unkte er. Wenn nicht, auch. Viel mehr hatte er sowieso nicht zu tun. Nicht einmal draußen herumlaufen konnte man bei diesem scheußlichen Wetter. Durch die nasse Scheibe konnte er in dem trüben Licht gerade noch bis zum Feldrand sehen. Es war kurz vor halb zehn und immer noch nicht richtig hell. Zum Weglaufen. Er musste laut gedacht haben, denn Anneke stand plötzlich hinter ihm und sagte: »Es wird heute nicht mehr heller, Gernot. Kannste vergessen. Arbeitest du heute wieder in deinem Café?« Sie klang aufreizend fröhlich.

Mit dem leeren Kaffeebecher in der Hand drehte er sich zu ihr um. Würdigte sie keiner Antwort. Es hatte neulich schon eine Diskussion darüber gegeben, warum er »vorgab«, im Café zu arbeiten, wo er doch so ein schönes Arbeitszimmer unter dem Dach hatte. Ob er da nur den Frauen hinterhergucken wolle? Er wünschte, Frauen wären sein Problem. Die Frau, mit der er seit acht Jahren verheiratet war, trug ein hellgraues Kostüm mit einer roten Bluse darunter. Sie hatte sich das Haar zu einem Zopf gebunden und sah effizient und erfolgreich aus. Nur die Schuhe passten nicht. Zur Schonung des Echtholzparketts trug sie im Haus nur Gesundheitssandalen. Wenn er besser drauf gewesen wäre, hätte ihn ihr Anblick aufgeheitert. Ihre Pumps würde sie sich erst an der Tür anziehen.

Sie hatten das Haus gemeinsam mit einem Architekten geplant und den Grundriss amerikanisch konzipiert. Durch die Garage gelangte man über einen Vorraum in die Küche. Sehr praktisch. Und natürlich äußerst schick.

Er sah etwas Grellgelbes am Fenster vorbeifahren. Der Postbote brachte immer zuerst den Fuhrmanns auf dem Bauernhof ein Stück die Straße hinunter die Post. Auf dem Rückweg kam er dann zu ihnen, den »Neubürgern«. In Groß Tensin galt man bei den Alteingesessenen auch nach fünfundzwanzig Jahren noch als Neubürger, hatte ihm der Bürgermeister mal jovial erklärt. Nichts für ungut ...

Heute war es Gernot nur recht, dass der Postbote zuerst die »Alteingesessenen« bedachte. Er erwartete seit Tagen Post von seiner neuen Bank, die Anneke nicht sehen sollte.

»Das war doch unser Briefträger. Der Benjamin fährt auch bei jedem Wetter mit dem Rad«, sagte sie halb belustigt, halb bewundernd. Seit Anneke über vierzig war und Schokoladenkekse die Tendenz hatten, als Hüftgold an ihr kleben zu bleiben, registrierte sie akribisch die körperliche Fitness ihrer Mitmenschen und kommentierte sie auch. Ihr selbst reichte das Reiten als Sport nicht mehr aus. Sie zeigte zusätzlich ein bedenkliches Interesse an Fitnessübungen.

»Und wie immer in kurzen Hosen. Der Spinner«, ergänzte er, bevor sie seine nicht vorhandene Fitness kommentierte.

»Na, immerhin kann *er* sich das leisten.«

Sie schaute also neuerdings auf die Waden des Briefträgers. Seine, Gernots, waren ja auch nicht mehr so der Hammer.

Anneke wollte sich gerade von ihm verabschieden, hatte dann aber noch irgendetwas vergessen und lief noch mal nach oben in ihr Büro. Etwas für das nächste Meeting, den nächsten Call, die verdammte Geschäftsreise. Er hatte eine Frau geheiratet, die in einer Klamottenboutique arbeitete, und das hatte ihm gefallen. Er hatte sie damals gegenüber seinen arroganten Freunden sogar lauthals verteidigt. »Anneke ist eben nicht so übertrieben ehrgeizig. Dafür ist sie glücklich und zufrieden.« Und nun war sie Einkäuferin einer expandierenden Textilkette, während er in seinem Job als Werbetexter freigesetzt und mit einem Jahresgehalt abgefunden worden war. Finanziell wurde es langsam eng, aber wenn er erst mal seinen Internethandel mit Weinen aus Ostafrika aufgezogen hatte, dann würde sie schon schauen. Würden sie alle schauen. Hauptsache, seine Frau bekam jetzt ihren entzückenden kleinen Arsch vom Gelände, ohne vorher dem Postboten in die Arme zu laufen. Er hörte oben ihre raschen Schritte. Sie suchte noch etwas und hatte wahrscheinlich schon hektische Flecken am Hals. Gernot hingegen schlenderte in aller Ruhe in die offene Wohnküche und stellte seinen Becher auf der Granitarbeitsplatte ab. Heute würde Nicola zum Putzen kommen. Sollte die den wegräumen.

Ein paar Minuten lang stand er einfach so da. Das Küchenfenster war gekippt, deshalb hörte er, dass draußen Fahrradbremsen quietschten. Der Postbote war schon vom Nachbarhof zurück. Zeitgleich kam Anneke die Treppe herunter.

»Ich kümmere mich um die Post. Mach du dich in Ruhe fertig, Schatz!«, rief er ihr zu. Gernot öffnete die Haustür, um die Briefe entgegenzunehmen. Der Postbote war vom Rad gestiegen und beachtete ihn gar nicht. Er schüttelte gedankenverloren den Kopf, sodass sein nasser Zopf hin und her schwang.

»Moin! Ist irgendwas?« Gernot konnte sich keinen Reim auf das seltsame Verhalten des Mannes machen.

»Sorry. Ich weiß nicht. Keine Ahnung.« Der Postbote wühlte fahrig in seiner Posttasche. Kam, ohne etwas in der Hand zu halten, wieder hoch. Dann runzelte er die Stirn. »Würden Sie mir einen Gefallen tun, Herr Wiese?«

»Worum geht's?«

»Kommen Sie mit mir zu den Fuhrmanns? Ich muss da noch mal hin. Das war echt merkwürdig eben.«

»Was ist passiert?«

»Ich hab nach Elsa Fuhrmann gesucht, weil sie mir für ein Paket unterzeichnen sollte, aber sie war nicht da. Ich hab mich ein bisschen auf dem Hof und an den Ställen umgesehen und nach ihr gerufen … Ihr Mann wird ja angeblich immer ungemütlich, wenn er extra wegen eines Paketes zur Post fahren muss. Und da hab ich was Komisches gesehen.«

»Was denn gesehen?« Gernot verstand kein Wort.

»Einen Menschen – glaube ich.«

»Ach?«

»Im Feuerlöschteich.«

2. Kapitel

Gernot nahm seinen Wagen, um zum Hof der Fuhrmanns zu gelangen. Der Postbote schwang sich wieder auf sein Fahrrad. Über die Aufregung, dass endlich einmal was passierte, vergaß Gernot sogar, sich von seiner Frau zu verabschieden.

Der Röperhof, auf dem die Fuhrmanns lebten, lag etwas außerhalb des Dorfes an der Landstraße in Richtung Ostsee. Es gab auch einen Fußweg durch die Felder, über den man vom Grundstück der Wieses zu dem Hof gelangen konnte, doch das Verhältnis zu den Nachbarn und entfernten Verwandten war reserviert. Elsa war zwar Gernots Cousine, aber sie standen sich nicht nahe. Das lag unter anderem an Elsas Ehemann, den Gernot nicht leiden konnte. Und der ihn wohl auch nicht. Offiziell mit dem Wagen vorzufahren war ihm deshalb lieber. Und bei dem Schietwetter – es konnte jeden Moment wieder anfangen zu graupeln – sowieso. Das Baugrundstück für ihr Haus hatten er und Anneke vor acht Jahren in einer etwas komplizierten Aktion erworben. Eigentlich war das Grundstück kein Bauland gewesen, doch Armin Fuhrmann hatte das Geld gebraucht und deshalb einfach behauptet, ein Altenteil bauen zu wollen. Das war nämlich als große Ausnahme erlaubt gewesen. Und dann war mithilfe von ein paar Zuwendungen an richtiger Stelle, unter anderem an den Bürgermeister, der gerade angefangene Rohbau in ihren Besitz übergegangen. Ansonsten gab es auf dem Land immer nur Baugrund in ausgewiesenen Neubaugebieten zu kaufen, und das wäre nicht nach Gernots Geschmack gewesen. Da hätte er seinen Nachbarn ja den Salzstreuer von einem Küchenfenster zum nächsten weiterreichen können …

Er bog nach wenigen Metern wieder von der Landstraße ab und rumpelte den Sandweg mit den ausgewaschenen Schlaglöchern hinunter in Richtung Röperhof. Die Löcher waren teilweise notdürftig mit Schutt aufgefüllt, um einen sofortigen Achsbruch bei Pkws zu verhindern. Gernot vermutete, dass Armin Fuhrmann sowieso lieber mit seinen Traktoren unterwegs war. Meistens fuhr Elsa den alten Ford. Er hatte gehört, dass sie ihren Führerschein erst vor sechzehn Jahren gemacht hatte.

Die Bäume lichteten sich und gaben den Blick auf die große schwarze Scheune frei, deren Bretter mit Altöl imprägniert worden waren. Das Scheunentor stand offen, sodass er Armins Fuhrpark sehen konnte: zwei Traktoren, verschiedene Anhänger sowie ein alter Unimog.

Gernot umrundete die Scheune und hielt vor dem Wohn- und Stallgebäude an. Die Ställe standen schon lange leer und wurden nur noch als Abstellraum genutzt. Die Fuhrmanns betrieben hauptsächlich Ackerbau. Außerdem grasten ein paar Pferde auf entfernten Koppeln, die an Reitervolk verpachtet waren. Unter anderem auch an seine Frau. Gernot stieg aus seinem Auto und wartete, dass der Postbote ihm folgte. Er ging schon mal in Richtung Wohnhaus, zögerte dann jedoch. Hinter den blitzblanken Fenstern war alles dunkel. Räder knirschten hinter ihm im Kies. Der Postbote sprang vom Rad und lehnte es gegen die Hauswand.

»Niemand da, oder?«

»Sieht so aus. Ihr Auto ist auch nicht da. Sie sind wohl unterwegs«, sagte Gernot.

»Haben Sie noch mal geklingelt?«

»Ich bin auch gerade erst angekommen.«

Der Postbote versuchte es noch einmal mit Klingeln und Klopfen, aber Gernot sah an seiner ungeduldigen Haltung, dass er nicht erwartete, dass noch jemand öffnete.

»Kommen Sie!«, forderte er ihn auf.

Er ging am Stall entlang und steuerte dann auf ein weiteres Nebengebäude aus rotem Backstein zu, das Armin als Werkstatt nutzte. Die grün gestrichenen Tore, von denen die Farbe abblätterte, waren geschlossen. Daneben lag unter ein paar Kastanienbäumen ein beinahe kreisrunder Teich, der wohl mal als Feuerlöschteich und Viehtränke angelegt worden war. An seinem Ufer wuchsen knochenbleiches Schilf und hüfthohes Gras. Das trockene Schilfrohr raschelte im Wind. Früher hatte es einen Steg gegeben, zwei bemooste Pfosten ragten noch aus dem schwarzen Wasser. Auf den ersten Blick bot der Teich ein trostloses, jedoch friedliches Bild. Der Postbote steuerte auf das Ufer zu, blieb dann aber abrupt stehen. »Riechen Sie das auch?«

»Hier stinkt's. Armin hat wohl mal wieder Gülle gefahren.«

Der Postbote schüttelte den Kopf. »Glaub ich nicht.« Er deutete in Richtung Teich. »Sehen Sie das da?«

Gernot kniff die Augen zusammen. Er war zu eitel, um ständig eine Brille zu tragen. Am anderen Ufer des Teichs ragte etwas aus dem Wasser, ein unförmiger Körper, halb vom Schilf verborgen. Unsinn, das waren sicher nur ein paar alte Kleidungsstücke, die der Wind aufgebläht hatte.

»Eine ins Wasser gefallene Vogelscheuche?«, vermutete Gernot, erleichtert, dass ihm das noch eingefallen war.

»Wir sollten lieber nachsehen gehen«, sagte der Postbote, rührte sich aber nicht vom Fleck. »Es könnte doch auch ein Mensch sein.«

Gernot straffte die Schultern und marschierte auf die Stelle zu. Er stakste durch das hohe, feuchte Gras wie ein Storch, trat auf eine Kastanie, wäre beinahe umgeknickt. Er ärgerte sich, dass er gute Lederschuhe trug und keine Gummistiefel. Als er dem Ding näher kam, drückte er seinen Ärmel vor die Nase. Mit der anderen Hand bog er das Schilf auseinander und sah hinunter. Im nächsten Moment gab er einen gurgelnden Laut von sich, taumelte zurück und fiel wenig grazil ins nasse Gras. Ein Gesicht, er hatte ein Gesicht gesehen, vielmehr eine Fratze! Er hatte in das aufgedunsene, wie bläulich marmoriert aussehende Gesicht einer Leiche geblickt.

»Was ist? Alles in Ordnung?« Der Postbote stand plötzlich neben ihm und zog ihn hoch.

»Schauen Sie doch selbst!«, sagte Gernot grob und bereute es fast im selben Moment. Er wusste, dass ihn dieser Anblick sein Leben lang und bis in seine Träume verfolgen würde. Und dem jungen Mann, der jetzt auf die Stelle im Schilf zuging, würde es genauso ergehen. »Bleiben Sie doch lieber weg da! Wir können nichts mehr tun«, sagte er reumütig. Doch der Postbote achtete nicht auf ihn, sondern bog die Halme beiseite. Einen Moment stand er wie erstarrt. Kurz darauf hörte Gernot ihn würgen. Ein Geräusch, das er noch nie hatte aushalten können, ohne ebenfalls mit starker Übelkeit darauf zu reagieren.

Als sie beide wieder am Wegrand standen und sich den Mund mit von Gernot gestifteten Papiertaschentüchern abwischten, sagte der Postbote mit blassen Lippen. »Das ist 'ne echte Leiche, oder? Deswegen stinkt es hier so. Wir täuschen uns nicht?«

»Ich bin mir sicher, dass die echt ist.«

»Tut mir ehrlich leid, Mann, dass ich Sie da mit hineingezogen hab.«

Gernot zuckte mit den Schultern. »Was soll's! Es ist ja nicht Ihre Schuld. Ich ruf dann mal die Polizei.«

Im Sitzungssaal 163 des Lübecker Landgerichts lief der Strafverteidiger des Angeklagten Jesko Ebel gerade zu Hochform auf. »Mein Mandant stand also plötzlich und unerwartet in Ihrer Küche, Frau Korittki?«, fragte er Pia. Er legte eine vernehmliche Portion Unglauben in seine Stimme, gewürzt mit einer Prise Sarkasmus. Der Anwalt war Anfang sechzig und in seinem Geschäft ein alter Hase. Er hatte wässrige Augen, ausgeprägte Tränensäcke und eine rot-blaue Knollennase, die darauf schließen ließ, dass er sowohl seine Erfolge als auch Misserfolge vor Gericht gebührend begoss. Pia kannte die Spielchen während einer Verhandlung, die einzig und allein dem Zweck dienten, die Zeugen zu verunsichern.

»Ja, er stand plötzlich und unerwartet in meiner Küche«, sagte sie laut und deutlich. »Und nein, ich habe Jesko Ebel nicht zu mir nach Hause bestellt. Ich gebe Leuten, die in eine Ermittlung involviert sind, nicht meine Adresse, geschweige denn, dass ich sie zu mir nach Hause einlade.«

»Aber wie ist er dann zu Ihnen hereingekommen?«, fragte der Anwalt mit gespielter Verwunderung.

Pia atmete tief durch. Sie erzählte, wie der Abend bis zu diesem Zeitpunkt verlaufen war. Dass ihr Sohn Felix gerade im Nebenzimmer geschlafen hatte, als sie ein Geräusch in ihrer Wohnung gehört hatte. »Ich ging in die Küche, von wo das Geräusch gekommen war. Jesko Ebel stand hinter der Tür. Die Balkontür war offen. Ich vermute, dass er über den Küchenbalkon hineingekommen ist. Eine andere Möglichkeit gab es nicht.«

»Sie wohnen«, er tat so, als müsste er in seinen Unterlagen nachsehen, »im zweiten Stock, ist das richtig? Der Balkon befindet sich sieben Meter über dem Erdboden.«

»Der zweite Stock ist korrekt.«

»Ist da eine Leiter oder eine Feuertreppe, die sieben Meter hoch in den zweiten Stock führt?«, fragte der Anwalt, der natürlich wusste, dass dem nicht so war.

»Nein.«

»Und wie soll mein Mandant dann bitte dort hochgekommen sein? Geflogen?« Er sah sich Beifall heischend im Gerichtssaal um.

»Jesko Ebel trug Kletterschuhe, spezielle Handschuhe und Sportkleidung. Ich vermute, dass er an den Verstrebungen der Balkone, die nachträglich an das Haus angebaut worden sind, zu mir hinaufgeklettert ist.«

»Eine hübsche sportliche Leistung. Außergewöhnlich.«

»So außergewöhnlich nun auch wieder nicht.«

»Und warum sollte mein Mandant diese Gefahr und Anstrengung auf sich genommen haben, Frau Kriminaloberkommissarin?« Der Anwalt klang ungläubig.

Pia hätte ihn würgen mögen für seinen Tonfall. Jetzt, da sie die Szene in Gedanken erneut durchlebte, fühlte sie auch wieder die Angst, die sie im vergangenen Sommer wegen seines Mandanten ausgestanden hatte. Um sich und vor allem um ihren Sohn. »Er wollte mich umbringen«, sagte sie fest. »Das war sein Plan.« Pia sah Jesko Ebel ins Gesicht. Sie konnte nicht anders. Er schaute durch sie hindurch, als wäre sie gar nicht da.

»Wie kommen Sie zu dieser ungeheuerlichen Behauptung?«, rief der Anwalt wie in rechtschaffener Empörung.

»Herr Ebel hat es mir gesagt. Und er hatte einen Zimmermannshammer in der Hand. Damit ist er anschließend auf mich losgegangen.«

Als Pia ihre Zeugenaussage beendet hatte und den Sitzungssaal verließ, spürte sie Ebels Blick im Nacken. Ihr war übel vor Wut, und ihre Knie fühlten sich weich an. Die erzwungene Erinnerung an den Abend hatte alle ihre vergangenen Emotionen noch einmal hochkochen lassen. Und sie hatte geglaubt, sie hätte längst mit dem Erlebnis abgeschlossen. Hinnerk war der Meinung, ihr Beruf sei nicht gut für Felix. Sie hatte es als reine Provokation verstanden, den Wunsch, sie zu ärgern oder zu verunsichern, aber nun musste sie einräumen, dass vielleicht auch ein Funke echte Sorge dahintersteckte. Und der Gedanke, dass sie in irgendeiner Weise nicht gut für Felix sein könnte, war überhaupt nicht schön.

Pia verließ das Gerichtsgebäude und vergewisserte sich, dass keine Presseleute in der Nähe waren. Sie prüfte ihr Mobiltelefon. Hinnerk hatte sich nicht gemeldet. Keine größeren Katastrophen an dieser Front. Dafür hatte sie eine Nachricht von ihrem Lieblingskollegen Heinz Broders.

»Frischfleisch, Engelchen«, sagte er gut gelaunt, als sie ihn anrief. Er war der Einzige, der sie so anreden durfte. Zum einen war er schwul, was der Sache die sexuelle Anzüglichkeit nahm. Zum anderen war Broders, der ihr in ihrer Anfangszeit im K1 mit dem größten Misstrauen begegnet war, inzwischen nicht nur ein guter Kollege, sondern auch ein echter Freund geworden.

»Willst du mich zum Grillen einladen, Schatz?«

»Im nächsten Frühjahr vielleicht. Wir haben gerade was Neues reinbekommen. Einen Toten in Groß Tensin an der Ostsee. Nicht so lecker. Er liegt wohl schon ein paar Tage in einem Feuerlöschteich herum.«

3. Kapitel

Gernot Wiese wollte sich von diesem Spektakel so wenig wie möglich entgehen lassen. Endlich passierte mal was! Seine Gedanken kreisten nicht mehr ausschließlich um sein eigenes miserables Dasein. Bis eben hatte er sich um den Postboten kümmern müssen. Der hatte nach ihrer Entdeckung nämlich mit in die Hände gestütztem Kopf auf einem Feldstein gesessen und sich hin- und hergewiegt. Ein peinlicher Anblick bei einem so großen, athletisch aussehenden Mann. Wie alt mochte er sein? Fünfundzwanzig Jahre? Er wirkte jungenhaft mit seinem lächerlichen dunkelblonden Zopf und dem Piercing im Gesicht. Besonders jetzt, da er erschüttert und verunsichert war. Er habe noch nie einen Toten gesehen. Nun, Gernot auch nicht. Trotzdem stand er hier seinen Mann, oder etwa nicht?

Kurz nach seinem Anruf in der Einsatzleitstelle war ein Streifenwagen aus Bad Schwartau eingetroffen. Zwei ungläubig aussehende Beamte, ein jüngerer und ein älterer Mann in Uniform, waren ausgestiegen. Sie hatten sich Gernots Version der Ereignisse angehört und waren dann zum Teich gegangen. Gernot hatte sie dabei beobachtet. Als sie dicht genug dran gewesen waren, um den Verwesungsgeruch wahrzunehmen, hatte der Ältere wissend genickt und dann mit grimmiger Miene einen langen Blick auf die Leiche geworfen. Als Nächstes wurde der Fundort abgesperrt. Der andere Polizist hatte über Funk alles Übrige veranlasst.

»Bei dem Gestank brauchst du keinen Rettungswagen mehr zu rufen, Bernie«, hatte sein älterer Kollege gesagt. »Fäulnis und Verwesung sind sichere Todeszeichen.«

»Für den Toten nicht, aber vielleicht sollte ein Notarzt für den da kommen?«, hatte der Jüngere mit einem Nicken in Richtung des Postboten zurückgegeben.

Als die ersten Kripobeamten in Zivil auf dem Hof erschienen, fühlte Gernot sich wie im Sonntagabend-*Tatort*. Einerseits wichtig, weil er die Leiche gefunden hatte – so verwirrt und unsicher, wie der Postbote aussah, würde er diese Rolle kaum für sich beanspruchen –, andererseits war er nur unbeteiligter Beobachter. Seltsam, wie Menschen auf eine Tragödie reagieren, dachte er. So wenig Mitgefühl. So viel Neugier und Aufregung. Solange ich nicht weiß, wer da liegt, was für ein Schicksal dahintersteckt, bin ich distanziert. Obwohl ... Kein schöner Tod, allein an diesem trostlosen Ort und in der Kälte. Und dann so entdeckt zu werden! Makaber entstellt, sodass den Leuten nur noch schlecht wird, wenn sie einen ansehen. Der Rechtsmediziner, der muss es tun. Auch kein angenehmer Job. Wie halten die den Gestank nur aus? Er wird natürlich als Erstes nach der Todesursache forschen. War der Mann ertrunken? In einem Feuerlöschteich auf einem Bauernhof? Vielleicht war es ja ein Herzanfall gewesen, und er war dann dort, wo er stand, einfach umgekippt? Aber was hatte er hier gewollt? Es war nicht Armin Fuhrmann und auch nicht dessen Sohn, in diesem Punkt zumindest war Gernot sich sicher. Die Statur passte nicht. Der Mann, der dort lag, war klein, höchstens mittelgroß und offenbar schmal gewesen, auch wenn die Leiche nun so ... aufgebläht aussah. Gernot wurde schon wieder schlecht, deshalb beeilte er sich, an etwas anderes zu denken. Er konzentrierte sich wieder auf die Aktionen der Polizei.

Eine Person in diesem Drama erregte sein besonderes Interesse: Sie war recht spät hier aufgetaucht. Die Frau, sie mochte so Anfang dreißig sein, war zusammen mit einem korpulenteren Kollegen mit angegrautem Vollbart angekommen. Sie hatte blondes, halblanges Haar, war groß und schlank und trug für die Witterung und den Anlass unpassende Kleidung: eine schwarze Marlenehose, einen Blazer und einen dünnen Mantel darüber. Eher fürs Büro geeignet, als um damit bei dem Mistwetter auf einem Bauernhof herumzulaufen. Sie umrundete gerade eine Pfütze. Ihre Lederschuhe sahen schon arg durchnässt aus, und ihre Hosenbeine waren schlammbespritzt. Na, da hatten sie immerhin etwas gemein. Inmitten der robust und wetterfest gekleideten Herren – einer hatte sogar Gummistiefel aus dem Kofferraum seines Wagens geholt und angezogen – und der Männer in den weißen Schutzoveralls wirkte die Frau deplatziert. Gernot schien jedoch der Einzige zu sein, dem das auffiel. Die Polizeibeamtin stand mit zwei Männern zusammen und diskutierte angeregt. Dann ging sie zielstrebig zu ihrem Wagen und zog sich einen Schutzanzug über ihre Kleidung. Sie ließ sich von einem der Spurensicherungsleute zu dem Toten begleiten. Gernot fragte sich, ob ihr auch schlecht werden würde oder ob sie abgehärtet war. Ein Feldstecher wäre jetzt gut. Oder Annekes Opernglas.

Der Postbote stand von dem Feldstein auf und sah sich mit neu erwachtem Interesse um. Sein Gesicht hatte wieder Farbe bekommen, und offenbar war auch seine gute Laune zurückgekehrt. »Was für ein Spektakel! Ich sollte jetzt wohl eigentlich meine Tour fortsetzen«, sagte er widerstrebend.

»Die Jungs hier wollen Sie erst noch interviewen«, entgegnete Gernot lässig.

»Ach so. Da werd ich besser mal meinem Chef Bescheid sagen, dass es länger dauert. Waren Sie schon dran?«

Gernot schüttelte den Kopf, ließ aber dabei die Kripobeamtin am Feuerlöschteich nicht aus den Augen. Jetzt beugte sie sich über die Leiche ...

»Wer so alles bei der Polizei arbeitet!«, sagte der Postbote, der seinem Blick gefolgt war. »Die Blonde dahinten mein ich.«

»Wen denn sonst«, brummte Gernot. »Können Sie erkennen, wie sie reagiert? Ob ihr schlecht wird oder so?«

»Keine Ahnung. Jetzt kommt sie wieder. Nee, sie sieht okay aus. Aber sie ist sauer, würd ich sagen.«

Gernot schwieg. Nun neidete er dem Postboten endgültig seine Jugend, vor allem seine guten Augen. Und die strammen Waden? Quatsch, der Kerl war »Fachkraft für Kurier-, Express- und Postdienstleistungen«, wie es offiziell hieß. Was mochte er da schon verdienen? Mehr als ich momentan, beantwortete Gernot sich die Frage selbst. Was ihn wieder auf seine Probleme zurückwarf. Die Frau sprach noch mit ihren Kollegen von der Kriminalpolizei, dann kam sie mit einem zweiten Beamten direkt auf ihn zu.

»Frau Löbich, Herr Nielsen ist immer noch krank. Können Sie in der zweiten und dritten Stunde die 6a für ihn übernehmen?«

Verärgert registrierte Dina Löbich, dass sie nach wie vor nervös war, wenn die Schuldirektorin sie direkt vor den anderen Kollegen ansprach. Du bist jetzt keine Schülerin mehr, ermahnte sie sich. Sie räusperte sich und sagte: »Tut mir leid, Frau Osterhoff, aber da bin ich auf dem Vertretungsplan schon für die 5c eingeteilt.« Dina Löbich war Referendarin für Erdkunde und Englisch, und seit ihr Kollege Ulf Nielsen krank war, schien man ihr seine sämtlichen Erdkundestunden aufzuhalsen.

»Ich weiß, aber die Klassenräume liegen doch quasi nebeneinander«, entgegnete die Schuldirektorin. »Geben Sie beiden Klassen eine Stillaufgabe und schauen Sie nur, dass sich niemand aus dem Fenster stürzt.«

»Jawohl.« Beinahe hätte sie salutiert. Stillaufgabe! Hatte man je gehört, dass eine Klasse dann still war? Was stand denn in der sechsten Klasse in Erdkunde überhaupt auf dem Lehrplan? Europa? Und unter welchem Stein hatte sich dieser Ulf Nielsen verkrochen?

Der ältere Kollege war ihr an ihrem ersten Tag in der Schule ziemlich dumm gekommen. Wie sie sich denn Respekt verschaffen wolle – sie sehe ja selbst noch aus wie eine Schülerin, hatte er gesagt. Kleiner Scherz am Rande, wenn sie seine Hilfe bräuchte ... Umso mehr widerstrebte es ihr, ausgerechnet für diesen Kollegen in die Bresche zu springen. Außerdem, und das war jetzt reiner Flurklatsch – Dina verstand sich gut mit der Schulsekretärin –, hatte er noch kein ärztliches Attest eingereicht. Niemand wusste, was der Nielsen schon wieder hatte. Wahrscheinlich nur einen kleinen Schnupfen, mit dem er gemütlich zu Hause saß und wichtig an seinem neuen Buch schrieb: *Die Spuren des Mittelalters in unserer Schleswig-Holsteinischen Heimat* oder so ähnlich. Sein unsoziales Verhalten auf Kosten seiner Schüler und Kollegen ging ihr ziemlich auf die Nerven. Sie hatte dadurch jetzt nicht einmal mehr Zeit für einen Tee vor der nächsten Doppelstunde, da sie für zwei Klassen Stillaufgaben vorbereiten musste. Und vor dem Fotokopierer hatte sich auch schon wieder eine Schlange gebildet.

»Ich hab ihnen gesagt, sie sollen sich so schnell wie möglich an die Entensheriffs wenden«, berichtete Heinz Broders. Pia und er standen einen Moment am Rand der Absperrung und beobachteten, was weiter am Fundort der Leiche geschah.

»Du meinst, Wasser ist immer gut. Dann ist es am Ende ein Fall für die Wasserschutzpolizei?«, fragte sie spöttisch.

»Du weißt doch: ›Frage eins: Ist das meins?‹ Ich fürchte aber, dass wir hier zuständig sind. Die Leiche liegt allerdings schon eine Weile im Wasser. Die fällt uns auseinander, wenn wir sie bewegen. Dafür braucht man nach Adam Riese ein Leichensegel, und das haben wir nicht.«

»Tja, das stimmt. Doch Wilfried Kürschner will erst mal nichts falsch machen und deshalb auch nichts entscheiden. Besonders wenn es sich um einen Mordfall handeln könnte.«

Broders hatte seine Kollegin Pia Korittki vor einer Stunde an der Straße Am Burgtor vor dem Landgericht Lübeck eingesammelt und war mit ihr nach Groß Tensin zum Fundort der Leiche gefahren. Sobald der Verdacht bestand, es mit einem Tötungsdelikt zu tun zu haben, wurde in der Bezirkskriminalinspektion alles aktiviert, was fehlerfrei einen Kugelschreiber in der Hand halten konnte. Horst-Egon Gabler, der Leiter des K1, der eigentlich die Ermittlungen hätte leiten sollen, war ausgerechnet an diesem Morgen nicht im Büro erschienen. Das an sich war schon seltsam. Wenn sie am Beginn einer Merdermittlung standen, war es jedoch geradezu fatal.

»Kümmern wir uns um die ersten Zeugen!«, sagte Pia. Die beiden Männer, die die Polizei informiert hatten, sahen erwartungsvoll zu ihnen herüber.

Einer von ihnen war schätzungsweise Mitte vierzig, trug eine Anzughose und ein gestreiftes Hemd, über das er eine Wachscottonjacke Marke »Landedelmann« gezogen hatte. Sein Haar war licht und klebte feucht an seinem Kopf. Seine Budapester Lederschuhe waren schlammbespritzt. Neben ihm stand ein junger, recht großer Mann in der Uniform eines Postboten. Er trug der kühlen Witterung zum Trotz kurze Hosen, dazu aber derbe Stiefel, hatte eine frische Gesichtsfarbe, und seine langen, dunkelblonden Haare waren zu einem Zopf zusammengebunden.

Sie gingen auf sie zu. »Wohnen Sie hier?«, fragte Pia Gernot Wiese mit Blick auf den Hof, nachdem sie sich gegenseitig vorgestellt hatten.

»Nicht direkt. Ich bin nur der Nachbar.« Er erklärte, wie er hinzugekommen war.

»Und wer wohnt hier?« Pia deutete zum Wohngebäude hinüber. Sie wunderte sich, dass noch kein aufgebrachter Grundstücksbesitzer in Erscheinung getreten war.

»Die Fuhrmanns mit ihrem Sohn. Aber ihr Auto ist nicht da. Sie müssen weggefahren sein.«

»Kann es sein, dass der Tote einer von ihnen ist?«, wollte Broders wissen.

Gernot schüttelte den Kopf. »Nein, ich denke nicht.«

»Nun gut, darum kümmern wir uns später«, sagte Pia. »Wir müssen Ihnen jetzt ein paar Fragen stellen.«

Der Wind hatte aufgefrischt, und die schweren grauen Wolken versprachen die nächsten Regen- oder Graupelschauer. Nach einem Blick zum Himmel beschlossen sie, dass Heinz Broders Gernot Wiese bei ihm zu Hause befragen würde. Sie waren auf dem Weg hierher an dem großen, modernen Holzhaus vorbeigefahren, in dem er wohnte. Pia hingegen nahm für eine erste Befragung des Postboten den Mercedes-Bus der Polizei. Das Fahrzeug wurde hin und wieder für kurze Vernehmungen genutzt. Es war zwar nicht sehr geräumig, aber immerhin bot es eine Sitzmöglichkeit, und es war trocken. Als sie darauf zugingen, schoss ein weißer Audi auf den Hofplatz und kam abrupt vor den anderen Fahrzeugen zum Stehen. Eine magere Hofkatze konnte sich gerade noch rechtzeitig mit einem Satz auf die Mülltonnen in Sicherheit bringen. Pia rollte mit den Augen.

»Ist das Ihr Chef?«, fragte der Postbote.

»Nein. Ich glaube, der neue Staatsanwalt gibt sich die Ehre.«

»Hübscher Wagen – der nun leider schmutzig wird.«

»Er kennt sich hier noch nicht so aus«, antwortete Pia und riss die Schiebetür des vor Dreck starrenden Busses auf. Sie bedauerte, dass einer der beiden Staatsanwälte, mit denen das K1 sonst so gut zusammenarbeitete, in Pension gegangen war. Sie würden sehen, wie es mit dem neuen lief.

Benjamin Bredow bemühte sich, seine braun gebrannten, halb nackten Beine unter dem Klapptisch des Busses zu verstauen. Zwei langbeinige Menschen fanden im Innenraum des Fahrzeugs kaum genug Platz, ohne dass sie sich bei der geringsten Bewegung berührten. Da auch Pia sich nicht in die Ecke quetschen lassen wollte, würde der Machtkampf nicht nur oberhalb, sondern auch unterhalb der Tischplatte stattfinden. Sie hatte eindeutig die schlechtere Wahl getroffen. Draußen hatte der Mann jung und harmlos ausgesehen, doch nun schien er Testosteron auszuatmen. Ich hätte lieber den älteren Mann mit dem großen Haus befragen sollen, dachte Pia.

Sie musterte Benjamin Bredow, ohne etwas zu sagen. Er hatte ein ebenmäßiges, von der Arbeit im Freien gebräuntes Gesicht und leuchtende Augen, die sie irritierend lange ansehen konnten, ohne zu zwinkern oder wegzuschauen. Sein Haar war dunkelblond mit von der Sonne gebleichten Strähnen. Er trug einen Ohrring und ein Piercing in der linken Augenbraue. Seine Hände waren lang, gebräunt und kräftig und lagen vollkommen ruhig auf der grauen Tischplatte. Alles an ihm schrie, dass er zwar als Postbote arbeitete, sich aber nicht in irgendwelche Schubladen pressen lassen wollte. Und so war er in der Schublade derjenigen gelandet, die zwanghaft anders sein wollen und so auch ihre eigene Gruppe bilden.

»Bin ich verdächtig?«, fragte Bredow.

»Jeder, der einen Toten findet, der eines nicht natürlichen Todes gestorben ist, ist verdächtig«, sagte sie nüchtern. Das mit dem nicht natürlichen Tod war allerdings bisher nur eine Vermutung. Sie hatte die Leiche ja eben betrachtet. Der Leichnam wies zwar eine Kopfverletzung auf, aber die konnte auch von einem Sturz oder Tierfraß herrühren. Genaueres würde erst die Obduktion ergeben.

»Oh.« Er kniff die Augen zusammen. »Wie viele Leichen haben Sie denn schon gefunden?«

»Das tut nichts zur Sache.« Fünf, dachte Pia und konnte nicht verhindern, dass sie vor ihrem inneren Auge erschienen. Sie beschloss, den Briefträger vorsichtshalber als Beschuldigten zu vernehmen, damit alle seine Aussagen gegebenenfalls vor Gericht gegen ihn verwertbar waren. Damit hatte er zwar das Recht, zu schweigen und einen Anwalt hinzuzuziehen, aber die meisten Leute sahen zunächst von einem Rechtsbeistand ab.

So auch Bredow. »Ich kenn mich nicht so aus«, sagte er nach der Belehrung. »Brauche ich denn einen Anwalt?« Er tat so, als fände er das amüsant.

»Das müssen Sie entscheiden.« Sie legte ihr Notizbuch auf den Tisch.

»Ich hab nichts zu verbergen. Ich wollte den Fuhrmanns nur ein Paket zustellen.«

»Erzählen Sie einfach der Reihe nach!«, forderte Pia ihn auf. So entschied er selbst, was ihm wichtig erschien und was nicht. Nachhaken konnte sie später immer noch.

»Der Hof der Fuhrmanns liegt auf meiner Zustelltour. Ich hatte heute ein paar Briefe und ein kleines Paket für sie, für das ich eine Unterschrift benötigte. Doch als ich hier ankam, hat mir niemand geöffnet. Ich war zuerst am Hintereingang, wie immer, und hab geklopft. Als keiner kam, hab ich zum Küchenfenster hineingesehen, aber es war niemand da. Dann bin ich zur Vordertür gegangen und habe dort auch noch geklingelt und geklopft. Es hätte ja sein können, dass Elsa gerade oben ist.«

»Elsa?«

»Elsa Fuhrmann. Die Bäuerin.«

»Sie duzen sich?«

»Wir wohnen beide im selben Dorf, da kennt man sich eben.«

»Gibt es ansonsten irgendwelche Verbindungen zwischen Ihnen und Elsa Fuhrmann?«

»Nö. Nichts Besonderes.«

»Wer wohnt denn noch hier auf dem Hof?«

»Ihr Mann, Armin Fuhrmann, und ihr gemeinsamer Sohn. Thilo.«

»Wie alt ist der Sohn?«

Bredow zuckte mit den Schultern. »Ein Teenager ... Ich kenn ihn kaum.«

»Also gut, was passierte dann?«

»Als mir niemand öffnete, habe ich mich noch ein wenig auf dem Hof umgesehen.«

»Wieso das?« Pia stutzte. Das gehörte gewiss nicht zu seinen Aufgaben. Was hatte ihn dazu motiviert?

Er zögerte. »Ich fahr diese Tour seit zwei Jahren, und bisher war immer jemand von den Fuhrmanns da. Wissen Sie, mit der Zeit kennt man die Gewohnheiten und den Lebenswandel der Leute.«

»Hm.« Pia bedeutete ihm fortzufahren.

»Außerdem ... Der Armin kann ziemlichen Stress machen. Es hätte ihm nicht gefallen, extra zur Post fahren zu müssen, um ein Paket abzuholen.«

»Was kümmert Sie das?«

»Ich wollte nur nett sein«, sagte er. »Ich hatte da noch nicht gesehen, dass ihr Auto gar nicht da war. Ich dachte, ich treffe Elsa bestimmt in den Ställen oder in der Werkstatt an. Wir klönen immer ein paar Takte. Ich mache den Job nicht wie eine Maschine, wissen Sie. Ich hab mich bewusst dafür entschieden, weil es mir gefällt. Die Bewegung an der frischen Luft und der Kontakt mit Menschen.«

Der Mercedes-Bus erbebte unter einer Windböe. Hagelkörner prasselten gegen die Scheibe und machten die Unterhaltung für einen Moment mühsam. Pia sah, wie ihre Kollegen, die noch draußen arbeiteten, in die offene Scheune flüchteten und sich zwischen die Traktoren quetschten. »Was passierte dann?«, fragte sie etwas lauter.

»Also: Elsa war nicht in der Werkstatt oder so. Und die beiden Männer auch nicht. Ich ging zurück zu meinem Fahrrad, und da musste ich mit einem Mal pinkeln. Das passiert mir normalerweise nicht auf einer Tour. Aber nun ja ... ich konnte mich schlecht mitten auf den Hof stellen, oder?«

Pia zog eine Augenbraue hoch. Der nächste Nachbar, Wiese oder wie er hieß, wäre auch noch eine Option gewesen.

Benjamin Bredow erriet offenbar ihren Gedanken. »Ich geh nicht bei den Leuten auf meiner Tour pinkeln. Allenfalls noch im Wirtshaus oder eben irgendwo am Knick. Und den Wiese würde ich nie fragen. Der sieht mich immer so von oben herab an. Komischer Kerl.«

»Ich verstehe.«

Er kniff die Augen zusammen, als überlegte er, ob sie ihn veralberte. »Deswegen bin ich ein Stück näher an den Tümpel rangegangen, und, na ja, Sie wissen schon ... Da hab ich es gerochen. Dieser Gestank geht wirklich durch und durch. Ekelhaft. Ich hab noch darüber nachgedacht, ob ich einfach so abhauen soll. Dann hätte ich mir den ganzen Kram hier erspart. Aber das konnte ich irgendwie auch nicht. Also bin ich ein Stück um den Teich rumgegangen, um nachzusehen. Und da lag dann ja auch was.«

»Was haben Sie genau gesehen?«

»Ehrlich gesagt hab ich nur die Klamotten, ein Hosenbein mit Wanderschuh, gesehen. Das reichte mir. Es war plötzlich unheimlich hier, so ganz allein. Ich hab mich schnellstens auf mein Rad gesetzt und bin zum nächsten Haus gefahren.«

»Warum haben Sie nicht gleich die Polizei gerufen?«

»Ich war mir nicht sicher, was ich gesehen habe. Ich wollte mich doch nicht blamieren ... also brauchte ich eine Bestätigung. Darum hab ich den Wiese gebeten, noch mal mit herzukommen.«

»Also gut.«

»Ich habe doch nichts falsch gemacht?« Er sah sie misstrauisch an.

»Erzählen Sie weiter!«

Er berichtete, wie er mit Gernot Wiese zurückgekommen war und ihm die Leiche gezeigt hatte. Wie Wiese die Polizei verständigt hatte. »Den Rest kennen Sie ja«, schloss er.

»Wissen Sie, wer der Tote ist?«

»Also, erkennen konnte ich da nicht mehr viel. Auch nicht beim zweiten Mal. Aber wenn ich raten darf: ein Spaziergänger oder Wanderer, seiner Kleidung nach zu urteilen. Der Hof liegt ja an einem ausgezeichneten Wanderweg.«

»Könnte es trotzdem jemand sein, den Sie kennen, Herr Bredow? Vielleicht jemand hier aus diesem Dorf?«

Er schüttelte nachdenklich den Kopf.

»Also gut, Herr Bredow. Ich werde gleich noch Ihre vollständigen Personalien aufnehmen. Falls wir noch mehr Fragen an Sie haben«, sagte Pia nüchtern.

»Immer gern. Solange *Sie* mich befragen.« Wieder dieser intensive Blick, der der Situation nicht angemessen war.

»Vorsicht«, sagte Pia warnend. »Manche Wünsche gehen in Erfüllung.«

4. Kapitel

Gernot Wieses Haus war ein modernes Holzhaus, kaugummigrau gestrichen, mit Grasdach und bodentiefen Fenstern. Broders bewunderte den großzügigen Wintergarten, der mal nicht wie nachträglich angeklatscht aussah, sondern sich wohlproportioniert über zwei Stockwerke hinweg bis in das Dach erstreckte.

Gernot Wiese, der dem Kriminalkommissar vorausgefahren war, stolperte eilig hinein, ließ dabei zweimal seinen Schlüsselbund fallen und warf, drinnen angekommen, seine durchnässte Jacke über das Treppengeländer. Er hob den Arm und schnupperte demonstrativ an seinem Ärmel. »Ich rieche immer noch nach Tod«, klagte er.

»Kann schon sein«, sagte Broders. »Aber man bekommt Verwesungsgeruch auch nicht so schnell aus der Nase.«

»Meinen Sie, ich bilde mir das nur ein?«

Broders kam nicht mehr dazu, darauf zu antworten, denn eine Frau trat unvermittelt in die Diele. »Was ist denn los, Gernot?« Sie war adrett gekleidet, mehr fürs Büro als für einen Tag daheim, jedoch in Hausschuhen und mit einem dampfenden Becher in der linken und einem Telefon in der rechten Hand.

»Anneke!« Gernot Wiese starrte sie konsterniert an. »Was machst du denn noch hier?«

»Mein Meeting ist verschoben worden. Ich arbeite heute von zu Hause aus.«

»Nanu?«, stieß Gernot missbilligend hervor.

»Warum? Passt es dir nicht? Ich dachte, du arbeitest neuerdings sowieso lieber im Café. Und wer ist das? Willst du uns nicht vorstellen?«

»Das ist Hauptkommissar Broders aus Lübeck – meine Frau Anneke.«

»Oh«, sagte sie.

»Es ist was passiert: Bei den Fuhrmanns liegt eine Leiche!«

»Oh Gott! Wer ist denn gestorben?« Sie sah erschrocken, aber auch neugierig aus.

»Das wissen wir noch nicht«, sagte Broders.

Gernot Wiese roch noch einmal demonstrativ an seinem Ärmel. Seine Socken waren klatschnass, seine Hosenbeine schlammbespritzt.

»Wenn Sie sich eben umziehen wollen …«, schlug Broders vor.

»Ich kümmere mich so lange um den Herrn Kriminalkommissar«, bot Anneke Wiese an. »Kommen Sie, ich mache Ihnen einen Kaffee, während mein Mann duscht.«

Broders war es ganz recht so. Anneke Wiese konnte ihm bestimmt auch einiges über die Nachbarschaft erzählen. Außerdem lockte Broders der angebotene Kaffee. Die Frau führte ihn in den angrenzenden Raum, der zwei Geschosse hoch war, und hantierte sofort an der Kaffeemaschine herum. »Einen Latte macchiato?«

»Gern.« Broders setzte sich an den Tresen auf einen der Barhocker. Ein richtiger Stuhl wäre ihm lieber gewesen, denn seit gestern machte ihm sein Rücken zu schaffen. Er konnte jedoch keinen normalen Stuhl entdecken, also versuchte er, möglichst gerade zu sitzen. »Wie gut kennen Sie die Fuhrmanns?«, fragte er.

»Wer von ihnen ist tot?«

»Wir wissen noch nicht, wer der Tote ist. Anscheinend aber keiner Ihrer Nachbarn. Die Leiche konnte noch nicht identifiziert werden. Wie ist Ihr Verhältnis zu den Fuhrmanns?« Jetzt war sie an der Reihe.

»Ich fürchte, nicht besonders gut. Elsa Fuhrmann ist eine Cousine von Gernot, so sind wir überhaupt erst an dieses Grundstück gekommen. Wir haben es den Fuhrmanns abgekauft, als wir vor acht Jahren das Haus bauen wollten. Damals war mit dem Rohbau gerade begonnen worden. Ich schätze mal, das hat ihnen den Kopf gerettet. Sie standen und stehen wohl finanziell nicht so prickelnd da.«

Aufschlussreicher Beginn – die finanziellen Verhältnisse, dachte Broders. Laut sagte er: »Wir sind mit den Ermittlungen noch ganz am Anfang. Wer genau sind denn überhaupt ›die Fuhrmanns‹?«

»Also: Elsa Fuhrmann hat den Röperhof von ihren Eltern geerbt. Sie hieß Röper mit Nachnamen. Ihr Mann, Armin Fuhrmann und sie, bewirtschaften ihn zusammen. Elsas Eltern sind beide schon lange tot. Bis auf meinen Mann haben sie meines Wissens keine Verwandten. Das ist ja auf dem Lande eher ungewöhnlich. Normalerweise ist hier jeder mit jedem verwandt. Sie haben aber einen Sohn. Thilo. Er ist sechzehn oder siebzehn. Mehr weiß ich eigentlich auch nicht.«

»Sie wohnen hier seit … acht Jahren?«

»Eher sieben. Das Haus musste ja noch fertig gebaut werden.« Sie reichte ihm seinen Kaffee in einem Glas auf einer Untertasse. Ein kleiner Keks und ein langstieliger Löffel lagen daneben.

Broders biss auf den Keks, und es krachte laut in der stillen Küche. Überhaupt empfand er den Hall im Raum, der sich teilweise bis unter das Glasdach zog, als unangenehm. Er senkte die Stimme. »Ein bisschen mehr ist Ihnen doch sicher bekannt. Wissen Sie, ob die Fuhrmanns verreist sind, oder haben Sie gehört, dass sie verreisen wollten?«

»Die Fuhrmanns verreisen nie«, sagte Anneke Wiese bestimmt.

»Vielleicht sind sie zusammen einkaufen gefahren? Oder zum Arzt?«

»Alle drei? Einkaufen ist hier auf dem Land ›Weibersache‹«, sagte Anneke Wiese nun amüsiert. »Und Ärzte sind wohl auch nur was für Weicheier. Für Städter wie uns …«

»Hat Ihre Abneigung gegen Ihre Nachbarn einen konkreten Grund?«, fragte Broders im Konversationston.

Sie zögerte ein wenig beschämt. »Nein, eigentlich nicht. Es sind nur so vollkommen verschiedene Lebensauffassungen, die da aufeinanderprallen. Ich hatte das unterschätzt. Als Städter sieht man zuerst nur die tolle Landschaft und die frische Luft. Aber es geht doch letztlich immer um Menschen.«

»Wie wahr! Wie sind die Fuhrmanns? So als Menschen?«

»Wissen Sie, mir sind besonders die zwei Männer, Armin und Thilo, ein bisschen unheimlich. Ich weiß nie, was ich mit ihnen reden soll. Da sind überhaupt keine gemeinsamen Themen, verstehen Sie? Ich kann mir nur schwer vorstellen, dass ich anstatt mit Ihnen jetzt mit Armin Fuhrmann hier sitzen könnte.« Sie lächelte gewinnend. »Und bei Elsa habe ich das Gefühl, dass sie sich ein wenig vor ihrem Mann fürchtet. Aber wie gesagt, wir kennen uns kaum«, ruderte sie zurück.

»Anneke kennt hier niemanden, bis auf den Briefträger. Und den auch nur, weil sie immer so viel im Internet bestellt.« Gernot Wiese stand, nach Duschgel duftend und in frischer Kleidung, in der Küche.

Das Gesicht seiner Frau lief auf diese Bemerkung hin zu Broders' Erstaunen rosa an, und ihre Augen funkelten. »Meine Freunde leben anderswo als ausgerechnet in Groß Tensin. Das ist doch nicht meine Schuld.«

Er überging ihre Bemerkung und richtete seine Worte nun ausschließlich an den Polizisten. »Können wir jetzt loslegen, Herr Kommissar? Ich hab gleich noch zu tun.«

»Gernot, du hast den Herrn Kriminalkommissar warten lassen, nicht umgekehrt«, sagte sie bissig. Und an Broders gerichtet: »Sind wir fertig, Herr Broders?«

Heinz Broders fühlte sich wie ein Zuschauer bei einem Ping-Pong-Match. Es war spannend, aber auch ermüdend. »Ich denke, fürs Erste schon, Frau Wiese. Und danke für den tollen Kaffee.«

Sie verließ mit wiegenden Hüften die Küche, nicht ahnend, dass bei Broders jegliche diesbezügliche Anstrengung vergeblich war.

»Das war jetzt typisch meine Frau!«, sagte Gernot Wiese. »Ich glaube, sie bereut es manchmal, dass wir hierhergezogen sind.«

»Erzählen Sie mir noch mal, was heute Morgen passiert ist«, forderte Broders ihn auf, nachdem er ihn über seine Rechte belehrt hatte.

Gernot Wiese berichtete konzentriert, wie der Briefträger aufgetaucht war und ihn zu der Leiche geführt hatte. Wie er die Polizei verständigt hatte. »Und dann kamen Sie«, schloss er. »Hilft das weiter?«

»Irgendeine Idee, wer der Tote ist?«

Er schüttelte den Kopf. »Keiner, den ich kenne, würde ich sagen. Obwohl der Leichnam natürlich ziemlich … entstellt aussah.«

»Ja. Es ist oft schwer, in so einer Situation noch eine Ähnlichkeit zu einem lebenden Menschen zu erkennen«, bestätigte Broders. »Und was ist mit dem Postboten?«

»Was soll mit ihm sein?«

»Wie hat er reagiert?«

»Nicht so toll, oder? Ich meine, wieso holt er mich dazu?«

»Vielleicht hatte er Angst?«

Gernot Wiese schnaubte. »Braun gebranntes Weichei!«

»Was denken Sie? Wo sind die Bewohner des Hofes, die Fuhrmanns?«, fragte Broders.

»Sie müssten eigentlich da sein«, meinte Wiese nachdenklich. »Sie sind immer da.« Immerhin. Eine Übereinstimmung mit der Aussage seiner Frau.

»Beschreiben Sie sie mal ein wenig!«

»Da gibt es nicht viel zu sagen. Ich bin entfernt mit Elsa verwandt. Sie und ihr Mann sind anständige, nette Leute. Tüchtig. Der Hof ist nicht groß genug, als dass man davon ein gutes Auskommen hätte, doch sie hängen daran. Es ist ihr Leben. Sie hätten uns niemals ein Stück von ihrem Land verkauft, wenn sie nicht finanziell unter Druck gestanden hätten. Wir sind hier nur wohlgelitten … Eindringlinge. Aber ›leben und sterben lassen‹, sage ich immer.«

Pia sah dem Briefträger hinterher, der sich nach der Befragung auf sein Postrad schwang und mit kräftigen Tritten davonradelte. Ihre Kollegen Manfred Rist und Wilfried Kürschner kamen vom Feuerlöschteich auf sie zu.

»Irgendwas Neues?«, fragte Manfred Rist, bevor Kürschner auch nur den Mund aufmachen konnte.

»Benjamin Bredow, der Postbote, hat mir erzählt, wie er die Leiche gefunden hat. Und die Bewohner dieses Hofes heißen Elsa, Armin und Thilo Fuhrmann, hab ich erfahren. Sind die mittlerweile aufgetaucht?« Sie sah Kürschner an, der die Ermittlung leitete, solange Gabler noch nicht da war.

»Ich hatte gehofft, du hättest inzwischen vielleicht etwas Neues über den Verbleib dieser Leute herausgefunden«, sagte Rist. »Wir kommen nämlich nicht weiter.«

Pia schüttelte den Kopf. »Ich hab gesehen, dass der Staatsanwalt nun da ist. Kann er uns nicht einen Beschluss besorgen, damit wir uns ein bisschen im Haus der Fuhrmanns umschauen können? Vielleicht finden wir einen Hinweis darauf, wo sie hingefahren sind oder wie wir sie erreichen können.«

»Das ist wohl nicht ganz so einfach«, erwiderte Rist bissig. »Die sind vielleicht gerade mal ein Stündchen weg, und schon willst du die Tür aufbrechen und ihr Haus auf den Kopf stellen?«

»Immerhin liegt in ihrem Garten eine Leiche«, entgegnete Pia. Wieder blickte sie erwartungsvoll in Kürschners Richtung.

Der kratzte sich am Kopf und sah von einem zum anderen.

»Ohne Durchsuchungsbeschluss geht da gar nichts«, meinte er unentschlossen. »Aber der Staatsanwalt könnte sofort den zuständigen Richter kontaktieren.«

»Der neue Staatsanwalt ist so ein ganz junger, überkorrekter. Der sieht die gesetzlichen Anforderungen für eine Durchsuchung noch nicht erfüllt.«

»Vielleicht fehlt ihm nur das passende Argument?«, sagte Pia.

»Dann versuch dein Glück!«, antwortete Rist. Wofür haben wir Frauen?, stand unausgesprochen dahinter.

»Versuch macht klug«, sagte Pia ungerührt. »Was habt ihr vor?«

»Auf Dr. Kinneberg warten.«

»Oh, er kommt heute höchstselbst?«, fragte Pia erstaunt.

»Wir schaffen es nicht, die Leiche unbeschadet in die Rechtsmedizin zu schaffen, da soll er lieber hier schon mal einen Blick drauf werfen.«

»Okay, da kommt ja auch der Staatsanwalt. Wie heißt er noch gleich?«

»Jantzen.«

Das kann ja heiter werden, wenn Gabler länger ausfällt!, dachte Pia, während sie den Hofplatz überquerte. Ihr Kollege Manfred Rist war erst vor ein paar Monaten zu ihnen ins K1 gestoßen. Er war ein erfahrener und guter Kriminalist, wenn auch der Charme einer Brechstange, den er zeitweise an den Tag legte, nicht überall gut ankam. Er war Kriminalhauptkommissar, so wie Broders und Kürschner, und hatte eine Weile als verdeckter Ermittler gearbeitet, was ihm einen beinahe romantischen Status einbrachte. In etwa aus dieser Zeit stammte auch Pias erste Bekanntschaft mit ihm. Damals war sie noch ziemlich neu im K1 gewesen, und Broders hatte sich mit ihr einen etwas derben Scherz erlaubt, indem er ihr Rist, der zufällig vorbeigekommen war, als einen Serien-Vergewaltiger vorstellte, der gerade seine Taten gestanden hatte. So einer war damals tatsächlich zur Fahndung ausgeschrieben gewesen, und Pia hatte keinen Grund gesehen, Broders nicht zu glauben. Dann war Rist aufgesprungen und hatte, um sie zu provozieren, einen vermeintlichen Fluchtversuch unternommen. Pia hatte sich dazwischengeworfen und ihm zwischen die Beine getreten, um ihn aufzuhalten. In dem Moment war Broders der Einzige gewesen, der über den missglückten Scherz hatte lachen können. Später, als die Geschichte herumging, hatte sich das ganze Polizeihochhaus bestens amüsiert. Danach hatte Pia Rist ein paar Jahre nicht gesehen und gehofft, dass Gras über den Vorfall gewachsen wäre. Tja, und dann hatte Manfred Rist sich mitsamt seinen Karriere-Ambitionen zum K1 in Lübeck versetzen lassen.

Seine erste Ermittlung im Team war der Mordfall auf Fehmarn gewesen, in deren Folge Pia dem Täter heute vor Gericht gegenübergestanden hatte. Vielleicht wurmte es Rist, dass sie und zwei Kollegen zu der Verhandlung als Zeugen geladen worden waren, er jedoch nicht. Oder hatte das Eis, das sie ihm damals in der Kantine besorgt hatte, nicht alle Schmerzen in den unteren Regionen beseitigen können?

5. Kapitel

Pia verwickelte den Staatsanwalt in ein Gespräch und schlenderte dabei mit ihm in Richtung des Wohnhauses der Fuhrmanns. Auf ihre Fragen hin bestätigte ihr Olaf Jantzen, dass er tatsächlich neu auf seinem Posten und auch neu in Lübeck sei. Ursprünglich stammte er aus Osnabrück. Er war jung und ehrgeizig, mit langen Koteletten und modischer eckiger Brille.

Als sie die Eingangstür des Wohnhauses erreichten, blieb Pia stehen. Von hier aus konnten sie die Polizisten und Fahrzeuge rund um den Fundort, den ganzen Trubel der polizeilichen Ermittlung, nicht mehr sehen. Graue Wolken segelten tief über das ausladende Reetdach des Bauernhauses hinweg. Im Frühling, wenn alles grünte und blühte, mochte sich hier so etwas wie eine ländliche Idylle einstellen. Doch jetzt, im November, umwehte den Ort eine Trostlosigkeit, die durch die Abwesenheit von Menschen noch verstärkt wurde. Kein Fahrzeug auf der Zufahrt, alle Fenster des Wohntraktes verschlossen. Nirgendwo brannte Licht. Es gab nicht einmal Rauch, der aus dem Schornstein aufstieg.

Der Staatsanwalt sah besorgt zum Himmel. Der nächste kräftige Schauer würde die Arbeit mit der neuen Rundum-Videokamera am Fundort behindern. Eine unerwünschte Verzögerung. Jantzen schien einerseits hochmotiviert zu sein, andererseits fühlte er sich in dieser Umgebung sichtlich unwohl. Und in seinem Wollmantel und dem Anzug darunter, ohne Mütze, Handschuhe oder Stiefel, war ihm sicherlich viel zu kalt. Pia ging es nicht besser, so konzentrierte sie sich umso mehr auf ihr Ziel. »Wir haben schon mehrmals geklingelt und sind um das Haus herumgegangen. Es ist definitiv niemand zu Hause«, sagte sie.

»Die kommen sicher bald wieder.«

»Meinen Sie? Ich finde, es sieht eher so aus, als wären die Fuhrmanns schon etwas länger weg.«

»Wie kommen Sie darauf?«

Pia deutete auf die verwaiste Umgebung. Was fehlte, waren die tagtäglichen Spuren menschlichen Lebens. Gummistiefel auf der Fußmatte, ein gekipptes Toilettenfenster ... Außerdem lagen durchnässte Reklamezettel auf dem Treppenabsatz herum. Warum hatte sie nicht eher daran gedacht? Sie ging zum Briefkasten und sah hinein. Er war voll mit Post. »Der wurde wohl schon ein paar Tage nicht mehr geleert«, sagte sie. Pia ärgerte sich, dass sie den Postboten nicht danach gefragt hatte. Sie hatte sich darauf konzentriert, wie es dazu gekommen war, dass er die Leiche gefunden hatte.

Olaf Jantzen sah ihr über die Schulter. »Das ist in der Tat ein Hinweis. Sollten die wirklich schon länger weg sein? Müssen auf so einem Bauernhof nicht fortwährend Tiere versorgt werden?«

»Die Ställe sind leer. Bisher hab ich hier nur ein paar Katzen herumstreunen sehen.«

Er runzelte die Stirn.

»Der Briefträger kennt die Leute hier schon lange. Er sagt, die sind sonst nie weg. Es ist eine außergewöhnliche Situation, auf die wir umgehend reagieren müssen.«

»Grundsätzlich stimme ich Ihnen zu, wenn da nicht leider noch das Grundrecht auf Unverletzlichkeit der Wohnung wäre ...«

»Wir haben es aber höchstwahrscheinlich mit einem Kapitalverbrechen zu tun. In so einer Ermittlung zählen Stunden, vielleicht sogar Minuten. Selbst wenn die Bewohner nicht direkt etwas mit dem Mord zu tun haben, brauchen wir sie dennoch als Auskunftspersonen.«

»Wenn die schon länger weg sind, wissen sie womöglich gar nichts.«

»Wie sollen wir rausfinden, was sie wissen und was nicht, wenn wir nicht mit ihnen sprechen können?«

»Also gut.« Der Staatsanwalt setzte eine entschlossene Miene auf. »Ich werde Ihnen einen richterlichen Durchsuchungsbeschluss besorgen. Ansonsten kommen wir hier ja nicht weiter.« Olaf Jantzen stutzte, als ein weiteres Auto auf den Hofplatz fuhr. »Na, wer kommt denn da? Hat sich das Ganze womöglich doch erledigt?«

Pia schüttelte den Kopf. »Das ist der Rechtsmediziner aus Lübeck. Enno Kinneberg.«

»Ach so.«

»Sie besorgen uns einen Beschluss?«, vergewisserte Pia sich. Die Atmosphäre in der Nähe des Wohnhauses war bedrückend.

»Sagte ich das nicht? Sie entschuldigen mich, Frau Korittki? Und … keine voreiligen Aktionen!«

Sie nickte amüsiert. Befürchtete er, sie würde jetzt die Tür eintreten, um sich im Haus umzusehen? Eilte ihr etwa ein gewisser Ruf voraus? Na ja, sie wollte schon da rein. Aber wenn Jantzen so jung und dynamisch war, wie er sich gab, würde die Erlaubnis des Richters nicht lange auf sich warten lassen. Trotzdem konnte es ein langer Tag werden.

Apropos … Pia stellte sich in den Windschatten des Eingangs und kontrollierte ihr Telefon. Theoretisch wusste sie, dass Felix bei seinem Vater gut aufgehoben war. Wahrscheinlich wurde er wieder nach Strich und Faden verwöhnt. Trotzdem hatte sie das Gefühl, sich nicht richtig zu verhalten. Erst der Gerichtstermin, jetzt die neu angelaufene Ermittlung … Hinnerk hatte ihr gesagt, er würde sich den ganzen Tag um

Felix kümmern. Doch wie lang war sein ganzer Tag? Sie wählte seine neue Festnetznummer in der Wohnung, die er zusammen mit Mascha bezogen hatte. Er klang ein wenig atemlos. »Wie geht es euch, alles klar so weit?«, fragte sie, sofort alarmiert.

»Natürlich. Felix spielt mit meiner alten Holzeisenbahn, und ich überlege, was ich uns zum Mittagessen kochen soll.«

»Mittagessen klingt gut«, sagte Pia, der auch schon wieder der Magen knurrte. »Wie lange hast du denn heute Zeit? Ich weiß ja, es war nicht so eingeplant.«

»Du kannst so lange arbeiten, wie du willst. Sag mir nur rechtzeitig Bescheid, wann du Felix wieder abholst!«

»Es kann dauern. Wir haben einen Toten in einem Feuerlöschteich. Wahrscheinlich Mord, aber das steht noch nicht fest.«

»Dafür lebst du doch, Pia.«

Sie beendeten das Gespräch recht abrupt, weil Felix nach Hinnerk rief. Trotz des heutigen Freifahrtscheins, oder vielleicht auch gerade deswegen, fühlte Pia sich unwohl, als sie zurück zu den anderen ging. Stimmte es? Lebte sie für Mord und Totschlag? Für den Thrill und die Herausforderung, dass die Bösen bestraft und die Guten letztlich Gerechtigkeit erfahren sollten? Auch wenn sie wusste, wie vergeblich der Kampf – im Großen und Ganzen betrachtet – war? Machte sie sich etwas vor?

»Ist Blau jetzt das neue Rot?«, fragte Broders, als Pia wieder zum Einsatzwagen kam.

»Wieso?« Sie sah an sich herunter.

»Deine Lippen sind blau.«

»Mir ist kalt. Ich bin für einen Gerichtstermin angezogen, nicht fürs Wintercampen.«

»Kalt ist immer schlecht«, sagte Broders und dachte an seinen verspannten Rücken. »Kürschner hat gerade ein paar Leute losgeschickt, die im Dorf von Tür zu Tür gehen sollen. Wir beide haben das Glückslos gezogen.«

»Und das wäre?«

»Informative Befragung im Wirtshaus – kommst du mit?«

Das war typisch Broders. Doch als einer der Dienstältesten im Kommissariat konnte er sich das natürlich mal herausnehmen. Pia wollte zustimmend grinsen, merkte aber, dass ihre Gesichtsmuskeln eingefroren waren. »Hauptsache, die haben ihren Herd schon angefeuert.«

Als Dina Löbich ihre sechste Schulstunde beendete, hatte sie ein unschönes Pfeifen im Ohr. Sie räumte ihre Unterlagen in die Ledertasche, die sie schon seit ihrer Schulzeit mit sich herumschleppte, und schulterte sie. Ein Gewicht, als hätte sie die gesamte Schulbibliothek darin, dabei waren es nur siebenundfünfzig Hefte. Sie hatte heute in zwei Klassen die Hausaufgaben eingesammelt. Es ging auf die Weihnachtsferien zu, und Dina Löbich benötigte noch Anhaltspunkte für die mündlichen Noten. In der 8c gab es Schüler, deren Namen sie noch nicht mal sicher zuordnen konnte. Wie sollte sie sie dann benoten? Sie hatte mit den besten Vorsätzen hier angefangen, doch es war einfach zu viel. Ihre Schüler waren Gott sei Dank schon lärmend und grölend aus dem Klassenraum gestürzt. Ihre Schritte und pubertären Stimmen verhallten nach und nach in den langen Gängen. Zurück blieb der Geruch nach überschüssigen Hormonen und zu warm gewordenen Füßen. Die 8c galt als eine besonders unruhige und schwierige Klasse. Es war Ulf Nielsens Klasse. Eigentlich kein Wunder, dass der Mann hin und wieder krankfeierte.

Dina Löbich mochte ihn trotzdem nicht besonders. Als sie ihn vor ein paar Wochen mal danach gefragt hatte, wo denn die

Musikräume zu finden seien, hatte er ihr einen Vortrag über richtige Vorbereitung gehalten. Dabei war sie keine Musiklehrerin. Sie hatte nur jemanden gesucht. Und wenn man sich nicht vorsah, verpasste Nielsen einem auch noch eine Sonderlektion in Sachen Heimatkunde. »Die Spuren der Steinzeitjäger im Stellmoorer Tunneltal« oder so ähnlich.

Aber sonderbar war es schon, dass er seit vier Tagen nicht in der Schule aufgetaucht war, ohne sich abzumelden. Sie hatte vorhin extra noch mal im Sekretariat nachgefragt, ob Nielsen sich inzwischen gemeldet habe. Dann hatte sie sich erkundigt, ob er allein lebe. Es konnte doch sein, dass Ulf Nielsen in seiner Wohnung umgekippt war. Vielleicht lag er da jetzt tot oder sterbend herum, und keiner merkte es. Wie alt mochte Nielsen sein? Für Dina Löbich, frisch von der Uni, schien er kurz vor der Pensionierung zu stehen.

Sie hatte seine Adresse im Telefonbuch gefunden. Er wohnte in Bad Schwartau. Es würde nicht lange dauern, auf dem Rückweg bei ihm vorbeizuschauen, um zu sehen, ob alles in Ordnung war. Mehr, als sich lächerlich machen, konnte sie nicht. Ihre »soziale Ader«, wie ihre Freundinnen es nannten, hatte sie schon manches Mal in Schwierigkeiten gebracht. Doch damit kam sie klar. Ihre Eltern waren Pastoren. Es lag ihr ja vielleicht in den Genen. Wenn man heutzutage Lehrerin werden wollte, musste man sowieso masochistisch veranlagt sein … Sie bog also auf dem Heimweg von ihrer gewohnten Route ab und ließ sich von ihrem Navigationsgerät zu Nielsens Adresse leiten.

Vor einem der Mehrfamilienhäuser steuerte sie in eine freie Parkbucht und schaltete den Motor aus. Jetzt kamen ihr erste Zweifel. Was wollte sie hier? Sie war nur seine Kollegin, noch dazu eine neue. Aber außer ihr schien sich ja niemand darum zu kümmern, was mit Nielsen los war. Dina Löbich wusste, dass man ihr ihr Verhalten auch ganz anders auslegen konnte:

Neugier, der Wunsch, einen Krankfeiernden bloßzustellen. Im schlimmsten Fall hielten das einige für eine billige Anmache … Bei Ulf Nielsen? Sie verdrehte die Augen und stieg aus. Was getan werden musste, musste eben getan werden, egal, was die Leute dachten. Sie hörte sich in Gedanken schon genauso an wie ihre Mutter.

Dina ging die Haustüren ab, bis sie vor der richtigen stand, und drückte auf die Klingel neben dem Namensschild *Nielsen*. Es war als Einziges mit einer dieser altmodischen Etikett-Prägemaschinen hergestellt worden.

Nichts passierte. Was nun?

Sie war kurz davor, unverrichteter Dinge zu gehen, als eine ältere Frau mit einem Einkaufstrolley an die Tür kam.

»Entschuldigen Sie bitte! Wohnen Sie hier? Ich bin auf der Suche nach Herrn Nielsen«, sagte Dina Löbich.

»Dem Lehrer? Den hab ich aber schon länger nicht mehr gesehen. Vielleicht ist er im Urlaub.«

»Ich bin eine Kollegin von ihm. Die Sache ist die: Eigentlich hätte er diese Woche unterrichten müssen, doch er ist seit ein paar Tagen nicht in der Schule erschienen. Er hat sich aber auch nicht krankgemeldet.«

Dina sah direkt, wie es hinter der Stirn der Frau zu arbeiten begann. Und sie schien zu dem gleichen Schluss zu kommen wie Dina. »Oje«, sagte sie. »Er wohnt direkt über mir. Und ich hab nichts mehr von ihm gehört seit … Samstag? Was machen wir denn nun?«

»Die Polizei verständigen?«, schlug Dina vor.

»Also, ich weiß nicht. Wenn er nun nur verreist ist?«

»Es sind aber keine Ferien. Hat vielleicht jemand einen Schlüssel zu seiner Wohnung und kann mal nachsehen?«

»Ich nicht.« Sie schüttelte abwehrend den Kopf. »Und ich würde da auch nicht reingehen.« Wieder Kopfschütteln.

»Gibt es einen Hausmeister?«

»Ach, der!« Sie winkte ab.

Es wunderte Dina überhaupt nicht, dass sie wieder mal diejenige war, die ihr Telefon hervorzog, um bei der Polizei anzurufen.

Das Wirtshaus hieß *Lindenhof*. Acht imposante Baumstümpfe, aufgereiht vor der Längsseite des Hauses, die der Straße zugewandt war, zeigten, dass das durchaus einmal ein passender Name gewesen war. Das Haus war margarinegelb, die Fensterrahmen schokoladenbraun gestrichen. Hinter jedem Fenster stand ein Topf mit einer orangeroten Geranie.

»Brav. So soll es sein«, murmelte Broders und stieg die drei Stufen hinauf.

Sie passierten einen imposanten Zigarettenautomaten und einen Heizkörper mit einem Seidenblumengesteck darauf. Irgendwo musste ein Raucherraum sein, denn es roch nach kaltem Zigarettenqualm, untermalt mit einer Note von frischem Fett. Zu beiden Seiten ging es in eine Gaststube, wie man durch die braun getönten Butzenscheiben in den Türen erkennen konnte, doch der linke Gastraum hatte einen Bartresen. Auf den steuerte Pia zu.

Es war noch nichts los, und so dauerte es auch ein paar Sekunden, bis jemand aus der Küche hinter den Tresen trat.

Pia stellte ihren Kollegen und sich vor und fragte, ob sie schon was zu essen bekommen könnten.

Der Wirt kniff die Augen zusammen. »Schon?« Er sah auf die Uhr. »Ich frag mal meine Madame, ob sie noch was für euch hat.« Es war kurz nach zwei.

»Die Küche ist wohl schon wieder kalt«, vermutete Broders und schwang sich auf einen der Barhocker. »Aber sieben Bier ersetzen ja bekanntlich eine Mahlzeit. Was gibt's denn frisch vom Fass?«

»Ich trag dich hier nicht raus, Broders«, sagte Pia. Das waren ja ganz neue Marotten.

»Das nennt sich Frustsaufen«, antwortete er. »Warum immer nur die anderen, warum nicht mal ich? Ich hab gerade ganz schön was auszustehen.«

Der Wirt steckte den Kopf durch die Tür: »Labskaus oder Matjes mit Bratkartoffeln. Ansonsten Holsteiner Katenschinken auf Brot ...«

»Wir nehmen zweimal den Matjes«, rief Broders, bevor Pia auch nur reagieren konnte.

Sie bestellten Apfelschorle und Wasser dazu.

»Warmes Essen nur am Tisch«, ordnete der Wirt an.

Broders ließ sich das nicht zweimal sagen und ging zu den Tischen hinüber, wo er sich auf einen der gepolsterten Stühle sinken ließ. Er verzog das Gesicht.

»Was ist los?«

»Autsch. Nur mal wieder mein Rücken.«

»Fall du uns nicht auch noch aus!« Pia warf ihm einen besorgten Blick zu.

Broders schüttelte abwehrend den Kopf.

»Ihr zwei seid auf dem Röperhof zugange, nich' wahr?«, erkundigte sich der Wirt. »Hab schon gehört. Ein Toter im Teich ... tz, tz. Da kommt ja gleich das ganze Dorf unter die Räder.«

»Von wem haben Sie das gehört?«

»Von unserem Postboten. Der Bredow brauchte akut was Stärkendes, nachdem ihr mit ihm durch wart.«

Pia fragte sich, ob sie zu hart vorgegangen war, fand aber in ihrer Erinnerung nichts, das diese These stützte. »Braucht der öfter was ›Stärkendes‹?«

»Nein, nur ausnahmsweise. Und wer braucht das nicht hin und wieder?«

»Wie wahr!«, sagte Broders zu Pia.

»Und was hast du gerade auszustehen?«, fragte sie ihn, als der Wirt wieder verschwunden war.

»Ich sag nur WG.«

»Du wohnst doch allein.«

»Aber nicht am Wochenende. Und inzwischen bin ich auch unter der Woche mal bei Ralph. Der hat zwar die größere Wohnung, doch nur ein Badezimmer. Und wenn sein siebzehnjähriger Sohn noch da ist – nebst Freundin! –, dann brauchen wir einen ›Badplan‹, um morgens fertig zu werden.«

»Klingt doch vernünftig.«

»Pah! Mir haben sie die Zeit zwischen fünf Uhr fünfzig und sechs Uhr zwanzig zugeteilt.«

»Ja, und?«

»Da bin ich aber noch lange nicht fertig!«

Pia musste grinsen. »So ist das mit Kindern. Man muss zurückstecken.«

»Die neue Freundin von Elias braucht fast eine Stunde im Badezimmer. Und der Knabe noch länger.«

»Da bin ich aber froh, dass das bei Felix noch ein bisschen hin ist. Warum wohnt Ralph nicht mit bei dir? Da habt ihr eure Ruhe.«

»Ach.« Er winkte ab. »Meine Mutter lebt doch im selben Haus wie ich.«

»Ja und?«

»Sie ... Also theoretisch weiß sie das mit mir und Ralph. Aber ich bin nicht sicher, ob sie ihn auch kennenlernen möchte.«

»Broders. Du solltest deiner Mutter wenigstens die Chance geben, deinen Lebenspartner kennenzulernen.«

Er schnaubte durch die Nase.

Pia fragte sich, wie fundiert das Wissen seiner Mutter tatsächlich war. Immerhin hatte das gesamte Kommissariat Kenntnis davon, dass Broders sie einmal in der Woche mit einem Papptablett voller Kuchenstücke besuchte. Der Mittwochabend war ihm heilig. Worüber sprachen sie dann immer? Wusste die Frau am Ende noch nicht einmal, dass ihr Sohn schwul war?

Nach dem Verzehr der Matjesfilets in Sahnesoße und der Berge knuspriger Bratkartoffeln fühlte Pia sich satt und müde. Es kostete sie Überwindung, den Wirt zu bitten, sich für den abschließenden Kaffee einen Moment zu ihnen zu setzen. Sie konnten die Gelegenheit, die wohl erste Informationsquelle des Ortes anzuzapfen, nicht außer Acht lassen.

Der Wirt kratzte sich den beinahe kahlen Schädel, sah kurz zur Küchentür und nickte dann. »Okay. Aber einen kleinen Moment dauert's noch. Soll meine Frau, also meine Lebensgefährtin, auch dazukommen?«

»Wir befragen Sie lieber einzeln«, sagte Pia. Die Arbeitsteilung im Gasthof ließ vermuten, dass er mehr mitbekam als sie. Später wüssten sie mehr.

»Was sind die Fuhrmanns für Leute?«, fragte Broders, nachdem sie erfahren hatten, dass der Wirt, Herbert Kleber, den Gasthof schon seit Jahrzehnten führte. Er hatte ihn von seinem Vater geerbt.

»Nichts Besonderes eigentlich. Friedliche Zeitgenossen, die zusehen, dass sie auf ihrem Hof ihr Auskommen haben. Was immer schwieriger wird – schlechte Zeiten für die kleineren Landwirte, Sie wissen schon.«

»Für den einen mehr, für den anderen weniger«, ermunterte Pia ihn mit einem Allgemeinplatz zum Weiterreden.

»Nun, die Fuhrmanns haben es bestimmt nicht leicht. Finanziell und überhaupt. Heute muss man ja mit den Verordnungen der EU auf Du und Du stehen, um zurechtzukommen. Und jedes Jahr ändert sich da was. Mit Flächenstilllegungen oder Mais für Biogas verdient ein Bauer heutzutage ja mehr, als wenn er sein Land ordentlich bewirtschaftet.«

»Denken Sie, dass die Fuhrmanns nicht mehr zurechtkommen? Eventuell Schulden haben?«

»Wer hat denn heute keine Schulden, bei den Preisen? Wissen Sie, was ein neuer Traktor kostet? Also, wer zahlt das denn mal eben aus der Portokasse?«

»Das sind doch Investitionen in die Zukunft.«

»Alles nicht so einfach. Ich meine, der Thilo wird den Hof ja wohl kaum übernehmen.«

»Warum nicht? Hat er kein Interesse?«

»Ach, Sie wissen es noch nicht!« Er verzog unbehaglich das Gesicht. »Der Thilo ist nicht so richtig helle, verstehen Sie? Kein Idiot, aber einfach gestrickt. Also, ohne seine Eltern könnte der nicht existieren ...«

»Ist er geistig behindert?«

»Nichts Genaues weiß man nicht. Er ist auf die Förderschule gegangen. Und seitdem ist Sense: keine Ausbildung, kein Job, nichts. Armin, sein Vater, will ihn nicht in eine Einrichtung schicken. Behält ihn lieber bei sich und lässt ihn den Hof harken.«

»Und was sagt die Mutter dazu?«, fragte Pia.

»Niemand weiß, was Elsa denkt.«

»Wieso nicht?«

»Ach, man sieht sie eigentlich nicht. Sie verlässt ihren Hof nur, um Lebensmittel einzukaufen. Sie hat keine Freundinnen, kommt nie zu irgendwelchen Festen. Das war schon so, als Meike noch lebte, aber seit die tot ist, ist es noch schlimmer geworden mit Elsa.«

»Wer zum Teufel ist Meike?«, fragte Broders.

6. Kapitel

»Tja, richten Sie sich schon mal darauf ein, dass der Tote durch Fremdeinwirkung ums Leben gekommen ist!«, sagte der Rechtsmediziner, als er vom Feuerlöschteich zurück auf den Hofplatz stapfte.

Wilfried Kürschner, der inzwischen erfahren hatte, dass der Leiter des K1 nicht da war, weil er im Krankenhaus lag, trat unbehaglich von einem Fuß auf den anderen. »Sind Sie sich sicher? Es ist ganz schön matschig da am Tümpel. Könnte sich bei der Obduktion nicht noch herausstellen, dass der Tote ausgerutscht und unglücklich mit dem Kopf aufgeschlagen ist?«

»Normalerweise würde ich ja sagen: Warten Sie meinen Obduktionsbericht ab! Aber in diesem Fall solltet ihr euch ruhig schon mal an die Arbeit machen. Unser Opfer ist mit hoher Wahrscheinlichkeit an einem Schädel-Hirn-Trauma infolge einer massiven Schädelverletzung gestorben. Die Gewalteinwirkung erfolgte im Bereich der Kalotte, was darauf schließen lässt, dass das Opfer niedergeschlagen wurde.«

»Ja, ja, die alte Hutkrempenregel«, sagte Kürschner. »Schädelverletzung oberhalb einer gedachten Hutkrempe sind von einem Schlag verursacht worden. Die unterhalb durch einen Sturz.«

»Geht mal von einem Verbrechen aus. Oder habt ihr in der Nähe des Kopfes einen Gegenstand gesehen, auf den der Mann hätte aufschlagen können? Einen großen Stein zum Beispiel?«

»Die Kriminaltechniker sind noch nicht ganz fertig.«

»Schon klar. Ich vermute sogar, dass unser Opfer nach Eintritt des Todes noch bewegt worden ist.«

»Der Feuerlöschteich ist gar nicht der Tatort?« Kürschner verzog das Gesicht.

»Übel, das Ganze«, sagte Kinneberg mitfühlend. »Aber auch interessant. Ich gebe euch noch eine Vorabinformation. Aber nagelt mich nicht darauf fest: Meiner inoffiziellen Schätzung nach ist der Mann seit vier bis fünf Tagen tot. Der Todeszeitpunkt liegt entsprechend irgendwann zwischen Samstag- und Sonntagmorgen.«

Der Staatsanwalt ließ sich von Enno Kinneberg noch mal bestätigen, dass sie es mit an Sicherheit grenzender Wahrscheinlichkeit mit einem Kapitalverbrechen zu tun hatten. So kam er zu dem Schluss, dass die Ermittler so schnell wie möglich mit der Familie, die auf dem Hof wohnte, in Kontakt treten sollten. Und die erste zielführende Maßnahme dazu war eine Durchsuchung ihres Wohnhauses. Dass die Dringlichkeit dieser Angelegenheit nicht unbedingt auf seinem Mist gewachsen war, war Jantzen gar nicht bewusst. Er begründete sein Ersuchen mit Paragraf 103, Durchsuchung zur Verfolgung einer Straftat, und überzeugte den zuständigen Richter, unverzüglich einen Durchsuchungsbeschluss zu erlassen. Olaf Jantzen war mit sich zufrieden. Er würde das erste Mal als verantwortlicher Staatsanwalt bei einer Durchsuchung dabei sein.

Der Wirt warf einen prüfenden Blick in Richtung Küche, dann zündete er sich eine Zigarette an und inhalierte tief.

»Thilo und Meike Fuhrmann sind Zwillinge«, berichtete er. Er lehnte sich in Richtung Fenster und versuchte, den Rauch durch die Öffnung abziehen zu lassen. »Aber ich muss weiter ausholen, damit Sie es verstehen können. Elsa ist das einzige Kind auf dem Röperhof gewesen. Es ging die Diskussion, ob ein weit entfernter Cousin des Bauern den Hof erben sollte oder sie. Doch der Cousin lehnte dankend ab, was Elsa in die

Pole-Position brachte.« Er blies langsam ein paar Rauchkringel aus. »Aber Elsa brauchte nach Ansicht des alten Röper, dem es gesundheitlich schon nicht mehr gut ging, dringend einen Ehemann, der den Hof übernehmen konnte. Was soll ich sagen? Sie war schon Anfang dreißig, und die Bewerber standen nicht gerade Schlange. Ihr Vater hat sie quasi hier am Skattisch verschachert. An Armin Fuhrmann, der damals als Lohnarbeiter sein Geld verdient hat. Armin ist fünfzehn Jahre älter als Elsa, ein grober Klotz, aber er kann arbeiten. Und er wollte unbedingt was Eigenes. Da kam ihm der Röperhof wohl gerade recht, auch mit Elsa als Dreingabe.«

»Und was hat Elsa dazu gesagt?«, fragte Pia. Von welchem Jahrhundert sprachen sie hier?

»Nicht viel. Vielleicht war sie ja froh, auf diese Weise ihr Heim und ihre vertraute Umgebung zu behalten. Ich meine, sie hat ja vorher nicht gerade irgendwelche Anstrengungen unternommen, ihr Leben selbst in den Griff zu bekommen. Bald nach der Hochzeit sind ihre Eltern gestorben. Es war ein bisschen so, als hätten sie beruhigt gehen können, jetzt, da sie ihre Pflicht, für einen Nachfolger zu sorgen, erfüllt hatten.«

»Was ist das für eine Ehe?«, fragte Pia.

»Keine Ahnung. Elsa beklagt sich nie. Anfangs war sie wohl traurig darüber, dass keine Kinder kamen. Sie hatte auch ein paar Fehlversuche, bis sie mit sechsunddreißig dann mit einem Mal schwanger war. Da hat schon keiner mehr so richtig damit gerechnet. Am allerwenigsten Armin. Und dann auch noch Zwillinge. Wie das auf dem Lande so üblich ist, wurde Elsa mit einem ganzen Haufen von Ratschlägen und Warnungen bedacht. Für drei essen oder bloß nicht für drei essen! Sich viel bewegen oder sich schonen! Und so Aberglauben-Zeugs: Sie sollte zum Beispiel nicht mehr die Wäsche auf die Leine hängen. Kennen Sie den Unsinn? Sie tat das natürlich trotzdem. Ich meine, wer hätte es sonst tun sollen?«

»Wäsche aufhängen?«

»Kommt noch.« Der Wirt winkte auf Broders' Nachfrage hin ab. »Es gab Komplikationen: Die Zwillinge kamen zu früh. Es hieß auch, Elsa sei zu spät ins Krankenhaus gefahren. Als das Fruchtwasser abging, wollte Armin nicht gleich losfahren, weil er noch vorher zu Ende drillen musste. Jedenfalls erlitten beide Babys irgendeinen Schaden bei der Geburt. Zu wenig Sauerstoff und irgendwas mit der Nabelschnur ... Das Mädchen, Meike, wurde so schwer geschädigt, dass die Ärzte zuerst nicht glaubten, dass sie überhaupt überleben würde. Den Jungen hielten sie dafür zunächst noch für gesund. Neben dem Mitleid wegen der kranken Tochter kamen dann schnell auch die Gerüchte auf: Der Armin sei schuld, er habe Elsa nicht rechtzeitig in die Klinik gebracht. Vielleicht habe er sie sogar geschlagen, als sie schwanger war. Und so weiter ... Und er rächte sich, indem er im Suff einmal sagte, sein dämliches Weib sei schuld an allem. Sie sei ja doch immer wieder unter der Wäscheleine durchgelaufen, und deshalb habe sich seine Tochter im Mutterleib mit der Nabelschnur erhängt. Es wisse doch jedes Kind, dass das passieren kann. Und er habe die Nabelschnur um ihren Hals gesehen und das blau angelaufene Gesicht.«

»Hat er das wirklich so gesagt?«

»Mehrmals. Ich stehe jeden Abend hinter dem Tresen, und ich war dabei. Elsa wollte Meike unbedingt nach Hause holen, doch die Ärzte haben ihr davon abgeraten, und ihr Mann wollte es auch nicht. Das Mädchen hing an irgendwelchen Geräten und war dann von Anfang an in einem Heim untergebracht. Elsa musste erst mal den Führerschein machen, damit sie Meike überhaupt besuchen konnte.«

»Und was war mit dem Jungen?«

»Thilo? Er war ein bisschen langsam, immer hinter der normalen Entwicklung zurück, wissen Sie. Aber er war ein so ruhiges, nettes Kind, dass das gar nicht weiter auffiel. Die Leute haben allerdings getuschelt, weil er so hübsch aussah. Wenig Familienähnlichkeit, weder zu Elsa noch zu Armin. Erst hieß es, er sei wohl ein Spätzünder. Selbst der Kinderarzt hat das gedacht. Und Elsa und Armin sind ja auch nicht gerade Leuchten. Doch mit der Zeit wurde allen außer seinem Vater klar, dass Thilo geistig zurückgeblieben ist. Es wurden ein paar Tests mit ihm gemacht, als er schon in der Schule war. Das Ergebnis war niederschmetternd. Er würde nie ein eigenständiges Leben führen können. Die Fuhrmanns haben das geschluckt, doch damit war das Thema für sie erledigt. Aber im Dorf wurde natürlich geredet. Ob es wohl ebenfalls ein Geburtsschaden sei? Wer daran schuld sei?« Der Wirt schüttelte resigniert den Kopf. »Das muss man sich mal vorstellen: zwei geschädigte Kinder auf einmal, und eines davon so schwer.«

»Was ist mit der Tochter passiert?«

»Es wurde jedenfalls nicht besser mit ihr. Irgendwann mag man ja nicht mehr fragen. Meikes erste prognostizierte Lebenserwartung lag bei vier Jahren, aber es sind dann wohl vierzehn, fünfzehn Jahre geworden. Ich weiß es nicht mehr so genau. Irgendwann war sie tot. Armin wollte sie nicht mal auf der Familiengrabstelle beerdigen. Er hat sie nie richtig als sein Kind annehmen können. Aber da hat Elsa sich ausnahmsweise einmal durchgesetzt.«

Sie schwiegen einen Moment, jeder in seine eigenen, ungemütlichen Gedanken verstrickt.

Pia räusperte sich. »Vielen Dank für die ausführliche Auskunft, Herr Kleber. Wie lange wohnen Sie eigentlich schon in Groß Tensin?«

»Schon immer. Ich war bis auf meine Bundeswehrzeit nie weg.«

»Dann kennen Sie bestimmt die meisten Einwohner gut?«

»Das möchte ich meinen.«

»Da können Sie uns sicherlich bei der Identifizierung des Toten helfen.«

Als Pia und Broders aus dem Gasthof auf die Dorfstraße traten, kontrollierte Pia wieder ihr Mobiltelefon. Sie beobachtete, wie Broders sich möglichst unauffällig streckte und beugte, um seine Rückenmuskeln zu dehnen. Er hatte wohl immer noch Schmerzen. Sie verkniff sich jeden Kommentar zu diesem Thema. Er wusste ja selbst, dass er sich zu wenig bewegte. In den hohen Baumwipfeln krächzten ein paar Krähen, sonst war im Dorf alles ruhig. Die tragische Familiengeschichte der Fuhrmanns war Pia in die Knochen gefahren wie der Anflug einer Grippe. Was für ein Glück sie hatte, ein gesundes Kind zu haben. Und doch konnte sich das von einer Sekunde auf die nächste ändern. Wie nah sie alle und jederzeit am Abgrund standen.

Broders verzog bei ihrem »Kinder-Kontrollfimmel« ausnahmsweise mal nicht das Gesicht. »Rückt die Perspektive zurecht«, sagte er mit belegter Stimme, als Pia das Handy wieder wegsteckte. »Dagegen nehmen sich meine WG-Probleme lächerlich aus.«

»Dagegen nehmen sich die meisten Probleme, mit denen wir uns täglich rumschlagen, lächerlich aus.«

»Ich habe ein ungutes Gefühl«, sagte Broders und schaute mit hochgezogenen Schultern hinauf zu den Krähen.

»In Bezug auf was? Die Ermittlung?«

»Die Fuhrmanns.«

»Vielleicht sind sie ja nur für ein paar Tage verreist?«

Dämmerte es schon, oder ließ nur die nächste dunkelgraue Wolke alles noch düsterer aussehen? Pia leuchtete dem Mitarbeiter vom Schlüsseldienst mit ihrer Taschenlampe, während er das Schloss der Fuhrmann'schen Haustür aufbohrte. Es ließe sich auch eleganter öffnen, aber dieses war die übliche Vorgehensweise.

Als er die Tür aufstieß und ihnen einladend mit einer Geste bedeutete einzutreten, ertappte sich Pia dabei, wie sie als Allererstes prüfend die Luft einsog. Sie roch jedoch nur den typischen Geruch nach altem Haus, unterlegt mit einer Prise »Nutztier«, so schwach, dass Pia nicht sagen konnte, ob es hier mal Rinder, Schweine oder Geflügel gegeben hatte. Von der Haustür gelangten sie in einen beinahe quadratischen Raum. Pia fand einen Lichtschalter neben der Tür. Die Deckenlampe spendete nur einen fahlen Schein und trug wenig zur Erhellung der Szenerie bei. Rechts führte eine Treppe nach oben. Sie endete in vollkommener Dunkelheit. Insgesamt gingen vier braun gestrichene Kassettentüren von der Diele ab, die allesamt geschlossen waren. Manfred Rist, der ihr vorausgegangen war, stoppte in der Vorwärtsbewegung, als er mitten in der Diele stand. Der Staatsanwalt folgte ihnen scheinbar gelangweilt, doch Pia spürte, dass auch ihn das Jagdfieber gepackt hatte. Gernot Wiese war als neutraler Zeuge dabei und hielt sich mit ausdrucksloser Miene im Hintergrund.

Manfred Rist rief laut: »Polizei! Ist jemand zu Hause?« Sie lauschten. Nichts.

»Na, dann mal los!« Sie suchten einen Hinweis auf den Verbleib der Fuhrmanns. Sollten sie dabei auf die Spuren eines Verbrechens stoßen, wäre allerdings unverzüglich die Spurensicherung an der Reihe.

Rist stieß nacheinander die Türen auf. Ein kleines Büro, ein Wohn- und Esszimmer, die Küche. Die letzte Tür rechts vor der Treppe führte in einen schmalen Flur, über den man zu einem Bad, dem Hauswirtschaftsraum und in die angrenzenden Ställe gelangte. Oben lagen demnach die Schlafräume der Familie.

Pia durchsuchte als Erstes das Büro, Rist die Küche. Pia hatte es sich angewöhnt, bei solchen Operationen kurze Erinnerungsstützen auf ihr Handy zu sprechen. Zunächst ließ sie den Raum insgesamt auf sich wirken: Die Möbel in dunkler Eiche stammten wohl von Elsas Eltern oder Großeltern. Oder vom Sperrmüll, so zerkratzt und ramponiert, wie sie aussahen. Die sonst allgegenwärtigen Ergänzungsteile mit den schwedischen Vornamen fehlten. Sie sah auch keine Bücher, keine Fotos, nur ein Lexikon und Unmengen an Aktenordnern in verschiedensten Farben und Breiten, oft mehrfach beschriftet und ebenfalls ramponiert. In einem Regal stapelten sich Zeitschriften, die meisten zum Thema Landwirtschaft. Ein betagter Computer und ein noch älteres Telefon auf dem Schreibtisch vervollständigten das Heimbüro. Es gab keinen Anrufbeantworter, auf dem antiquierten Telefon keine Anzeige der verpassten Anrufe ... Pia zog sich Handschuhe über und überprüfte mit der Wahlwiederholung, welche Nummer zuletzt angerufen worden war. Sie bekam eine Ansage des Büros des Bürgermeisters von Groß Tensin, Karsten Sander, zu hören und sprach sich hinterher den Namen und die Nummer, die auf dem Anrufbeantworter genannt worden waren, auf ihr Handy. Herrn Sander würden sie später noch befragen müssen.

Der Inhalt der Schubladen und der recht übersichtliche Kram auf dem Schreibtisch halfen ihr nicht weiter. Interessant war eigentlich nur das, was fehlte: ein Terminkalender, persönliche Notizen, vielleicht ein Ordner mit Kontoauszügen ... Die Schreibtischunterlage bestand aus einem Din-A2-Block mit der Werbung eines Düngemittel-Lieferanten am Rand. Er war so gut wie jungfräulich, bis auf ein paar Kritzeleien und eine mit Kugelschreiber verfasste Notiz am Rand:

03.00 B3/4 396

Pia runzelte die Stirn. Hatte das etwas mit dem Verschwinden der Fuhrmanns zu tun? Sie fotografierte die Notiz. Der nächste Schritt, wenn die Fuhrmanns nicht auftauchten, wäre es, den Computer untersuchen zu lassen.

»Irgendwas, mit dem wir arbeiten können?« Rist stand in der Tür, die Hände in den Türrahmen gestützt. Er trug ebenfalls Handschuhe.

Pia zeigte ihm die Notiz auf der Schreibtischunterlage. »Und der letzte Anruf von diesem Apparat ging an den Bürgermeister. Vielleicht weiß der, wo die Fuhrmanns sind?«

»Der läuft uns ja nicht weg«, sagte Rist. »Die Küche ist sauber. Meines Erachtens zu sauber. Nur ein Brettchen mit Krümeln und ein schmutziges Messer in der Spüle ...«

»Ist der Kühlschrank voll oder leer?«

»Halbwegs voll. Ich würde nicht verreisen und frische Milch und Tomaten in meinem Kühlschrank stehen lassen. Es passt nicht zu der Ordnung und Sauberkeit, die sonst in der Küche vorherrschen.«

»Entweder sie hatten vor, nicht lange wegzubleiben ...«

»Oder sie sind überstürzt abgehauen.«

»Das eine Brettchen kann bedeuten, dass jemand vor der Abfahrt Brote geschmiert hat.«

Rist nickte. »Weiter im Text! Ich nehm das Wohnzimmer und den Seitenflur, du gehst nach oben!«

Der Staatsanwalt stand mitten in der Eingangshalle und sah auf seinen klobigen Chronografen. »Schon was Interessantes gefunden?«

»Bisher nur, dass jemand von hier aus mit dem Bürgermeister telefoniert hat. Das war der letzte Anruf, der rausgegangen ist. Wenn wir mehr wissen wollen, werden wir den Telefonanbieter kontaktieren müssen.«

»Das Wohnzimmer sieht unbenutzt aus. Erinnert an eine Möbelausstellung aus den Sechzigern.«

»Dann werde ich jetzt unter den Betten nachschauen«, sagte Pia sarkastisch. Sie stieg, immer zwei Stufen auf einmal nehmend, nach oben. Hier roch es muffig, und es war dunkel. Die alten Holzdielen unter einem ausgetretenen Läufer knarrten. Sie schaltete das Licht an. Tapeten wie zu Großmutters Zeiten, Stockflecken an der Decke ... Man sah eine Wohnung oder ein Haus und fällte ein Urteil über die Bewohner: arm oder gut situiert, jung oder alt, mit Geschmack, ordentlich oder unordentlich ... Und sie fragte sich, was man über sie denken würde, wenn man ihre Dachwohnung betrachtete. Seit feststand, dass sie, dem Himmel sei Dank, bald in eine größere Wohnung umziehen würde, gab Pia sich zu Hause nicht mehr besonders viel Mühe. Gut, es war einigermaßen sauber, aber es war definitiv zu klein für Felix und sie. Eine Dusche in der Küche, kein separates Kinderzimmer, und überall standen Sachen herum. Es war bunt und chaotisch. Trotzdem liebte sie ihre Dachwohnung, schon wegen der Lage in der Lübecker Altstadt im Gängeviertel, wegen der netten Nachbarn und weil sie mit wenigen Schritten am Wasser oder in der Innenstadt war.

Der erste Raum, den Pia betrat, war das elterliche Schlafzimmer. Sie atmete gegen die Enge an, die sich bei dem Anblick in ihrer Brust aufbaute. Ein Albtraumzimmer: angefangen bei dem Kruzifix mit leidender Jesusfigur über dem Bett, über braun gestrichene nackte Dielen bis hin zu der Frisierkommode mit dem angelaufenen Spiegel. Sie hätte schwören mögen, dass sich die schweren Daunendecken unter der hellblauen Überdecke klamm anfühlten. Das Bett war hochbeinig, mit wuchtigem Kopf- und Fußteil, darunter war, sie beugte sich pflichtschuldig hinunter, nichts, nicht mal ein paar Hausschuhe oder Wollmäuse.

Pia riss die Schranktüren auf. Der Schrank war halb leer. Entweder besaßen die Fuhrmanns nicht viele Sachen, oder sie hatten ihre Koffer gepackt und einiges mitgenommen. Koffer ... Sie würden prüfen müssen, ob es irgendwo leere Koffer gab.

Pia nahm sich das nächste Zimmer vor. Das Jungenzimmer, wie sie aufgrund der Poster an den Dachschrägen und ihrer Information über Thilo Fuhrmann vermutete. Trecker und Monstertrucks, keine Popstars ... In einem Vitrinenschrank standen Modelle von Traktoren in Plastik- oder Metallausführung, ebenso auf dem Regal über dem Bett, unter dem Bett und auf dem Schülerschreibtisch. Der Schreibtisch in »Buche hell« war das einzige neue Möbelstück im Raum. Thilos Reich. Auf dem Nachttisch leuchtete ein elektronischer Radiowecker. Keine Musikanlage, kein Computer. In den Schubladen von Schreibtisch und Nachttisch nur Krempel, kein Handy und keine Notizen.

Pia richtete sich auf und seufzte. Ihr Blick fiel aus dem Dachflächenfenster, unter dem der Schreibtisch stand. Draußen erhellten jetzt Scheinwerfer den Fundort. Die Leiche war abtransportiert worden, aber die Arbeit der Spurensicherung noch lange nicht abgeschlossen. Auf dem Schreibtisch stand ein Schuhkarton. Darin befanden sich Papierschnipsel, grob aus Zeitschriften ausgeschnittene Bilder. Thilos Hobby, neben seiner Treckersammlung? Auch hier wieder Fahrzeuge aller Art: Landwirtschafts-, Militär- und Zivilfahrzeuge gaben sich ein Stelldichein. Thilo schien nicht sehr wählerisch zu sein. Weiter unten änderten sich die Motive: Frauen und Mädchen. Er hatte sie aber nicht aus Modemagazinen, Sexblättchen oder Jugendzeitschriften ausgeschnitten. Eher hatte die Fernsehzeitung dran glauben müssen ...

Es fehlte noch der letzte Raum. Pia drückte die Türklinke herunter, doch es war abgeschlossen. »Herr Jantzen?«, rief sie nach unten.

Der Staatsanwalt kam eilig die Treppe herauf. »Was gefunden?«

»Eine abgeschlossene Zimmertür. Möchten Sie wissen, was dahinter ist?«

»Äh.. ja.«

»Dann haben wir jetzt drei Möglichkeiten.«

7. Kapitel

Pia und Jantzen entschieden sich für die materialschonende Variante, indem sie suchten. Der Schlüssel lag in einer Vase auf einer Kommode neben der Tür. Pia schloss auf. Die Luft roch abgestanden. Draußen war es inzwischen so dunkel, dass kaum noch Tageslicht durch das kleine Fenster fiel.

Sie schaltete die Deckenlampe ein. Das Licht einer Glühlampe unter einem gerafften Stoffschirm fiel auf einen beigefarbenen Teppich und ein helles Holzkinderbett. Es war mit einer hellblauen Bettwäsche mit Marienkäfern darauf bezogen. Ein Enten-Mobile drehte sich im Windzug der offenen Tür.

»Das Kinderzimmer«, sagte der Staatsanwalt ungerührt.

»Ja. Nur, für welches Kind?«, fragte Pia ein wenig ratlos. Sie berichtete ihm, was Broders und sie über die Familienzusammensetzung der Hausbewohner erfahren hatten. »Das Zimmer von Thilo scheint ja das nebenan zu sein. Und die Tochter Meike hat angeblich nie hier gewohnt. Sie war so krank, dass sie immer in einem Pflegeheim untergebracht werden musste.«

Olaf Jantzen trat ein paar Schritte in den Raum. Die Dielen unter dem Teppich knarrten. »Sieht aber so aus, als wäre das Mädchen mal hier gewesen.«

»Sie ist vor Kurzem gestorben. Sie und Thilo waren Zwillinge. Sie muss schon ein Teenager gewesen sein.«

Auf einem Wickeltisch lagen eine weiche Babybürste und ein zusammengefaltetes Kapuzenbadetuch. Pia spürte, wie sich ihre Arme mit einer Gänsehaut überzogen, so vertraut und gleichzeitig befremdlich war der Anblick. Es gab einen kleinen Tisch, auf dem ein Becher frisch angespitzter Buntstifte stand.

Da saßen Puppen im Regal, eindeutig aus dem Bestand der vorigen Kinder-Generation, es gab einen selbst gebauten Kaufmannsladen in der Ecke, der liebevoll dekoriert war. Kein nennenswerter Staub auf den Oberflächen. Alles sah benutzt aus. So, als wäre das Kind gerade im Kindergarten ... und sie hätten soeben eine Zeitreise in die Vergangenheit unternommen. Das war alles höchst seltsam. Wo zum Teufel waren die Fuhrmanns?

Abends um kurz vor halb sieben machte sich Pia auf den Weg, um Felix abzuholen. Sie hatte Hinnerk angerufen, bevor sie in Groß Tensin losgefahren war, und ihm gesagt, dass sie jetzt auf dem Heimweg sei. Da könne sie Felix gleich einsammeln und mitnehmen. Er hatte erst herumgedruckst, wollte ihr Felix lieber vorbeibringen, sah dann aber ein, dass es so praktischer war. Sie programmierte seine neue Adresse in Lübeck in ihr Navigationsgerät ein. Das WG-Zimmer, in dem er gewohnt hatte, bevor er zum Studieren nach Ungarn gegangen war, und das sie blind gefunden hätte, bewohnte er ja nun nicht mehr. Sein neuer Wohnort lag in St. Hubertus im Hirschgrund, eine Gegend, in der sich Pia nicht gut auskannte. Auf ihrer ganz eigenen Landkarte der Verbrechen war dieser Ort ein weißer Fleck. Sie fuhr die Ratzeburger Allee hinunter, dann rechts in die Blankenseer Straße. Pia war einigermaßen erstaunt, als sie nach ein paar Minuten vor einem Reihenhaus stand. Vorher hatte Hinnerk mitten in der Stadt gewohnt. Ein ziemliches Gegurke, wenn sie Felix immer hin- und herfahren mussten.

Pia riss sich zusammen. Sie war müde und kaputt nach diesem Tag. Das Mädchenzimmer auf dem Hof der Fuhrmanns und die Geschichte dazu waren ihr an die Nieren gegangen. Mehr noch als der namenlose Tote selbst. Sie betrachtete das gepflegte Haus, hinter dessen Plisseestores einladend warmes

Licht leuchtete. Besser, Felix' Vater lebte hier als in Ungarn. Sie hatte keinen Grund zu meckern, wenn Felix sich hin und wieder in dieser Umgebung aufhielt. Bestimmt gab es hier viele Kinder, die natürlich um diese Uhrzeit alle längst am Abendbrottisch oder vor dem Fernseher saßen.

Sie stieg aus und ging den Plattenweg hinauf zur Eingangstür. Ein Türkranz aus Buchsbaum mit roten Beeren und passender rot karierter Schleife hing an der Tür. *Willkommen* war auf einem Holzschildchen zu lesen. Ein Windlicht mit brennender Kerze stand auf dem Treppenpodest. Auf dem Holz-Türschild in Form einer Eisenbahn standen die Namen *Mascha Steiner* und *Hinnerk Joost* auf der Lokomotive. Auf dem ersten Anhänger prangte der Name *Felix*. Pia schluckte. Die Lok zog noch drei weitere Anhänger, alle unbeschrieben. Akutes Nestbau-Syndrom, diagnostizierte sie, um den Kloß im Hals loszuwerden. Sie beschloss, nicht irritiert zu sein, sondern einfach zu klingeln.

Eine Frau in rosafarbenem Flauschpullover öffnete ihr. Sie hatte schwarzes kurzes Haar, modisch geschnitten und schwungvoll aus dem Gesicht geföhnt.

»Hi, ich bin Pia, Felix' Mutter.« Sie reichte der Frau die Hand, die diese nur zögernd ergriff. »Ich wollte Felix abholen.«

Mascha nahm sich die Zeit, Pia von Kopf bis Fuß zu mustern, bevor sie zur Seite trat und nach Hinnerk rief.

Der kam in Jogginghose und Hausschuhen aus dem Wohnzimmer. »Da bist du ja, Pia! Felix isst gerade. Komm doch rein!«

Mascha runzelte leicht die Stirn, aber sie lächelte höflich. »Möchtest du vielleicht auch was essen? Ich weiß, wie es ist, wenn man direkt von der Arbeit kommt. Und auf einen mehr oder weniger am Tisch kommt es ja nicht an, oder?«

»Oh, danke nein! Ich hatte vorhin schon Matjes mit Bratkartoffeln, die esse ich immer noch.« Sie folgte den beiden in ein typisches, lang gestrecktes Reihenhaus-Wohnzimmer. Der helle Holzfußboden glänzte, die Möbel sahen aus wie frisch aus dem Versandhauskatalog bestellt. Felix saß in einem Kinderstuhl am Esstisch. Als er sie erblickte, juchzte er und riss die Arme hoch. Pia nahm ihn hoch und drückte ihn. Sie hatte die atavistische Anwandlung, ihn vor was auch immer retten zu müssen.

»Lass ihn doch in Ruhe zu Ende essen!«, sagte Hinnerk hinter ihrem Rücken.

»Natürlich lasse ich ihn aufessen. Aber eine kurze Begrüßung muss sein.«

Sie küsste ihren Sohn auf das weiche Haar. Er roch fremd. Felix wollte nun allerdings nicht mehr im Kinderstuhl sitzen, sondern setzte durch, dass er den Rest der Mahlzeit auf ihrem Schoß verbleiben durfte. Mascha entschuldigte sich und verschwand in der Küche.

»Sie hat ihm den Stuhl heute erst gekauft«, erklärte Hinnerk mit gesenkter Stimme.

»Sie?«

»*Wir* sind jetzt zusammen, Mascha und ich.«

»Ich weiß. Das ging alles recht schnell, oder?« Pia sah sich in dem perfekt scheinenden neuen Heim um.

»Findest du?« Er starrte sie an.

»Hübsch habt ihr es hier«, sagte Pia nun pflichtschuldig. Sie wollte leichtes Geplauder in Gang halten, schon weil Felix zuhörte, aber auch weil sie spürte, dass sie heute Abend nicht mehr in bester nervlicher Verfassung war.

»Maschas Eltern haben ihr vor ein paar Monaten dieses Haus überlassen. Sie sind nach Neuseeland ausgewandert. Da mussten wir uns entscheiden, was wir wollen.«

Pia fragte sich, ob er das hier wirklich wollte. Hinnerk war jünger als sie. Er studierte noch.

Es war Freitagmorgen. Groß Tensin lag noch im Dunst, doch als Herbert Kleber über den ersten Hügel fuhr, brach die Sonne durch. Der über Nacht gefrorene Raureif ließ die Landschaft links und rechts der Landstraße wie eine Szenerie aus *Holiday on Ice* aussehen. Er war ja nicht so wild auf solchen Kitsch, aber seine Madame liebte so etwas. Herbert hatte ihr mal Karten dafür zum Geburtstag geschenkt. Damals, als er noch in der Werbungsphase gewesen war.

Heute war es ihm sehr recht, dass er einen Vorwand hatte, seiner Madame mal einen Vormittag lang zu entkommen. Ansonsten hätte er ihr in der Küche bei den Essensvorbereitungen helfen müssen. Das war Weiberkram. Doch seine Frau konnte ziemlich ungemütlich werden, wenn er das laut zu sagen wagte. Sie verstand nicht, dass er morgens auch mal Zeit für sich brauchte, wenn er Tag für Tag bis spät abends hinter dem Tresen stand. Meistens war es leichter, sich grummelnd zu fügen und es ihr dann irgendwie heimzuzahlen. Heimlich einen zweiten Lottoschein auszufüllen und auf das Beste zu hoffen beispielsweise. Morgen war wieder eine Ziehung. Irgendwann musste auch er mal Glück haben. Reich wurde er mit seiner Kneipe ganz gewiss nicht, und eine brauchbare Altersvorsorge hatte er auch nicht. Sollte er etwa mit siebzig noch hinter dem Zapfhahn stehen?

»Die Insassen dieser Zelle haben heute Ausgang«, murmelte er. Als die ansonsten kurvige Landstraße ein Stück schnurgerade durch die Felder führte, trat er kräftig auf das Gaspedal seines geliebten alten Benz'. Hinter ihm stieg eine schwarze Rauchwolke auf. Jetzt ging es erst mal nach Lübeck, einen Toten begutachten. Er hoffte, dass es niemand war, den er kannte. Lieber wollte er einen unbekannten Toten anschauen. Nicht toll, aber das war immer noch besser, als einen ganzen Vormittag lang unter Aufsicht Kartoffeln zu schälen.

Pia war erleichtert, dass Fiona am Freitagmorgen wieder im Einsatz war. Felix freute sich mittlerweile darauf, zu seiner Tagesmutter zu gehen und mit den anderen Kindern zu spielen.

Sie beeilte sich, rechtzeitig zur Frühbesprechung ins Kommissariat zu kommen. Die anderen saßen schon auf ihren Plätzen, als Pia mit gerötetem Gesicht hereinstürmte. Manfred Rist schob gerade das Whiteboard in Position. Pia sah zu Wilfried Kürschner, der am Kopfende des Besprechungstischs saß und eine düstere Miene zog. Gar nicht gut.

Sie ließ sich auf den freien Platz neben Broders fallen.

»Du glühst«, stellte er mitleidlos fest.

Pia hielt ihren kühlen Handrücken gegen ihre Wange. »Stimmt. Gibt es was Neues über Gabler?«

»Die Buschtrommeln waren schon aktiv«, raunte er ihr zu.

»Und was trommeln sie?«

»Nicht jetzt ...«

Kürschner stand auf und räusperte sich. »Moin, zusammen! Ein paar von euch haben es wohl schon gehört. Es gibt schlechte Neuigkeiten: Horst-Egon Gabler hatte gestern einen Herzanfall und ist in die Uniklinik eingeliefert worden. Sie haben ihn wohl sofort operiert. Ich habe eben mit seiner Frau telefoniert. Er befindet sich noch auf der Intensivstation, es geht ihm jedoch angeblich den Umständen entsprechend. Nun ja ... was immer das heißen mag. Mehr ist dazu wohl nicht zu sagen. Wir hoffen natürlich alle, dass er schnell wieder ganz gesund wird. Aber das kann leider dauern ...« Er sah mit ernster Miene in die Gesichter seiner Leute. Sein sonst rundes und freundliches Gesicht wirkte schlaff, und er hatte bläuliche Ringe unter den Augen. Er und Horst-Egon Gabler waren schon sehr lange zusammen beim K1, dachte Pia. Schon vor ihrer Zeit hier jedenfalls. Sie waren ein gutes Team, eben weil sie so unterschiedlich arbeiteten und ihre Persönlichkeiten sich ergänzten. Kürschner funktionierte als Gablers Stellvertreter und rechte Hand. Allein schien er auf verlorenem Posten zu stehen. Das hatte sich bei den gestrigen Ermittlungen bereits angedeutet. Und erst recht bei einem neuen Fall wie dem in Groß Tensin, der schon gestern erste Aufmerksamkeit der Medien auf sich gezogen hatte.

Pias Blick wanderte weiter zu Manfred Rist. Sein Gesicht war starr, gab nichts von seinen Gefühlen preis. Doch als Kürschner nichts weiter sagte und sich wieder auf seinen Stuhl fallen ließ, stellte Rist sich neben ihn und machte damit unmissverständlich klar, dass sie nun mit ihm zu rechnen hatten. Er war zum K1 gekommen, um seine Karriere weiter voranzutreiben. Das war sein gutes Recht. Die Mittel und Wege jedoch, die er dafür vielleicht einzusetzen gedachte, bereiteten Pia Sorgen.

Rist sagte noch ein paar aufmunternde, gönnerhaft klingende Worte über Horst-Egon Gabler und dessen Zustand. Wenn Gabler sie gehört hätte, hätte er davon wahrscheinlich zusätzlich einen akuten Schub von Nesselfieber bekommen. Dann schwor Manfred Rist das Team auf den neuen Fall ein. Ein »Tschakka!« und die gereckte Faust fehlten gerade noch. Danach überließ Rist Kürschner noch mal das Feld. Der fasste die bisherigen Ergebnisse auf seine gewohnt ruhige, gründliche Art zusammen, während Rist die wichtigen Stichpunkte mit quietschendem Filzstift auf dem Whiteboard festhielt.

»Euer Wirt, Herbert Kleber, konnte unseren Toten übrigens nicht identifizieren«, sagte Rist in Pias Richtung.

»Es ist also mit hoher Wahrscheinlichkeit niemand aus der Dorfgemeinschaft. Ein Fremder.«

»Oder der Wirt hat ihn nicht erkannt. Eine Wasserleiche in dem Stadium, in dem sich unsere Leiche befand, ist schwer zu identifizieren. Viele Leute schauen da auch lieber nicht so genau hin«, merkte Pia an. Es fiel ihr schwer zu glauben, dass der Tote ein Fremder sein sollte. Die Bilder aus dem Haus der Fuhrmanns gingen ihr nicht aus dem Kopf. Verlassene Räume, halb leere Schränke, keine Koffer weit und breit. Die Post im Briefkasten hatte sich seit Montag dort angesammelt. Wenn die Fuhrmanns nicht im Urlaub waren, dann waren sie auf der Flucht. Es sah nach einem Familiendrama aus.

»Herbert Kleber war sich aber sicher«, kam es von Michael Gerlach, der bei der versuchten Identifizierung dabei gewesen war. »Und er hat auch genau hingesehen.«

»Okay.«

Juliane Timmermann richtete sich auf ihrem Platz auf. »Dann sollten wir uns auf die anderen Möglichkeiten konzentrieren. Ich hatte ja gestern das Vergnügen, Innendienst zu schieben, und bin die Vermisstenanzeigen der letzten Zeit durchgegangen ...« Sie klang ein bisschen gereizt. Lag es daran, dass sie nicht mit vor Ort gewesen war?

»Ich dachte, da war nichts dabei?«, fuhr Rist dazwischen.

»Auf den ersten Blick nicht. Ich hatte es hauptsächlich mit Jugendlichen zu tun, die von zu Hause abgehauen sind, oder alten, dementen Leuten, die sich verlaufen haben.« Sie machte eine Kunstpause und sah triumphierend in die Runde. »Aber vorhin, kurz vor der Besprechung, hab ich einen Anruf aus Bad Schwartau bekommen. Eine frisch eingetroffene Vermisstenanzeige. Es handelt sich um einen Lehrer, der seit beinahe einer Woche nicht in der Schule war. Gestern hat sich eine seiner Kolleginnen bequemt, bei ihm zu Hause nach dem Rechten zu sehen. Als ihr keiner aufmachte, ließ sie mithilfe der Polizei die Tür öffnen. Er ist nicht da. Die Wohnung war leer.«

»Schon wieder jemand, der weggefahren ist, ohne sich abzumelden?«, fragte Rist. Auch ihn nervte offenbar der Umstand, dass die Fuhrmanns in dieser Situation nicht auffindbar waren.

»In dem Fall sind die Umstände wohl anders.«

»Weshalb?«

»Ein Vogel, ein Nymphensittich, lag tot in seinem Käfig. Er könnte verhungert oder verdurstet sein.«

Während einer kurzen Kaffeepause kontaktierte Wilfried Kürschner die Kollegen in Bad Schwartau, um weitere Details über den vermissten Lehrer zu erfahren.

»Sie schicken uns jemanden, der den Vermissten kennt und der sich unseren Toten ansieht«, sagte er, als sie fortfuhren. »Es ist die Direktorin der Schule, an der dieser Lehrer arbeitet.« Die neue Entwicklung schien ihn ein wenig aus seiner Lethargie geholt zu haben.

»Und wann kommt sie?«, fragte Rist. »Nur damit wir planen können.«

»Sie heißt Frau Osterhoff, und sie macht sich nach ihrem Unterricht gleich auf den Weg.«

»Also gut. Gerlach kann wieder mitgehen. Vielleicht hat Herr Jantzen auch Interesse daran, an einer Identifizierung in der Rechtsmedizin teilzunehmen?«

Der Staatsanwalt, der während der Besprechung in den Raum gekommen war, sah von seinem Blackberry hoch und schüttelte den Kopf. Er deutete auf seine Uhr.

Manfred Rist warf einen zufriedenen Blick auf das vollgeschriebene Whiteboard. Er übernahm es, jedem Mitarbeiter seine neuen Aufgaben zuzuteilen. Pia musste ihm allerdings mitteilen, dass sie an diesem Nachmittag freihabe und erst am Samstagvormittag wieder im Dienst sei. Dafür habe sie aber dann das Wochenende rund um die Uhr Zeit, wenn es nötig sein sollte. Gabler achtete im Anfangsstadium einer Ermittlung immer darauf, zu jeder Uhrzeit Mitarbeiter zur Verfügung zu haben, was manchmal eben auch Schichtdienst erforderte. Doch der Vorschlag brachte ihr einen im besten Fall verständnislosen Blick ein. Rist enthielt sich eines Kommentars, aber sie wusste ohnehin, wie er darüber dachte.

»Sind die Fuhrmanns schon zur Fahndung ausgeschrieben?«, fragte sie, bevor sich die Besprechung auflöste.

»Bisher stehen sie nicht unter Tatverdacht.«

»Dann zur Ermittlung von Zeugen und Auskunftspersonen?« Pia sah den Staatsanwalt an.

»Mir erscheint aus Gründen der Verhältnismäßigkeit eine Ausschreibung in INPOL für das gesamte Bundesgebiet nicht geboten«, sagte der Staatsanwalt mit Blick auf Rist.

»Einer von ihnen, Thilo Fuhrmann, ist noch minderjährig. Es könnte Gefahr für Leib und Leben bestehen«, argumentierte Pia.

»Hast du diesbezüglich einen begründeten Verdacht?« Rist klang ungeduldig.

»Auf dem Grundstück der Fuhrmanns ist ein Mensch tot aufgefunden worden. Die ganze Familie ist daraufhin verschwunden.«

»Wir wissen nicht, ob sie wirklich als vermisst gelten. Sie könnten im Urlaub sein. Soweit ich mich erinnere, gab es keine Anzeichen für eine überstürzte Abreise oder gar eine Flucht.«

Der Staatsanwalt räusperte sich. »Ich denke, alle im Raum haben jetzt genug zu tun. Ich erwarte Ihre Ergebnisse.« Und zu Pia und Manfred Rist gewandt: »Das mit der Fahndung können wir gleich noch unter uns besprechen.«

»Ich muss heute Mittag pünktlich weg«, sagte Pia. Es war wie verhext. Sie hatte Fiona versprochen, Felix heute rechtzeitig abzuholen.

»Also gut. Schieß los!« Rist stützte die Hände in die Hüften, als sie, Jantzen und er die Letzten im Raum waren.

»Ich würde sogar in Betracht ziehen, schengenmäßig nach den Fuhrmanns zu fahnden«, sagte Pia. »Für eine Ring- oder Grenzfahndung dürfte es schon zu spät sein.«

»Das liegt ganz beim Richter«, sagte Rist.

»Hast du den Beschluss denn schon angefordert?«

»Nein.«

»Wann soll das passieren?«

»Das steht noch nicht fest.«

»Ach so.« Mehr war dazu nicht zu sagen. Pia verließ den Raum.

»So gewinnst du nicht den allgemeinen Polizei-Beliebtheits-Award«, sagte Broders, als Pia wütend aus dem Besprechungsraum stürmte.

»Bei Manfred Rist will ich gar nicht beliebt sein.«

»Tja. Das wird auch so nichts mit dem Foto als ›Mitarbeiter des Monats‹ an der Wand.«

8. Kapitel

Um halb drei am Nachmittag stand fest, dass es sich bei dem Toten um Ulf Nielsen handelte. Er war Lehrer an einer Gemeinschaftsschule gewesen. Die Schuldirektorin Regine Osterhoff war nach Unterrichtsschluss ins Institut für Rechtsmedizin gekommen und hatte den Toten nach anfänglichem Zögern als ein Mitglied ihres Lehrkörpers identifiziert. Eine gewisse Unsicherheit blieb, denn die Frau hatte ihn eher anhand seiner Kleidungsstücke als an seinem Gesicht erkannt, was dem Zustand der Leiche nach der langen Lagerdauer im Wasser und in freier Natur zuzuschreiben war. Sein Zahnschema oder ein DNA-Test mithilfe von Spurenmaterial aus seiner Wohnung würden letzte Sicherheit bringen. Aber das konnte dauern.

Heinz Broders und Juliane Timmermann machten sich daraufhin auf den Weg nach Bad Schwartau zu Ulf Nielsens Wohnung. Sie trafen beinahe gleichzeitig mit ihren Kollegen von der Spurensicherung dort ein. Die Schutzpolizei hatte am gestrigen Tag das Schloss zu Nielsens Wohnung aufbrechen und später durch ein neues ersetzen lassen, sodass einer der Beamten dieses Mal nur einen Schlüssel hervorgezogen und aufgeschlossen hatte.

»Sie haben die Wohnung gestern nicht versiegelt?«, fragte Broders den Kollegen von der Schutzpolizei, der noch anwesend war.

»Dafür bestand kein Anlass. Wir sollten uns nur davon überzeugen, dass der Bewohner nicht hilflos oder tot auf dem Fußboden liegt. Und das war nicht der Fall.«

Drinnen begannen zwei Kollegen vom K6 sofort mit der

Arbeit. Nachdem Juliane und Broders ebenfalls Schutzkleidung angelegt hatten – er hatte Schwierigkeiten, seinen Fuß so hoch zu heben, dass er in den Overall steigen konnte, so sehr piesackte ihn sein Rücken –, traten sie in einen engen Flur.

»Was riecht hier denn so?«, fragte Broders den ersten Kollegen, der ihm entgegenkam.

»Wird der Vogel in der Küche sein. Ist von der Stange gefallen.«

Broders stieß die Küchentür auf. Auf der Fensterbank über der Heizung stand ein Vogelkäfig. Am Boden im weißen Sand lag ein grauer papageienartiger Vogel. Sein Futter- und sein Wasserspender waren leer. Das Tier war steif und mausetot. Ein trauriger Anblick. Broders schloss die Küchentür, um den Geruch weitestgehend dort zu belassen.

»Können wir dann loslegen?«, fragte Juliane ungeduldig. Sie trug heute Jeans und Stiefel wie sonst Pia, nicht ihre üblichen Stoffhosen und Pumps. Hatte sie Angst gehabt, sie würde sich im Außendienst ihr Outfit ruinieren? Broders hätte lieber Pia dabeigehabt. Sie waren ein eingespieltes Team, während er Juliane mit ihrer Profilneurose einfach nur anstrengend fand.

»Wir sind gleich mit den ersten beiden Räumen durch. Wenn ihr wollt, könnt ihr hier schon rein«, sagte einer der Kriminaltechniker nach einer kleinen Weile.

Juliane sah Broders erwartungsvoll an.

»Nimm du das Schlafzimmer! Die Tür hier. Ich schau mir zuerst das Wohnzimmer an«, sagte er.

»Woher willst du wissen, dass das das Schlafzimmer ist?«

»Ist es immer. Ich kenne diese Grundrisse«, meinte er.

»Und wer nimmt die Küche?«

»So weit sind wir noch nicht. Wir suchen alles, was einen Hinweis darauf geben kann, dass der Mann, der hier gewohnt hat, wirklich unser Opfer ist. Was er auf dem Gelände der

Fuhrmanns wollte. Wie er vielleicht mit den Besitzern des Hofes in Kontakt stand. Warum er ermordet wurde. Im Grunde suchen wir alles! Wir müssen diesen Ulf Nielsen anhand seiner Wohnung kennenlernen.«

»Schon gut. Ich bin kein Anfänger.«

»Dann zieh langsam mal deine Kapuze über!«

Nachdem Heinz Broders sich einen Gesamteindruck verschafft hatte, ging er systematisch die Einrichtung des Wohnzimmers durch. Es war eine typische Single-Wohnung, eher praktisch als schön, das Mobiliar lieblos zusammengestellt, mit Erinnerungsstücken aus Nielsens Studentenzeit, wie es aussah. Ein uralter Ficus, mit Wachs vollgetropfte, zu Kerzenständern umfunktionierte Weinflaschen. Ein brauner Cordschaukelsessel und ein Flokati aus den frühen Achtzigern ... Die schwarze Schrankwand zog Staub wie magnetisch an und besaß eine Glasvitrine mit ein paar Gläsern und Nippes. Die Regale waren vollgestellt mit Büchern, hauptsächlich Sachbüchern über Heimatkunde oder zu geschichtlichen Themen.

Broders arbeitete sich durch die Schubladen, vor die er sich kniete, weil es ihm heute unmöglich war, sich hinunterzubeugen. Er fand aber nichts, das seinen Herzschlag erhöht hätte. Nach einer Weile kratzten ihm der Staub und das großzügig auf die Oberflächen verteilte Fingerabdruckpulver im Hals. Broders öffnete die Balkontür und ging hinaus.

Ein Werkzeugkasten stand mitten auf dem Balkon. Broders, der stets auf Ordnung und Werterhalt bedacht war, schüttelte unwillkürlich den Kopf. In der Ecke stand ein einzelnes Rad mit einer Acht darin. Ein paar Schräubchen und Unterlegscheiben lagen am Boden. Es sah so aus, als hätte Nielsen sein Fahrrad auf dem Balkon repariert. Und wo war dieses Fahrrad jetzt? In einem Kellerraum? Oder gab es irgendwo eine

Garage? Es wurde zu frisch draußen. Broders spürte, wie sich seine Rückenmuskeln verkrampften, und ging wieder rein.

Als er die Durchsuchung des Wohnzimmers abgeschlossen hatte, stand das Fahrrad auf seiner Merkliste. Außerdem wusste er nun, dass Nielsen sich für Heimatkunde und Geschichte interessierte und selbst ein paar kleine Bände zum Thema »Frühgeschichte in Schleswig-Holstein« verfasst hatte. Die Verlage waren Broders unbekannt, aber er war auch kein großer Kenner der Szene. Er fotografierte die Bücher einzeln zwecks weiterer Recherche.

Im Flur kam ihm Juliane entgegen. »Ich werde in Zukunft noch mehr darauf achten, wie ich meine Wohnung morgens zurücklasse. Wenn man bedenkt, dass man vielleicht nie mehr zurückkommt und fremde Leute bei einem herumwühlen ...«

»Hast du irgendwas Nettes gefunden? Die Pornosammlung, etwas über Sex mit Haustieren oder die Zeitung, aus denen er die Wörter für den Erpresserbrief ausgeschnitten hat?«

»Nichts.« Juliane verzog keine Miene. »Ich übernehme sein Arbeitskabuff, du darfst dir in Ruhe die Küche anschauen«, sagte sie mit einem hinterhältigen Lächeln.

Broders brachte das Küchenfenster in Kippstellung und stellte die Heizung ab. Wegen des Vogels sollten sie dem Hausmeister Bescheid sagen, bevor es zu eklig wurde. Wann war das Tier wohl zuletzt gefüttert worden? Wie lange hielt so ein Futterspender? Nielsens Kühlschrank und die Vorratsschränke waren gut gefüllt. Der Lehrer schien kein großer Koch gewesen zu sein, eher ein Aufwärmer, klassisch im Topf, denn er besaß keine Mikrowelle. Vielleicht erklärte das seine Vorliebe für Eintöpfe wie Erbsen- und Linsensuppe sowie für Ravioli. Die Marmeladen dagegen waren selbst eingekocht. Erdbeere und Pflaume. Entweder war deren Zubereitung die Abweichung von der Regel, oder aber Ulf Nielsen hatte jemanden, der ihn diesbezüglich versorgte ... Die Mutter, eine Freundin, Schülerin, wohlmeinende Nachbarin? Warum dachte man bei Marmeladenzubereitung immer an Frauen? Sogar er, der es doch besser wissen sollte?

Ein Aufschrei aus dem Nebenzimmer riss ihn aus diesem Gedanken. Juliane Timmermann stand vor dem Schreibtisch, die Hände in die Hüften gestützt. »Da brat mir doch einer 'nen Storch!«, sagte sie. »Ich wühl hier in den Unterlagen, und da hängt es direkt vor meiner Nase.«

»Was?«

»Eine Landkarte, Maßstab 1:10 000, auf der auch der Röperhof der Fuhrmanns mit drauf ist. Hier, das ist er doch. Das ist der Ort, wo seine Leiche gefunden wurde. Und er hatte sich die Karte dazu an die Wand gepinnt!«

Sie verstauten Ulf Nielsens Aktenordner, den Inhalt seiner Schreibtischschubladen, die Karte sowie seinen Laptop in Kartons, um sie mit ins Kommissariat zu nehmen. Anschließend klingelten Broders und Timmermann bei den Nachbarn im Haus. An einem späten Freitagnachmittag trafen sie sie alle an. Die Frage nach Nielsens Fortbewegungsmitteln war schnell beantwortet. Ein Auto hatte der Lehrer nicht besessen. Aus Prinzip, wie er wohl immer betont hatte. Dafür hatte er ein teures Fahrrad gehabt. Alle im Haus wussten das. Nielsens Mountainbike war nämlich ein Stein des Anstoßes gewesen. Da er es wohl nicht ständig in den Keller hatte schleppen wollen, sich aber auch geweigert hatte, sein Rad über Nacht draußen am Fahrradständer anzuschließen, hatte Nielsen es stattdessen oft im Hausflur stehen lassen. Wenn der Protest der anderen Mietparteien mal wieder zu groß geworden war, hatte der Lehrer sein Rad mit in seine Wohnung genommen und offensichtlich auch auf seinem Balkon geparkt und repariert. So weit, so gut. Doch nun war das Fahrrad verschwunden.

»Frau Löbich?« Michael Gerlach betrat das Lehrerzimmer. Eine junge Frau mit lockigen Haaren und großer Brille saß verloren inmitten von Unterlagen an einem langen Tisch.

Regine Osterhoff, die Direktorin der Schule, hatte ihm nach der Identifizierung im Institut für Rechtsmedizin gesagt, dass Dina Löbich vielleicht noch im Lehrerzimmer arbeiten würde. Sie war Referendarin, hatte Herrn Nielsen ab und zu in Erdkunde vertreten und nach ihm gesucht, nachdem er ein paar Tage nicht zum Unterricht erschienen war. Im Nachhinein war es der Schuldirektorin sichtbar unangenehm gewesen, dass ausgerechnet eine Referendarin sich dazu bemüßigt gefühlt hatte, bei ihm zu Hause vorbeizuschauen und nach dem Rechten zu sehen.

»Ich habe nicht im Traum daran gedacht, dass ihm etwas zugestoßen sein könnte«, hatte Frau Osterhoff Gerlach versichert. »Er war doch noch gar nicht so alt. Und er strotzte vor Gesundheit. Aß dauernd Müsli, fuhr immer mit dem Fahrrad, bei Wind und Wetter ... Ich dachte wirklich, er hätte nur die übliche Winter-Grippe.«

»Ist es bei Ihnen denn gang und gäbe, dass Lehrer dem Unterricht fernbleiben, ohne das Sekretariat davon in Kenntnis zu setzen?«

»Natürlich nicht!« Frau Osterhoffs schlaffes Kinn bebte vor Entrüstung. »Wir erwarten eine sofortige Krankmeldung, und spätestens am dritten Tag ein Attest. Im Fall Nielsen dachte ich, es wäre nur irgendwie untergegangen, weil er ein überaus zuverlässiger Kollege ist. Unsere Schulsekretärin war nämlich auch kurze Zeit krank. Und ich selbst hatte einfach zu viel um die Ohren, um mich gleich persönlich darum zu kümmern.«

Da saß sie also, die junge Lehrerin, die bei Ulf Nielsen nach dem Rechten gesehen hatte, und sah ihn beinahe ängstlich an. Gerlach stellte sich ihr vor. »Es geht um Ihren Kollegen Nielsen. Können wir uns einen Moment unterhalten?«

»Ich habe noch schrecklich viel zu tun. Aber … na klar. Es nützt ja nichts«, sagte sie schicksalsergeben. Sie machte ein Gesicht, als wäre sie es gewohnt, dass andere über ihre knapp bemessene Zeit verfügten.

Er setzte sich neben sie. Vor ihr auf dem Tisch stand ein Kaffeebecher mit dem Aufdruck *Born to be wild*.

»Haben Sie im Lehrerzimmer alle Ihren festen Platz?«, fragte er, um das Eis zu brechen. Er fühlte sich wie ein Eindringling. Ein Lehrerzimmer hatte immer noch einen gewissen Nimbus. Als Schüler hatte man dort nur in Ausnahmefällen Zutritt, und später … Er war Jahrzehnte nicht mehr an einer Schule gewesen. Doch egal, ob Lübeck oder Bad Schwartau, der Geruch und die Atmosphäre waren irgendwie überall gleich.

»Die altgedienten Kollegen schon. Wir Referendare werden auch schon mal hin und her geschubst. Es sind ein paar Plätze zu wenig da.«

»Und Herr Nielsen. Wo saß der?«

»Mir schräg gegenüber. Dort, wo der Stapel Bücher liegt.«

»Wie haben Sie sich mit ihm verstanden?«

»Na ja. Wir haben beide Erdkunde unterrichtet. Aber das war es auch schon mit den Gemeinsamkeiten. Im Grunde hatte ich nichts mit ihm zu tun.«

»Frau Löbich, Sie sind nach dem Unterricht in Ihrer Freizeit zu seiner Wohnung gefahren und haben veranlasst, dass diese aufgebrochen wird, als er Ihnen nicht aufgemacht hat.«

Ihre Wangen röteten sich. »Bei Ihnen hört es sich ja so an, als hätte ich Herrn Nielsen nachgestellt!«

»War keine Absicht. Aber irgendein Motiv werden Sie doch gehabt haben?«

»Ist es jetzt ein Verbrechen, wenn man Zivilcourage zeigt und sich um seine Mitmenschen sorgt? Es war absolut untypisch für einen Mann wie Nielsen, für den eiserne Pflichterfüllung quasi Gesetz war, unentschuldigt fernzubleiben. Außerdem …«

»Ja?«

»Außerdem hat es mir gestunken, andauernd seine Klassen in Erdkunde zu übernehmen. Besonders die Klasse 8c. Ich dachte, wenn ich bei ihm aufkreuze, ist ihm das so unangenehm, dass bestimmt eine Art Spontanheilung von was auch immer bei ihm einsetzt und er sich wieder in die Schule schleppt.«

Gerlach musste beinahe widerwillig grinsen. »Das hätte sicher auch geklappt, wenn Sie ihn angetroffen hätten. Bei Ihrer Energie.« Und wenn nicht vorher jemand Ulf Nielsen den Schädel eingeschlagen hätte, dachte er.

»Aber er war da schon längst tot«, sagte Dina Löbich. »Mist, verdammter! Entschuldigung.«

»Keine Ursache. Bei Mord oder Totschlag verstehen wir auch keinen Spaß.«

»Er war gar nicht der Typ dafür.« Die Referendarin rückte ihre Brille zurecht. »Er war so … unauffällig. Ein bisschen nervig. Selbstgerecht und pedantisch, aber deswegen bringt man ja niemanden um.«

»Wie ist er mit den anderen Lehrern ausgekommen?«

»Er hatte, glaube ich, keine Freunde unter den Kollegen. Einige sind ja richtig dicke miteinander, es gibt Cliquen und Einzelgänger. Es ist wie überall.«

»Ulf Nielsen war ein Einzelgänger?«

»Ich hatte jedenfalls den Eindruck. Aber ich bin erst seit vier Monaten hier. Ich weiß nicht, ob ich da die richtige Auskunftsperson bin.«

»Sie interessieren sich für Ihre Mitmenschen. Das ist schon viel wert.« Gerlach hoffte, jetzt nicht zu dick aufgetragen zu haben, doch sie schluckte es. »Hatte er Feinde?«, fragte er.

»So würde ich das nicht formulieren.«

»Unsere Standardfrage.« Gerlach sah ihr in die Augen. Sie waren oliv mit gelben Sprenkeln. Ungeschminkt. »Anders formuliert: Hatte er mit jemandem Streit? Konnte ihn jemand erklärtermaßen nicht ausstehen?«

»Ich«, sagte sie zu seiner Überraschung. »Ich konnte ihn nicht besonders gut leiden. Das wollten Sie doch wissen, oder? Er war den jungen Kolleginnen gegenüber überheblich und hat sie gern dumm dastehen lassen. Als ich mal sagte, dass ich mit einem bestimmten Schüler Probleme habe, hat er von oben herab geantwortet, dass er nie mit diesem Jungen Schwierigkeiten hätte. Entweder besitze man natürliche Autorität oder eben nicht. Ich war ziemlich geknickt. Später habe ich von einem anderen Kollegen gehört, dass Nielsen von diesem Schüler sogar mal getreten worden sein soll.«

»Getreten?« Gerlach merkte auf.

»Na ja. Ich war nicht dabei. Es hieß, Nielsen habe ihn grob am Arm gepackt, und der Schüler habe sich losgemacht und ihn dabei ›versehentlich‹ vors Schienbein getreten. Er ist aber schon nicht mehr an dieser Schule.«

»Wie hieß der Schüler?«

»Das fragen Sie besser Frau Osterhoff.« Es war Dina Löbich anzusehen, dass sie glaubte, schon viel zu viel gesagt zu haben.

»Gab es noch mehr Gründe, Ulf Nielsen nicht zu mögen?«

»Er hat alle ständig mit seinen langweiligen Büchern genervt.«

»Bücher?«

»Er hat ein paar Sachbücher geschrieben, zum Thema ›Geschichte in Schleswig-Holstein‹. Bildbände ... Die Energie, die er darauf verwandt hat, hätte er lieber in seinen Unterricht stecken sollen.«

»Wie sah es aus mit einer Beziehung innerhalb des Kollegiums? Oder vielleicht einer mit einer älteren Schülerin?«

Dina Löbich blickte einen Moment sinnierend aus dem Fenster. Eine Haarsträhne war ihr ins Gesicht gefallen. Als sie

sie zurückstrich, sah er, dass ihre Hand zitterte. »Oh … nicht Nielsen. Der war so knochentrocken und spießig! Ich kann mir weder Schülerinnen noch Kolleginnen vorstellen, die an ihm interessiert gewesen sein könnten. Außerdem hatte er schlimmen Mundgeruch.«

Beinahe tat der tote Lehrer Gerlach leid. Gleichzeitig wusste er nicht, ob er Dina Löbich glauben konnte. »Hat er vielleicht mal in einem anderen Zusammenhang eine Frau erwähnt, mit der er zu tun hatte?«

Sie schüttelte nachdenklich den Kopf. Dann sah sie ihm mit entwaffnender Offenheit in die Augen. »Ich hatte eher den Eindruck, dass er irgendwie asexuell ist. Die Frauen hier hat er jedenfalls behandelt wie Holzstücke.«

9. Kapitel

Nachdem Pia ihre Einkäufe aus dem Supermarkt zu Hause verstaut und schnell noch eine Ladung Wäsche in die Maschine gestopft hatte, setzte sie Felix in seinen Buggy. Sie wollte noch mal zu Fuß in die Stadt gehen und ein paar Besorgungen machen. Vor allem brauchte sie frischen Wind um die Ohren. Die Luft war kalt und klar, über den Giebeln der Altstadthäuser spannte sich ein leicht bewölkter Himmel. Sie nahm ihren Lieblingsweg An der Obertrave, der direkt am Wasser entlangführte, dann im Zickzack an der Petrikirche und am Puppenmuseum vorbei. Als sie auf dem Kohlmarkt ankam, wurde ihr klar, warum so viele Menschen unterwegs waren: Der Lübecker Weihnachtsmarkt hatte begonnen. Er startete immer schon im November. Pia mochte keine großen Menschenansammlungen. Seit sie einmal mit einem Mord zu tun gehabt hatte, der mitten im Gewühl des Lübecker Altstadtfestes verübt worden war, fand sie, dass sie sich dieses Gedränge nicht mehr antun musste. Und für Felix im Buggy wäre es aus einer Perspektive von nicht einmal einem Meter Höhe bestimmt auch nicht so lustig.

Sie mied die Breite Straße, wo der Weihnachtsmarkt schon in vollem Gange war, und schob den Buggy stattdessen die parallel verlaufende Königstraße hinauf. Sie erledigte einige Besorgungen, die noch auf ihrem Zettel standen. Dabei kam sie an ein paar Restaurants vorbei. Wenn Felix übers Wochenende bei Hinnerk und Mascha war, könnte sie eigentlich mal wieder essen gehen. Bei dem Stichwort »essen« musste sie an das gestrige Abendbrot bei Hinnerk denken: an den neuen Kinderstuhl für Felix und an die Lokomotive mit den Namensschildchen. Unwillkürlich ging sie etwas schneller.

Sie wollte noch in die Stadtbücherei in der Hundestraße. Es handelte sich bei diesem Vorhaben um eine kleine Recherche, zu der Broders sie angestiftet hatte. Doch als sie an der Dr.-Julius-Leber-Straße vorbeikam, wurde es Felix langweilig, und sie änderte ihren Plan. Sie bog nach links in Richtung Marienkirche. An der Breite Straße und auf dem Markt reihten sich die Buden mit den Süßigkeiten, dem Gebäck, dem Glühwein und den Weihnachtsdekorationen. Schon jetzt schoben sich die Besucher durch die Gänge. Ob es den weihnachtlichen Märchenwald hinter dem Kanzleigebäude noch gab? Es war Ewigkeiten her, seit sie zum letzten Mal dort gewesen war.

Pia umrundete die Arkaden und musste unwillkürlich lächeln: Da war er, vorn das nostalgische Kinderkarussell mit den weißen Pferden und Kutschen, dahinter die Märchenbuden, geschmückt mit Tannengrün, wie geduckt am Fuße der hoch aufragenden Marienkirche. Tatsächlich sahen die Märchenhäuschen noch so aus, wie Pia sie aus ihrer Kindheit in Erinnerung hatte. *Schneewittchen, Der gestiefelte Kater, Dornröschen, Der Fischer und seine Frau* ... Vor allem roch es noch so wie früher: nach Zuckerwatte, gebrannten Mandeln, Lebkuchen und Glühwein in jeglicher Machart. Spätestens gegen acht Uhr würden etliche Weihnachtsmarktbesucher zu viel getrunken haben, und der Ärger würde beginnen. Dann mussten die Kollegen von der Schutzpolizei wieder mal einschreiten. Die Weihnachtszeit brachte nicht nur das Gute in den Menschen zum Vorschein. Viele wurden sich durch die rührselige Beschallung und den Alkohol ihrer Einsamkeit und ihrer Probleme erst so richtig bewusst. Am späten Nachmittag bestand das Publikum aber noch hauptsächlich aus Familien.

Pia hob Felix aus dem Buggy, und er lief in seinem Schneeanzug wie aufgezogen von Märchenbude zu Märchenbude. Sie hatte Mühe, schnell genug hinter ihm herzuschieben, weil es so eng war. Begeistert klatschte er in die Hände und klammerte sich dann an einem der Zäunchen fest. König Drosselbart auf dem steigenden Pferd machte ihm ein wenig Angst, aber beim Fischer und seiner Frau mit dem großen Fisch blieb er besonders lange stehen. Felix deutete begeistert auf die Figuren und rief bei allen, die einen Rock trugen: »Milla!« Inzwischen wusste Pia, dass er damit seine Freundin Camilla meinte, mit der er neuerdings immer bei Fiona spielte. Pia hatte das etwas ältere Mädchen bisher nur einmal kurz gesehen, aber mit den hölzernen Märchenfiguren hatte es zum Glück wenig Ähnlichkeit.

Die regungslosen Gesichter der Holzfiguren mit den starren Augen waren Pia immer schon ein bisschen unheimlich gewesen. Sie ging neben ihrem Sohn in die Hocke und erzählte ihm, was in den jeweiligen Märchenszenen zu sehen war. Felix schien fasziniert zu sein. Die Märchenszene mit dem Goldesel spielte in einem nachgestellten Fachwerkhaus aus rotem Backstein. Wie bei einem Puppenhaus fehlte die vordere Wand, sodass man in den Innenraum hineinsehen konnte. Die biedere Einrichtung mit einem Ofen in der Ecke erinnerte Pia an die beklemmende Atmosphäre gestern auf dem Röperhof. An das verwaiste Mädchenzimmer …

Sie lockte Felix weiter und kaufte ihm eine Tüte Mutzenmandeln und sich selbst einen Liebesapfel. So weit ist es also schon, dachte sie ironisch, während sie in die knackige rote Zuckerglasur biss. Süßes statt Liebe. Verlangte es sie nach Liebe? Doch die Schwierigkeiten, die eine feste Beziehung mit sich bringen würde, konnte sie gerade gar nicht gebrauchen. Warum musste es so kompliziert sein? Sie sah zu Felix. Er war von dem Puderzucker der Mutzenmandeln so berieselt, als schneite es, während sie nach dem Liebesapfel aussehen würde, als hätte sie heimlich Muttis Lippenstift ausgetestet. Aber Felix hatte heute eh Badetag, da war so ein bisschen Zucker kein Problem. Doch danach, wenn Felix schlief und es draußen dunkel war, lag ein langer, ereignisloser Abend vor ihr.

Pia beschloss, dass es ratsam war, sich dafür noch mit Arbeit einzudecken … Nachdem Felix genug vom Märchenwald hatte, ging sie doch noch mit ihm in die Stadtbücherei und suchte nach den Werken von Ulf Nielsen. Sie hatte das Glück, dass offenbar alles da war, was er je verfasst und veröffentlicht hatte. Ein Foto des Autors in einem der Bände zeigte einen ernst dreinblickenden Mann mit dünnrandiger Brille, hellem Haar und mit einem Anorak bekleidet. Immerhin, besser als als Wasserleiche hatte er in natura schon ausgesehen. Sie entlieh sich seine vier Sachbücher, verstaute sie in dem Korb unter dem Buggy und machte sich auf den Heimweg. Pia nahm jedoch nicht den direkten Weg. Da Felix über der langweiligen Beschäftigung zwischen den Bücherregalen eingeschlafen war, mummelte sie ihn stattdessen warm in eine weitere Decke ein und ging über den Koberg mit seinem Riesenrad und an der Warteschlange vor dem Heiligen-Geist-Hospital vorbei die Engelsgrube hinunter. Auf der anderen Seite der Trave an den Mediadocks hatte Lars sein Büro.

Sie stellte sich vor, wie er am Schreibtisch saß und arbeitete. Wie er seine langen Glieder streckte und dann aufstand und sich frischen Kaffee aus der Teeküche holte …

Ob er die verschlissenen Jeans trug, wie beim letzten Mal? Ob die Muskeln seiner Oberarme unter den kurzen Ärmeln eines T-Shirts zu sehen sein würden? Lars betrieb ihres Wissens keinen Kraftsport, die Arbeitseinsätze auf seinen Baustellen reichten aus, die Schreibtischarbeit in der Agentur auszugleichen. Die Renovierungsprojekte, die er als sein Hobby betrachtete, fraßen allerdings auch einen großen Teil seiner Freizeit.

Die Vorstellung von ihm war so real, dass Pia ein leichtes Ziehen im Bauch spürte. Monatsmitte, ganz klar … Sie war eine Idiotin! Entschlossen ging sie auf die Drehbrücke zu. Sie würde bei ihm vorbeischauen und Hallo sagen. Einen Vorwand hatte sie nicht, das würde er sowieso durchschauen. Sie würde ja merken, ob er sich freute, sie zu sehen, oder nicht. Lars war ein Mensch, der sich selten die Mühe machte, seine Gefühle vor jemandem zu verbergen. Als sie hinter der Drehbrücke in die Willy-Brandt-Allee einbog und an den alten Speichern vorbeiging, wurde ihr mulmig zumute. Was tat sie hier? Sie sollte nach Hause gehen und sich einen ruhigen Abend machen, wenn sie das ganze Wochenende arbeiten wollte. Da entdeckte sie weiter hinten seinen alten Land Rover ... Sogar den vermisste sie irgendwie ein bisschen. Sie würde sich gleich lächerlich machen. Lars Kuhn hatte sie längst abgeschrieben, so wie sie ihn behandelt hatte. Es konnte gar nicht anders sein. Pia blickte auf Felix hinunter und seufzte. Sie hatte ihn schützen wollen. Schützen vor der Erfahrung, dass Mama einen Freund hatte. Vor der Eifersucht, verbunden mit Unsicherheit und Angst, kalt und beißend, an die sie selbst sich immer noch erinnern konnte ... Aber wie lange würde sie diese Abstinenz durchhalten? Und tat sie Felix wirklich einen Gefallen damit? Am Ende würde sie ihm ihren Verzicht auf eine Beziehung vielleicht eines Tages übel nehmen. »Es gibt nichts Gutes, außer man tut es«, murmelte Pia und schob den Buggy entschlossen über das unebene Pflaster. Der Wind heulte kalt durch die breite Häuserschlucht, und inzwischen war es beinahe dunkel. Drüben auf der Altstadtinsel warf die Beleuchtung des Weihnachtsmarktes bunte Lichtfinger an den grauen Abendhimmel. Sie musste es tun. Wenn es danebenging, wusste sie wenigstens, woran sie war.

Die letzten Töne des Oboen-Solos aus Bizets *Carmen* schwebten durch die Räume der Musikschule. Einige entkamen durch einen Spalt in den Fenstern auf den Parkplatz vor dem Haus, ansonsten sanken sie auf den staubigen Fußboden, wo sie erstarben. Olivia Vollert setzte das Musikinstrument von den Lippen und lockerte die Schultern. Ihr erster Blick ging wie immer zu Ivana Stjevo, ihrer Lehrerin. An deren Gesichtsausdruck sah man sofort, ob ein Musikvortrag Gnade vor ihren Ohren gefunden hatte. Ansonsten würde Olivia gleich runtergeputzt werden, und nichts, aber auch gar nichts würde Ivana dann noch ein Lächeln oder ein freundliches Wort entlocken können. Schlechtes Spielen ihrer Schüler betrachtete sie als Beleidigung des Komponisten, der klassischen Musik allgemein und ihrer Person und ihren Fähigkeiten als Musiklehrerin im Speziellen.

Sie hatte an der Ino-Mirkovic-Musikhochschule in Kroatien studiert und später im Staatsopernorchester Rijeka gespielt, doch nun fristete sie ihr Dasein mit gelegentlichen Auftritten bei kleineren Konzerten und dem Unterrichten nahezu talentloser Schüler und Schülerinnen, wie Olivia wohl eine war. Ivana war sicherlich die strengste Lehrerin der Welt, aber sie galt auch als eine der besten, die in Lübeck zu bekommen waren. Und Olivias Eltern konnten sich, wenn auch unter Klagen, den Unterricht bei ihr leisten.

»Das war gar nicht so schlecht, Olivia. Aber du musst noch viel mehr ieben!«, sagte sie. Auch nach Jahren in Deutschland kam Ivana das Ü nicht über die Lippen, wenn sie sich über irgendetwas ärgerte oder aufregte.

Es hatte keinen Zweck, ihr zu erklären, dass Olivia außer zur Schule zu gehen, die Hausaufgaben zu erledigen und ihre kleineren Geschwister zu beaufsichtigen, nichts anderes tat, als auf ihrer Oboe zu üben. Wenn sie die Tür zu ihrem Zimmerchen unter dem Dach schloss und auf der Oboe spielte, dann ließ man sie wenigstens in Ruhe. Sie hatte sogar schon ihr Spiel aufgenommen und wieder abgespielt, um etwas Zeit für sich zu haben. Aber Olivia wusste auch, dass sie trotz allen Übens nie eine wirklich große Musikerin werden würde.

Wenn sie Ivana so anschaute, wusste sie nicht einmal, ob das wirklich so erstrebenswert war. Die magere Ivana mit dem festen grauen Dutt und den scharfen Linien im Gesicht sah nicht so aus, als führte sie ein erfülltes Leben. Olivia konnte sie sich beim besten Willen nicht mit einem Mann zusammen vorstellen. Und sie, Olivia, wünschte sich einen Mann und vielleicht auch eine Familie. Sie war noch jung und wollte Liebe und Leidenschaft erleben, Geld verdienen, Erfolg haben. Wenn die Musik ihr dabei half, war es okay. Doch sie lebte nicht für ihre Oboe, die, nebenbei bemerkt, auch nur ausgeliehen war und trotz der Versicherung ein ständiger Quell der Sorge und Panik.

Es ging ihren Eltern nicht darum, ob Olivia ein Unglück zustieß. Hauptsache, der Oboe passierte nichts. Nein, das war unfair. Olivias Unversehrtheit besaß eine ebenso hohe Priorität. Und das war das nächste Problem.

»Ich weiß, Olivia, du brauchst deine Zeit für die Schule und zum Leben«, sagte Ivana. »Aber manchmal muss man auch Geld verdienen, nicht wahr? Deshalb ich dir sagen, dass ein Mann hat bei mir angerufen.«

Olivia merkte auf. Wenn sie so schlecht sprach, regte Ivana sich wirklich über irgendetwas auf. »Was für ein Mann?«, fragte sie gespannt.

»Ein Agent. Für Werbung. Sie suchen eine junge Frau, die Oboe spielen kann. Für eine Werbespot.«

»Soll ich ein Musikstück einspielen?«

»Ach, dann könnte ich ja spielen selber. Sie wollen eine kleine Film drehen. Der Mann kennt dich von irgendwo, aber er hat nicht deine Nummer.«

»Oh.« Olivia merkte, wie sie errötete. Sonst fragten nie Männer nach ihr. Es war sozusagen eine Premiere.

»Keine Grund für Eitelkeit!«, sagte Ivana barsch. »Aber der Job bringt vielleicht etwas Geld für dich. Das kannst du gut gebrauchen.«

So, wie sie das sagte, klang es wie eine Beleidigung. »Wie heißt er denn? Wie ist der Name der Agentur? Für was machen sie Werbung?«, fragte Olivia aufgeregt.

»Er heißt Alexander Kastner. Name der Agentur weiß ich nicht. Hier ist Nummer.« Sie hielt ihr einen Zettel hin, als würde er stinken. »Doch sprich vorher mit deine Eltern darüber, Olivia! Unbedingt! Sonst werde ich es tun.«

Das entspannte kleine Badefest, das Pia für Felix in der Duschwanne veranstaltet hatte, hatte sie abgelenkt, doch jetzt, da er in seinem Bett lag und schlief, fühlte sie wieder die Demütigung und Enttäuschung von vorhin.

Sie war ungefähr fünfzehn Meter vor Lars' Büro stehen geblieben und hatte sich zurechtgelegt, was sie sagen wollte. Pia hatte sich eingeredet, dass er sich unter Umständen sogar freuen würde, sie zu sehen ... Sie jedenfalls *hatte* sich auf ihn gefreut! Da war die Tür der Agentur aufgegangen, und Stella war herausgekommen. Sie war Lars' Assistentin, eine Männerfalle hoch drei, heute in einem sehr kurzen Rock, hautfarbenen Strümpfen und weißen Overknees. Pia hatte sich mit dem Buggy gerade noch rechtzeitig hinter einem Kastenwagen, der am Straßenrand parkte, außer Sichtweite bringen können, denn kurz darauf war Lars auf die Ladebühne vor der Tür getreten. Ihr Herz hatte schneller geschlagen, als sie ihn gesehen hatte. Sein Haar war etwas kürzer als sonst. Er trug Jeans und ein schwarzes Hemd und schwarze Schuhe. Ungewohnt formell, wahrscheinlich hatte er einen Kundentermin gehabt.

Es war demütigend, dort zu stehen und Zeugin zu werden, wie er Stella etwas nachrief, die daraufhin noch mal die Stufen zu ihm hinauflief. Er gab ihr einen Umschlag, sie umarmte und küsste ihn und ging dann beschwingt zu ihrem Wagen. Gutes Geschäftsklima hin oder her, so verabschiedete man sich nicht von seinem Chef beziehungsweise seiner Mitarbeiterin. Pias Wangen brannten, als hätte man sie geschlagen. Ein knallroter Mini mit Ralleystreifen brauste kurz darauf an ihr vorbei. Immerhin, die Frau am Steuer hatte sie nicht bemerkt … Ein schwacher Trost.

Pia war erst wieder hinter dem Kastenwagen hervorgetreten, als Lars in seinem Büro verschwunden war.

Um sich von der Erinnerung an ihre Blamage abzulenken, holte Pia nun die Bücher hervor, die sie in der Stadtbücherei ausgeliehen hatte. Sie legte ihren Notizblock bereit, setzte sich aufs Sofa, zog die Beine hoch und begann zu blättern. Ein Sachbuchautor als Opfer eines Kapitalverbrechens. Das war zumindest mal etwas Neues.

Unter seinem Porträtfoto, das sie schon betrachtet hatte, stand ein kurzer Lebenslauf. Ulf Nielsen war Ende der Fünfzigerjahre in Kiel geboren und hatte Schleswig-Holstein auch nie für längere Zeit verlassen. Er arbeitete als Lehrer für Erdkunde und Geschichte und hatte zahlreiche Bücher zur Geschichte Schleswig-Holsteins verfasst. Pia blätterte sich durch die Bildbände. Hünengräber, Langbetten, Thingstätten, Spuren von alten Ackerflächen und Brunnen im Wattenmeer … Ein ganzer Band nur über Haithabu. Pia war noch nie dort gewesen. Das Wikingermuseum war vielleicht mal einen Ausflug mit Felix wert, wenn er etwas älter war. Nur brachte sie das jetzt nicht weiter.

In dem letzten Bildband, den sie aufschlug, war eine Karte mit den wichtigsten Spuren der Geschichte des Hohen Mittelalters im östlichen Schleswig-Holstein abgedruckt. Turmhügelburgen, auch Motten genannt, nach dem französischen *Chateau de la motte*. Nun waren die nördlichsten Bundesländer nicht gerade für ihre beeindruckenden Burgen bekannt. Pia erinnerte sich, dass sie, wenn sie als Kind mit ihren Eltern verreist war, immer sämtliche Burgen hatte besichtigen wollen, an denen sie vorbeigekommen waren. Wohl, weil es hier kaum welche gab. Oder hatte sie sich getäuscht?

Das Dorf Groß Tensin war auf der Karte im Buch nicht verzeichnet, doch aus der Lage der Seen und der Ostseeküste konnte Pia sich in etwa erschließen, wo der Röperhof lag. In seiner Nähe war eine Turmhügelburg oder auch Motte namens »Ravensvelde« verzeichnet. Sollte Nielsen deshalb ... Pia blätterte in dem Buch, fand jedoch keine Erwähnung von Ravensvelde. Den Bildern der anderen Motten nach zu urteilen, die Nielsen immer wieder aus verschiedenen Perspektiven fotografiert hatte, waren es nur noch sichtbare Bodenerhebungen, teilweise mit einem Graben drumherum. Früher sollte es dort Wohntürme aus Holz, seltener Stein, mit Erde verfüllte hölzerne Wehranlagen und Zugbrücken gegeben haben. Viel war nicht davon übrig geblieben. Man musste wohl wissen, wonach man suchte. Heute waren manche dieser Anlagen nur sichtbar, weil Nielsen sie bei leichtem Schnee oder schräg einfallendem Licht fotografiert hatte, damit die Bodenerhebung gut zur Geltung kam. Hatte er das auch auf dem Land der Fuhrmanns versucht? Das wäre eine Erklärung dafür, was er auf ihrem Privatgelände gesucht hatte. Nur erklärte es nicht, wie und warum er tot im Feuerlöschteich gelandet war. Diese Turmhügelburg Ravensvelde war sicherlich keine so weltbewegende historische Entdeckung, als dass man einen Menschen deswegen umbrachte ... Und Schätze waren dort bestimmt auch nicht zu finden.

Pia schob die Bildbände beiseite und ging unruhig hin und her. Die Wände ihrer kleinen Wohnung schienen auf sie zuzukommen. Sie stellte sich an das Atelierfenster und öffnete es. Leichter Schneefall wirbelte in der Luft. Mitten in der Stadt wurde es nie ganz dunkel, und heute war es besonders hell. Die Lichter der Straßenlaternen und Häuser wurden von einer niedrig hängenden Wolkendecke reflektiert.

Um sich abzulenken, stellte Pia sich den Röperhof um diese Uhrzeit vor. Die Gebäude und das Gelände lagen jetzt bestimmt in absoluter Dunkelheit. Die Bewohner waren verschwunden, der Tote abtransportiert ... Was war dort passiert? Es musste noch einen anderen Zusammenhang geben. Ulf Nielsen war nicht nur Sachbuchautor gewesen, sondern vor allem Lehrer. Lehrer hatten Kollegen, sie unterrichteten viele verschiedene Schüler, entschieden über deren Schicksal. Und diese Schüler hatten Eltern.

Lag hier die gesuchte Verbindung?

»Hat Felix auch genug zum Anziehen dabei?« Hinnerk wog die Reisetasche, die Pia ihrem Sohn gepackt hatte, misstrauisch in der Hand.

»Alles in doppelt und dreifacher Ausstattung. Dazu Kuschelkissen, Schlafhase, Hausschuhe, Pyjama, Zahnbürste. Ich denke, es fehlt nichts.«

»Mascha nimmt es, glaube ich, etwas genauer als du.«

Pia zog überrascht eine Augenbraue hoch. »Entscheidend ist doch, wie du das siehst. Du bist sein Vater.«

Felix spielte noch in seinem Zimmer beziehungsweise Pias Schlafzimmer. Einer von Hinnerks Kritikpunkten war, dass Felix immer noch kein eigenes Zimmer hatte. Die Wohnung war eben zu klein. Das war ja auch der Grund dafür, weshalb Pia demnächst umziehen würde. Doch bevor ihr Bruder Tom mit seiner Familie nicht aus seiner Wohnung rauskonnte, konnte sie nicht hinein. Sein Hausbau verzögerte sich, und sie konnten von Glück sagen, dass Susanne mit der Kündigung ihrer Wohnung so flexibel war.

»In ihrer Gegenwart solltest du vielleicht lieber nicht so auf der Masche ›leibliche Mutter – leiblicher Vater‹ herumreiten«, sagte Hinnerk nun zu Pias Überraschung.

»Ich reite auf nichts dergleichen herum«, konterte sie. »Du warst derjenige, der Klarheit haben wollte. Du hast es testen lassen, ohne es vorher mit mir abzusprechen.«

»Das war ja wohl auch nötig. Dich hat es ja offenbar gar nicht so interessiert ...«

»Zu dem Zeitpunkt gab es erst mal wichtigere Dinge: Felix zum Beispiel.«

»Vielleicht wolltest du ja gar nicht, dass ich sein Vater bin?«, fragte Hinnerk. »Vielleicht wolltest du lieber, dass es dein ehemaliger Kollege ist.«

»Nein, bestimmt nicht«, sagte Pia erschrocken. »Und außerdem geht es dich nichts an.« Sie bewegte sich emotional auf sehr dünnem Eis. Für Felix konnte sie sich keinen besseren Vater als Hinnerk wünschen. Wenn nur diese Mascha nicht wäre. Eine unbekannte und leicht bedrohliche Größe in dieser Gleichung.

»Hat der Typ sich überhaupt je noch mal bei dir gemeldet?«, fragte Hinnerk.

»Es geht dich nichts an«, wiederholte Pia. Dieses Wochenende begann ja wunderbar.

»Wusste er von deiner Schwangerschaft?«

Pia schluckte. »Denkt Mascha daran, schwanger zu werden? Versucht sie es schon länger?«

»Das ist ja wohl unsere Privatangelegenheit«, brauste Hinnerk auf.

»Das sehe ich genauso. Und ich will es auch gar nicht wissen. Zum Glück haben wir beide unser Privatleben, in das sich der jeweils andere nicht einmischen sollte. Ich hole jetzt Felix.«

Der Abschied von ihrem Sohn und auch der unschöne und unbeabsichtigte Schlagabtausch mit Hinnerk hatten Pia die Laune verdorben. Vielleicht hatte sie einen Sieg nach Punkten errungen, aber so wollte sie es nicht. Nicht für sich und vor allem nicht für Felix. Hinnerk und sie würden einen Weg finden müssen, freundschaftlich miteinander umzugehen. Felix sollte nicht zwischen die Fronten geraten.

Sie fuhr zum Polizeihochhaus, parkte auf dem Parkdeck und ging zum Hauptgebäude hinüber. Der Fahrstuhl brachte sie in den siebten Stock.

Wichtigster Tagesordnungspunkt der Fallbesprechung am Samstagmorgen war der soeben eingetroffene Obduktionsbericht. Conrad Wohlert, der zusammen mit Staatsanwalt Jantzen am Freitag bis spät in den Abend hinein im Institut für Rechtsmedizin dabei gewesen war, fasste die ermittlungsrelevanten Fakten zusammen: Bei dem Toten handelte es sich um Ulf Nielsen, fünfundfünfzig Jahre alt und Lehrer von Beruf. Bevor er an einer Kopfverletzung gestorben war, war er im Großen und Ganzen bei guter Gesundheit gewesen. Den Todeszeitraum schätzte der Rechtsmediziner auf die Nacht von Samstag auf Sonntag der letzten Woche, plus/minus zwölf Stunden. Genauer wollte er sich nicht festlegen. Es war ein nicht natürlicher Tod, verursacht durch ein Schädel-Hirn-Trauma, vermutlich durch einen Schlag auf den Kopf. Als Waffe wurde ein scharfkantiger Stein vermutet. Vielleicht ein Flintstein? Die Tatwaffe hatte sich noch nicht gefunden, der Rechtsmediziner würde jedoch mithilfe des bloßen Schädels einen Abdruck der Waffe erstellen können. In der Wunde und auch in der Mundhöhle des Toten hatten sich Spuren von Sand und Pflanzenteilen befunden, die ins Labor weitergegeben worden waren.

»Hatte der Tote Wasser in der Lunge?«, fragte Rist.

»Nein. Es hat sich insgesamt bestätigt, dass der Fundort

nicht der Ort ist, an dem der Mann starb«, antwortete Wohlert. »Unser Opfer wurde nach seinem Tod bewegt.«

»Wir müssen den Tatort finden, bevor die ganze Spurenlage dort zum Teufel ist«, sagte Broders. »In Nielsens Büro hing eine detaillierte Landkarte, auf der auch der Röperhof verzeichnet ist. Wir haben sie mitgenommen. Vielleicht hilft die uns weiter«, schlug er vor.

»Er hat aber bedauerlicherweise darauf keine Kreuzchen mit den Hinweisen *Tatort* oder *Hier werde ich sterben* hinterlassen«, spottete Rist. Er hat die Karte schon gesehen, vermutete Pia. Broders war vor der Besprechung bei ihm gewesen.

»Sind denn sonst irgendwelche Notizen oder Markierungen darauf?«, fragte Gerlach. »Nielsen muss doch einen Grund gehabt haben, sich die Karte an die Wand zu hängen. So schön ist sie ja nun auch wieder nicht.«

»Da ist nichts drauf«, sagte Broders. »Was uns bei der Suche nach dem Tatort vielleicht hilft, ist die Tatsache, dass Ulf Nielsens Fahrrad verschwunden ist.«

Es trat eine kurze Stille ein.

»Ich glaube, ich weiß, was Nielsen auf dem Gelände des Röperhofes wollte«, sagte Pia.

»Ach ja?« Rist sah sie an, als könnte er sich nicht recht erinnern, dass sie zu seinem Team gehörte. Ihr gestriges Fehlen war ihm wohl noch immer ein Dorn im Auge.

Pia stand auf. »Ich habe gestern Nachmittag noch in der Stadtbücherei recherchiert.« Sie vermutete, dass ihn das ärgern würde. »Broders hatte mir gesagt, dass Nielsen Autor diverser Sachbücher war. Ich hab mir seine Werke daraufhin ausgeliehen und zu Hause angesehen. Sein Thema war die Geschichte Schleswig-Holsteins. Hauptsächlich Frühgeschichte und Mittelalter. Und auf dem Land der Fuhrmanns befinden sich die Reste einer Turmhügelburg, auch Motte genannt. ›Ravensvelde‹ heißt sie. Wenn wir die finden, haben wir mit einiger Wahrscheinlichkeit den Ort, an dem Nielsen sich vor seinem Tod aufgehalten hat.«

»Eine Burg?« Rists Stimme klang ungläubig.

»Das, was davon nach circa siebenhundert Jahren noch übrig ist.«

Während einer Besprechungspause suchten Pia und Broders die Turmhügelburg im Internet und wurden fündig. Es gab sogar Geokoordinaten dazu, allerdings mit dem Hinweis, dass die Anlage sich auf Privatgelände befinde und der Besitzer ein Betreten seines Grundstücks nicht wünsche und Zuwiderhandlungen zur Anzeige bringen werde.

»Vielleicht wurde die Zuwiderhandlung einmal nicht mit der versprochenen Anzeige, sondern mit einem Stein auf den Kopf geahndet«, sagte Gerlach, als sie ihre Ergebnisse mit den Kollegen teilten.

»Oder Nielsen wurde zufällig angetroffen, und der Angriff hatte ein anderes Motiv. Es kann noch eine weitere Verbindung wischen den Fuhrmanns und unserem Opfer geben. Ulf Nielsen war Lehrer. Vielleicht hat er den Jungen, diesen Thilo, mal unterrichtet, und es gab deswegen Unstimmigkeiten.«

»Ich denke, der Junge ist auf einer Förderschule gewesen? Ulf Nielsen hat an einer Gemeinschaftsschule unterrichtet.«

»Die früher mal eine Grund-, Haupt- und Realschule war.«

So ging es noch eine Weile weiter. Sie waren sich jedoch einig, dass sie dringend den Ort finden mussten, an dem Ulf Nielsen ermordet worden war. Und der befand sich mit einiger Wahrscheinlichkeit auf dem Land der Fuhrmanns. Vielleicht in der Nähe dieser Turmhügelburg?

Rist besprach sich, der Form halber, wie es Pia schien, noch mit Kürschner. Dann planten sie eine Suchaktion, wie sie die Bezirkskriminalinspektion schon lange nicht mehr erlebt hatte.

Die Wetterbedingungen waren günstig: Kalt, aber trocken, und die Sonne schien blass durch einen Wolkenschleier. Die Stimmung der Polizisten in Bezug auf das Vorhaben hätte besser nicht sein können. Noch ahnte niemand, welches Grauen sie auf dem Land der Fuhrmanns erwartete.

10. Kapitel

»Was wolltest du da draußen?«, fragte Anneke, die mit den *Lübecker Nachrichten* am Küchentresen saß.

»Ich war endlich mal wieder joggen. Bin völlig außer Form. Das hat vielleicht gutgetan!« Gernot Wiese dehnte sich demonstrativ, indem er sich an der Arbeitsplatte abstützte und das linke Bein nach hinten streckte. Es zog so sehr in seinem Wadenmuskel, dass er es wieder sein ließ. Stattdessen bereitete er sich einen Kaffee zu. Von wegen gutgetan! In Wahrheit fühlte er sich wie durch den Gartenhäcksler geschoben. Seine Lungen brannten, die Beine zitterten, und ihm war schlecht. »Außer Form« war die Untertreibung des Jahrhunderts. Aber als er vorhin durch das Badezimmerfenster im ersten Stock die vielen Polizeifahrzeuge auf dem Weg zum Röperhof gesehen hatte, war er neugierig geworden. Nur dass er das Anneke gegenüber, die in Sachen Mord in der Nachbarschaft eine aufreizende Gleichgültigkeit an den Tag legte, nicht zugeben konnte. Es wäre das ultimative Eingeständnis, dass ihr Leben gerade spannender und anspruchsvoller war als seines, sodass sie derartige voyeuristische Neigungen, wie sie ihn plagten, gar nicht verspürte …

»Und?«, fragte sie. »Machst du das jetzt jeden Morgen?«

»Jeden zweiten. Einen Tag Pause zwischen zwei Trainingseinheiten soll man ja einlegen.« Er wusste, dass er sich, solange es so kalt und ungemütlich war, bestimmt nicht wieder aus dem Haus begeben würde, um zu laufen. Aber dieses Mal hatte die Übung ihren Zweck erfüllt. Er wusste jetzt, was heute auf dem Röperhof stattfinden sollte. Gernot überlegte, ob er Anneke einweihen musste. Wenn sie hinterher erfuhr, was an diesem Tag bei ihren Nachbarn los gewesen war, wäre es komisch, wenn er es nicht gleich erwähnt hatte.

»Schade, dass du neuerdings lieber laufen willst und nicht mehr mit zum Reiten kommst!«, sagte sie, ohne ihn anzusehen. Seit er im Sommer vom Pferd gefallen war und sich übel die Schulter geprellt hatte, stieg er nicht mal mehr ihr zuliebe auf einen Gaul. Sie besaßen zwei Islandpferde, die den Großteil des Jahres mit ein paar anderen Pferden auf dem Fuhrmann-Land auf einer Weide standen. Eigene Pferde, das war Annekes Bedingung gewesen, als sie mit ihm aufs Land gezogen war. Frauen und ihre blöden Gäule! So ganz hatte er es nie verstanden.

»Drengur wird mich schon nicht zu arg vermissen«, sagte Gernot und trug seinen Kaffeebecher zum Tresen. Es hatte sowieso immer etwas komisch ausgesehen. Er, der relativ hochgewachsene Mann, auf dem gedrungenen Pferd. Gernot rührte in seinem Becher und versuchte, beiläufig zu klingen. »Bei Elsa und Armin ist vielleicht was los heute! Ich kam da zufällig vorbei. Der ganze Hofplatz war voll mit Polizei.«

»Sind die Fuhrmanns denn noch nicht wieder da?« Anneke klang besorgt.

»Nein. Sie sind nach wie vor verschwunden. Alle drei. Die Polizisten wollen heute wohl noch das ganze Land durchsuchen, mit Spürhunden, Megafon und allem.«

»Oh Gott! Glauben die etwa, dass Elsa, Armin und der Junge …« Anneke brachte den Satz nicht zu Ende.

»Tot sind? Die Polizei weiß das wohl genauso wenig wie wir. Aber irgendwo müssen sie ja sein. Sie waren noch nie im Urlaub, niemals länger als vierundzwanzig Stunden von ihrem Hof weg.«

»Hast du mit der Polizei gesprochen?«

»Ich hab mich natürlich erkundigt, was sie alle dort wollen.

Eine Frau hat mir erzählt, dass sie heute das gesamte Land durchkämmen werden. Ach ja, und sie hat mich gefragt, ob ich wüsste, wo die Turmhügelburg sei.«

»Eine Burg? Stimmt, da war was! Hast du mir nicht mal von irgendwelchen geschichtlichen Spuren auf dem Land deiner Cousine erzählt?«

»Mein Onkel, Elsas Vater, hat mich dort mit hingenommen, als ich als Junge meine Ferien auf dem Hof verbracht habe. Ich hab mir eine Ritterburg vorgestellt, mit Zinnen, Zugbrücke und Turm. Und dann war es nur ein Hügel in der Landschaft. Ich glaube nicht, dass ich ihn wiederfinden würde.«

»Und wer war die Frau?«

»Eine Polizistin in Zivil. Blond, sportlich ... Ich hab sie neulich schon zusammen mit dem Kommissar gesehen, der uns befragt hat.«

»Deswegen warst du also joggen!« Sie klang belustigt, doch er sah am Ausdruck ihrer Augen, dass sie es nicht so lustig fand.

»Klar, schon bevor ich aufgestanden bin, wusste ich, wer dort aufkreuzen würde.«

»Man darf ja noch hoffen. So, wie du gern im Café arbeitest, ohne vorher zu wissen, wer da so aufkreuzen wird. Hauptsächlich ältere Schülerinnen und junge Mütter, hab ich recht?«

»Du spinnst, Anneke.« Sie war eifersüchtiger als zu der Zeit, als er aufgrund seines Jobs hundert Mal mehr Chancen zu einem Seitensprung gehabt hatte. Als gäben ihm seine derzeitigen Probleme mehr und nicht weniger Gelegenheit dazu. Vielleicht hatte sie ja einen konkreten Grund dafür? »Du schaust dir die Waden unseres Briefträgers ja auch ganz gern an.«

»Ansonsten gibt es hier ja nichts zu gucken. In diesem Dorf passiert doch nichts.« Sie errötete und sah weg.

»Das würde ich so nicht sagen: Neulich hab ich eine sehr

attraktive junge Frau bei unserem Briefträger im Garten gesehen«, sagte Gernot mit einer gewissen Genugtuung. »Sehr hübsches Mädchen. Hier ist mehr los, als man vermuten sollte.«

»Ich leg dann mal los«, sagte Anneke und erhob sich. »Die Arbeit wartet.« Sie ließ ihr Frühstücksgeschirr, die Marmeladen und den Brotkorb auf dem Tresen stehen. Und heute sollte Nicola nicht zum Putzen kommen.

Die Suche nach ermittlungsrelevanten Spuren barg das Risiko der Vernichtung derselben. Wenn sie die eventuell noch vorhandenen Spuren nicht rechtzeitig fanden, würden die Witterungseinflüsse diese aber ebenso zerstören. Der Mord an Ulf Nielsen lag jetzt schon beinahe eine Woche zurück. Manfred Rist sah sich in einer Zwickmühle: der punktuelle Einsatz von Mitarbeitern der Spurensicherung an der Turmhügelburg, die ein nicht gerade kleines Areal umfasste, oder ein systematisches Vorgehen mit allen Einsatzkräften, die das gesamte Fuhrmann'sche Land durchkämmten? Er konnte es sich nicht leisten, noch mehr Zeit zu verlieren. Wilfried Kürschner war kein großer Entscheider, von ihm erhoffte Rist sich keine Hilfe. Aber was hätte Gabler getan? Er wollte keinesfalls gleich zu Beginn dieser Ermittlung, seiner großen Chance, einen Fehler begehen. Da sie nun schon so viele Einsatzkräfte hatten mobilisieren können, entschied er sich für eine Zwischenlösung: Mitarbeiter des K6, der Kriminaltechnik, würden das Gelände um die Turmhügelburg absuchen. Gleichzeitig würden alle übrigen Polizeibeamten einschließlich seiner Leute vom K1, halbkreisförmig vom Hof ausgehend, systematisch das Land durchkämmen. Die winterlichen Temperaturen und der aufgeweichte Boden würden das Ganze in eine Schlammschlacht ausarten lassen. Besonders wenn gegen Nachmittag, wie angekündigt, wieder Schneeregen einsetzte. Und nicht alle trugen Wathosen oder auch nur Gummistiefel. Doch eine besondere Lage erforderte eben besondere Vorgehensweisen.

Die beiden Spürhunde, die Rist angefordert hatte, würden Duftproben von Nielsens Kleidung bekommen, auch wenn der Leichengeruch den natürlichen Körpergeruch wahrscheinlich stark überdeckte. Aber die Hundeführer hatten ihm versichert, dass ihre Tiere die Spur des Toten zum Tatort würden zurückverfolgen können. Wenn es denn eine gab ... Dementsprechend sollten sie vor dem eigentlichen Suchtrupp losgeschickt werden.

»Hat ein bisschen was von einem Klassenausflug«, sagte Pia und gesellte sich zu Gerlach und Broders, die am Rand an einem der Wagen standen und Kaffee aus Plastikbechern tranken. Auf dem Autodach stand eine Thermoskanne.

»Willst du auch einen?«, fragte Gerlach.

»Nein danke. Nicht noch mehr Kaffee. Ich möchte nicht mitten im Schlamm vor -zig Kollegen in einem Busch die Hosen runterlassen müssen.«

Er grinste. »Tja, da haben wir es einfacher.«

»Denk daran, dass wir in zwei Metern Abstand nebeneinander herlaufen werden«, warnte Broders. »Und keiner bleibt zurück!« Und an Pia gewandt: »War das nicht der Nachbar der Fuhrmanns, mit dem du da gerade gesprochen hast?«

»Gernot Wiese. Er war joggen. Atmete wie eine Lokomotive und war weiß wie die Wand ... Ich dachte zuerst, ich müsste ihm Erste Hilfe leisten.«

»Was wollte er?«

»Wissen, was wir hier treiben. Er kennt die Turmhügelburg von früher, aber er weiß angeblich nicht mehr so genau, wo sie ist.«

»Du solltest nicht zu viel ausplaudern.«

»Ich hab ihn gefragt, ob er die Stelle im Wald kennt. Der Rest dieses Volksfestes hier ist ja selbsterklärend.«

Sie sah zu Rist hinüber, der nun in ein Megafon sprach und mit den Armen fuchtelte. »Ich glaube, es geht los.«

Die Mitarbeiter des Spurensicherungsteams hatten die Turmhügelburg großzügig mit Absperrband eingefasst, um dort ungestört arbeiten zu können. Pia sah das rot-weiße Flatterband durch die tristen grauen Baumstämme leuchten, als sie sich nach einer knappen Stunde Fußmarsch mit dem Suchtrupp durch Wiesen und Wald der Stelle näherten. Sie hielten sich dabei jeweils in Sichtweite der zwei Kollegen, die rechts und links neben ihnen gingen. Anfangs hätten sie sich beinahe noch bei den Händen halten können, doch aufgrund der örtlichen Gegebenheiten zog sich die Reihe nun immer weiter auseinander. Bis auf gelegentliche Zurufe und Kommandos hörte sie nichts als das Knacken der Zweige und raschelndes Laub unter ihren Füßen. Aus der Ferne erklang hin und wieder auch das kurze Kläffen eines Hundes. Die Spürhunde hatten die Fährte am Feuerlöschteich aufgenommen, so viel hatte Pia noch gesehen, bevor sie selbst losgegangen war. Sie hatte erwartet, dass die Tiere schnell fündig werden würden, doch die Zeit verging, und nichts passierte. War die Leiche womöglich mit einem Auto zum Teich geschafft worden? Dann hatten die Hunde natürlich keine Chance.

»Wir umgehen den abgesperrten Bereich und treffen dahinter wieder aufeinander«, gab sie Broders zu ihrer Rechten die Information weiter, die sie von ihrem linken Nebenmann erhalten hatte.

Heinz Broders kämpfte sich gerade durch dichtes Dornengestrüpp. Er fluchte leise und schaute dann verwundert auf den Hügel hinter dem Absperrband. »Ich hab mich eben schon gefühlt wie der Prinz in *Dornröschen*, aber das da soll doch nicht etwa eine Burg sein?«, fragte er. »Das ist eine Enttäuschung!«

»Tja, es *war* einmal, mein Prinz! Man braucht schon etwas Fantasie, wenn man die Burg noch erkennen will«, antwortete Pia. Sie ging links am Absperrband entlang, das die Kollegen um ein paar Baumstämme geschlungen hatten. Dahinter sah sie die Kriminaltechniker in ihren Overalls auf dem Boden herumkriechen. Noch hatten sie keine Nummerierungsschildchen für Spuren aufgestellt. Wenn Ulf Nielsen hier gewesen war, hatte er zumindest keine sichtbaren Spuren hinterlassen. Vielleicht war ihr Tipp mit der Turmhügelburg ja großer Quatsch, und Nielsen hatte die Fuhrmanns aufgesucht, weil er etwas mit ihnen zu besprechen gehabt hatte. Etwas, das den Jungen, diesen Thilo, betraf? Nur dass der gar nicht mehr zur Schule ging. Auch diese Theorie war nicht sehr schlüssig.

Hinter der Absperrung traf sie wieder mit Broders zusammen. Ihr Kollege schnaufte, weil er beim Umrunden der Turmhügelburg schneller hatte gehen müssen, um in der Reihe zu bleiben. Das Gelände nahe der Burg war sumpfig ... Pia versuchte, auf Grassoden zu treten, sackte jedoch immer wieder in knöcheltiefes schwarzes Wasser ein.

Schräg vor ihr erhob sich ein lang gestreckter, mit Bäumen und Büschen bewachsener Wall. Als Pia näher kam, sah sie, dass sich in dem Wall eine niedrige Holztür befand, die von Ziegel- und Feldsteinen eingefasst war. Es sah so aus, als befände sich dahinter eine künstlich angelegte Höhle, vielleicht ein Lager? Das Gelass wurde offensichtlich noch genutzt, sonst wäre es dichter zugewachsen gewesen. Die Tür war alt und an der Unterkante schadhaft, doch das Vorhängeschloss, mit dem die Tür gesichert war, sah recht neu aus.

Pia rief: »Stopp!«, und die Kollegen in der Reihe, die nahe genug waren, um es zu hören, blieben stehen.

Broders gab seine Position auf und kam auf Pia zu.

»Riechst du es auch?«, fragte sie. In der frostigen, windstillen Luft hing kaum wahrnehmbar ein leicht süßlicher Geruch.

»Ich bin nicht sicher ...«, sagte Broders, zog aber schon mal sein Telefon hervor.

Pia sah, dass der Boden vor der Tür keinerlei Fußspuren aufwies. Im Gegenteil, er schien mit Zweigen oder Ähnlichem geglättet worden zu sein. Verdammt! »Wir brauchen die Spurensicherung hier«, sagte sie. Jetzt war sie sich ganz sicher. »Und Rist sollte besser auch herkommen.«

»Schon informiert.« Broders schnupperte noch einmal. Je länger sie dort standen, desto deutlicher nahm auch er diesen unverwechselbaren Geruch wahr. Auf der anderen Seite des Walls befand sich ein Feldweg, und es dauerte nur wenige Minuten, bis Manfred Rist und ein Hauptmeister der Schutzpolizei, der mit seinen Leuten ebenfalls an der Suchaktion beteiligt war, mit dem Auto angefahren kamen.

Manfred Rist nickte grimmig, als er erfuhr, was sie womöglich gefunden hatten. »Wir machen zehn Minuten Pause«, verkündete er mit seinem Megafon. »Wer seinen Standort verlässt, darf sich nur in die Richtung bewegen, aus der er gekommen ist. Und markiert die Stelle, an der ihr gerade gestanden habt!« Es war ihm anzusehen, wie sehr er genoss, dass endlich etwas passierte. Auch wenn es vermutlich nichts Gutes war. Rist diskutierte einen Moment mit seinem Kollegen von der Schutzpolizei, sie telefonierten beide, und entschieden sich dann, die Tür zu öffnen.

»Schade! Ausgerechnet heute ist unser Dressman nicht dabei«, sagte Broders. »Immer dann, wenn man sie braucht, schlürfen sie gerade irgendwo ihren Latte macchiato.«

»Dressman?«

»Staatsanwalt Olaf Jantzen. Er sieht doch ständig wie aus dem Ei gepellt aus.«

Pia beobachtete, wie der Bügel des Schlosses aufgesägt wurde. Als die alte Brettertür ein Stück offen stand, sah sie dahinter eine dunkle Öffnung. Der Boden der Höhle bestand aus fest gestampfter Erde.

Rist winkte einem Mitarbeiter von der Spurensicherung, mit seiner starken Stablampe hineinzugehen. Pia sah die weiß gekleidete Gestalt reglos im Eingang stehen. Bis auf das Klopfen eines Spechts war es in dem Moment vollkommen ruhig im Wald. Sie fixierte die Innenseite der geöffneten Holztür aus gehobelten, aber ungestrichenen Fichtenbrettern, teils eingedellt und mit rostroten Flecken darauf. Pia sog scharf die Luft ein. Der Mitarbeiter des K6 wich mit einem gurgelnden Geräusch zurück und ließ die Lampe fallen. Er stolperte ein paar Schritte von der Höhle weg, sein Gesicht hatte jegliche Farbe verloren. Er erbrach sich, wobei er sich an einem dünnen Baum abstützte, der so weit unter seinem Gewicht nachgab, dass der Mann beinahe gestürzt wäre. Rist sagte nichts dazu. Er nahm mit seiner behandschuhten Hand die Lampe auf und ging ein paar Schritte in die Höhle hinein. Als er wieder rauskam, war er ebenfalls sehr blass.

11. Kapitel

»Leichenfund, weiblich«, sagte er. »Und wir brauchen keinen Rettungswagen mehr.«

Später konnte Pia sich nicht erklären, wieso ausgerechnet sie dazu ausersehen worden war, mit Rist zusammen in die Höhle zu gehen. Sie hatte wohl einfach nur zu nahe danebengestanden. Glück oder Pech? Es war ein Bild, das ihr wohl nie wieder aus dem Kopf gehen würde: Die Höhle war ein kleiner Raum mit einem ovalen Grundriss. Pia und Rist konnten nicht aufrecht darin stehen. Die niedrige Decke war kuppelförmig und teils mit Ziegelmauerwerk verschalt, teils von gewaltigen Findlingen gestützt. Der Boden lag niedriger als der Erdboden im Zugangsbereich davor und wies in der Mitte eine Vertiefung auf. Es gab keine Fenster, nur den schmalen Eingang mit der Brettertür, sodass der Leichengeruch im Höhleninnern deutlicher wahrnehmbar war. Pia hatte mit der Schutzkleidung und den Überschuhen auch einen Mundschutz angelegt. Sie war auf alles gefasst, als sie eintrat. Der sich erbrechende Spurensicherungsfachmann hatte sie mental darauf vorbereitet, dass ihr an diesem beengten, dunklen Ort etwas Schlimmes bevorstand. Das half. Doch es reichte noch nicht an die Realität heran. Die Fantasie kann das reale Grauen und die Hoffnungslosigkeit nicht vorwegnehmen und schon gar nicht mildern.

Die Frau, das Mädchen, ihr toter Körper, lag an der rechten Wand der kleinen Höhle, kurz hinter dem Eingang. Zuerst sah Pia nur etwas Helleres schimmern, das sie groteskerweise an Walknochen oder ein Fossil denken ließ. Dann erfasste der Strahl ihrer Taschenlampe das Gesicht der Toten oder das, was davon übrig war. Der Anblick ließ Pia aufkeuchen, obwohl sie fest entschlossen gewesen war, sich vor Rist keine Blöße zu geben. Doch auch er stieß einen unterdrückten Ausruf aus, als Licht auf das Gesicht der Toten fiel. Mit zittriger Hand ließ Pia den Lichtschein weiterwandern.

Die Frau war nackt, jedoch teilweise von einer alten marineblauen Arbeitsjacke bedeckt. Sie lag mehr neben als auf einer grauen Packdecke, die auf dem feuchten Höhlenboden ausgebreitet worden war. Die Haut der Toten war teilweise bläulich verfärbt. Ihr Gesicht und die Hände waren angefressen, wahrscheinlich von Ratten oder anderen Bewohnern des Waldes. An den Fingerkuppen und der Nasenspitze konnte Pia die feinen Knochen sehen. Auch Insekten, Ameisen und Würmer hatten schon ihren Weg in die Höhlungen des Leichnams gefunden. Wo Nase, Augen und Lippen der Toten gewesen waren, klafften entstellende Löcher, sodass eine groteske, vorwurfsvolle Fratze die Eindringlinge anstarrte. Unmöglich zu sagen, wie die Frau ausgesehen hatte, als sie noch am Leben gewesen war. Ein Ohrläppchen war abgefressen, und der kleine goldene Ohrring auf dem Erdboden brach Pia beinahe das Herz.

»Sie war hier eingesperrt. Sie muss versucht haben, die Tür von innen zu öffnen«, sagte Rist und deutete auf die braunen Kratzspuren an der Innenseite. »Ihre Hände haben danach geblutet, deshalb auch der Tierfraß vornehmlich an Händen und Gesicht.«

»Woran ist sie wohl gestorben?«

Der Körper sah entsetzlich dünn aus, doch Pia wollte sich nicht vorstellen müssen, dass sie hier verhungert, verdurstet oder erfroren war. Und doch ... auszuschließen war das nicht.

Rist beugte sich ein Stück zu der Leiche hinunter und leuchtete punktuell mit der Lampe auf sie hinab: »Der Schädel scheint intakt zu sein, aber da sind Verfärbungen und Quetschungen im

Halsbereich und an den Handgelenken. Sie könnte gefesselt und gewürgt worden sein.« Er richtete sich wieder auf. Pia konnte seine Betroffenheit und sein Entsetzen zwar nicht sehen, doch sehr gut an seiner gepressten Stimme hören. »Das werden unsere Fachleute alles rausfinden.«

»Wie lange ist sie wohl schon tot?«, fragte Pia mehr sich selbst als ihren Kollegen. »Ein paar Tage bestimmt.«

»Ja, aber noch keine Woche, würde ich sagen. Dann wäre noch viel weniger von ihr übrig.«

»Da liegt noch was neben ihr«, sagte Pia und ging langsam in die Hocke. Der Schein der Lampe erfasste leere Konservendosen, in denen sich mal Corned Beef befunden hatte, Verpackungen von Schokoriegeln mit Kokos, eine leere Plastikflasche. Die Dosen waren am Rand stark verformt.

»Sie hat wohl versucht, mit den leeren Konservendosen die Tür zu öffnen«, sagte Pia und hoffte, dass ihre Stimme nicht versagte. »Da sind diese Abschabungen und Dellen an der Innenseite der Tür.« Ein hoffnungsloses Unterfangen, dachte sie, und doch, soweit es ersichtlich war, waren die Dosen die einzigen harten Gegenstände in dieser Höhle und damit die einzige Chance der Frau gewesen. Ihre einzige Chance, nicht allein in ihrem kalten, dunklen Gefängnis zu sterben.

Als Pia aus der Höhle herauskam, war ihr – seit gefühlt hundert Jahren – mal wieder danach, eine Zigarette zu rauchen. Sie lehnte sich gegen einen Baum, der in ausreichender Entfernung zum Eingang der Höhle stand, und verschränkte fest die Arme vor der Brust. Sie sah hoch in die kahlen Baumwipfel. Natürlich hatte sie keine Zigaretten bei sich. Wir sollten so etwas zu medizinischen Zwecken mit uns führen, dachte sie. Was sie auf die Idee brachte, dass etwas Alkoholisches jetzt auch nicht zu verachten wäre. Obwohl sie ihre dicksten wasserdichten Stiefel trug, waren ihre Zehen gefühllos. Sie zitterte, und ihr Magen rumorte.

Rist, der schweren Schrittes auf sie zukam, sah ebenfalls aus wie ausgespuckt. Er stellte sich neben sie und wischte sich mit den Händen über das Gesicht. »Ich hatte ja mit vielem heute gerechnet«, sagte er. »Aber damit nicht.«

»Mit so etwas kann man nicht rechnen«, antwortete Pia. »Dann würden wir morgens nicht mehr aufstehen.« Sie hörte sich komisch an. Ihre Lippen waren gefühllos. Ihre Nase war zu, und in ihren Augen brannten ungeweinte Tränen um das Schicksal dieser jungen Frau.

»Wer sie wohl war?« Eine Frage, auf die ihr Kollege keine ernsthafte Antwort erwartete. Auch Rist schien einfach nur reden zu wollen, um die Fassung zu bewahren. Einen kurzen Moment machte sie das gemeinsame Schreckenserlebnis zu Verbündeten.

Die Durchsuchung des Geländes wurde mit einiger Verzögerung fortgesetzt. Die Nachricht vom Leichenfund verbreitete sich unter den Beamten und schien sie, trotz der Tatsache, dass es eine schreckliche und Furcht einflößende Wendung in dieser Ermittlung bedeutete, zu motivieren. Niemand murrte mehr über die Temperaturen, das unwegsame Gelände oder die nassen Füße. Stattdessen herrschte fieberhafter, beinahe euphorischer Arbeitseifer.

Dafür leben wir bei der Polizei doch alle, dachte Pia, als sie die Veränderung in der Gruppe spürte. Auch wenn Gerechtigkeitssinn und der Dienst an der Gemeinschaft als Motiv gern in den Vordergrund gestellt wurden. Sie alle lebten und arbeiteten unter anderem für den Thrill, die Extremsituation und die Gemeinschaft, in der sie an solchen Ereignissen aktiv teilhaben konnten.

Doch sie selbst fühlte sich in diesem Moment wie gelähmt, bekam die Vorstellung, wie die Frau einsam in der dunklen Höhle gestorben war, nicht aus dem Kopf. »And therefore never send to know for whom the bell tolls …« John Donne. Immer war es auch eine Idee vom eigenen Sterben. Mit jedem Einschlag in unmittelbarer Nähe wurde die Tatsache der eigenen Sterblichkeit realer, greifbarer – und blieb gleichzeitig ein unergründliches Geheimnis.

Rist hatte sie nach dem Leichenfund aus der Gruppe beordert und dazu eingeteilt, mit ihm und den Spurensicherungsleuten am Fundort zu bleiben. Sie zog mit einem Mitarbeiter des K6 Absperrband um den Zugang zu der Höhle und erwartete mit Rist die Ankunft des Rechtsmediziners und des Staatsanwaltes. Die vertraute und anspruchslose Tätigkeit half ihr, ihre Fassung wiederzugewinnen.

Die übrigen Beamten hatten in der Reihenformation nach und nach den Fundort hinter sich gelassen. Bald hörte Pia von ihnen nur noch vereinzelte Stimmen, wenn sie einander kurze Anweisungen zuriefen. Rists Funkgerät knarzte. Einer der Polizisten meldete einen weiteren Fund. Hinter einem Knick lehnte ein Fahrrad an einem offenen Weidegatter. Es war vom Weg aus nicht zu sehen gewesen. Der ungewöhnliche Ort ließ vermuten, dass der Besitzer es absichtlich außer Sichtweite abgestellt hatte. Es hieß, es sei ein modernes, teures Mountainbike mit nur wenig Flugrost an den Felgen.

Wochenenden waren so was von überflüssig! Anneke Wiese gingen die Stille in ihrem Haus, das Ticken der Küchenuhr und das leise Brummen des Kühlschranks auf die Nerven. Sie hatte ihr Büro unter dem Dach verlassen, um sich einen Kaffee zu kochen und ein paar schwedische Zimtröllchen dazu zu holen. Zucker als Tröster in jeder Lebenslage. Aber beim Hinuntergehen hatte sie gedacht, dass sie heute gar nicht wieder zurück nach oben gehen wollte. Zwischen den hochgedämmten Wänden und den dreifach thermopaneverglasten Fenstern schien nicht nur die warme Luft, sondern auch die Zeit gefangen zu sein. Ich befinde mich in einem Zeit-Vakuum, dachte sie und versuchte, der aufkommenden Panik Herr zu werden. Das Haus hatte eine Zwangsbelüftung, man brauchte sich über das Lüften keine Gedanken mehr zu machen. Ja, Lüften war in der Heizperiode sogar kontraproduktiv. Annekes Zwang, morgens die Fenster aufzureißen und durchzuatmen, hatte schon manche Diskussion zwischen ihr und Gernot ausgelöst. Aber er war ja nicht da.

Gernot war bald nach seiner seltsamen Joggingrunde und dem gemeinsamen späten Frühstück nach Bad Schwartau aufgebrochen. Er wollte ein wenig im Café arbeiten, »seinem« Café, wie er es immer nannte, und hatte nicht mal gefragt, ob ihr vielleicht ebenfalls die Decke auf den Kopf falle. Mit der ihm eigenen Sensibilität, die nur für seine Stimmungen empfänglich war, war ihm wohl entgangen, dass die Vorfälle bei den Fuhrmanns sie ebenfalls stark verunsicherten. Sie hatte Beklemmungen. Sie brauchte Luft!

Anneke Wiese stellte sich an die Terrassentür und riss sie auf. Von hier aus blickte man in Richtung Südosten zur Straße hin. Zwei Wagen bogen zum Röperhof ab. Die Durchsuchungsaktion war also noch nicht zu Ende. Der zweite Wagen war … ein Leichenwagen. Ein Windstoß fuhr unter ihre Bluse. Anneke wich zurück. Die offene Terrassentür war doch keine gute Idee gewesen. Und die frische, ja eisige Luft half ihr überhaupt nicht.

Dieser verdammte Leichenwagen war ein schlechtes Omen. Sie wollte, sie hätte ihn nicht gesehen. Doch rückgängig machen ließ sich die Beobachtung nicht. Warum hatte sie ausgerechnet jetzt hinausgeschaut? Den lieben langen Tag fuhr niemand diese Straße hinunter, nur gerade in diesem Moment, da sie an der Tür stand. Verdammtes Pech. Das machte die Ereignisse auf dem Nachbargrundstück so erschreckend real. Sie fragte sich, was die Durchsuchung ergeben hatte. Was, nein, wen die Polizisten tot aufgefunden hatten? Waren die Fuhrmanns doch nicht verreist? Wie hatte sie das je glauben können? Also waren sie noch da – nur tot? Dann hatte die Polizei also ihre Leichen gefunden.

Mit dieser Erkenntnis, die ihr wie ein kalter Eisklumpen im Magen saß, schloss Anneke die Tür wieder, um die öde Landschaft, die Gedanken an ihre Nachbarn, an Polizeitrupps und Leichenwagen aus ihrem Haus auszusperren. Es gelang ihr nicht. Sie ließen sich nicht aussperren. Sie waren längst schon mit ihr hier drinnen. Anneke musste sich ablenken. Und da sich ihr Auto, ein italienischer Sportwagen, in der Werkstatt befand, war sie auch ohne fahrbaren Untersatz. Sie zog sich ihre Daunenjacke, Mütze, Schal und Winterstiefel an und verließ das Haus.

Als die Tür ins Schloss fiel, wusste sie gleich, was sie vergessen hatte: den Haustürschlüssel, ihr Handy und ihr Geld. In ihrer Jackentasche befanden sich eine angebrochene Packung Papiertaschentücher und ein leeres Paket Zahnpflegekaugummis. Na super! Wütend hieb sie mit der Faust gegen die Tür, aber sie war einbruchssicher. Beim Bau hatten sie selbstverständlich auf höchsten Sicherheitsstandard geachtet. Und kein Fenster stand offen, natürlich nicht!

Normalerweise würde sie jetzt zu Elsa gehen, um von ihr aus zu telefonieren ... mit Gernot, der den zweiten Schlüssel mit sich führte. Er würde kommen, mit der Haltung eines Mannes, der mal wieder für seine Frau den Karren aus dem Dreck ziehen muss. Doch er würde kommen. Im Stillen würde ihm das vielleicht sogar eine gewisse Genugtuung verschaffen. Zur Not könnte sie auch einfach nur den Schlüsseldienst anrufen. Oder aber Armin Fuhrmann würde ihr helfen, der eine Menge martialisch aussehender Werkzeuge sein Eigen nannte. Mit denen könnte er bestimmt auch ihrer Tür zu Leibe rücken. Aber der Röperhof kam ja jetzt nicht mehr infrage.

Anneke rieb sich den unter der Mütze juckenden Haaransatz. Ihre nächste Option war wohl oder übel die Dorfkneipe. Sie seufzte, weil sie eigentlich nie dorthin ging. Nicht freiwillig jedenfalls, und das wussten die Einheimischen. Allen voran natürlich der seltsame Wirt und seine Dauerfreundin. Sie hieß Martina Franke, doch er nannte sie seine »Madame«. Anneke schüttelte sich und stapfte los.

Die Gaststube des *Lindenhofs* war unerwartet voll, der Geräuschpegel gedämpft, und es roch nach feuchten Jacken, Kaffee, Kuchen und dem Bier vom Vorabend. Beinahe jeder der Tische am Fenster war besetzt, und auch an der Bar saßen und standen die Leute. Mit so viel Trubel hatte Anneke gar nicht gerechnet. Aber vor dem Betreten des Gasthofs war ihr aufgefallen, dass die Scheiben von innen beschlagen waren, das hätte sie vorwarnen müssen.

Anneke zog sich die Mütze aus und öffnete ihre Jacke. Sie stellte sich an die Bar und wartete. Der Wirt stand am anderen Ende des Tresens, in ein Gespräch vertieft, und beachtete sie nicht. Absichtlich? Sei nicht blöd!, ermahnte sie sich. Ein Leichenwagen vor dem Haus, und schon fühlst du dich bedroht. Das ist kein böses Omen. Hier sind keine üblen Mächte am Werk. Ein Mensch ist gestorben, während deine Nachbarn im Urlaub sind. Nicht schön, aber auch nicht der Weltuntergang. Und nun hast du dich ausgesperrt. Na und?

Der Wirt rührte sich immer noch nicht, doch seine »Madame« kam zu Anneke herüber, nachdem sie zwei Tassen Kaffee und eine Cola an einem der Tische serviert hatte. »Heute gibt's frisch gebackenen Butterkuchen«, sagte Martina Franke statt einer Begrüßung. »›Freud-und-Leid-Kuchen‹ heißt es doch.«

»Sagen Sie, ist was mit den Fuhrmanns?«, fragte Anneke sie halblaut.

»Sind Sie nicht die Nachbarin?« Sie zog die nachgemalten, kohlefarbenen Augenbrauen in die Höhe.

»Ja, Anneke Wiese. Ich wohne in dem grauen Holzhaus an der Straße.« Die Vorstellung war eigentlich längst überfällig, auch wenn die Leute im Prinzip wussten, wer sie war. »Ich muss bei Ihnen telefonieren. Ich bezahle das selbstverständlich«, fügte sie hinzu.

Die Frau reichte ihr einen Apparat. »Geht aufs Haus, meine Liebe. Solange es kein Auslandsgespräch ist.«

Anneke wählte die Mobilnummer ihres Mannes und erklärte ihm, was ihr passiert war. Im Hintergrund hörte sie klapperndes Geschirr, Stimmengewirr und ein Milchaufschäumgerät bei der Arbeit. Ein Kind kreischte, eine Frequenz, die so hervorragend übertragen wurde, dass Anneke sich das Telefon ein Stück vom Ohr weghalten musste. Wie konnte er so arbeiten? Er versprach, in der nächsten halben Stunde in den *Lindenhof* zu kommen.

Nach dieser Zusage entspannte sich Anneke ein wenig. Sie brachte ihre Sachen zur Garderobe und setzte sich auf einen der Barhocker. Erst als der Mann neben ihr sich umdrehte, erkannte sie, wer er war. Heute in Zivil, Jeans und Fleecejacke, nicht in kurzen Hosen. Statt des Zopfes fielen ihm die Surferlocken auf die Schultern. Ihr Briefträger Benjamin Bredow.

»Moin, Frau Wiese. Jetzt ist ja gleich ganz Groß Tensin hier versammelt«, sagte er und sah sie amüsiert an. »Jeder giert nach Neuigkeiten, keiner weiß was Genaues.«

»Ich weiß auch nichts«, sagte sie abwehrend. »Und ich bin auch nur hier, weil ich mich eben ausgesperrt habe.« Sie war albernerweise froh, ihn zu sehen. Wahrscheinlich nur, weil sie unter all den fremden Gesichtern immerhin seines kannte. Der Wortwechsel mit ihm gab ihr ein Gefühl der Dazugehörigkeit. Weniger Alien auf Erdmission. Wenn Gernot sie allerdings hier zusammen mit Bredow sitzen sah, womöglich in ein Gespräch vertieft, wäre das Wasser auf seine Mühlen. Aber es konnte noch dauern, bis er kam. Anneke kannte ja seine »halben Stunden«. »Ich hätte gern einen Cappuccino«, sagte sie zu der Wirtin. »Mit Milchschaum, bitte.«

»Tut mir leid. Dafür müssen Sie in die Stadt fahren. Hier bei uns gibt es nur Filterkaffee, und wenn's hoch kommt, Kaffeesahne.«

»Okay, dann nehme ich einen Kaffee. Aber mit normaler Milch, wenn es geht. Die werden Sie doch wohl haben?«

Die Frau seufzte, servierte wenig später eine Tasse Kaffee und knallte einen Tetrapak mit H-Milch daneben. »Wirklich keinen Kuchen?«

»Doch, ich nehme ein Stück«, sagte Anneke. Sie hatte die Zimtröllchen zu Hause ausfallen lassen, und der Fußmarsch hierher hatte ihr Appetit gemacht.

»So voll ist es sonst nicht. Und Kuchen gibt es auch nicht immer. Die sind alle wegen der Durchsuchung auf dem Land Ihrer Nachbarn hier«, informierte Bredow sie, als Herberts »Madame« ihnen wieder den Rücken kehrte. »Die wollen alle genau wissen, was in ihrer Umgebung los ist. Ob sie sich bedroht fühlen müssen.«

Bedroht? So weit hatte Anneke bisher noch gar nicht gedacht. Bestand denn Grund dazu? Würde sie jetzt etwa zusammenzucken, wenn sie allein war und ein Geräusche hörte? Es gab viele unerklärliche Geräusche in ihrem Haus, einfach weil das Holz immer noch arbeitete.

»Hat die Polizei denn schon was gefunden?«, fragte sie, obwohl sie glaubte, es besser zu wissen. Von sich aus würde sie nichts preisgeben. Neugierig war sie natürlich schon. Außerdem empfand sie die Gesellschaft Benjamin Bredows als angenehm. Er hatte ein offenes Gesicht und ein jungenhaftes Glitzern in den Augen. Eine Leichtigkeit, die Gernot vollkommen abhandengekommen war.

»Noch eine Leiche«, sagte der Briefträger ernst. Er senkte die Stimme und sah Anneke in die Augen. »Sie haben sie im alten Eiskeller gefunden. Die Frau war nackt ... und sie ist dort drinnen verhungert, heißt es.«

Der Teller mit einem riesigen Stück Butterkuchen landete schwungvoll vor Anneke auf dem Tresen. Er war dick und weich, dabei sehr zuckrig, und die Mandeln glänzten vor Fett. Doch sie konnte ihn nicht anrühren, jetzt, da ihre böse Ahnung bestätigt worden war.

»Eiskeller? Eine tote Frau?«, stieß sie hervor.

»Der Eiskeller stammt noch aus der guten alten Zeit, als es keine Gefriertruhen gab. Es ist im Grunde eine künstlich angelegte Höhle mit einer Tür davor. Und es soll eine Leiche drin gelegen haben. Sah wohl fies aus.«

»Wer sagt das denn?«, fragte Anneke.

»Gut unterrichtete Quellen.« Er kniff die Augen zusammen. »Sie sind gerade dabei, die Tote wegzubringen. Ein Helfer vom Bestattungsinstitut hat den Herbert angerufen.«

»Das kann ich jetzt irgendwie nicht so richtig glauben«, entfuhr es Anneke. Doch sie hatte den Leichenwagen auf dem Weg zum Röperhof ja selbst gesehen.

Benjamin Bredow beugte sich zu ihr, um direkt in ihr Ohr zu sprechen. Sein Atem kitzelte sie am Hals. »Vielleicht müssen wir jetzt langsam mal anfangen, es zu glauben. Es gab ja immer mal wieder diese Gerüchte.«

»Worüber?«

»Über ein Mädchen auf dem Röperhof.«

»Ich verstehe nicht ...«

Er sah sie überrascht an. »Noch nie gehört? Es hieß doch des

Öfteren, dass die Fuhrmanns dort ein Mädchen gefangen halten. Ich hab das nie geglaubt, sondern die Geschichte für eine typische ›Yuccapalme‹ gehalten.«

Anneke sah ihn verständnislos an.

»Thilo hat ja immer viel erzählt, wenn der Tag lang war. Von Mädchen und so. Ich dachte, es sei nur eine dieser Geschichten wie *Die Spinne in der Yuccapalme*.«

»Ich versteh kein Wort.«

»Solche Gruselgeschichten, moderne Sagen. Haben Sie bestimmt auch schon mal gehört. Jeder kennt diese Art von Storys. Und natürlich ist es dem Freund eines Freundes genau so passiert. Zum Beispiel die Geschichte, wo die Frau nach einem One-Night-Stand eine Ratte im Schuhkarton geschickt bekommt. Darin ein Zettel: *Willkommen im Aids-Club*. Moderne Sagen eben.«

»Doch, die kenne ich. Das ist der Freundin der Nichte meines Chefs passiert. Angeblich«, setzte Anneke hinzu.

»Genau. In Wirklichkeit ist es aber niemandem so ergangen. Es sind Horrorgeschichten, die rumgehen und den Leuten Angst einjagen sollen. Aber das mit der Leiche im Eiskeller, das ist jetzt wirklich unheimlich. Ich meine, wer hätte gedacht, dass da tatsächlich mal ein Mädchen auftaucht?«

12. Kapitel

»Noch mehr Leichenfunde, und wir sehen bald alle aus wie Sumo-Ringer«, kommentierte Broders die leeren Pizzakartons, die sich in einer Ecke des Raumes stapelten. Er strich sich über den Bauch.

»Ich würde eher sagen, die Ehe bekommt dir zu gut«, entgegnete Pia.

»Ehe? Schön wär's!«

»Lebenspartnerschaft?«

»Sogar mit Patchwork-Anhang oder wie das heißt.«

»Wenn schon, denn schon.«

Im Besprechungsraum der Bezirkskriminalinspektion roch es nach Knoblauch und Fett, doch zum gründlichen Lüften war es allen zu kalt. Sie waren allesamt durchgefroren nach der Durchsuchungsaktion, die sich durch den Leichenfund noch um einiges in die Länge gezogen hatte.

Kürschner stand auf. »Ich hab was über den Fundort der zweiten Leiche herausgefunden«, berichtete er. »Die Höhle ist nicht natürlichen Ursprungs, sondern als Eiskeller angelegt und genutzt worden.«

»Wozu dort ein Eiskeller?«

»Brauereien, Gasthäuser und Güter besaßen früher oft Eiskeller, und dieser hier gehörte zu einem ehemaligen Gut, von dem nur noch der Röperhof übrig geblieben ist. Typisch sind der kleine gemauerte, nach Norden ausgerichtete Eingang, die unterirdische Lage und die Halbkugelform des Innenraumes, die ein gutes Verhältnis von Oberfläche zu Inhalt bietet und dem Erddruck besser standhält.«

Rist strich sich ungeduldig durch das borstige Haar.

»Um den Eisbehälter kühl zu halten, sind die Wände eines Eiskellers massiv angelegt, die Tür ist normalerweise äußerst stabil«, fuhr Kürschner fort, der bei harten Fakten in seinem Element war. »Die Temperatur im Innenraum beträgt im Jahresmittel acht bis zehn Grad. Um diese Jahreszeit dürfte es allerdings noch etwas kühler gewesen sein.«

»Wir wissen noch nicht, wie lange sich das Opfer in dem Eiskeller aufgehalten hat«, mischte sich Rist nun ungeduldig ein. »Es können Stunden oder auch mehrere Tage gewesen sein, bevor die Frau dort dann auch gestorben ist.«

»Was ist nach der ersten Einschätzung des Rechtsmediziners die Todesursache?«, fragte Pia.

»Kinneberg sagt, letzten Endes läuft es auf Herzstillstand hinaus. Aber die Tote war mit hoher Wahrscheinlichkeit unterkühlt, dehydriert, schlecht ernährt, und … sie ist vor ihrem Tod wohl misshandelt worden. Ob sie auch vergewaltigt worden ist, wird die Obduktion ergeben. Es sind sichtbare Fesselungsmale an den Handgelenken und Würgemale am Hals und im Brustbereich zu erkennen. Doch keine dieser Verletzungen war tödlich. Was von all diesen Umständen ihren Tod letztlich verursacht hat, ist mir dabei beinahe egal«, sagte er etwas heftiger. »Wir werden herausfinden, wer dafür verantwortlich ist. Dafür werde ich alle Hebel in Bewegung setzen und jeden Knopf drücken, den ich finden kann!« Das war eine ungewohnt emotionale Ansage für Manfred Rist.

Auch Pia war das Bild, das sich ihr im Eiskeller geboten hatte, außergewöhnlich nahegegangen. Es war unmöglich, danach nach Hause zu gehen und so zu tun, als wäre der Job nur ein Job. Sie würde das Kopfkino, die Vorstellung, was das Mädchen in der Höhle erlebt hatte, nicht abstellen können. Pia wünschte beinahe, sie hätte es nicht gesehen.

»Auch wenn wir noch nicht die genaue Todesursache kennen: Es ist mit Sicherheit Fremdverschulden im Spiel«, stellte Gerlach grimmig fest.

Pia nickte. »Es fällt schwer, sich ein mögliches Szenario auszumalen, bei dem das Ganze auf einen Unfall oder Selbstmord hinausläuft. Die Tür war von außen verschlossen. Außerdem sind da ja auch noch die Spuren von Gewalteinwirkung am Körper der Frau.«

»Wissen wir wenigstens schon, wann das Opfer dort gestorben ist?«, fragte Olaf Jantzen mit neutraler Stimme. Pia konnte nicht anders. Sie hatte den Eindruck, dass er die neue dramatische Wendung seines Falls auch ein ganz klein wenig genoss.

»Laut der ersten Schätzung unseres Rechtsmediziners ist der Tod ungefähr Anfang bis Mitte der Woche eingetreten. Wegen der niedrigen Temperaturen ist es schwierig, den Todeszeitpunkt weiter einzugrenzen.«

»Verdammt!«, entfuhr es Pia.

Rist und auch die anderen sahen sie fragend an.

»Dann lebte sie vielleicht noch, als wir am Donnerstag allesamt auf dem Hof waren.« Die Vorstellung war entsetzlich. Vielleicht hätten sie sie retten können, wenn die Ermittlungen anders verlaufen wären. Wenn sie eher das Gelände abgesucht hätten ... Doch dann fielen Pia der starke Tierfraß an der Leiche und der leichte Verwesungsgeruch ein. Nein, am Donnerstag hatte die Frau bestimmt nicht mehr gelebt.

Im weiteren Verlauf der Besprechung kam auch das an einem Weidegatter aufgefundene Fahrrad zur Sprache, das vermutlich Ulf Nielsen gehört hatte und mit dem er zum Land der Fuhrmanns gefahren war. Dies musste allerdings erst noch nachgeprüft werden. In einer Pfütze, etwa zwanzig Meter vom Eiskeller entfernt, war auch ein Fotoapparat gefunden worden. Diese Tatsache war neu für Pia. Es handelte sich um eine digitale Spiegelreflexkamera eines renommierten Herstellers. Wohlert zeigte ihnen die Aufnahmen, die sich auf dem Speicherchip befunden hatten: mehrere Bilder von der Turmhügelburg im Morgengrauen, laut Datums- und Zeitanzeige der Kamera am frühen Sonntagmorgen aufgenommen. Das war alles. Offenbar hatte Nielsen, wenn es denn seine Kamera war, die Exkursion in Sachen »Burg« mit einem frischen Speichermedium angetreten.

»Wenn man sich schon am Wochenende morgens aus dem Bett quält, dann doch nicht, um nur drei Bilder zu schießen«, sagte Broders, als sie die Aufnahmen betrachtet hatten. »Das bedeutet, dass er beim Fotografieren gestört wurde.«

»Gestört von seinem Mörder?«, fragte Pia. Sie versuchte, sich wieder auf die vorliegenden Fakten zu konzentrieren und das dumpfe Gefühl des Grauens irgendwie abzuschütteln.

»Nielsen könnte etwas gehört haben. Aus dem Eiskeller?«

»Und dann?«

»Als er nachsehen wollte, hat der Täter ihn überrascht und niedergeschlagen ...«

»Ich bezweifle, dass man von der Turmhügelburg aus irgendwas aus dem Eiskeller hören kann.«

»Das nicht. Aber da stand ein Fahrrad in der Nähe des Eiskellers.«

»Ulf Nielsen könnte zufällig in die Nähe des Eiskellers gekommen und so dem Täter als Bedrohung erschienen sein.«

»Nielsen hätte die Frau auch retten können«, sagte Rist.

Sie machten eine Pause, in der Pia ihr Handy kontrollierte. Hinnerk hatte sich nicht gemeldet. Felix ging es demnach wohl gut. Immerhin etwas ... Zu ihrer Überraschung hatte sie aber eine SMS von Lars erhalten. Ihr Herz klopfte, und das nicht aus reiner Freude, als sie an ihren verunglückten Versuch dachte, bei Lars vorbeizuschauen. Hatte er sie gesehen?

Hi, Pia! Hab gerade an dich gedacht. Ich melde mich später noch mal, lautete die kurze Nachricht.

Das ließ keine sinnvollen Interpretationen zu, oder?

Bin noch im Dienst, simste Pia zurück. *Ich melde mich bei dir, wenn hier Schluss ist.*

Es war kurz vor Mitternacht, als Pia aus dem Kommissariat nach Hause fuhr. Am Sonntag sollte es gleich wieder früh weitergehen. Pia hatte die Aufgabe übernommen, das Schicksal der Tochter der Fuhrmanns zu erhellen. Meike Fuhrmann ... War sie etwa die junge Frau in der Höhle? Das Alter zumindest kam hin. Thilo Fuhrmann war sechzehn Jahre alt, also war es seine Zwillingsschwester auch.

Pia zuckte zusammen, als ihr Telefon brummte.

»Immer noch bei der Arbeit?«, fragte Lars. Seine Stimme ließ Pia einen Schauer das Rückgrat hinunterrieseln.

»Ich bin gerade aus dem Polizeihochhaus raus. Wir haben einen schlimmen Fall an der Angel. Ich ... hab immer noch diese Bilder im Kopf.«

»So schlimm?«

Die Presse hatte bisher noch nichts von dem tragischen Leichenfund während der polizeilichen Suchaktion verlauten lassen. Morgens waren ein paar Zeitungsreporter auf dem Röperhof aufgetaucht und hatten Fotos vom Beginn der Suchaktion geschossen und ihre Fragen gestellt. Dann hatte Kürschner sie auf die anberaumte Pressekonferenz vertröstet, und sie waren abgezogen. Es konnte aber nicht mehr lange dauern, bis der Fund einer Mädchenleiche in einem Eiskeller Furore machen würde. Irgendwie sickerte immer etwas durch. Und der neue

Leichenfund war genau der Stoff, aus dem Sensationsmeldungen gestrickt wurden.

»Ich kann noch nicht darüber reden«, sagte sie.

»Versteh ich. Ich habe nur gehört, dass du gestern an den Mediadocks gewesen bist.«

»Wenn es überall so eifrige und mitteilsame Zeugen gäbe, wäre meine Arbeit einfach«, sagte Pia. Sie hatte natürlich Stella in Verdacht. Doch sie hoffte, dass die Bemerkung leicht und locker geklungen hatte und er nicht merkte, dass sie sich über seine Mitarbeiterin ärgerte. »Ich wollte eigentlich bei dir vorbeischauen.«

»Warum hast du es nicht getan?«

»Felix wurde plötzlich quengelig«, sagte sie mit schlechtem Gewissen, weil sie ihren Sohn vorschob, der gar nichts dafürkonnte.

»Ich hätte mich gefreut, dich zu sehen.«

»Ich mich auch.« Ihre Gedanken, wie es hätte sein können, verselbstständigten sich, während sie zum Parkdeck ging und nach ihrem Wagen Ausschau hielt, der einsam und verlassen in einer dunklen Ecke stand.

»Pia, wenn du das nächste Mal in der Nähe bist, lass dich nicht von Felix davon abbringen, mich zu sehen! Versprochen?«

Klang er enttäuscht? »Versprochen. Ich … Gute Nacht, Lars. Ich bin wirklich platt heute Abend. Bis demnächst mal.«

»Mach's gut, Pia! Und pass auf dich auf!«

Blöde, blöde Kuh!, schimpfte sie in Gedanken, als sie das Gespräch beendet hatte. Du bist so blöd … »Bis demnächst mal.« Warum hatte sie sich nicht gleich mit ihm verabredet? Am besten noch für heute Abend? Weil ihr die Szene zwischen Lars und Stella noch so frisch im Gedächtnis war? Weil sie wusste, dass sie ihre Kraft in den nächsten Tagen für die Ermittlungen brauchen würde, und nicht gleichzeitig ein neues Beziehungsdrama vom Zaun brechen wollte? Nun hatte sie sich jedenfalls entschieden. Für die Ermittlung, die das Schicksal des unbekannten Mädchens erhellen sollte, für Felix, wie sie sich einredete, und für eine einsame Nacht in ihrer verwaisten Wohnung in ihrem leeren Bett.

Als die Besprechung beendet war, fuhr Broders in den Stadtteil St. Jürgen. Anders als Pia hatte er sich gerade gegen eine einsame Nacht in seiner leeren Wohnung entschieden. Broders wohnte beinahe schon bei seinem Freund Ralph. Er hatte seine bescheidene Zweizimmerwohnung eigentlich nur noch als letzten Rettungsring, wenn etwas schiefgehen sollte, als Möbellager und als Zuflucht, wenn ihm Ralphs Sohn Elias zu sehr auf die Nerven ging. Elias war im Teenageralter, und er nutzte das geteilte Sorgerecht seiner Eltern weidlich aus, indem er bei beiden ein und aus ging, wie es ihm gerade passte.

Broders wusste, dass er spät dran war und Ralph an einem Samstagabend nicht unbedingt auf ihn warten würde. Ralph hatte viele Freunde, mit denen er etwas unternahm. Theater, Kino, essen gehen ... Er saß nur ungern am Wochenende allein zu Hause.

Als Broders in die Einfahrt fuhr, war das Haus jedoch erleuchtet. War Ralph zu Hause geblieben? Das wäre fein, dann könnten sie noch zusammen ein Fläschchen Wein trinken, und er würde ein bisschen was von seinem Horrortag erzählen. Für Broders war es neu, dass er Dinge, die ihn bewegten, gleich loswerden konnte. Bei seinen früheren Freunden hatte ihm meistens das Vertrauen gefehlt – oder seinen Partnern das Interesse, die Höhen und vor allem die Tiefen des Polizeialltags mit ihm zu teilen. Er durfte natürlich auch gegenüber Ralph, dem er vertraute, nicht alles ausplaudern, aber in den Grundzügen mit ihm seine Gedanken teilen. Das half schon.

Er schloss auf und betrat die hell erleuchtete Diele. »Ralph, bist du da?« Keine Antwort. Irgendwo dudelte gedämpft Musik. »Ralph?«

Broders ging durch die offene Küche in den Wohnbereich. Er sah einen Sektkorken auf der Arbeitsplatte und ein benutztes Holzbrett. Hm. Das Wohnzimmer war aufgeräumt, keine Zeichen von Leben. Bis auf die laufende Stereoanlage und die Beleuchtung, die Ralph, wie so oft, achtlos hatte brennen lassen. Wenn Broders an seinem Freund etwas nervte, dann war es das fehlende Bewusstsein für Sparsamkeit. Er schaltete die Anlage, die Deckenfluter und die Strahler aus und ließ nur die Lampe mit der Energiesparleuchte im Fenster brennen. Die Ruhe hatte etwas subtil Bedrohliches. Ein unnatürlicher Zustand, der im Widerspruch zu dem ersten Eindruck stand, das Haus sei belebt.

Wenn Ralph nicht hier war, dann saß er vielleicht in seinem Arbeitszimmer am Computer? Das Haus war ein Bungalow, alle Räume befanden sich auf einer Ebene, nur das Zimmer von Ralphs sechzehnjährigem Sohn lag im Souterrain. Elias war diese Woche bei seiner Mutter. Er blieb bei jedem Elternteil immer so lange, bis er sich wegen irgendeiner Kleinigkeit mit ihm stritt oder er nicht mehr alles bekam, was er wollte. Dann wechselte er wieder zum anderen. Und Ralph, sonst rational und klarsichtig wie nur wenige, wurde bei den Forderungen und Ansprüchen seines Sohnes immer wieder schwach. Das arme Kind brauchte doch ein neues iPhone. Der Junge musste doch mit Designerklamotten eingekleidet werden. Broders selbst hatte, bis er in die Schule gekommen war, gedacht, dass sich alle Leute beim Roten Kreuz einkleideten. Und eine Fünf in Bio? Wenn Elias ein Mangelhaft mit nach Hause brachte, dann war das die Schuld der Lehrerin. Die des Wunderknaben aber niemals!

Broders klopfte und öffnete die Tür zu Ralphs kleinem

Arbeitszimmer. Der einzige Raum, bis auf Elias' Reich natürlich, der unaufgeräumt aussah. Ein Schreibtisch voller Unterlagen, ein überquellender Papierkorb – kein Ralph.

Allmählich wurde Broders unruhig. Der Tag mit der schlimmen Entdeckung im Eiskeller hatte seine Reserven an guten Nerven und Zuversicht aufgebraucht. War Ralph etwa krank und lag im Bett? Doch auch das Schlafzimmer war leer, das Bett unbenutzt.

Erst mal Hände waschen nach dem langen Arbeitstag, dann würde er weitersehen. Im Eingangsbereich gab es zwar ein Gäste-WC mit einem kleinen Waschbecken, aber das große Bad lag näher. Es hatte einen Zugang vom Flur aus, doch auch direkt vom Schlafzimmer. Broders umrundete das breite Doppelbett und öffnete die Tür zum Badezimmer. Im nächsten Moment blieb er stocksteif im Türrahmen stehen.

Der Raum war halb dunkel. Flackerndes Kerzenlicht, das groteske, bewegte Schatten an die grau gefliesten Wände warf. Zwei Personen in der überbreiten Badewanne direkt vor ihm. Elias saß in der Wanne und eine junge Frau rittlings auf ihm. Er hatte die Augen geschlossen, umklammerte von hinten ihre kleinen Brüste und merkte noch nicht einmal, dass Broders da war. Sie hielt nach ein paar Sekunden in der rhythmischen Bewegung inne und erstarrte. Die Frau – oder war es noch ein Mädchen? – sah Broders mit weit aufgerissenen Augen an. Ihr Kajal war zerlaufen, und das Haar hing ihr klatschnass in den Nacken. Sie öffnete den Mund, sagte aber nichts.

»Oh, verdammt! Entschuldigung!«, brachte er heraus.

Elias sah ihn nun ebenfalls an. Sein Gesicht verzog sich zu einem Grinsen. »Ey, Alter, kannste nicht anklopfen?«

»Kannst du nicht abschließen?«

»War doch keiner hier«, sagte er und ließ die Hände wieder über den glänzenden nackten Körper seiner Spielgefährtin gleiten. Auch sie schloss die Augen, wandte sich wieder ihrem

Liebesspiel zu, indem sie langsam die Hüften bewegte. Broders taumelte zurück und warf die Tür ins Schloss.

Man konnte das Verhalten der beiden aufgeschlossen und ungehemmt nennen ... oder auch einfach nur schamlos. Er stapfte zurück in die Küche und riss den Küchenschrank auf, wo Ralph seine Notfallmedizin aufbewahrte. Eine Flasche Whisky. Er schenkte sich zwei Fingerbreit in ein Wasserglas ein und stürzte das Getränk herunter.

Es war den beiden nicht mal peinlich gewesen. Eher im Gegenteil, sie hatten sich über Broders' Verlegenheit amüsiert. Zuschauer bedeuteten wohl noch einen Kick für sie. Ihr Umgang mit ihrer Sexualität war vollkommen anders als seiner. Kein Vergleich zu den Heimlichkeiten und Beschränkungen, mit denen er aufgewachsen war. Sie waren früher schon freier gewesen als die Generation ihrer Eltern. In der Schule hatte es verklemmten Sexualkunde-Unterricht gegeben. Doch das war nichts gegen diese Unbekümmertheit. Sex in der Öffentlichkeit, Sex mit wechselnden Partnern, hetero, schwul, bi, ganz egal. Dreier, Vierer, Gruppenorgie, Sado-Maso, aber gern doch! Doch Sex war kein harmloses Spielchen, da täuschten die beiden sich. Broders wusste es besser ... Dafür hatte er in seinem Polizistenleben schon zu viel gesehen.

Er schenkte sich noch einen Schluck nach. Der Whisky brannte ihm in der Kehle und spülte nach und nach die schale Verlegenheit weg. Die Kluft war so groß. Wie sollte er all dem überhaupt noch folgen können? Wie die Jugendlichen verstehen? War er noch in der Lage, ein Verbrechen aufzuklären, dessen Opfer im Alter der Badewannennixe von eben war?

Er musste daran denken, was Pia über Male an den Handgelenken der Toten gesagt hatte. War die junge Frau im Eiskeller vielleicht sogar bei einem vermeintlichen Sex-Spielchen gestorben, dessen Folgen sie gar nicht hatte absehen können?

13. Kapitel

»Was machst du denn hier?« Juliane sah von ihrem Bildschirm auf, als Pia in das Büro trat. Es war Sonntagmorgen, acht Uhr. Pia wunderte sich über die Ruhe im Kommissariat, doch dann erinnerte sie sich, dass die meisten ihrer Kollegen heute später kommen oder direkt zu dem Ort fahren wollten, an dem sie eine Aufgabe zu erledigen hatten.

Sie ersparte sich die Antwort auf Julianes Frage. »Ist ja gar nichts los hier. Wo sind denn Kürschner und Rist?«, fragte sie stattdessen.

»Wo Kürschner ist, weiß ich nicht, aber Manfred kommt gleich wieder. Er organisiert uns gerade ein paar belegte Brötchen. Wir sind schon seit sechs Uhr im Büro.«

Pia schluckte ein »Herzlichen Glückwunsch« herunter. »Gibt es schon irgendwelche Neuigkeiten?«

Juliane presste die Fingerkuppen gegeneinander und sah Pia abwägend an. »Das offizielle Obduktionsergebnis bekommen wir nicht vor heute Abend. Die haben höllisch viel zu tun. Und ich gehe gerade noch mal die Vermisstenmeldungen der letzten Wochen durch. Das hab ich ja auch bei unserem ersten Mord getan, doch da waren die Suchkriterien andere.«

»Hast du schon jemanden, der auf unser Opfer passt?«

»Könnte sein.«

Pia sah sie erwartungsvoll an, doch Juliane konzentrierte sich wieder auf ihren Monitor. Im Gang erklangen Schritte. Kurz darauf stand Manfred Rist übermüdet und unrasiert im Büro, in der Hand hielt er eine Brötchentüte.

»Ah, Pia! Auch hungrig?«, fragte er. Trotz seiner Augenringe schien er gute Laune zu haben. Sein neuer Status als Quasi-Befehlshaber gefiel ihm offenbar.

»Der Kaffee ist schon fertig«, informierte ihn Juliane und rollte mit ihrem Bürostuhl zurück. »Oder willst du erst mit Pia sprechen? Die muss ja nachher wieder schnell zu Hause bei ihrem Sohn sein. Immerhin ist heute Sonntag.«

»Hast du es besonders eilig?«, fragte Rist.

»Bei mir ist alles okay«, sagte Pia mit einem Seitenblick auf die Kollegin.

»Sehr gut. Wir haben nämlich einen fundierten Hinweis darauf, wer möglicherweise unser zweites Opfer ist.« Also doch. Er nahm sie mit in sein Büro, das eine Verbindungstür zu Julianes hatte. Neuerdings stand diese meistens offen.

»Wer ist es?«

»Ein siebzehnjähriges Mädchen aus Kiel, das seit drei Wochen vermisst wird.«

»Drei Wochen?«, fragte Pia entsetzt und verwundert zugleich. »So lange kann in der Höhle doch niemand überleben?«

»Nein, wohl nicht. Sie ist aber die einzige Vermisste aus der Region, die überhaupt infrage kommt. Alter, Geschlecht, Haarfarbe, Statur ... das stimmt alles so weit.«

»Wie wollen wir vorgehen?«

»Du und Juliane, ihr fahrt am besten nach Kiel und sprecht mit der Mutter. Oder hast du was gegen eine Hühnerstreife?«

Pia verzog keine Miene. »Hühnerstreife« – eine scherzhafte Bezeichnung für einen Streifenwagen mit zwei Polizistinnen im Einsatz und unpassend noch dazu. »Nein. Wo liegt das Problem?«

Rist winkte ab. »Das verschwundene Mädchen heißt Vanessa Grube. Sie ist noch Schülerin. Die Adresse und Telefonnummer der Mutter hab ich hier.«

Andrea Grube. Pia las den Namen auf dem Zettel und steckte ihn ein. Sie spürte, wir ihr die Brust eng wurde. Das würde ein schwerer Job werden. Noch dazu mit Juliane. Sie waren nicht gerade das Dream-Team des K1, obwohl Pia nicht so recht wusste, woran das lag. Anfangs war Juliane angeblich Feuer und Flamme gewesen, zu Pia ins Kommissariat zu wechseln.

»Gibt es irgendetwas, das wir der Mutter schon mal zeigen können, um abzuschätzen, ob die Tote wirklich ihre Tochter ist? Sie auf die Identifizierung in der Rechtsmedizin zu vertrösten, halte ich für unnötig grausam.«

»Ihr ein Foto der Leiche zu zeigen, halte ich für unnötig grausam. Und lasst auch erst mal die Todesumstände außen vor! Checkt ab, ob Vanessa Verbindungen nach oder zu den Fuhrmanns oder gegebenenfalls zu Ulf Nielsen hatte.«

»Irgendwas brauchen wir, damit wir einschätzen können, ob das tote Mädchen Andrea Grubes Tochter ist.«

»Wir haben aber weder Kleidung noch Schmuck oder besondere Merkmale. Nur eine Jacke, die ihr offensichtlich nicht gehört … das wird schwierig.«

»Wir haben den Ohrring«, sagte Pia. »Davon gibt es bestimmt ein paar Fotos.«

»Stimmt, den hatte ich vergessen.« Er durchwühlte die neu angelegte Akte nach den Aufnahmen des Fundortes. »Der Ring von dem abgeknabberten Ohrläppchen … ein bisschen makaber, oder?« Er warf einen kurzen Blick auf das Foto, bevor er es Pia überreichte.

»Besser als nichts. Und vor allem besser als die Ungewissheit«, sagte sie und steckte das Bild ebenfalls ein. »Findet heute Abend noch eine Fallbesprechung statt?«

»Nein. Die Berichte aus der Rechtsmedizin und von der Spurensicherung kommen wohl doch erst morgen.«

»Gibt es irgendwelche Neuigkeiten von den Fuhrmanns?«, wollte Pia im Hinausgehen noch wissen. Sie konnte wohl nicht damit rechnen, dass Juliane gleich auf der Fahrt mit irgendetwas freiwillig herausrücken würde.

Er schüttelte den Kopf. »Unsere Leute haben alles abgefragt und alle Flughäfen informiert. Nichts. Als hätte die Erde sich aufgetan und die Fuhrmanns verschluckt.«

Die Fahrt nach Kiel verlief in mehr oder weniger unbehaglichem Schweigen. Juliane schützte Müdigkeit vor und schloss die Augen, während Pia fuhr. Vielleicht war sie sauer, weil sie nicht zu ihrem zweiten Frühstück mit Manfred gekommen war.

Vanessas Mutter, Andrea Grube, lebte in Kiel-Friedrichsort, also jenseits des Nord-Ostsee-Kanals. Sie wohnte in einer ruhigen Seitenstraße, nur wenige Kilometer vom Zentrum von Friedrichsort entfernt. Pia hielt vor einem rot geklinkerten, dreigeschossigen Mietshaus.

»Eine missglückte Entführung, um Geld von ihrer Mutter zu erpressen, ist wohl eher unwahrscheinlich«, sagte Juliane mit Blick auf das Haus. Nach der Kanalüberquerung hatte sie die Augen wieder geöffnet.

»Schauen wir erst mal, ob das Opfer überhaupt Vanessa Grube ist.« Pia stieg aus. Das Licht an diesem Sonntagmorgen war trüb und winterlich. Auf dem Weg hierher hatte Pia bisher nur wenige Menschen gesehen, die zu Fuß oder mit dem Rad unterwegs waren. Die Straßen, durch die sie gefahren waren, verbreiteten um diese Zeit eine deprimierende Stimmung von Verlassenheit.

Sie gingen zu dem Eingang mit der Nummer 42a, und Pia klingelte mit einem Seitenblick auf ihre Kollegin bei *Grube/Denker.* Juliane arbeitete erst seit dem Sommer beim K1. Es war, bis auf den ersten, spektakulären Fall, eine eher ruhige Zeit gewesen, was Gewaltverbrechen mit Todesfolge anging. Hatte sie überhaupt schon mal die Aufgabe übernommen, eine Todesnachricht zu überbringen? Noch dazu einer Mutter die Nachricht vom vermutlichen Tod ihres Kindes?

Es summte, ohne dass über die Gegensprechanlage nachgefragt wurde, wer da sei, und sie traten ein. Im zweiten Stock bei *Grube/Denker* stand ein schlanker Mann in der Wohnungstür. Sein Gesicht war beinahe asketisch zu nennen, mit tief einschneidenden Falten, obwohl er nicht viel älter als vierzig sein konnte. Sein Haar war kurz rasiert, und er hatte einen dunklen Bartschatten. Wegen der starken Behaarung, die sich unter seinem T-Shirt-Kragen hervorkringelte, schätzte Pia, dass er sich zweimal am Tag rasieren müsste, um gepflegt auszusehen. Er trug Jeans, ein graues T-Shirt und eine offene Sweat-Jacke. Seine langen Füße waren nackt.

»Moin«, sagte er wenig begeistert, als er die beiden Frauen vor sich sah. »Was bedeutet das?« Dann schien es ihm zu schwanen, und er wurde blass. »Vanessa?«, fragte er leise und blickte über seine Schulter in die Wohnung.

Juliane zeigte ihre Kripomarke. »Timmermann und Korittki, Kriminalpolizei. Ist Andrea Grube zu sprechen?«

»Haben Sie Vanessa gefunden?« Seine Stimme klang rau.

»Noch wissen wir es nicht«, sagte Pia. »Aber es könnte sein. Wer sind Sie?«

»Rüdiger Denker. Ich bin Andrea Grubes Lebensgefährte. Sie ist in der Küche. Ich weiß nicht ...«

Sie erfuhren nicht mehr, was Rüdiger Denker nicht wusste, denn eine mollige Frau im Bademantel tauchte hinter ihm im Flur auf. Als sie Pia und Juliane vor ihrer Tür stehen sah, taumelte sie einen Schritt zurück und fasste sich an ihr Schlüsselbein. »Lass sie schon rein, Rüdiger! Ich muss wissen, was los ist!«

Pias Beine fühlten sich schwer an, und ihr war leicht schlecht, als sie die dunkle, etwas muffig riechende Wohnung betrat. Offenbar war hier noch nicht gelüftet worden. Dazu kamen die Aufregung und das Unbehagen über die Aufgabe, die vor ihr lag. Aber das war nichts im Vergleich zu dem Zustand, in dem Andrea Grube sich befinden musste.

Rüdiger Denker fasste seine Lebensgefährtin am Arm, führte sie in die Küche und drückte sie auf einen Stuhl. Er deutete auf die anderen beiden Sitzgelegenheiten, während er hinter Andrea Grube stehen blieb und ihr die Hände auf die Schultern legte. Das sind sein Stuhl und Vanessas Stuhl, dachte Pia.

Juliane setzte sich, während Pia ebenfalls stehen blieb.

»Was ist mit meiner Tochter?«

»Wir haben gestern eine tote junge Frau gefunden und wollen herausfinden, ob es sich dabei um Ihre vermisste Tochter Vanessa handeln könnte.« Eine schonendere Art und Weise, das zu sagen, gab es nicht. Und jede Verzögerung bedeutete nur eine längere Qual. Andrea Grube gab einen gurgelnden Laut von sich und fuhr sich mit den Händen über das Gesicht. »Oh Gott! Haben Sie sie gefunden? Wo? Was ist passiert?«

»Wir haben eine Tote aufgefunden. Doch wir wissen nicht, ob es sich dabei um Ihre Tochter handelt. Wir müssen sie erst noch identifizieren, und dazu brauchen wir Ihre Hilfe.«

»Haben Sie ein Foto von der ... Toten?«

»Nein«, sagte Pia bestimmt. »Hatte Ihre Tochter Ohrlöcher, trug sie Ohrringe?«

Andrea Grube nickte. »Aber das haben die Mädchen doch fast alle. Sie hatte verschiedene Stecker und Ringe. Ich weiß nicht, welche Ohrringe sie trug, als sie verschwunden ist. Man achtet doch gar nicht so darauf.«

Pia nahm das Foto, auf dem der Ohrring einzeln und außerhalb der Höhle fotografiert worden war. Sie reichte es Andrea Grube. Es war ein kleiner, schlichter silberner Ring.

»Ich bin mir nicht sicher«, sagte sie kläglich. »Wo haben Sie ihn gefunden?«

»In Groß Tensin, das ist in der Nähe der Ostsee. Auf einem Bauernhof. Sagen Ihnen die Namen Röperhof oder Fuhrmann etwas?«

Andrea Grube schüttelte stumm den Kopf. Pia sah, dass sie

kurz vor einem Zusammenbruch stand, doch sie unterdrückte den Impuls, die Frau zu schonen. Sie benötigte so schnell wie möglich sämtliche Informationen. Pia fühlte sich schlecht, weil sie der Ermittlungsarbeit den Vorrang gab, aber letztlich brauchte auch Andrea Grube so bald wie möglich Gewissheit. Pia konzentrierte sich auf die Fragen, um nicht daran denken zu müssen, was die Mutter gerade durchmachte.

»Kennen Sie jemanden namens Ulf Nielsen?«

»Warum?«

»Er war Lehrer von Beruf. Zuletzt an einer Gemeinschaftsschule.«

»Vanessa geht in Kiel aufs Gymnasium«, sagte Denker und knetete Andrea Grube die Schultern, wie um sie durch den Körperkontakt bei Bewusstsein zu halten.

»Der Name sagt mir ebenfalls nichts«, erklärte die Mutter. »Doch ich kenne auch nicht alle ihre Lehrer oder Freunde. Sie ist siebzehn, beinahe achtzehn, da leben die Jugendlichen ja schon ihr eigenes Leben.«

»Aber sie wohnt doch noch hier?«, fragte Juliane.

»Ja. Sie würde zwar lieber heute als morgen ausziehen, doch Vanessa geht schließlich noch zur Schule. Wie soll sie sich da eine eigene Wohnung leisten können?«

Rüdiger Denkers Miene war bei dieser Bemerkung unergründlich.

Pia spürte bei diesem Thema – »Wohnung oder Geld« – eine starke Spannung im Raum. Sie würde noch mal darauf zurückkommen müssen. Doch nicht jetzt. »Wir würden Sie gern zu einer Identifizierung mit nach Lübeck nehmen«, sagte sie.

Andrea Grube wurde noch etwas blasser. »Natürlich. Ich muss wissen, ob sie es ist. Aber warum Lübeck?«

»Sie ist dort im Institut für Rechtsmedizin, weil der Fundort der Toten zum Bereich der Lübecker Bezirkskriminalinspektion gehört.«

»Verstehe.« Andrea Grube erhob sich abrupt. »Von mir aus jetzt gleich.«

Sie einigten sich, dass Rüdiger Denker seine Lebensgefährtin nach Lübeck ins Institut bringen würde, während Pia und Juliane mit ihrem Wagen zurückfuhren. Bevor sie keine sichere Identifizierung hatten, kamen sie in dem Fall sowieso nicht richtig weiter.

»Es wundert mich nicht, dass das Foto von dem lütten Ohrring nichts gebracht hat«, sagte Juliane, als sie wieder auf der Straße waren. »Die gibt es doch zu Zigtausenden.«

»Etwas Besseres haben wir aber nicht«, entgegnete Pia. »Oder hattest du eine bessere Idee?«

»Warum haben wir ihr kein Foto vom Gesicht gezeigt?«

»Du hast die Tote nicht gesehen«, sagte Pia nur. Sie war ebenfalls unzufrieden mit dem Verlauf des Gesprächs, doch letztendlich würden sie gleich Sicherheit haben. So oder so. Sicherheit, die sie brauchten, um richtig loslegen zu können. Sie hoffte, dass der Anblick des Opfers in der Rechtsmedizin irgendwie erträglich sein würde. Nicht so wie in der Höhle ...

»Ich bin froh, dass ich nicht Mutter bin«, platzte es aus Juliane heraus. »Was die Frau jetzt durchmacht, muss die Hölle sein.«

Pia schwieg.

Pia begleitete Andrea Grube und Rüdiger Denker zur Identifizierung. Es war beruhigend, dass Andrea Grube ihren Lebensgefährten dabeihatte. Er würde sich um sie kümmern können, sollte es sich bei der Toten tatsächlich um Vanessa Grube handeln.

Ein Blick auf das Gesicht der Mutter, als sie die Tote auf der Edelstahlbahre sah, genügte, um Gewissheit zu haben. Gleichzeitig war es ein Moment, der sich in Pias Gedächtnis einbrannte. In ihren Ohren hallten Julianes Worte: »Ich bin froh, dass ich nicht Mutter bin.«

»Oh Gott, mein Kind!«, schluchzte Andrea Grube. »Was ist mit Vanessa passiert? Wer war das?«

»Das finden wir heraus«, sagte Pia.

Andrea Grube schwankte. Rüdiger Denker legte den Arm um sie, um sie zu stützen. Auch er war sehr blass geworden. Doch seine Lebensgefährtin riss sich von ihm los und taumelte zurück. »Mein Kind ... mein kleines Mädchen!«

»Komm, wir gehen«, sagte er sanft. »Das ist nicht mehr Vanessa. Du musst sie so in Erinnerung behalten, wie sie war.«

»Lass mich in Ruhe!«, fauchte sie ihn nun an. »Das interessiert dich doch alles gar nicht.«

»Wie kannst du das sagen?«

»Sie war ja nicht deine Tochter. Sie war für dich nur ... ein Störenfried.«

»Andrea, das stimmt doch gar nicht. Bitte! Nicht hier ...«

»Ich weiß, dass es so ist!« Sie ballte die Hände zu Fäusten. Ihr Gesicht war schmerzverzerrt. »Immer dieser Streit zwischen euch! Nie ein freundliches Wort! Du hast sie von mir fortgetrieben, sonst wäre das nie passiert!«

Der Assistent schob die Tote wieder zurück in das Kühlfach, als befürchtete er, eventuelle Handgreiflichkeiten der Lebenden könnten der Leiche Schaden zufügen.

»Kommen Sie«, sagte Pia und griff Andrea Grubes Ellenbogen. »Wir gehen erst mal hier raus.« Sie warf Denker einen fragenden Blick zu. Er wollte seine Lebensgefährtin am Arm festhalten, doch Pia hob warnend die Hand. Was immer da zwischen den beiden schwelte, sie würden es kaum hier und jetzt klären können.

14. Kapitel

Der Sonntag verging über den Vernehmungen von Andrea Grube und Rüdiger Denker. Während Manfred Rist und Juliane Timmermann die Mutter ihres zweiten Opfers befragten, sprach Pia mit Rüdiger Denker. Auch er schien nach der Identifizierung Vanessas und dem Vorfall in der Leichenhalle ziemlich verstört zu sein. Wilfried Kürschner war bei der Vernehmung dabei, überließ die Gesprächsführung aber weitestgehend Pia.

Nachdem sie Denkers Personalien aufgenommen und ihn vorsichtshalber über seine Rechte belehrt hatte, erfuhr Pia, dass er seit drei Jahren mit Andrea Grube zusammenlebte. Er war schon kurz nach ihrem Kennenlernen über gemeinsame Bekannte bei ihr eingezogen. Damals war Vanessa vierzehn Jahre alt gewesen, voll in der Pubertät und in allen Belangen des täglichen Lebens auf Krawall gebürstet.

»Ich hab immer versucht, Andrea bei der Erziehung zu unterstützen«, sagte Rüdiger Denker. »Es war eine schwierige Zeit. Ich dachte, Vanessa fehlt eine feste Hand, eine klare Linie …«

Pia zog eine Augenbraue nach oben. »Eine feste Hand. Was heißt das?«

»Das heißt nicht, dass ich sie jemals geschlagen habe. Okay, vielleicht … hab ich ihr mal eine *gelangt*, wenn sie zu frech zu ihrer Mutter war. Aber höchstens ein- oder zweimal.«

»Was hat Andrea Grube dazu gesagt?«

»Sie fand es nicht so gut.« Er rollte genervt mit den Augen. »Mein Gott! Vanessa hat immer alles bekommen, was sie wollte: teure Klamotten, Handys, einen Computer und sogar einen Urlaub mit Tauchkurs. Was meinen Sie, was ich in dem Alter von meinen Alten gekriegt hab? Einen Tritt in den Hintern! Ich hab versucht, ihr das klarzumachen, aber das Mädchen hat alles, was wir für sie getan haben, für selbstverständlich gehalten.«

»Haben Sie sich darüber gestritten?«

»Kann schon sein, dass es darüber mal Zoff gegeben hat. Vanessa hatte keine Ahnung, wie wir für all die Kohle schuften müssen. Ihre Mutter hobelt als Fußpflegerin alten Leuten die Hühneraugen weg. Und mein Job ist auch nicht immer ein Zuckerschlecken. Doch das hat Vanessa gar nicht interessiert. Im Gegenteil, sie hat sogar noch auf uns runtergeschaut. Sie dachte, sie sei was Besseres ...« Rüdiger Denker verstummte und verzog unbehaglich das Gesicht. Es war ihm wohl gerade wieder klar geworden, dass das Mädchen tot war. Dass es nie wieder eine Versöhnung, Verständnis oder Dankbarkeit geben würde.

Als Pia am frühen Sonntagabend nach Hause fuhr, belasteten sie die Morde an Vanessa Grube und Ulf Nielsen mehr als noch am Tag zuvor. Nun waren beide Opfer nicht länger unbekannt. Rüdiger Denker hatte ihnen zudem ein Foto von Vanessa überlassen, das er in seiner Brieftasche mit sich getragen hatte. Es war ein gestellt aussehendes Porträt, ein sogenannter »Beauty Shot«, den man bei einem Fotografen machen ließ, einschließlich des dazugehörigen Make-ups. Pia fand es seltsam, dass er so ein Foto von der Tochter seiner Partnerin mit sich herumtrug. Einerseits verdächtig, legte es doch eine besondere Beziehung zwischen ihnen nahe, andererseits auch entwaffnend, da Denker es so arglos und spontan zur Verfügung gestellt hatte. Nun ergänzte es die Akte zu einem Mordfall.

Auf ihrem Weg nach Hause ließ Pia die Vernehmung noch einmal Revue passieren. Rüdiger Denkers Schilderungen des Familienalltags mit all seinen Problemen zeichneten ein lebendiges Bild des Mädchens, das nun tot war. Er hatte ihnen einen normalen Teenager mit Plänen, Hoffnungen und den Schwierigkeiten des Erwachsenwerdens beschrieben. Vanessa Grube war ein Mädchen gewesen, das nicht sehr gern zur Schule ging, über Lehrer und Mitschüler lästerte, zu viele Klamotten kaufte, mit ihren Freunden kommunizierte und im Urlaub irgendwo, wo es warm war, am Pool oder Strand liegen wollte. Das klang alles so vollkommen normal. Und nun war sie auf so grausame Weise zu Tode gekommen.

In Pias Wohnung war es kalt. Sie hatte morgens nach dem Lüften vergessen, das Dachflächenfenster wieder ganz zu schließen. Zum Glück war wenigstens die Heizung abgedreht gewesen. Noch mit Jacke und Schal bekleidet, schloss Pia das Fenster, drehte die Heizung voll auf und öffnete die Türen, damit der einzige Gasofen alle Räume beheizen konnte. Noch ein Grund, bald umzuziehen – in eine größere Wohnung mit einer Zentralheizung. Schon wegen des warmen, geräumigen Badezimmers.

Es war noch etwas Zeit. Und der Tag hatte die Art Stress erzeugt, die sie zum Schwitzen brachte. Pia sah auf die Uhr. Sie konnte noch duschen, sich umziehen und die Haare föhnen, bevor Hinnerk Felix nach Hause bringen würde. Normalerweise duschte sie, wenn Felix noch oder schon schlief, weil er sonst in der unbeobachteten Zeit gern Blödsinn anstellte. Doch so, wie sich seine Schlafenszeiten entwickelten, würde sie irgendwann überhaupt nicht mehr dazu kommen.

Gerade als sie, in ein Handtuch gewickelt, aus der Dusche trat, klingelte es unten an der Haustür. Hinnerk und Felix kamen also doch früher … auch gut. Pia hörte Schritte auf der Treppe, und da klopfte es auch schon oben an ihrer Wohnungstür. Eilig ging sie zur Tür. Sie hatte Felix vermisst. Ein ganzes Wochenende war doch ganz schön lang ohne ihn. Pia riss die Tür auf, und Lars stand davor.

»Oh, hi!« Sie starrte ihn perplex an. »Ich dachte, es sei jemand anderes.«

»Enttäuscht?« Lars guckte an ihr herunter und musste ein Grinsen unterdrücken, dann sah er ihr wieder vollkommen ernst ins Gesicht. Doch ein Muskel an seinem Hals zuckte verräterisch. Klar, er fand die Situation amüsant, aber er schien auch auf der Hut zu sein. Immerhin war er unangekündigt erschienen. Und nun stand sie hier, halb nackt, und hatte augenscheinlich jemand anderes erwartet. Mist!

Das Handtuch als einziges Kleidungsstück fühlte sich plötzlich so an, als könnte es sich jeden Moment lockern und zu Boden fallen. Es war ohnehin nicht besonders groß. Pia hielt es vor der Brust fest und trat einen Schritt zurück. »Nein, gar nicht. Aber ich hab Felix erwartet. Hinnerk wollte ihn gegen sieben zurückbringen.« Sie winkte Lars mit ihrer freien Hand herein.

»Dann will ich dich auch gar nicht stören. Ich wollte …« Er stockte und schien tatsächlich ein wenig zu erröten. War er verlegen? Sie wollte ihn an sich drücken, so entwaffnend und gleichzeitig sexy fand sie das. Doch die Reaktion war im Augenblick nicht angebracht.

»Bleib jetzt bitte nicht auf dem Treppenabsatz stehen«, sagte sie stattdessen. »Ich zieh mir was an. Dauert nur eine Minute.«

»Mach dir meinetwegen keine Umstände!«, entgegnete er mit einer Spur seines gewohnten Humors. Er trat ein, und sie schloss die Tür hinter ihm. In dem engen Flur war sie sich seiner körperlichen Präsenz sehr bewusst. »Wenn du als Erstes duschst, wenn du nach Hause kommst, hattest du einen harten Tag«, sagte er.

Im Halbdunkel konnte Pia nicht erkennen, wie er das

meinte. Es hatte diese Diskussionen zwischen ihnen gegeben, was ihren Beruf betraf. Ob er ihr Leben über das erträgliche Maß hinaus belastete ... und sie hatte keine Lust, die Debatte zu diesem Zeitpunkt fortzusetzen. Oder hörte sie Anspielungen heraus, die er gar nicht gemacht hatte? Zwischen den Zeilen zu lesen beziehungsweise zu hören war zwar im Job ganz nützlich, es konnte jedoch auch zu unnötigen Auseinandersetzungen führen. »Es war nicht ganz so lustig heute«, gab sie zu. »Aber hauptsächlich dusche ich, um die Wasserrechnung konstant zu halten.«

»Wolltest du nicht in eine neue Wohnung ziehen?«

»Ja, sobald mein Bruder aus seiner raus ist, ziehe ich um. Er baut ja gerade ein Haus.« Bauen – das war das andere heikle Thema zwischen ihnen. Dass Lars neben seiner Arbeit in der Agentur oft irgendwelche Bau- und Sanierungsprojekte in Angriff nahm, die seine Zeit auffraßen.

»Oh, was das betrifft, halte ich mich gerade etwas zurück«, sagte er, als hätte er ihre Gedanken dazu erraten.

Pia lächelte. Das erste Mal, als sie ihn getroffen hatte, war er über und über mit Baustaub bedeckt gewesen. Wenn er gerade an einem seiner Projekte arbeitete, hatte er immer irgendwelche Blessuren, Quetschungen, Schnitte und Schwielen von dieser Arbeit. Pia griff nach seiner Hand und betrachtete sie. Als sie ihn berührte, schien ein Funke überzuspringen. »Die schaut ja auch ausnahmsweise recht anständig aus«, sagte sie spöttisch, um ihre Verlegenheit vor ihm zu verbergen. »Sehr brav.«

»Nur für dich.«

»Ich werde mich jetzt besser mal anziehen.«

»Nicht für mich«, konterte er.

Sie musste sich jetzt von ihm entfernen, wenn das hier gut gehen sollte. »Doch. Für dich. Ich ... Verdammt, du solltest mich nicht so ansehen, Lars, wenn ich nur ein Handtuch anhabe!«

»Wie sehe ich dich denn an?«

»So, als wäre zwischen uns alles klar. Gar nichts ist klar.« Sie erinnerte sich, wie er sich von Stella verabschiedet hatte. Oder sie sich von ihm? Egal. Blöde Eifersucht.

»Muss denn immer alles klar sein?« Er seufzte. »Ich hab dich vermisst, weißt du.«

Pia wickelte das Handtuch etwas fester. Ja, sie hatte ihn auch vermisst. Gerade jetzt, da er auf Armeslänge von ihr entfernt stand, vermisste sie ihn geradezu schmerzhaft. Sie schauderte.

»Ist dir kalt?«, fragte er unschuldig. »Es ist nicht gerade warm bei dir. Ich möchte nicht schuld daran sein, dass du dich erkältest.«

»Keine Sorge! Werde ich schon nicht. Ich habe heute Morgen vergessen, ein Fenster zu schließen. Ein bisschen Reaktionszeit muss ich dem alten Gasofen nun schon lassen.« Pia konnte sich gerade nicht dazu entschließen, Lars im Flur stehen zu lassen, um sich umzuziehen. Sie wünschte, sie hielte immer noch seine Hand in ihrer. Lass es langsam angehen, sagte sie sich. Nichts überstürzen ... während eine boshafte Stimme in ihr flüsterte, dass das Leben oft kürzer war, als man dachte. Das bekam sie doch in ihrem Beruf jeden Tag unter die Nase gerieben. »Ein Begrüßungskuss nur, dann ziehe ich mich an«, sagte sie und trat noch einen Schritt auf ihn zu. »Das gehört sich einfach so.« Sie spürte seine Körperwärme auf den unbedeckten Partien ihrer Haut. Er schien zu glühen.

Pia hob die Arme, umschloss seinen Kopf mit den Händen und küsste ihn. Lars' vertrauter und doch aufregender Geruch fuhr ihr in die Nase. Lars umfasste ihre Taille, zog sie an sich und erwiderte den Kuss. Erst vorsichtig, als traute er den sich rasch entwickelnden Ereignissen nicht so recht, dann entschlossen. Es war gut. Sie zog ihn mit sich ins Schlafzimmer, befreite ihn von seiner Lederjacke, die auf dem Fußboden landete. Ihr Handtuch löste sich von ihrem Körper und fiel hinterher, sodass nur noch seine Kleidungsstücke im Wege waren. Pia zog ihm das Hemd aus der Hose und fuhr mit den Händen seinen warmen, kräftigen Rücken hinauf. Er umfasste sie, eine Hand auf ihrem Po, die andere auf ihrem Schulterblatt. Sie spürte seine Erregung, knöpfte sein Hemd auf, wollte gerade seinen Gürtel öffnen. Da klingelte es an der Haustür.

Pia zuckte zurück. »Oh nein, sind die heute früh dran!«, stieß sie hervor.

Er hielt in der Bewegung inne. »Ich dachte, du hättest noch Zeit ...«

Sie seufzte und schob ihn unter Aufbietung all ihrer Willenskraft ein Stück von sich. »Es ist immer später, als man denkt«, sagte sie lakonisch. »Tut mir leid. Ich ...« Sie riss ihren Schrank auf, nahm wahllos ein paar Sachen heraus und zog sie über. Als es oben gegen ihre Wohnungstür hämmerte, strich sich Pia noch schnell das feuchte Haar zurück und warf einen Blick in den Spiegel.

»Du bist präsentabel – wie eine Polizistin, die gerade aus der Dusche kommt«, sagte er. Er knöpfte sein Hemd wieder zu.

Es hämmerte erneut gegen die Türfüllung. Eine neue, stabile Tür. Die letzte hatte Lars eingetreten, als Jesko Ebel sie angegriffen hatte.

»Mami!«, hörte Pia Felix im Treppenhaus rufen. Geduld war eine Tugend, die Kinder wohl erst mit ihrem achtzehnten Geburtstag erlernten, wenn überhaupt.

»Ich komm schon«, sagte sie, öffnete die Tür und schloss ihren Sohn mit einem Hauch schlechten Gewissens in die Arme. Pia war so mit Felix beschäftigt, dass es eine Weile dauerte, bis sie merkte, dass Hinnerk sich noch gar nicht weiter geäußert hatte. »Und, ist alles gut gegangen? Hattet ihr Spaß?«

»Natürlich«, antwortete er. Doch er schien mit seinen Gedanken woanders zu sein. »Felix hat es super gefallen, nicht wahr, Felix?«

Ihr Sohn lief nun wie aufgezogen durch die kleine Wohnung und nahm sein Reich wieder in Besitz. Die Tür zum Schlafzimmer stand halb offen. Pia wäre es lächerlich erschienen, Lars dort verbergen zu wollen, bis Hinnerk wieder fort war. Über die Freude, Felix wiederzuhaben, hatte sie einen kurzen Moment sogar vergessen, dass Lars noch da war.

Nun stand er im Türrahmen. Immerhin, bis auf die Jacke war er wieder vollständig angezogen. Trotzdem war es eine Situation, die eindeutiger aussah, als sie tatsächlich gewesen war. Zwar nur, weil die Zeit nicht zu mehr gereicht hatte, aber immerhin. Zu wenig Vergnügen im Vergleich zu den jetzt lauernden Missverständnissen.

»Lars – Hinnerk. Hinnerk – Lars«, stellte Pia vor.

»Lars!«, rief Felix begeistert. Zum Glück sagte er nicht »Papa«, »La-pa« oder etwas Ähnliches. Er hatte eine Phase gehabt, da war jeder zweite Mann, mit dem sie sprach, so tituliert worden. Es hatte wohl einfach »Mann« bedeutet. Trotzdem hätte es der ohnehin unterkühlten Stimmung sofort Gefrierbrand versetzt. Felix lief los und holte seine neue ICE-Lok aus Holz, die er Lars auffordernd hinhielt. Lars ging in die Hocke, um sie zu betrachten.

»Ich geh dann mal«, sagte Hinnerk. »Felix hat schon Abendbrot gegessen. Du musst ihn nur noch zu Bett bringen. Und Mascha hat alle seine Sachen wieder frisch gewaschen und gebügelt eingepackt. Kommst du mir Tschüss sagen, Felix?«

»Danke«, sagte Pia pflichtschuldig und wartete, bis ihr Sohn sich von seinem Vater verabschiedet hatte.

»Geht er morgen schon wieder zur Tagesmutter?«, fragte Hinnerk, als er seinen Sohn widerstrebend absetzte. Lars würdigte er keines Blickes mehr, und dieser tat, als fände er den Flyer eines China-Imbisses an der Pinnwand hochgradig interessant.

»Ja, natürlich.«

»Das heißt, du arbeitest den ganzen Tag.«

»Wir haben einen komplizierten Fall.« Pia ärgerte sich sofort, dass sie sich rechtfertigte.

Hinnerk warf einen letzten, misstrauischen Blick auf Lars, dann war er mit einem »Schönen Abend noch« verschwunden.

Lars sah sie ratlos an. »Was hat er denn? Ich dachte, ihr seid nicht mehr zusammen.«

»Sind wir auch nicht. Ich hab keine Ahnung«, sagte Pia ausweichend. Es wäre zu schwierig, es zu erklären.

Er zuckte mit den Schultern. »Es ist besser, wenn ich jetzt gehe«, sagte er mit einem Blick in Richtung Wohnzimmer, wo gerade eine Kiste voller Spielzeug auf den Dielenfußboden prasselte.

»Oh nein!«, kommentierte Pia das Geräusch und gleich darauf beantwortete sie Lars' Frage mit »Ja, ist es wohl«.

»Wir sehen uns?«

»Ich ... ja, bestimmt.«

Und damit war Lars weg. Pia stand an der halb offen stehenden Wohnzimmertür und schlug ihre Stirn andeutungsweise gegen den Türrahmen. Wie bescheuert sie war. »Ja, bestimmt.« Was sollte das heißen? Und hatte sie ihn eben wirklich in ihr Schlafzimmer gezogen, kaum dass er nach der langen Zeit wieder über ihre Schwelle getreten war? Hatte sie es so nötig? War sie so scharf auf ihn? Eine boshafte Stimme in ihrem Kopf wisperte: Es sieht wohl ganz so aus.

15. Kapitel

Nachdem Michael Gerlach Auszüge aus dem Obduktionsbericht von Vanessa Grube vorgelesen hatte, wurde es still im Besprechungsraum. Der ermittelte Todeszeitpunkt lag zwischen dem Sonntagmorgen, an dem Ulf Nielsen an der Turmhügelburg fotografiert hatte, und Dienstagabend. Das Mädchen war in einem körperlich schlechten Zustand gewesen, als es gestorben war. Obwohl der Rechtsmediziner als Todesursache Herzstillstand angegeben hatte, hatten sie es mit einem Verbrechen zu tun.

Der Rechtsmediziner hatte vermerkt, dass wahrscheinlich ein psychischer Ausnahmezustand zum Tode geführt hatte. Extreme Angst konnte zu einer Überaktivierung des sympathischen Nervensystems führen, dem Adrenalin-Tod. In der Folge reduzierte sich das zirkulierende Blutvolumen, und der Blutdruck sank. Todesursache war dann ein Herzstillstand durch schockartigen emotionalen Stress.

Und sowohl die Auffindesituation als auch die Untersuchung von Vanessa Grubes Körper, der zahlreiche kleinere Verletzungen, Hämatome und Abschürfungen im Bereich der Hand- und Fußgelenke aufwies, stützten diese Theorie. Sie war außerdem zum Zeitpunkt ihres Todes leicht untergewichtig gewesen, vor allem aber dehydriert. Ihr Magen war dem Bericht zufolge leer gewesen. Nicht einmal Spuren der spärlichen Essensvorräte im Eiskeller hatten nachgewiesen werden können.

Weiterhin sagte der Obduktionsbericht aus, dass sie ein paar Tage vor ihrem Tod Geschlechtsverkehr gehabt hatte, ob freiwillig oder aufgrund einer Vergewaltigung, war nicht mit Sicherheit festzustellen. Es hatten jedoch keine verwertbaren Spermaspuren im oder am Körper sichergestellt werden können. Die übrigen Spuren an der Leiche stammten weitestgehend von der Decke und der Jacke, die ebenfalls im Eiskeller gefunden worden waren. Vanessa Grube war, bevor sie dort eingesperrt worden war, von Kopf bis Fuß mit Wasser und einem scharfen Reiniger gewaschen worden.

Nach der Besprechung machten sich Pia und Broders auf den Weg nach Kiel-Friedrichsort, um weitere Befragungen in Vanessa Grubes Umfeld durchzuführen. Während der Fahrt schwiegen sie die meiste Zeit, jeder in bedrückende Gedanken über die neuen Erkenntnisse versunken.

Ein weiterer Ansatzpunkt in der Ermittlung war der Todeszeitpunkt, den der Rechtsmediziner angegeben hatte. Da Vanessa Grube laut ihrer Mutter schon vor drei Wochen verschwunden war, stellte sich die Frage, wo sich das Mädchen in der Zeit vor seinem Tod aufgehalten hatte. Die Vorstellung, dass es der Eiskeller auf dem Grund der Fuhrmanns gewesen sein könnte, erfüllte Pia mit Grauen. Der Rechtsmediziner hielt dies zwar für nicht sehr wahrscheinlich, dazu war der Zustand der Toten angeblich wiederum nicht schlecht genug, ausschließen konnte er es aber auch nicht.

Sie setzten bei Vanessas Mutter an, ließen sich von ihr die Adressen von Vanessas Freundinnen und der Schule geben, die das Mädchen besucht hatte. Das war am Vortag bei der ersten Vernehmung im Kommissariat versäumt worden. Der Zustand der Mutter war für eine lange Befragung viel zu labil gewesen. Nun stand Andrea Grube augenscheinlich unter dem Einfluss von Psychopharmaka. Ihre Reaktion wirkte gedämpft, beinahe kühl. Immerhin hatte sie ein altes Adressbuch ihrer Tochter zur Hand, sodass sie die gewünschten Angaben machen konnte.

»In letzter Zeit hatte sie alles, was ihr wichtig war, in ihrem Handy gespeichert«, sagte die Mutter ohne jede Betonung. »Ich weiß also nicht, wie aktuell ihr Adressbuch noch ist. Aber Kyra war ihre beste Freundin. Fragen sie die. Sie weiß wahrscheinlich mehr als ich, vor allem, was in Vanessa zuletzt vor sich gegangen ist.« Es klang bitter.

»Sind Sie heute allein hier?«, fragte Broders.

»Ja, aber das ist in Ordnung so.«

»Haben Sie nicht jemanden, der jetzt eine Zeit lang bei Ihnen sein kann?«, wollte Pia wissen. »Können wir jemanden für Sie anrufen?« Sie hatten Andrea Grube im Bademantel und ungewaschen mit dem zerlaufenen Make-up vom Vortag angetroffen. In der Küche standen noch die Reste eines eiligen Frühstücks für zwei Personen; offensichtlich war Andrea Grube nicht in der Lage, irgendetwas anzurühren oder wegzustellen.

»Das hat Rüdiger auch schon gesagt. Ich hab ihn aber zur Arbeit geschickt, weil ich lieber allein sein will.«

Broders, der etwas Abstand zu der säuerlich riechenden Frau gehalten hatte, beugte sich vor: »Hat Vanessa ihr Handy eigentlich mitgenommen, als sie verschwunden ist?«

»Ja, sie hatte es immer bei sich. Die Polizei hat kurz nach ihrem Verschwinden auch versucht, es zu orten, doch dabei ist nichts herausgekommen.«

»Wohin wollte sie eigentlich, als sie weggegangen ist? Was hat sie gesagt?«

»Sie war auf dem Weg zu einer Freundin. Zu Kyra. Ein ›Sit-in mit ein paar Mädels‹, hat sie es genannt. Und sie wollte dort auch übernachten. Ich hab sie erst am Nachmittag des nächsten Tages vermisst. Kyra hat dann gesagt, sie seien gar nicht verabredet gewesen. Sie wisse auch nicht, wo Vanessa ist. Abends, als

Vanessa immer noch nicht wieder hier war, bin ich zur Polizei gegangen.«

Das deckte sich mit ihrer Aussage vom Vortag. Angeblich war Vanessa sonst zuverlässig gewesen und noch nie unangekündigt über Nacht von zu Hause weggeblieben. Sie ließen sich den Telefonanbieter und den Vertrag mit Vanessas Mobilnummer geben. Was die Nachforschungen, das Telefon betreffend, ergeben hatten, kurz nachdem Vanessa als vermisst gemeldet worden war, würden sie noch bei den Kollegen in Kiel erfragen müssen.

»Wir würden gern noch einen Blick in Vanessas Zimmer werfen«, sagte Pia. Sie wusste, dass auch das nach ihrem Verschwinden schon einmal passiert war, aber nun hatten sie es mit einem Tötungsdelikt zu tun.

Andrea Grube führte sie in einen etwa zehn Quadratmeter großen Raum mit einem Fenster an der Längsseite. Sie blieb an der Tür stehen, während Pia sich Handschuhe überzog und sich vorsichtig umsah. Das Bett mit einer Tagesdecke und vielen Kissen darauf befand sich an der schmalen Stirnseite des Raumes. Daneben Regale und ein Kleiderschrank, mit Postern beklebt, der vollbepackte Schreibtisch stand in einer Ecke. Vor dem Fenster hatte das Mädchen sich eine Art Schminkaltar aufgebaut. Neben der Tür gab es noch einen Kleiderständer, vollgehängt mit Klamotten. Die Prioritäten waren klar erkennbar.

»Wie viele Sachen hat Ihre Tochter mitgenommen? Sah es so aus, als hätte sie vorgehabt, länger wegzubleiben?«, fragte Pia.

Andrea Grube schüttelte den Kopf. »Alles war wie immer. So, als wollte sie nur eine Nacht bei ihrer Freundin bleiben.«

Pia sah in die Nachttischschubladen. Das war notwendig, doch es war nicht schön, dass die Mutter das beobachtete. Der übliche Kleinkram. Keine Kondome, keine Pille … Die Bücher im Regal sahen aus wie wohlmeinende Geschenke: hauptsächlich gebundene Romane, romantische Mädchenlektüre. Es war nicht die typische Sammlung eines Menschen, der gern liest. Pia ging zum Schreibtisch und machte Licht. Ein eingestaubter Laptop lag in der Mitte, Schulhefte, Lehrbücher, Stifte und ein paar Socken drumherum.

»Den Computer müssen wir mitnehmen, damit wir feststellen können, ob irgendetwas darauf ist, was uns Hinweise auf den Täter gibt.«

»Das haben Ihre Kollegen aus Kiel vor drei Wochen auch schon versucht.«

»Sie bekommen ihn so bald wie möglich zurück«, sagte Pia.

Andrea Grube zuckte nur mit den Schultern. Kein Ermittlungsergebnis würde ihr die Tochter zurückgeben können.

Als sie die Wohnung verließen, war Pia bedrückt und auch beunruhigt. Im Auto angekommen, tippte sie als Erstes Kyras Nummer in ihr Telefon.

»Meinst du, das hat Sinn?«, fragte Broders. »Wenn sie eine Mitschülerin von Vanessa ist, ist sie jetzt in der Schule.« Er ließ den Motor an.

»In der Oberstufe gibt es jede Menge Freistunden«, sagte Pia. Sie wartete gespannt. Tatsächlich erreichte sie nur die Mailbox und hinterließ eine Nachricht mit der Bitte um sofortigen Rückruf. Sie probierte noch ein paar andere Nummern, die Andrea Grube ihnen gegeben hatte, jedoch ohne Erfolg.

»Immerhin pflegte sie nicht Umgang mit einer Horde von Schulschwänzern«, sagte Broders, als Pia das Telefon wieder wegsteckte. »Wohin willst du jetzt?«

»Zu der Schule. Wir holen Kyra aus dem Unterricht«, antwortete sie grimmig.

Broders gab Gas. Die Idee gefiel ihm. »Wenn diese Kyra wegen eines Gesprächs mit uns ein bisschen Unterricht verpassen darf, ist ihre Motivation, mit uns zu reden, vielleicht größer«, meinte er.

»Warum so pessimistisch, was die Jugend von heute betrifft?«

»Oh … darüber kann ich nicht sprechen.« Er seufzte nachdrücklich, sodass Pia aufmerkte. »Ich bin immer noch traumatisiert«, klagte er.

Sie wusste, dass es keinen Sinn hatte, jetzt nachzufragen. Doch sie würde schon noch herausfinden, was ihm zu schaffen machte.

Der Schulleiter empfing die Kriminalbeamten in seinem Büro. »Das ist für uns alle ein großer Schock«, sagte er. »Bis zuletzt hofft man ja, dass so ein junger Mensch wohlbehalten wieder auftaucht. Und nun das! Ihr Vater hat uns heute Morgen angerufen.«

»Ihr Vater?«

»Herr Denker. Stimmt. Sie heißt ja Grube, aber heutzutage weiß man ja nie so genau … Ist er etwa nicht Vanessas Vater oder Stiefvater, ich meine, er ist doch erziehungsberechtigt? Die Information ist hoffentlich richtig?« Er lief rot an bei dem Gedanken, die Todesmeldung könnte sich als böser Streich entpuppen.

»Es ist schon korrekt, dass Vanessa Grube tot aufgefunden wurde«, versicherte Pia ihm.

»Ah ja.« Er atmete erleichtert aus. »Wir planen nämlich, eine Art Gedenkstunde für Vanessa zu veranstalten. Morgen um zehn Uhr in der Aula.« Er führte sie zu dem Raum, in dem Kyra Unterricht hatte, informierte den Fachlehrer, und kurz darauf saßen Broders und Pia mit dem Mädchen in einem kleinen Besprechungsraum nahe dem Lehrerzimmer zusammen.

Kyra machte mit ihren rot geweinten Augen, den abgeknabberten Fingernägeln und dem strähnigen Haar einen bemitleidenswerten Eindruck. Pia konnte nicht so ganz verstehen, dass die Eltern sie in diesem labilen psychischen Zustand in die

Schule geschickt hatten. Es ging ihr offensichtlich gar nicht gut.

»Es tut uns sehr leid, dass Ihre Freundin tot ist«, begann sie. »Wie haben Sie es erfahren? Heute Morgen in der Schule?«

»Es ging schon gestern Abend los, über Facebook.«

»Wie bitte?«

»Ich glaube, Vanessas Mutter hat es einer ihrer Freundinnen erzählt, die zufällig bei ihr angerufen hatte. Und die ist die Mutter von Vanessas alter Grundschulfreundin Marie. Marie kennt ein paar von unseren Leuten vom Sport, und so ist es halt herumgegangen.«

Pia ließ sich Maries Nachnamen geben. Ihre Adresse oder die Telefonnummer wusste Kyra nicht.

»Ist sie … Ist Vanessa wirklich in einer Höhle gefangen gehalten und missbraucht worden?« Neugier und Entsetzen kämpften um die Vorherrschaft in Kyras weichem, kindlichem Gesicht.

»Noch steht nicht fest, wo sie die drei Wochen vor ihrem Tod verbracht hat«, sagte Broders. »Wir brauchen dazu unbedingt Ihre Hilfe, Kyra.«

»Ich weiß aber nichts«, kam es jämmerlich zurück. »Als sie fort war, war die Polizei ja schon mal bei mir und hat mich befragt. Vanessa hatte mir erzählt, dass sie es zu Hause nicht mehr lange aushält. Sie hatte Pläne, doch sie tat immer so geheimnisvoll.«

»Warum hat sie es nicht mehr zu Hause ausgehalten?«

»Es gab wohl immer wieder Stress. Wegen der Schule, wegen der Frage, wann sie nach Hause kommen sollte, wegen allem.«

»Irgendwas Besonderes? Wie hat sie sich mit ihrem Stiefvater verstanden?«

»Am Anfang wohl ganz gut.«

Pia sah sie erwartungsvoll an. »Was passierte dann?«

»Ich weiß nicht. Es wurde eben schwieriger. Ist doch immer

so, dass die Erwachsenen sich am Anfang mehr Mühe geben. Und dann ... Aber sie hat nicht viel darüber geredet.«

»Ist sie gleichzeitig in der Schule mit ihren Noten abgesackt? Hat sie vielleicht Probleme mit Drogen bekommen?«, fragte Pia.

»Nein! Es ging darum, dass sich der Typ mehr und mehr als ihr Vater aufgespielt hat. Dieser Rüdiger fand, dass Vanessa zu hohe Ansprüche hat.«

»Inwiefern?«

»Keine Ahnung.« Kyra schniefte. »Vanessa konnte ziemlich arrogant sein. Für sie immer nur das Beste. Klamotten, Reisen, Handy. Und wenn ihre Mutter die Kohle nicht rausgerückt hat, ist sie ausgetickt.«

»Klingt problematisch«, sagte Broders.

Problematisch ja, dennoch ergibt die Art von Problemen nicht unbedingt ein Mordmotiv, dachte Pia. Wenn die Schwierigkeiten eine andere Ursache hatten, eine, die ihren Stiefvater betraf, hätte Rüdiger Denker ein Mordmotiv.

»Hat Vanessa mal Andeutungen darüber gemacht, dass ihr Stiefvater sie ... belästigt hat?«

»Oh Gott, iieh, nein!« Kyra schüttelte abwehrend den Kopf.

Pia dachte an den Beauty Shot in Denkers Portemonnaie. Sie mussten ihm diesbezüglich noch mal auf den Zahn fühlen. Vanessas Freundin schien zumindest nichts darüber zu wissen.

»Hatte sie eigentlich einen Freund?«, fragte Pia nach kurzem Nachdenken.

Kyra zog die Schultern hoch. »Niemanden, den ich kannte. Vanessa waren die Jungs hier alle zu albern und zu kindlich, hat sie gesagt.«

Pias Blutdruck erhöhte sich. Wenn Vanessa sich für Ältere interessiert hatte, bestand die Chance, dass sie so an ihren Mörder geraten war. »Hat sie mal einen älteren Mann erwähnt?«

»Sie hat ihre Freundinnen nicht in solche Sachen eingeweiht. Nicht mal mich. Ich weiß nicht, ob sie vielleicht heimlich einen Freund hatte oder ob sie nur versucht hat, sich interessant zu machen. Eigentlich hatte sie gar keine Zeit für eine Beziehung.«

»Aber falls es da doch jemanden gab – haben Sie eine Idee, wer er war oder wo sie ihn kennengelernt haben könnte?«

Kyra schüttelte wieder stumm den Kopf.

»Es ist sehr, sehr wichtig, Kyra.«

Zwischen den von Mascara verklebten Wimpern des Mädchens glitzerten nun Tränen.

»Denken Sie bitte in Ruhe darüber nach!«

»Ich weiß nichts. Ehrlich. Und seitdem sie weg ist, hab ich auch nichts mehr von ihr gehört.« Sie zwinkerte, um ihre Tränen zurückzuhalten.

»Hat sie Ihnen in der Zeit, in der sie verschwunden war, vielleicht mal geschrieben?« Pia dachte an die verschiedenen Möglichkeiten neuzeitlicher Kommunikation. »SMS oder Ähnliches?«

»Nein, auch das nicht.«

»Zu wem wollte sie an dem letzten Abend, als sie ihrer Mutter erzählt hat, sie ginge zu Ihnen zu einem ›Sit-in‹?«

»Keine Ahnung. Ehrlich. Kann ich nun gehen? Ich schreibe gleich noch eine Klausur«, sagte das Mädchen klagend.

»Kennen Sie die Passwörter, die Vanessa benutzt hat? Für Soziale Netzwerke und so?«, fragte Pia noch.

Kyra lächelte zum ersten Mal, seit sie sie aus ihrer Klasse geholt hatten. »Sie hatte mal ›Miezekatze‹. Idiotisch, was? Ich hab ihr gesagt, dass das nicht sehr sicher ist. Man braucht Buchstaben, Zahlen und Zeichen ... Bin ich nun fertig?«

»Wenn Sie nichts weiter wissen, können Sie von mir aus gehen.« Pia sah ihren Kollegen an.

Broders nickte. Er hatte vorher verkündet, die Jugend von

heute sei ihm sowieso suspekt. Während der Vernehmung hatte er weitestgehend den Mund gehalten, sich aber dafür Notizen gemacht, um das Mädchen nicht mit einem Aufzeichnungsgerät zu verschrecken.

In der Tür blieb Kyra stehen und sah Pia noch einmal an. »Versuchen Sie es trotzdem mit ›Miezekatze‹! Vanessa hat sich nie was sagen lassen. Und ich will, dass Sie denjenigen finden, der ihr das angetan hat.«

Sie befragten in der Pause noch Vanessas Lehrer und ein paar weitere Mitschüler, erfuhren jedoch nichts Neues über das Opfer. Marie, die sie ebenfalls ausfindig machten, erwies sich als wenig mitteilsam, einfach weil sie wohl tatsächlich nichts über Vanessa wusste.

Pia gab die Informationen über Vanessas Handyvertrag, ihre Aktivität bei Facebook und anderen Sozialen Netzwerken sowie das mögliche Passwort an ihre Kollegen in Lübeck weiter. Sie würden schnellstmöglich offiziell Einsicht in Vanessas Internet-Aktivitäten nehmen müssen. Wenn sie tatsächlich einen Freund gehabt hatte, den nicht einmal ihre beste Freundin kannte, war sie möglicherweise über das Internet mit ihm in Kontakt getreten.

»Was machen wir nun?«, fragte Broders, als Pia das Telefonat mit Kürschner beendet hatte.

»Ich will noch mal mit Rüdiger Denker reden.«

Broders blickte sehnsüchtig zu dem Bäcker hinüber, der sich strategisch günstig nahe der Schule platziert hatte. »Warum das denn schon wieder?«

»Ich finde es seltsam, dass er heute nicht bei Andrea Grube ist. Und auch, dass sich sein Verhältnis zu seiner Stieftochter in letzter Zeit verschlechtert hat. Ich möchte ihm noch mal auf den Zahn fühlen.«

»Wenn du meinst. Ich brauche aber vorher noch dringend einen Kaffee und ein Brötchen.«

Nach zwei belegten Brötchen, einem Milchkaffee und Broders' lebhafter Schilderung, wie er am Abend zuvor den Sohn seines Freundes zusammen mit dessen Freundin in der Badewanne überrascht hatte, fuhren sie zu einer Baustelle in Friedrichsort, wo Rüdiger Denker heute arbeitete.

»Kein Schamgefühl, es war nicht mal abgeschlossen!«, wiederholte Broders, als sie wieder im Auto saßen. »Was hätte ich denn tun sollen?«

»Du konntest gar nichts tun.«

»Ich dachte, ich werde blind.«

»So schlimm wird es schon nicht gewesen sein.«

»Hast du eine Ahnung!«

»Hab ich zum Glück nicht.«

»Heute Morgen saßen die beiden mir wieder frech grinsend beim Frühstück gegenüber.«

»Deine Probleme möchte ich haben«, sagte Pia abschließend. Ihr Leben war im Augenblick auch nicht ganz einfach. Nach dem Zusammentreffen der beiden Männer, die sich wie Platzhirsche in einem zu kleinen Revier bei ihr aufgeführt hatten, war ihr die Lust auf alles Weitere erst einmal vergangen. Es war besser, sich auf das Nächstliegende zu konzentrieren. »Hier muss es sein«, sagte sie und hielt am Straßenrand neben einer Baustelle an. Es handelte sich um ein im Rohbau befindliches Doppelhaus. Schilder wiesen auf die am Bau beteiligten Gewerke hin. Auf einem davon war auch die Firma, für die Denker arbeitete, aufgeführt. Sie waren also richtig. Nun mussten sie Andrea Grubes Lebensgefährten nur noch finden.

Die Baustellentür der linken Haushälfte war geschlossen, die der rechten stand offen, was die Entscheidung, wo sie es zuerst versuchen sollten, erleichterte. Pia balancierte über ein paar provisorisch ausgelegte Holzbohlen, die über den größten Matsch hinweg zum Eingang führten.

»Ich warte hier auf euch«, verkündete Broders mit Blick auf seine Schuhe. »Am besten wird es sein, wir nehmen Herrn Denker dann irgendwohin mit, wo wir in Ruhe mit ihm sprechen können.«

Im Rohbau traf Pia auf einen Mann in Anzughose und Parka, der mit einer Messschiene hantierte. Hinter seinem Ohr steckte ein Bleistiftstummel. Sie grüßte den Mann und fragte nach den Schreinern beziehungsweise Rüdiger Denker.

»Moin. Keine Ahnung. Ich bin von der Küchenfirma und nehm nur noch mal ein paar Maße«, sagte er ausweichend. »Oben ist aber auch noch jemand, wie man hört.«

Pia nickte und machte sich auf die Suche. Im Rohbau war es dank der dunkelgrauen Wände noch sehr dunkel. Schwer vorstellbar, dass das mal ein helles, wohnliches Haus werden würde. Doch beim Richtfest ihres Bruders hatte es ähnlich ausgesehen, und bei ihm war Pia sich sicher, dass das neue Eigenheim ein Traum aus Stein und Glas werden würde.

Sie blickte in den dunklen Treppenhausschacht. Auf dem Grund des Schachts stand eine lange Metallleiter, die die obere Ebene gerade noch erreichte. Von dort erklangen Baugeräusche, die kurz verstummten. Ein Radio plärrte.

»Hallo?«, rief Pia. »Herr Denker, sind Sie da?«

Der Baumaschinenlärm setzte wieder ein, was die Chance, auf sich aufmerksam zu machen, gegen null laufen ließ. Sie packte die kalte Metallleiter, rüttelte probehalber daran und setzte einen Fuß auf die erste Sprosse. Der Herr vom Küchenstudio verließ mit Block und Messschiene in der Hand den Rohbau.

Nachdem sie ein Stück die Leiter hinaufgestiegen war, konnte Pia in das Obergeschoss blicken. Ein Mann in Arbeitsmontur kniete vor einem Balken und sägte. Es war Rüdiger Denker. Er hatte eine Wollmütze auf dem Kopf, darüber trug er Lärmschutz-Kopfhörer, sogenannte »Micky Mäuse«. Rufen war zwecklos, solange die Säge in Betrieb war. Pia stieg weiter hinauf; die letzte Stufe der Leiter überragte nur knapp die Geschossdecke. Arbeitssicherheit ging anders.

Denker hörte auf zu sägen.

»Hallo, Herr Denker, Pia Korittki. Wir müssen noch einmal miteinander reden.« Dass Leute nicht unbedingt begeistert auf das unerwartete Auftauchen der Polizei reagierten, war für Pia nichts Neues. Der Mann starrte sie jedoch erst ungläubig, dann erschrocken an und sprang auf. Er stürzte auf sie zu, und einen Moment hatte sie die Befürchtung, er würde die Leiter, auf der sie immer noch stand, umwerfen. Stattdessen riss er sich die Kopfhörer vom Kopf und schleuderte sie in ihre Richtung. Pia wich zur Seite aus, und die Leiter geriet ins Schwanken. Unter ihr gähnte die Öffnung des Treppenschachtes. Der Kellerboden lag viele Meter unter ihr. Rüdiger Denker sah sich hektisch um. Sie versperrte ihm den Weg nach draußen. Denker wich nach hinten aus.

»Stopp! Warten Sie!«, schrie Pia. Er würde doch keine Dummheiten machen? Hoffentlich hörte Broders sie rufen!

Rüdiger Denker lief zu einer bodentiefen Öffnung in der Außenwand, die offenbar auf einen Balkon führte. Pia krabbelte eilig über die Leiter hinweg auf die Geschossdecke. Der Untergrund war rau und staubig. Sie rappelte sich auf und folgte Denker, der aus ihrem Blickfeld verschwunden war. Der Balkon hatte noch kein Geländer. Sie befand sich auf der Rückseite des Hauses, das teilweise eingerüstet war. Broders jedoch stand vorn.

»Broders!«, rief Pia. »Er kommt auf der Rückseite runter und will fliehen. Halte ihn auf!«

Sie hielt sich an einer Strebe des Gerüstes fest und sah am

Haus hinab. Unter ihrer Hand spürte sie das metallene Baugerüst beben. Denker stieg wieselflink daran hinunter. So viel zum einzigen Fluchtweg. Er sprang den letzten Meter, ging nach der Landung kurz in die Hocke und stützte sich im weichen Sand ab. Dann rannte er los.

16. Kapitel

Pia lief zurück zu der Leiter im Inneren des Rohbaus. Sie sah gar nicht erst hinab, sondern stieg eilig die Sprossen hinunter, bis sie mit einem großen Schritt über den Treppenschacht hinweg wieder das Erdgeschoss erreichte. Sie rannte zur Rückseite des Hauses und konnte gerade noch sehen, wie Denker über einen Zaun in die anliegenden Gärten entkam. Broders stand mitten auf dem Baugrundstück, unweit der Stelle, wo Denker hinabgesprungen war. Er fuchtelte mit den Armen, bewegte sich aber nicht vorwärts.

»Was hast du? Warum ist er dir entwischt?«, fragte Pia außer Atem.

»Shit, ich stecke fest! Oder was denkst du?«

Sie betrachtete ihren Kollegen, der wie angewurzelt im Matsch stand. Er versuchte, die Knie zu heben, aber es gelang ihm nicht. »Das kann doch nicht wahr sein! Das ist ein Baugrundstück, kein Treibsand.«

»Bist du dir sicher?« Broders zog langsam ein Bein hoch, es machte »Schlupp«. Einer seiner Halbschuhe blieb im Matsch stecken. »Das sind handgearbeitete englische Schuhe!«, klagte er.

Pia gab sich die allergrößte Mühe, nicht zu lachen. Er fluchte herzhaft, während sie, um sich von dem erheiternden Anblick abzulenken, ihr Telefon hervorzog und die Einsatzleitstelle anrief.

Nach dem Schock über den Leichenfund der jungen Frau im Eiskeller war der Mord an Ulf Nielsen im Bewusstsein der

Ermittler zunächst etwas in den Hintergrund getreten. Doch beide Taten hingen mit hoher Wahrscheinlichkeit zusammen. Einiges deutete darauf hin, dass Nielsen erschlagen worden war, weil er zur falschen Zeit am falschen Ort gewesen war. Es sah so aus, als hätte er den Täter in der Nähe des Eiskellers überrascht. Aber es konnte auch ganz anders gewesen sein, und es war gefährlich, voreilige Schlüsse zu ziehen. Die Polizei konnte sich nicht sicher sein, ob es sich bei dem Mord an Ulf Nielsen tatsächlich um eine Verdeckungstat für das andere Verbrechen handelte oder nicht. Vielleicht bestand ja auch eine Beziehung zwischen dem ersten und dem zweiten Opfer, die den Fall in einem anderen Licht erscheinen lassen würde.

Diese Gedanken beschäftigten Michael Gerlach, während er mit seiner Kollegin Juliane Timmermann unterwegs war. Sie sollten weitere Informationen über Ulf Nielsens Beziehungen und Kontakte sammeln.

Gerlach spürte, dass Juliane nicht sehr motiviert an die ihnen übertragene Aufgabe heranging. Sie saß mit vor der Brust verschränkten Armen und zusammengepressten Lippen neben ihm auf dem Beifahrersitz. Auf seine Versuche, ihr gemeinsames Vorgehen abzustimmen, hatte sie einsilbig reagiert. Das war seltsam, da sie bei den Besprechungen doch oft versuchte, sich in den Vordergrund zu spielen. Lag es daran, dass sie alle beinahe das ganze Wochenende über gearbeitet hatten? War sie einfach nur erschöpft? Wenn ein Fall so dringlich war wie dieser, war es für die Kollegen vom K1 selbstverständlich, dass viele Überstunden anstanden. Herrgott, an manch einem Montagmorgen konnte er sich auch etwas Schöneres vorstellen, als in sein Büro im Polizeihochhaus zu fahren! Wenn er jedoch aufgrund einer Ermittlung unterwegs war, kannte Gerlach solche Gefühle nur selten.

Er fuhr wieder auf den Lehrerparkplatz der Gemeinschaftsschule, an der Ulf Nielsen gearbeitet hatte. Sie war in einem

Gebäude aus Kaiser Wilhelms Zeiten untergebracht, das düster und ein wenig vernachlässigt wirkte. Das war ihm früher an Schulen nicht so aufgefallen. Der Geruch, der dem Gebäude anhaftete – Linoleum, Putzmittel, Staub und Schweiß –, war aber noch der gleiche wie zu seiner Schulzeit. Es hatte gerade zur Pause geläutet. Michael Gerlach und Juliane Timmermann bewegten sich durch einen Strom lärmender Schüler von elf bis ungefähr zwanzig Jahren, bis sie Sekretariat und Lehrerzimmer gefunden hatten. Die Direktorin empfing sie in ihrem Büro.

»Herr Nielsen war ein so angenehmer, ruhiger und pflichtbewusster Kollege! Deshalb habe ich mir zuerst gar keine Gedanken gemacht, als er unentschuldigt gefehlt hat«, sagte sie nach einer kurzen Begrüßung.

Entweder liegt ihr ihr Versäumnis auf der Seele, dachte Gerlach, oder aber sie möchte ihre Weste rein halten. Es klang ein wenig widersprüchlich, dass ein »pflichtbewusster« Lehrer so lange unentschuldigt ferngeblieben war, ohne dass es jemandem aufgefallen war. Andererseits waren auch Michael Gerlach schon merkwürdigere Dinge untergekommen.

»Wir sind hier, weil wir mit einigen Lehrern und Schülern reden müssen. Es gibt bestimmt den einen oder anderen Kollegen, der uns etwas über Herrn Nielsen sagen kann.«

»Ich habe mich schon im Kollegium für Sie umgehört. Es ist schwierig. Herr Nielsen pflegte wenig Kontakt innerhalb der Lehrerschaft.«

»Irgendjemand wird ihn doch wohl ein bisschen besser gekannt haben«, meldete sich Juliane erstmals zu Wort. Sie klang gereizt.

Die Direktorin zog ein betretenes Gesicht und zupfte sich einen Fussel vom Ärmel ihrer Jacke. »Wir werden sehen«, sagte sie vage.

Juliane Timmermann und Michael Gerlach sprachen mit

vier Lehrern, die Nielsen der Aussage Regine Osterhoffs zufolge etwas näher gekannt hatten. Seltsamerweise schien nur die Direktorin dieser Meinung zu sein, während die von ihr genannten Kollegen im Gespräch mit der Polizei allesamt betonten, dass sie nichts mit Ulf Nielsen zu tun gehabt hatten. Vielleicht hatte Frau Osterhoff diese Kollegen nur ausgewählt, weil sie gerade eine Freistunde hatten, als die Polizei im Haus war?

Nach der vierten Vernehmung erhob sich Juliane polternd von ihrem Stuhl. »Noch ein ›Eigentlich kann ich Ihnen gar nichts über Ulf Nielsen sagen‹ ertrage ich nicht. Was für eine Zeitverschwendung! Herrgott, als hätte der Mann Pest und Cholera gehabt, sodass niemand was mit ihm zu tun haben wollte.«

Gerlach stand ebenfalls auf und streckte seine langen Glieder. Er ging zum Fenster und sah auf den Schulhof hinunter, auf dem es von Schülern nur so wimmelte. Die jüngeren rannten umher, die älteren standen in Grüppchen herum. Es war schon wieder Pause. Der sich ständig wiederholende Rhythmus, angekündigt durch den synthetischen Gong, verursachte auch Michael Gerlach ein ungutes Gefühl. Die Zeit verrann. Sie kamen nicht weiter. »Entweder war Nielsen ein unangenehmer Zeitgenosse, sodass seine Kollegen nichts mit ihm zu tun haben wollten, oder ... er war einfach nur ein schrecklicher Langweiler.«

»Ich plädiere für Langweiler«, sagte Juliane. »Keine Frau, keine Freundin. Nur sein Hobby. Über diese Erdhaufen, Turmhügelburgen genannt, Bücher zu schreiben ... Wen interessiert das heute noch? Ob er seinen Schülern damit auch in den Ohren gelegen hat?«

»Wir sollten noch den einen oder anderen Schüler befragen«, sagte Gerlach. »Frau Osterhoff hat uns ausschließlich Lehrerkollegen als Gesprächspartner aufgeschrieben.«

»Ich dachte, wir sind hier fertig«, protestierte Juliane.

»Hast du es besonders eilig, zurück ins Kommissariat und an deinen Schreibtisch zu kommen?«

Sie zuckte mit den Schultern, aber Michael Gerlach sah ihr an, dass es so war.

Regine Osterhoff zeigte sich wenig erbaut über Gerlachs Vorhaben, jetzt auch noch mit Schülern zu sprechen. Sie schob vor, dass sie die Kinder ja schlecht vom Unterricht fernhalten könne. Außerdem müsse man die Eltern zuvor um ihre Einwilligung bitten.

»Wie wäre es mit älteren Schülern, die schon selbst entscheiden können, ob sie mit uns reden wollen?«, schlug Gerlach vor.

»Das können sie ja in ihrer Freizeit tun«, meinte die Direktorin säuerlich.

Michael Gerlach knipste seinen Charme an und bat sie um ihre Hilfe in dieser wichtigen Angelegenheit. Natürlich konnten sie die Schüler in ihrer Freizeit befragen, aber das würde viel länger dauern. Und derweil lief ein Mörder, der nichts mehr zu verlieren hatte, im Umfeld ihrer Schule frei herum.

Im ersten Moment fürchtete Gerlach, er habe zu dick aufgetragen und Regine Osterhoff werde ihn auslachen. So, wie er es dargestellt hatte, klang es ja so, als schliche gerade ein Meuchelmörder durch die alten Gänge ihrer Schule. Doch die Direktorin dachte kurz nach, presste die Lippen zusammen und nickte. Wenig später steckte der erste Oberstufenschüler seinen Kopf zur Tür des Besprechungsraumes herein, der den Polizisten für die Vernehmungen überlassen worden war.

»Ich hab gehört, Sie wollen mit Schülern sprechen, die Herrn Nielsen gekannt haben?«, fragte ein schlanker junger Mann mit langem Haar.

»Ja. Es geht um die Ermittlungen, Ulf Nielsens Tod betreffend.«

»War es Mord?«, wollte der Schüler neugierig wissen.

»Wird sich zeigen«, sagte Juliane und deutete auf einen der Stühle.

»Kannten Sie Herrn Nielsen gut?«, fragte Gerlach.

»Na ja. Wie man Lehrer mit den Jahren halt so kennt.« Er ließ sich auf den angewiesenen Stuhl fallen und streckte die Beine aus.

Gerlach notierte sich den Namen des Schülers.

»Wirklich krass, wenn er ermordet worden ist«, sagte der junge Mann. »Ich meine, wie hoch stehen die Chancen, dass dir das passiert?«

»In Deutschland ist das eine eher vernachlässigbare Größe«, antwortete Juliane. Der charmante, langhaarige Oberstufenschüler schien sie aus ihrer Lethargie zu reißen.

»Mensch, ausgerechnet der! Ich kenn den Nielsen schon seit der Grundschule. Der war nämlich früher mal Lehrer an einer richtigen Dorfschule. Lang ist's her!«

»Welche Schule war das?«, fragte Gerlach. Die genannte Schule lag in der Nähe von Groß Tensin, notierte er sich mit drei Ausrufungszeichen. »Was hatten Sie bei ihm?«

»Oh, beinahe alle Fächer. Bis auf Sport. Nielsen hat damals meine Klasse übernommen, als unsere Klassenlehrerin schwanger wurde und in Mutterschutz ging. Das letzte halbe Jahr in der Vierten. Da gab es dann Heulen und Zähneklappern.«

»Warum?«

»Die Mädchen haben die Frau Meier so vermisst.« Er verzog spöttisch das Gesicht. »Und der Nielsen war halt irgendwie fies.«

»Weshalb? Was für ein Mensch war er so?«, fragte Juliane.

»Na ja, für mich war er damals in erster Linie alt. Für Kinder sind ja alle Erwachsenen steinalt, doch der war's besonders, und vor allem im Vergleich zu unserer Frau Meier. Er bot haargenau das Bild eines einsamen und frustrierten Junggesellen, dessen Socken nicht zusammenpassen, weil er keine Frau hat, die sie ihm zusammenlegt und sich auch sonst um ihn kümmert. Und den Frust darüber hat er an den Kindern ausgelassen. Hauptsächlich an den Mädchen ...«

»Tatsächlich?«

»Na, eher an allen, die sich nicht so gut wehren konnten. Ein paar schüchternere Jungs waren auch dabei.«

»Vor wie vielen Jahren war das?«, fragte Gerlach.

Der Junge schien nachzurechnen. »Vor ungefähr sieben, acht Jahren.«

Es passte. Nielsen konnte auch Thilo Fuhrmanns Lehrer gewesen sein.

»War er damals nicht überqualifiziert, wenn er bis vor Kurzem hier unterrichtet hat?«, wollte Gerlach wissen.

»Er unterrichtet hier nur bis zur Mittelstufe, soweit ich das weiß. Und so richtig nimmt den sowieso keiner ernst.«

»Wieso nicht?«

»Er hat komische Interessen. Und er labert gern rum, merkt aber nicht, dass das keinen interessiert. In den Klausuren zitiert man am besten aus seinen selbst verfassten Büchern ... Das klappt immer. Nur wenn es an die Zeugnisnoten geht, dann wird er regelmäßig seltsam.«

»Was heißt das?«

»Wenn er mitbekommt, dass für einen Schüler eine Endnote in seinem Fach mit den Ausschlag gibt – hopp oder topp –, dann gibt er immer die schlechtere Note. ›Pädagogische Maßnahme‹, so nennt er das. Aber für mich klingt das eher nach verkapptem Sadismus.«

»Oh, das sind schwerwiegende Anschuldigungen!«, sagte Juliane.

»Ach, ist doch nur so 'n Spruch. Ich will damit ja nicht andeuten, dass er auf Sado-Maso-Nummern steht.« Der Junge grinste. »Jedenfalls weiß ich nichts darüber.«

Schade!, dachte Gerlach. So ein Hinweis hätte bestimmt etwas Schwung in die Ermittlungen gebracht.

Broders hatte Pia wilde Sanktionen angedroht für den Fall, dass sie den anderen erzählte, wie er im Baustellenmatsch stecken geblieben war. Schlimm genug, betonte er säuerlich, dass seine Schuhe wohl für alle Zeit ruiniert waren.

Die Stimmung im Kommissariat war angespannt. Rüdiger Denker war noch nicht wieder aufgetaucht, seine Lebensgefährtin wusste angeblich auch nicht, wo er sein konnte. Manfred Rist ließ sich vor versammelter Mannschaft haargenau schildern, wie Denker Pia und Broders am gestrigen Tag entkommen war.

»Ich frage mich, wie viele Leute wir uns hier noch durch die Lappen gehen lassen sollen«, sagte er. »Die Fahndung nach Rüdiger Denker läuft zumindest. Ich habe die Sache gleich an das K16 weitergegeben. Und wir suchen auch nach wie vor nach den Fuhrmanns. Gibt es sonst noch was Neues?«

Conrad Wohlert sah auf. »Ja. Und zwar in Bezug auf den Anruf der Fuhrmanns bei Karsten Sander.«

»Ging ja zügig, da mal nachzufragen«, bemerkte Rist.

Wohlert ließ sich nicht aus der Ruhe bringen. »Der Anruf erfolgte am Sonntag um zehn Uhr fünfunddreißig. Weder Karsten Sander noch seine Frau erinnern sich daran, mit einem der Fuhrmanns telefoniert zu haben. Vorhin meldete sich aber Sanders Mutter, die ebenfalls im Haus wohnt. Sie war ein paar Tage mit den Landfrauen unterwegs. Armin Fuhrmann hat sie am Sonntagvormittag angerufen und gefragt, ob sein Sohn Thilo am Morgen bei ihrer Vogelstimmenwanderung dabei war.«

»Vogelstimmenwanderung?«, wiederholte Rist spöttisch.

»Ein ornithologischer Spaziergang für Frühaufsteher, den Elisabeth Sander regelmäßig anbietet. Thilo hat sie hin und wieder begleitet. Das heißt, er ging einfach mit, ohne sich anzumelden.«

»Und an dem besagten Sonntag?«, fragte Pia.

»Da war Thilo nicht dabei.«

Pia runzelte die Stirn. »Um wie viel Uhr fand der Spaziergang denn statt?«

»Der Junge war doch gar nicht da«, warf Rist ungeduldig ein.

»Thilo könnte früh das Haus verlassen haben, weil er zu der Wanderung wollte, und ist dann auf dem Hofplatz auf Ulf Nielsen gestoßen«, sagte Pia.

»Die Wanderung war morgens von sieben bis neun. Sie sind in den Riesebusch zur Wilhelmsquelle gegangen«, las Wohlert vor.

Rist sah auf seine Uhr. »Das hilft uns nicht weiter.«

»Ich denke doch«, meldete sich Kürschner zu Wort. »Der Anruf sagt uns, dass Armin Fuhrmann wissen wollte, wo Thilo zum mutmaßlichen Zeitpunkt des Mordes an Ulf Nielsen gewesen ist.«

Pia sah Kürschner an. Wachte er langsam aus seiner Lethargie auf? »Die Frage ist, ob Armin Fuhrmann den Anruf getätigt hat, weil er Thilo verdächtigt, oder ob er wissen wollte, ob sein Sohn Nielsens Mörder beobachtet haben kann.«

»So oder so. Wir müssen die Fuhrmanns finden«, sagte Rist und mied sowohl Kürschners als auch Pias Blick. »Genauso wie Rüdiger Denker. Ist sonst vielleicht noch jemandem eine Person entkommen, die für unseren Fall relevant ist?«

Ha, ha, wirklich sehr witzig! Seit Rist die Ermittlungen in diesem Fall mit Kürschner zusammen leitete, ließ er sich doch ohnehin täglich von jedem Mitarbeiter Bericht erstatten. Pia fragte sich, wie Wilfried Kürschner zu der Arbeitsteilung mit Rist stand. Und wie es Gabler ging.

Nach der Besprechung schaute sie bei Kürschner im Büro

vorbei. Er war immer noch der stellvertretende Leiter der Abteilung. Wilfried Kürschner saß am Schreibtisch. Er hatte einen Bericht vor sich liegen, doch sein Blick war abwesend. »Ach, du bist's, Pia! Sollst du nicht wieder nach Groß Tensin fahren?«

»Es geht gleich los.« Sie zog sich einen Stuhl heran und setzte sich. »Sag mal, Wilfried, gibt es schon Neuigkeiten von Gabler? Wie geht es ihm?«

Kürschner seufzte. »Nicht gut«, sagte er. »Er ist gerade erst von der Intensivstation runter. Sie haben ihm ein paar Stents gesetzt. Frag mich nicht nach Details. Ich habe gestern Abend noch mal mit seiner Frau telefoniert. Sie macht sich schreckliche Sorgen.«

»Das glaube ich. Er fehlt ihr bestimmt. Und er fehlt hier.«

»Ich kann es nicht ändern, Pia. Und dass ausgerechnet jetzt so ein komplizierter Fall ansteht, ist eben Pech. Aber ansonsten sind wir ja personalmäßig einigermaßen aufgestellt.«

»Findest du?« Pia überlegte, wie viel sie sagen sollte. »Ich mache mir Sorgen, wie Rist die Sache anpackt«, gestand sie dann. »Mit Gabler zusammen sind die Leute motivierter. Rist versucht, alle zu sehr zu kontrollieren.«

»Ein anderer Führungsstil. Daran muss man sich erst gewöhnen.«

»Die Frage ist, ob es sinnvoll ist, sich daran zu gewöhnen. Gabler kommt doch wieder, oder?«

»Bestimmt. Aber es kann eben dauern.« Kürschner klang nicht überzeugt.

»Ich wundere mich, dass Rist diese Ermittlung leitet. Er ist noch nicht sehr lange bei uns«, wagte sie sich vor. Eigentlich wäre es Kürschners Job gewesen, den Fall zu übernehmen, doch er wirkte in letzter Zeit seltsam distanziert.

»Ich habe ja vorgeschlagen, dass wir es so machen«, sagte er zu Pias Überraschung. »Manfred Rist ist schon länger im

Gespräch, Gabler eines Tages abzulösen. Eben seit ...« Er guckte unbehaglich drein.

»Seit wann?«

»Wusstest du nicht, dass Gabler seinerzeit daran gedacht hat, dich als seine Nachfolgerin aufzubauen? Du hast das Potenzial, und er dachte, es wäre noch genügend Zeit, das vorzubereiten. Wenn du erst mal Hauptkommissarin geworden wärst.«

»Wärst?«

»Teilzeit zu arbeiten ist da nicht gerade hilfreich«, sagte er.

Kein Wunder, dass Gabler so säuerlich auf ihre Schwangerschaft reagiert hatte! Es hatte seine Pläne durchkreuzt. »Ich wusste nichts davon«, bekannte Pia.

Widerstrebende Gefühle tobten in ihr. Stolz, dazu auserkoren gewesen zu sein, eines Tages die Leitung zu übernehmen. Ärger, dass sie es erst jetzt und so erfuhr, und die Erkenntnis, dass es in ihrer derzeitigen Lage nicht möglich wäre, den Posten zufriedenstellend für alle Beteiligten auszufüllen. Sie schluckte und konzentrierte sich wieder auf das Nächstliegende. »Weshalb vertrittst du Gabler nicht, bis er wieder da ist?«

Er sah sie müde an. »Meine Frau ist krank. Seit einiger Zeit schon. Das kostet Kraft. Ich will diesen wichtigen Fall nicht blockieren. Es steht zu viel auf dem Spiel. Und ich bin im Moment in der Unterstützer-Rolle besser aufgehoben, glaub mir!«

»Das tut mir leid. Danke, dass du es mir gesagt hast.«

»Es war längst überfällig.« Kürschner wandte sich wieder seinem Bericht zu. Es war klar, dass er nichts mehr dazu sagen wollte.

Pia verließ sein Büro.

Das Dorf strahlte im Sonnenlicht eines klaren Wintertages den Charme einer Modelleisenbahn-Landschaft aus. Bauernhäuser aus rotem Backstein, teilweise hinter Hecken und Steinmauern verborgen, säumten die Dorfstraße. Wenn man noch ein Stück weiterfuhr, hatte man vom Bismarckturm aus einen schönen Blick auf die Lübecker Altstadt. Doch Broders und Pia waren nicht zum Sightseeing hergekommen. Sie sollten, getrennt voneinander, weitere Befragungen durchführen. Auf dem Dorfanger vor dem *Lindenhof* war am Vortag ein großer Tannenbaum errichtet worden, an dem sich zwei Arbeiter auf Leitern mit einer Lichterkette zu schaffen machten. Die Leitern erinnerten Pia an Rüdiger Denkers sinnlosen Angriff auf sie auf der Baustelle. Wohin er wohl geflohen war und wann er wieder auftauchte?

»Groß Tensin hübscht sich auf«, kommentierte Broders die Szenerie, als sie vor dem Wirtshaus standen. Er öffnete den Kofferraum.

»Na ja, du hast dich ja stattdessen abgehübscht«, sagte Pia mit Blick auf die für ihn ungewohnten Jeans und den alten blauen Anorak, den er heute trug. Er holte ausgetretene Wanderstiefel aus dem Kofferraum, setzte sich auf die Stoßstange und tauschte sie gegen die Halbschuhe aus, die er zum Fahren getragen hatte.

»Vorsicht ist besser als Nachsicht«, gab er zurück. »Man weiß auf dem Lande nie, wohin es einen verschlägt.«

»Mach bitte Fotos, falls du wieder irgendwo stecken bleibst!«, bat Pia.

»Ha, ha.«

Pia und Broders arbeiteten sich durch die Liste der Personen, die etwas zu den Fuhrmanns, ihrem möglichen Verbleib und den Toten auf ihrem Grundstück sagen könnten. Diese Liste umfasste also quasi alle in Groß Tensin. Bis sie das ganze Dorf befragt hatten, würden sie dafür ohne weitere Hilfe aber ein paar Tage benötigen. Immerhin waren erstaunlich viele Leute zu Hause. Die meisten reagierten hilfsbereit, obwohl sie so bald nach dem ersten Vorfall, dem Fund von Nielsens Leiche, schon wieder befragt wurden.

Die Entdeckung der Toten im Eiskeller hatte sich inzwischen herumgesprochen. Pia konnte sich lebhaft vorstellen, wie diese Sache die Fantasie der Leute beschäftigte. Viele waren besorgt, da sie selbst Kinder hatten. Pia erfuhr, dass die Bewegungsfreiheit der Kinder und Jugendlichen seit den Leichenfunden offenbar stark eingeschränkt worden war. Besonders Teenager durften sich nicht mehr unbeaufsichtigt von A nach B bewegen. Es hatte ein bisschen was von »die Stalltür verriegeln, wenn das Pferd ausgebrochen war«, aber verdenken konnte Pia den Eltern diese Reaktion nicht. Seit sie Mutter war, kannte sie diese ständige irrationale Angst, dass Felix etwas zustoßen könnte, selbst. Es war wie ein sanftes Hintergrundrauschen, das sie immer begleitete und das sich hin und wieder zu einem schrillen Alarmton steigern konnte.

Es war schon um die Mittagszeit, als Pia zu einem weiß gestrichenen Fertighaus kam, das am Ende einer Sackgasse stand. Ihr Magen knurrte, und die mehr oder weniger ergebnislose Fragerei hatte sie reizbar und ungeduldig gemacht. Das Grundstück um das Haus herum war übersichtlich, der Rasen millimeterkurz gemäht, die braune, kahle Erde der Beete offensichtlich mit Bioziden totgespritzt. So viel zum Leben im Einklang mit der Natur … Als Pia klingelte, bewegte sich eine Gardine im Untergeschoss. Es dauerte einen Moment, bis die Tür aufschwang. Eine Frau in Jeans und Rollkragenpullover stand Pia gegenüber. Sie war Mitte vierzig, hatte schulterlanges, glattes blondes Haar und machte einen abgehetzten Eindruck.

»Sind Sie Frau Hägemann?«

»Inga Hägemann. Was kann ich für Sie tun?«

Pia stellte sich vor und zeigte ihre Polizeimarke. »Ich führe einige Befragungen im Dorf durch. Darf ich kurz reinkommen?«

»Das passt gerade nicht so gut«, sagte die Frau, trat aber zur Seite, um Pia einzulassen.

Pia folgte ihr in ein kleines, beinahe steril aussehendes Wohnzimmer. Inga Hägemann bot ihr einen Platz auf einer stramm gepolsterten Sitzgruppe an. Pia erklärte der Frau, warum sie hier war und was sie wissen wollte. Bisher hatte die Erwähnung der Namen »Fuhrmann« oder »Röperhof« Verlegenheit ausgelöst, manchmal auch verhaltene Ablehnung oder Neugier. Inga Hägemann hingegen nickte bekräftigend, lehnte sich zurück und verschränkte die Arme vor der flachen Brust.

»Dann stimmt es also doch!«, sagte sie zu Pias Überraschung mit kalter Befriedigung. »Ich hab es ja fast nicht glauben können.«

»Was stimmt?«

»Das mit den Mädchen. Da hat meine Chantal damals wohl noch mal Glück gehabt.«

Pia beugte sich vor. »Wovon sprechen Sie?«

»Mir hat ja nie einer geglaubt. Bis auf Renate vom Kindergarten. Die sagte auch, dass da was dran sein muss. Gerüchte entstehen ja nicht einfach so. Es gibt immer einen Grund, warum so etwas aufkommt. ›Kein Rauch ohne Feuer‹, oder wie heißt es so schön?«

»Was hat Ihnen keiner geglaubt?« Pia bemühte sich um Geduld. Dafür, dass sie keine Zeit hatte, drückte sich Inga Hägemann recht umständlich aus.

»Dass der Thilo Fuhrmann die Wahrheit sagt. ›Kindermund tut Wahrheit kund‹, nicht wahr? Der Junge hat immer behauptet, dass da ein Mädchen auf dem Hof ist. Und nun haben sie ja auch eines gefunden.«

17. Kapitel

»Wann hat Thilo Fuhrmann das gesagt? In welchem Zusammenhang?«, fragte Pia mit leicht erhöhter Herzfrequenz.

»Also, ein bisschen her ist das schon«, wiegelte Inga Hägemann ab. »Chantal und Thilo waren zusammen im Kindergarten. Er wollte immer nur mit ihr spielen, obwohl sie so viel jünger ist als er. Er war schon als kleines Kind ein bisschen seltsam, und das sollte ja mit zunehmendem Alter schlimmer werden. Jedenfalls war er mal zum Spielen hier, da hat er andauernd von einem ›Mä-chen‹ erzählt. Richtig penetrant. ›Papa und Mä-chen‹. Ich dachte natürlich zuerst, er spricht von seiner Schwester. Dabei war Meike doch zeitlebens schwer behindert und im Heim. Damals hab ich mir nicht ganz so viel dabei gedacht, wissen Sie. Vielleicht meinte er wirklich nur seine Schwester. Vielleicht besuchte er sie ja häufig und vermisste sie und so … Man bastelt sich da was zurecht. Heute erscheint das alles aber in einem ganz anderen Licht, nicht wahr?«

»In welchem Licht?« Pia verstand nicht recht, worauf das alles hinauslaufen sollte. Spielte Frau Hägemann etwa auf die tote Vanessa Grube an?

»Das ist doch wohl klar: Die Leute haben immer schon getuschelt. Es hieß, die Fuhrmanns hätten irgendwo auf ihrem Hof mal ein Mädchen versteckt gehalten. Ich mag mir gar nicht ausmalen, was da passiert ist. Wahrscheinlich war es der Vater. Deshalb leben sie auch so abgeschieden. Ich hatte auch immer den Eindruck, dass der Thilo gar nicht mit anderen Kindern spielen sollte. Zumindest nicht bei sich zu Hause. Deshalb habe ich meine Chantal da auch nur einmal hingelassen.«

»Von welcher Zeit sprechen wir hier? Wann war das genau?«, wollte Pia wissen.

Inga Hägemann runzelte die Stirn. »Das war in Chantals erstem Kindergartenjahr. Das ist also ungefähr zwölf Jahre her.«

»Und wieso war die Kindergärtnerin damals der gleichen Auffassung wie Sie?«

»Fragen Sie die am besten selbst nach dem Thilo Fuhrmann. Ich hab schon zu viel gesagt.« Sie strich nervös über ein Couchkissen und mied nun Pias Blick.

»Wo kann ich die Kindergärtnerin finden? Wie heißt sie?«

»Renate Stolze. Sie treffen sie entweder im Kindergarten an oder bei sich zu Hause. Renate wohnt in der Dorfstraße, in dem Haus mit dem blauen Zaun. Nicht zu verfehlen.«

Pia versuchte, noch mehr Informationen zu bekommen, doch Inga Hägemann wollte nichts weiter dazu sagen. Offensichtlich plagte sie ob ihrer Mitteilsamkeit schon ein schlechtes Gewissen. Als Pia aus dem Haus und aus dem Blickfeld der Frau war, rief sie im Kommissariat an. Sie berichtete Rist, was sie erfahren hatte. »Ein Blick in die Vermisstendatei von vor zwölf Jahren kann sicher nicht schaden«, sagte sie.

»Das ist doch Dorfklatsch«, entgegnete er. »Da kommen wir ja vom Hundertsten zum Tausendsten.«

»Ich weiß, es klingt unglaublich, aber vielleicht ist ja doch etwas dran. Die Zeugin macht eigentlich einen eher nüchternen und vernünftigen Eindruck. Jedenfalls können wir es uns nicht leisten, es nicht nachzuprüfen.«

»Meine Entscheidung«, sagte er. »Trotzdem danke für die Auskunft.«

Pia konnte es nicht fassen. Wie konnte Rist nur so ignorant sein? Nun ging es beinahe um ihre Ehre, noch ein paar Hinweise aufzutreiben, die diese Theorie stützten.

Renate Stolze hatte noch bis siebzehn Uhr im Kindergarten zu tun, aber nach dem Mittag, wenn viele Kinder schon abgeholt sein würden, sollte es ruhiger werden. Pia vereinbarte mit ihr, dass sie noch bei ihr vorbeischauen würde, bevor sie zurück nach Lübeck fuhr.

Sie traf sich mit Broders zum Mittagessen im *Lindenhof*. Herbert Kleber begrüßte sie auf seine gewohnt trockene Art, als wären sie schon Stammgäste. Er empfahl ihnen zum Mittagessen Sauerfleisch mit Bratkartoffeln, eine Spezialität seiner »Madame«, und bugsierte sie zu einem Tisch in der Nähe des Tresens. Sie waren um diese Uhrzeit seine einzigen Gäste.

Während des Essens tauschten Pia und Broders mit gedämpfter Stimme ihre Ergebnisse aus. Pia berichtete von dem Gerücht über ein oder mehrere Mädchen auf dem Röperhof.

Ihr Kollege kratzte sich am Kopf. »Das gefällt mir nicht, Pia. Solche Gerüchte können, wenn sie die Runde machen, ein ganzes Dorf in Hysterie versetzen.«

»Wie ich Inga Hägemann einschätze, hat das längst die Runde gemacht.«

Er beugte sich zu ihr vor. »Glaubst du, da ist was dran?«

»So ein Gerücht entsteht nicht im luftleeren Raum. Irgendwas ist immer dran. Aber was die Ursache ist, weiß ich auch nicht. Es kann ganz harmlos sein ...«

»Trotzdem wäre es ein Fehler, wenn wir uns nicht darum kümmern würden. Verdammt unangenehme Geschichte!«

Als sie beide satt waren – viel zu satt – und einen Kaffee tranken, um wieder in Form zu kommen, wandte sich Pia noch mal an den Wirt: »Sagen Sie, Herr Kleber, Sie bekommen doch sicher eine Menge mit von den Dingen, die hier im Dorf passieren.«

»Klar. Die Leute reden. Ganz besonders, wenn sie ein paar Bierchen getrunken haben. Aber ein Wirt ist so etwas wie ein Pastor oder ein Arzt. Er tratscht es nicht weiter, sonst redet bald keiner mehr mit ihm. Und dann kann er seinen Laden dichtmachen.«

Broders grinste verstohlen. Doch Pia ließ nicht locker.

»Das Beichtgeheimnis für Wirte? Netter Gedanke … Aber zwischen Tratsch und dem Weitergeben ermittlungsrelevanter Informationen an die Polizei besteht ein Unterschied, oder?«

»Woher soll ich wissen, was ermittlungsrelevant ist?«, entgegnete er.

»Die Fragen, die ich Ihnen jetzt stelle, können Sie getrost als ermittlungsrelevant ansehen«, sagte Pia. »Es geht um etwas, das ich bestätigt haben möchte. Das könnte uns eine Menge Zeit sparen, bevor womöglich noch mehr passiert.«

Kleber gab er seinen Widerstand auf. »Schießen Sie schon los!«

»Uns ist ein Gerücht zu Ohren gekommen, dem wir nachgehen müssen, so unwahrscheinlich es auch klingt. Haben Sie jemals gehört, dass auf dem Hof der Fuhrmanns ein Mädchen gelebt hat beziehungsweise gegen seinen Willen dort festgehalten wurde?«

Er erstarrte. »Nein«, sagte er. »Das ist Blödsinn.«

»Was heißt das: Nein, es gab kein Mädchen? Oder: Nein, davon habe ich noch nichts gehört?«, hakte Pia nach.

»Es gab nur ein Mädchen. Das hieß Meike und war die Tochter von Elsa und Armin. Diese traurige Geschichte habe ich Ihnen doch schon erzählt. Die Kleine war von Geburt an so krank, dass sie nie im Haus ihrer Eltern gewohnt hat. Aber ich kann nicht ausschließen, dass sie mal kurze Zeit zu Besuch dort war.«

»Haben Sie denn von dem Gerücht über ein oder mehrere Mädchen auf dem Hof gehört oder nicht?«

»Ja«, gab er widerstrebend zu. »Die Leute reden eine Menge, wenn der Tag lang ist. Diesen Blödsinn haben die Weiber aufgebracht. Allen voran ein paar ›besorgte‹ Mütter, als der Thilo noch im Kindergarten war. Ein schwieriges Kind, ohne Zweifel. Er hat gebissen und Kopfnüsse verteilt, wenn er nicht mehr weiterwusste. Erst sehr spät hat er sprechen gelernt. Auf dem Niveau eines Achtjährigen ist er jetzt, würde ich sagen. Die Kindergärtnerin hat wegen der Lernprobleme und der verzögerten Entwicklung des Jungen mehrmals auf dem Röperhof vorbeigeschaut. Dabei ist sie wohl dem Armin in die Quere gekommen.«

»Wissen Sie noch mehr darüber?«

»Natürlich nicht.« Er verzog das Gesicht zu einem Grinsen. »Aber ich weiß, wie das ist, wenn man dem Armin in die Quere kommt.«

»Ach ja?«

»Einem anderen Gastwirt in einem der Nachbardörfer, der ihn nicht bezahlen wollte – angeblich weil er es nicht konnte –, nachdem Armin seine Sickergrube geleert hatte, dem hat er angedroht, seine Pumpe ›aus Versehen‹ rückwärts laufen zu lassen und den ganzen Schiet zurückzupumpen. Was meint ihr, wie schnell der Mann das Geld für Armin Fuhrmann zusammenhatte?«

»Das ist kein Verbrechen. Nicht mal eine Ordnungswidrigkeit, wie es aussieht«, sagte Broders. Die Geschichte gefiel ihm.

»Ganz meine Meinung. Armin ist kein Charmeur, doch er weiß sich eben zu helfen. Und ein Mädchen-Entführer oder Mörder ist er ganz gewiss nicht.«

»Aber wo ist er jetzt?«, fragte Pia.

Der Kindergarten war ein moderner, flacher Bau mit großen Fenstern, die im Augenblick mit bunten Herbstblättern beklebt waren.

Pia traf die Erzieherin, Renate Stolze, im Garten an. Die versicherte sich bei ihrer Kollegin, dass diese die verbliebenen Kinder eine Weile allein beaufsichtigen konnte, und nahm Pia mit ins Gebäude. Sie gingen in einen der Gruppenräume und nahmen auf winzigen Stühlen Platz.

»Von hier aus hab ich den Garten besser im Blick«, sagte die Erzieherin. Draußen schien die Sonne auf die kleine Schar warm eingemummter Kinder. Einige spielten in der Sandkiste, andere turnten auf dem Klettergerüst.

Für Broders wäre ein solches Stühlchen der Tod, dachte Pia und versuchte, ihre langen Beine zu verstauen.

Renate Stolze schien mit dieser Sitzposition besser klarzukommen. Sie saß kerzengerade und hörte sich mit konzentriert gerunzelter Stirn an, was Pia wissen wollte. »Thilo Fuhrmann«, sagte sie nachdenklich. »Ist schon eine Weile her, dass er bei uns war. Aber ich erinnere mich natürlich. Ein auffallend hübsches Kind. Und er war was Besonderes.«

»Inwiefern?«

»Nun. Wir bekommen bei unserer Arbeit hier recht schnell mit, wenn sich ein Kind anders entwickelt als die anderen. Thilo hinkte in seiner Entwicklung den Gleichaltrigen um mindestens ein Jahr hinterher. Und er zeigte Verhaltensauffälligkeiten. Wir haben sehr genau hingeschaut und dann mehrere Elterngespräche geführt.«

»Was passierte daraufhin?«

»Die Eltern, Fuhrmann heißen sie, wollten nicht wahrhaben, dass mit ihrem Sohn etwas nicht stimmt. Ich konnte es irgendwie sogar verstehen, bei dem Schicksal. Sie haben sicherlich schon von der Tochter, von Thilos Zwillingsschwester Meike, gehört?«, fragte sie unsicher.

Pia nickte.

»Und dann kam ich und sagte ihnen, ihr Thilo sei zurückgeblieben, wahrscheinlich geistig behindert, möglicherweise bestehe auch die Gefahr einer dauerhaften Behinderung. Ich wollte Elsa Fuhrmann dazu bringen, beim Amt einen Antrag auf Frühförderung zu stellen.« Sie verzog das Gesicht.

»Und?«

»Sie wollte nicht unterschreiben. In dem Antrag stand, in anderen Worten zwar, aber trotzdem explizit, dass auch Thilo behindert sei. Das war zu viel für sie.«

»Und der Vater?«

»Noch schlimmer. Mit dem konnten wir gar nicht reden.«

»Was haben Sie unternommen?«

»Wir haben es immer mal wieder versucht. Auch den Versuch unternommen, den Kinderarzt mit ins Boot zu holen. Einen Heilpädagogen hinzuzuziehen. Doch wir sind nur ein kleiner Dorfkindergarten und haben nicht so viele Möglichkeiten. Und Thilos Verhalten war nicht so, dass er für die Gruppe nicht tragbar gewesen wäre. Er verhielt sich nicht aggressiver als so manches ›normale‹ Kind heute.« Sie malte Anführungszeichen in die Luft. »Deswegen ließen wir den Dingen ihren Lauf.«

»Aber Sie machten sich schon Sorgen?«

»Er hatte Förderbedarf, das war offensichtlich.«

»Es ging doch auch um das Wohl des Jungen. Wenn die Eltern uneinsichtig waren, warum haben Sie dann nicht das Jugendamt verständigt?«

Renate Stolze verzog unbehaglich das Gesicht. »Das ist nicht so einfach. Der Thilo hat ja keinem was getan. Und hier auf dem Dorf ...«, wich sie aus. »Der Junge ist dann ja auch ganz normal eingeschult worden.«

Und damit war es nicht mehr euer Problem, dachte Pia. Laut sagte sie: »Von dort kam er allerdings auf die Förderschule, habe ich gehört.«

Renate Stolze nickte.

»Ich bin hier, weil ich etwas über Thilos Verhältnis zu Mädchen wissen muss. Können Sie mir etwas darüber sagen?«

»Oh.« Sie riss die Augen auf. »Aber mit dem Mord im Eiskeller kann der Junge doch nichts zu tun haben!«

»Wir stehen erst ganz am Anfang«, gab Pia eine Floskel zum Besten, die die Leute oft ermutigte, etwas beizusteuern.

»Thilo kam mit Mädchen besser aus als mit Jungs. Er war die meiste Zeit über gutmütig und ließ alles mit sich machen. Er schlüpfte für sie in die Rolle des Vaters, des Pferdes, des kleinen Bruders. Wenn sie es wollten, war er auch ihr Hund oder eine Maus. Von ihm kam nur ganz wenig.«

»Ich habe auch schon mit Chantal Hägemanns Mutter gesprochen«, sagte Pia aufmunternd.

»Ja, richtig. Chantal war eines dieser Mädchen. Was hat Frau Hägemann denn gesagt?«

»Dass ich Sie fragen soll.«

»Hmm.« Sie spielte verlegen mit einem Püppchen auf dem Tisch, das aus einem Holzkochlöffel gefertigt war. Die Kinder hatten Gesichter darauf gemalt und Wollhaare angeklebt. »Man kann ja alles Mögliche in das Verhalten von Kindern hineininterpretieren. Oder in das, was sie malen und basteln. Aber ich bin damit immer vorsichtig. Thilo hat gern gemalt. Als er älter wurde, konnte man sogar erkennen, was er malte. Es gab viele Bilder, die Mädchen zeigten.«

»War das ungewöhnlich, wenn Thilo mit Mädchen spielte?«

»Nein. Obwohl ... doch, etwas schon. Die Bilder waren so düster. Immer nur schwarz und blau und dunkelgrün.«

Vielleicht hatten die Mädchen alle roten und rosa Buntstifte annektiert, dachte Pia, aber sie nickte.

»Manchmal waren da so komische Striche an Armen und Beinen«, sagte Renate Stolze unbehaglich. »Hin und wieder waren die Gesichter auch durchgestrichen.«

Pia erinnerte sich an die Aussage des Gerichtsmediziners, die Tote weise an den Handgelenken Fesselspuren auf. Das war weit hergeholt. Trotzdem fragte sie: »Gibt es diese Bilder noch?«

»Nicht bei uns. Wir geben den Kindern am Ende eines Jahres jeweils eine Mappe mit ihren Bildern mit nach Hause. Wenn, dann sind die Zeichnungen bei den Fuhrmanns auf dem Hof.«

Nicht, wenn sie etwas zeigen, was sie nicht zeigen dürfen, dachte Pia.

Peinlicher ging es kaum. Ihre Eltern hatten darauf bestanden, dass Olivia zu dem ersten Treffen mit dem Agenten von ihrer Mutter begleitet wurde. Das allein war schon schlimm genug. Aber ihre Mutter hatte auch noch ihre grasgrüne Jeans und einen bunt gestreiften Pullover angezogen. Sie schaffte es, selbst inmitten des bunt gemischten Publikums dieses Restaurants unangenehm aufzufallen. Das Lokal *Bühneneingang* in der Beckergrube hatte der Agent, Alexander Kastner, vorgeschlagen, weil er sowieso gerade in der Gegend war. Olivia, die so gut wie nie ausging, war das sehr recht so gewesen. Die Mädchen aus ihrer Schule erzählten manchmal von aufregenden Orten in Lübeck, von Bars und Diskotheken, doch Olivia kannte sie allesamt nicht. Das Kneipenrestaurant *Bühneneingang* war okay. Es kam jetzt nur darauf an, den Job zu ergattern.

Sie hatte eineinhalb Stunden vor ihrem Kiefernkleiderschrank gestanden und sich zu guter Letzt für eine schwarze Jeans, ein schwarzes T-Shirt mit einem für ihre Verhältnisse gewagten Ausschnitt sowie eine schwarze Strickjacke entschieden. Und sie trug einen Hauch Make-up. Jetzt musste sie nur noch ihre Mutter loswerden, die neben ihr saß und mit ihrer Drogerie-Lesebrille die Speisekarte studierte. Sie bestellte in falsch-fröhlichem Ton eine Apfelschorle und für ihre Tochter eine Cola.

Olivia blickte immer wieder zur Eingangstür. Sie waren eine Viertelstunde zu früh.

Das Lokal war gut besucht. Theater- und Kinobesucher, die

vor der Vorstellung noch zu Abend essen wollten, und Leute, die einfach noch ein bisschen ausgingen. Die Bedienung sauste zwischen den Tischen hin und her, um alle Bestellungen rechtzeitig zu servieren. Immer, wenn Männer allein das Lokal betraten, richtete Olivia sich auf ihrem Platz auf. War er es? Aber das war doch ... Die Haare, das Piercing. Ihr Herz schlug schneller. Es war nicht der Agent, aber sie kannte den Typen aus dem Urlaub. Was er wohl in Lübeck zu tun hatte? Er erinnerte sich bestimmt nicht an sie. Niemand erinnerte sich an sie. Die Leute übersahen sie, besonders, wenn jemand Interessanteres in der Nähe war. Hübschere Mädchen. Und mit ihrer Mutter im Schlepptau wollte Olivia auch nicht auf sich aufmerksam machen. Jetzt sah er zu ihr herüber, mehr durch sie hindurch. Er erkannte sie, wie erwartet, nicht wieder. Dann verließ er das Lokal. Wen er wohl gesucht hatte? Und wo blieb bloß der Agent? Er musste einfach kommen. Wenn sie erst eigenes Geld verdiente und berühmt war, dann würden die Männer sie auch bemerken.

Eine hübsche Kellnerin mit einem Ring im rechten Nasenflügel brachte Cola und Apfelschorle an den Tisch. Ihre Mutter fragte Olivia, ob sie auch etwas essen wolle, doch Olivias Magen hatte sich verknotet. Was, wenn der Agent gar nicht auftauchte? Inzwischen leerte sich das Restaurant ein wenig. Der erste Ansturm des Abends war offenbar vorbei. Es wurde übersichtlicher. Bisher war niemand, der wie ein Agent für Schauspieler oder Musiker aussah, aufgetaucht.

»Das war wohl ein Satz mit X«, sagte ihre Mutter nach einer Weile mit einem Blick auf die Uhr.

»Vielleicht ist er aufgehalten worden?«, wandte Olivia ein.

»Glaubst du das?«, fragte ihre Mutter spöttisch. Sie winkte der Kellnerin, dass sie bezahlen wollte.

Typisch, dachte Olivia. Sie hatte eben immer nur Pech. Da konnte sie auch gleich zu Hause in ihrem Kämmerchen bleiben und Oboe »ieben«.

18. Kapitel

»Was haben wir Neues?« Manfred Rist stand am Whiteboard und überflog mit einem langen Blick die Schar seiner Mitarbeiter. Conrad Wohlert war am Tag zuvor den Hinweisen aus der Bevölkerung nachgegangen. Nach der Entdeckung der zweiten Leiche, deren Fund inzwischen auch von der Presse aufgegriffen und kommentiert worden war, hagelte es Telefonanrufe und Mails. Eine junge Frau, die nackt und tot in einem alten Eiskeller lag, weckte bei den Lesern Emotionen von Angst bis Sensationslust.

»Es gibt eine Menge Personen, die das Mädchen vor ihrem Tod an verschiedenen Orten in Schleswig-Holstein gesehen haben wollen«, sagte er. »Wir müssen dem natürlich nachgehen, aber bisher scheint es hier keine heiße Spur zu geben. Es sind viele der üblichen Spinner und Wichtigtuer unter den Anrufern. Ein Hinweis klang aber ganz vielversprechend: Am Tag ihres Verschwindens von zu Hause hat wohl jemand Vanessa Grube am Kieler Hauptbahnhof gesehen. Er erinnert sich an eine junge Frau, die so aussah wie die auf dem Foto und auf die die Beschreibung passt. Er ist sich deshalb so sicher, weil sie ihn auf dem Bahnsteig um eine Zigarette gebeten hat. Sie hatte eine Umhängetasche dabei und wirkte aufgekratzt.«

»Weiß er, welchen Zug sie genommen hat?«

»Sie stand an dem Bahnsteig, von dem der Zug nach Lübeck abfahren sollte.«

»Ist er im selben Zug wie sie gefahren?«

»Nein, er wollte nur jemanden abholen und hat sie aus den Augen verloren.«

»Hat er sie einsteigen sehen?«, fragte Pia.

»Nein, das nicht«, sagte Wohlert.

»Wieso erinnert er sich nach der langen Zeit noch an das Datum?«, wollte Gerlach wissen.

»Er hat an dem Tag seine Freundin vom Zug abgeholt, weil sie Geburtstag hatte.«

»Dann wissen wir mit einiger Sicherheit, dass Vanessa Grube am Tag ihres Verschwindens nach Lübeck wollte«, sagte Broders.

»Nicht unbedingt«, wandte Kürschner ein. Seine Schultern hingen immer noch nach vorn, und seine Bewegungen waren langsam, aber er schien wieder etwas mehr Interesse an der Ermittlung zu haben. »Der Zug hält in Preetz, Plön, Eutin und auf noch ein paar anderen Bahnhöfen.«

»Hast du Zugfahrpläne auswendig gelernt?«, fragte Broders spöttisch.

»Ich bin die Strecke jahrelang gefahren«, antwortete er.

»Schade, dass der Anrufer nicht weiß, wo Vanessa ausgestiegen ist!«, sagte Broders.

»Wir könnten ebenfalls den Zug nehmen und die Pendler befragen, die regelmäßig um diese Uhrzeit diese Strecke fahren«, schlug Pia vor.

»Nach über drei Wochen?«

»Natürlich. Die Leute in diesen Pendlerzügen kennen einander. Es ist durchaus möglich, dass die Ausreißerin jemandem aufgefallen ist. Vielleicht hat sie ja noch mehr Leute angesprochen?«, entgegnete Kürschner. Er schien tatsächlich langsam aus seiner Gleichgültigkeit zu erwachen.

»Okay. Es ist eine Option«, räumte Rist ein. »Wer was übernimmt, besprechen wir zum Schluss.«

Juliane und Gerlach berichteten von ihren Befragungen in der Schule und fassten zusammen, was die Lehrerkollegen und einige Schüler über Nielsen gesagt hatten.

»Er war früher an einer anderen Schule?«, hakte Pia nach. »Wo denn?«

»An einer kleineren Schule. Einer Grund- und Hauptschule.«

»Ist es möglich, dass er mal Thilo Fuhrmann unterrichtet hat?«

»Ja, ist es. Die Kinder aus Groß Tensin sind früher zumindest die ersten vier Jahre auf diese Schule gegangen, bis sie dann geschlossen wurde. Der Zeitraum stimmt auch.«

»Thilo Fuhrmann war doch auf einer Förderschule«, wandte Rist ein.

»Aber erst später«, sagte Gerlach. »Und vielleicht auf Nielsens Betreiben hin.«

»Ich denke, es gilt als erwiesen, dass Nielsen wegen dieser vermaledeiten Turmhügelburg auf dem Land der Fuhrmanns war.« Rist warf Pia und Gerlach einen ärgerlichen Blick zu. »Bevor wie uns da was zusammenreimen, will ich Fakten.«

»Ich klär das ab«, sagte Gerlach ruhig.

Pia berichtete ihren Kollegen, was sie über Thilo Fuhrmanns Kindergartenzeit und das Gerede im Dorf erfahren hatte. Auch die anderen waren dafür, die Akten auf vermisste Mädchen hin zu prüfen, zumindest für den Zeitraum, in dem Thilo im Kindergarten war. Rist fügte sich zähneknirschend, da er überstimmt wurde.

Wohlert meldete sich noch einmal zu Wort. Er galt als systematisch vorgehender, besonders geduldiger Ermittler und hatte dadurch im Innendienst schon oft hervorragende Arbeit geleistet. »Nachdem ich den richterlichen Beschluss dafür in der Hand hatte, habe ich die finanzielle Situation der Fuhrmanns unter die Lupe genommen«, berichtete er, ohne von seinen Unterlagen aufzusehen. »Ich mache es kurz: Der Hof steht vor dem Konkurs. Ein paar Fehlentscheidungen, zu hohe Kredite für Betriebsanschaffungen, zu geringe Einnahmen. Es sieht nicht gut aus. Die Fuhrmanns hatten allerdings eine Art Notgroschen, ein Sparbuch mit zwanzigtausend Euro darauf. Das Geld haben sie kurz vor ihrem Verschwinden abgehoben und auf ein Konto in Liechtenstein transferiert.«

»Liechtenstein«, echote Broders.

»Das Geld sollte wohl nicht mit in die Konkursmasse fallen, wenn es denn so weit gekommen wäre. Die Fuhrmanns besitzen allerdings auch recht viel Land. Ein Verkauf von Waldflächen wie denen, auf denen sich der Eiskeller und die Turmhügelburg befinden, hätte sie vorerst finanziell sanieren können.«

»So ein geschichtsträchtiges Land im Familienbesitz will man vielleicht nicht verkaufen«, sagte Gerlach.

»Aber meistens wird man nicht danach gefragt, was man will«, entgegnete Broders. »Wer hat das Geld überwiesen?«

»Armin Fuhrmann.«

»Das sieht mir jetzt aber verdammt nach einer Flucht aus. Zwei Morde auf ihrem Gelände, das Geld in Sicherheit gebracht ... und dann packen sie ihre Sachen, nehmen das Auto und sind – schwups – wie vom Erdboden verschluckt.«

»Das Geld könnte aber auch das Motiv gewesen sein, die Fuhrmanns zu ermorden. Man zwingt sie vorher, es auf ein fremdes Konto zu überweisen, bringt die Familie um und täuscht eine Flucht vor.«

»Für zwanzigtausend Euro?«

»Natürlich.«

»Und der Lehrer und das Mädchen?«

»Die waren irgendwie im Weg.«

»Und wo sind dann die Leichen der Fuhrmanns?«

Die Polizeibeamten sahen einander an. Das Gelände war abgesucht worden, ohne dass eine Spur von den Besitzern, tot oder lebendig, gefunden worden war. Aber sie konnten natürlich auch anderswo sein.

»Und wenn die Fuhrmanns tatsächlich ein Mädchen auf

ihrem Hof festgehalten haben?«, fragte Broders in die Stille hinein.

»Ulf Nielsen als Erpresser?«, schlug Wohlert vor. »Die Fuhrmanns, Vater oder Sohn, haben ihn wegen des Mädchens zum Schweigen gebracht. Danach sind sie geflohen.«

»Und die zwanzigtausend Euro?«

»Ihr Fluchtgeld, falls etwas schiefgeht.«

Kürschners Telefon klingelte. Er sah auf das Display und verließ den Besprechungsraum. Als er wieder reinkam, schaute er Pia an. »Ein Anruf der Kollegen aus Kiel: Rüdiger Denker hat sich gerade auf der Polizeistation Friedrichsort gestellt. Er sagt, er habe die Nerven verloren, als er dich auf der Baustelle gesehen hat.« Auf sein Gesicht stahl sich ein seltenes Lächeln. »Aber nun ist er bereit, mit dir zu reden, Pia. Nur mit dir.«

»Papperlapapp!«, begehrte Rist auf. »Wir sind doch nicht bei *Wünsch dir was*.«

»Und ich kann sowieso erst morgen mit ihm sprechen. Ich bin heute Nachmittag nicht hier«, sagte Pia. Es fiel ihr immer wieder schwer, auf ihre reduzierte Stundenzahl zu verweisen. Dass sie, wenn ein Fall es erforderte, Überstunden leistete, war selbstverständlich, doch überhandnehmen durfte es auch nicht.

»Bis zu vierundzwanzig Stunden dürfen sie ihn ja festhalten«, meinte Kürschner. »Dann überlegt er sich das nächste Mal vielleicht, ob er eine Polizeibeamtin im Dienst angreift.«

»Broders kann auch mit ihm reden«, schlug Pia vor.

Der winkte ab. »Hab zu viel auf dem Tisch. Und wenn er nur dich will …«

»Verschieben wir es auf morgen!«, sagte Rist. »Tut ihm bestimmt ganz gut. Aber dann gleich als Erstes, wenn es dir nichts ausmacht, Frau Kollegin.«

Am Nachmittag war es windig und kalt, aber zumindest regnete es nicht. Als Pia mit Felix nach Kinderspielplatz und Einkaufstour schwer beladen in ihre Wohnung kam, sah sie, dass sie drei Anrufe auf ihrem Mobiltelefon verpasst hatte.

Einen Anruf von Broders, einen von Hinnerk und einen von Lars. Zuerst rief sie Broders zurück. Sie hatte zwischendurch sowieso immer wieder an den vertrackten Fall denken müssen. Ihr Lieblingskollege war noch im Büro. »Was ist los?«, fragte sie. »Hast du schon wieder Sehnsucht nach mir?«

»Die hält sich in Grenzen. Nur eine kleine Info am Rande: Gerlach hat rausgefunden, dass Ulf Nielsen tatsächlich mal Thilo Fuhrmanns Lehrer in der Grundschule gewesen ist. Nur ein Jahr oder so, aber immerhin. Es gibt also wirklich eine weitere Verbindung zwischen dem Lehrer und den Fuhrmanns außer seinem Interesse an Turmhügelburgen. Mit Vanessa Grube hatte er aber wohl nach bisherigem Kenntnisstand nichts zu tun.«

»Hm.« Pia klopfte sich gedankenverloren gegen die Schneidezähne. »Wir brauchen dringend Erkenntnisse darüber, wie das alles gelaufen ist mit dem Jungen. Eine Einschätzung, wie zurückgeblieben er wirklich ist. Und ob er gewalttätig geworden sein könnte.« Pia gefiel diese Vorstellung nicht. Sie seufzte, sodass Felix sie mit gerunzelter Stirn anschaute. »Alles gut«, sagte Pia und strich ihm über das weiche Haar. Trotz der Mütze war Sandkistensand hineingeraten.

»Bist du morgen wieder im Kommissariat?«

»Live und in Farbe. Ist sonst noch was?«

»Ich wollte nur, dass du Bescheid weißt.«

»Danke. Ich weiß das zu schätzen«, sagte Pia und meinte es auch so.

Nachdem Felix in der Duschwanne gebadet und zu Abend gegessen hatte, rief sie Hinnerk zurück.

»Wie geht es Felix?«, fragte er, kaum dass er Hallo gesagt hatte.

»Gut, er räumt gerade ein Bücherregal aus. Ich sollte ihn die Sachen gleich in Umzugskartons packen lassen.«

»Wann geht es denn endlich los?«

»Wenn alles nach Plan läuft, bin ich im Januar in der neuen Wohnung. Tom und Marlene wollen Weihnachten schon in ihrem eigenen Haus feiern.« So, wie Pia den Neubau zuletzt gesehen hatte, hielt sie diese Pläne allerdings für ambitioniert. Sie verstand ohnehin die Eile nicht. Dass alles immer vor Weihnachten fertig sein musste, als gäbe es danach kein Morgen.

»Gut, das beruhigt mich«, kam es prompt. »Was ich dich aber eigentlich fragen wollte: Mascha bekommt am Wochenende Besuch von ihrer Cousine, die zwei kleine Kinder in Felix' Alter hat. Da wäre es doch schön, wenn er auch hier wäre.«

Reichten Mascha die beiden Kinder ihrer Cousine denn nicht? Hinnerk und Pia hatten sich mal geeinigt, dass er Felix jedes zweite Wochenende bekam. Andererseits wollte sie auch nicht unflexibel auf Abmachungen herumreiten. »Ich hab mich schon auf das Wochenende mit ihm gefreut«, sagte sie trotzdem widerstrebend. Es wäre etwas anderes, wenn Hinnerk und nicht Mascha die treibende Kraft wäre. Die Frau machte ihr mit ihrer Zielstrebigkeit und ihrem Perfektionismus Angst.

»Wenn wir im Frühjahr im Urlaub auf Mallorca sind, hast du ihn drei Wochen am Stück«, argumentierte Hinnerk. Pia hätte schwören mögen, dass sowohl das Reiseziel Mallorca als auch die Argumentation nicht auf seinem Mist gewachsen waren.

»Na gut. Aber dann tauschen wir insgesamt, und das Wochenende danach bin ich wieder dran. Wann wollt ihr ihn denn abholen?«, fragte sie.

»Am Samstagmorgen gegen zehn. Ich könnte ihn dir Sonntag wiederbringen. Wenn nicht ...«

»Ja?«

»Sag mal ... Der Mann neulich bei dir in der Wohnung, findest du, dass das okay für Felix ist?«

»Was denn?«

»Ach, vergiss es!«, ruderte er zurück. Nicht gut, sie zu provozieren, solange er etwas von ihr wollte, dachte er wahrscheinlich.

»Findest du, dass Mascha gut für Felix ist?«, fragte Pia im Gegenzug.

»Kinder brauchen Verlässlichkeit und einen festen Rhythmus. Was machst du mit deinem Sohn, wenn du nachts mal wieder wegen eines Mordfalls rausmusst, Pia?«

»Was wirst du mit ihm machen, wenn du Assistenzarzt bist und Achtundvierzig-Stunden-Schichten im Krankenhaus absolvierst?« Doch die Frage erübrigte sich, solange er eine Mascha an der Hand oder anderswo hatte.

»Wir müssen darüber noch mal in Ruhe sprechen«, sagte er mit gepresster Stimme. »Ganz grundsätzlich, meine ich.«

19. Kapitel

Die Nacht verlief unruhig. Felix wachte immer wieder auf, hatte Durst, hatte Hunger, hatte schlecht geträumt, sodass Pia ihn schließlich in ihr Bett holte. Dort schlief er sofort ein und schnarchte friedlich vor sich hin.

Dafür war es mit ihrem Schlaf vorbei. So sehr sie auch versuchte, sich abzulenken, sie musste immer wieder an Vanessa Grube denken. Was für eine Angst das Mädchen in dem Eiskeller wohl ausgestanden hatte? Wie viel Zeit hatte sie in diesem nassen, dunklen Erdloch verbracht? Hatte sie gewusst, dass sie dort sterben würde? Und wie zum Teufel war sie dort hineingeraten? Wer hatte sie ausgezogen und gefesselt und dann die Tür hinter sich verschlossen? Handelte es sich um einen Triebtäter, einen Sadisten? Die herkömmlichen Muster passten nicht. Vanessa Grube hatte laut Obduktionsbericht vor ihrem Tod sexuellen Verkehr gehabt, es waren jedoch keine verwertbaren Spermaspuren sichergestellt worden. Keine Abschürfungen, die auf eine Vergewaltigung schließen ließen. Der Verkehr hatte ein paar Tage vor ihrem Tod stattgefunden, wahrscheinlich am Freitag oder Samstag. War das im Eiskeller geschehen? Oder anderswo?

Immer wieder sah Pia das Bild aus Vanessas Perspektive, auf dem kalten, feuchten Boden liegend, als die Tür von außen geschlossen wurde. Sie hörte das Quietschen des Riegels, das Klicken, als das Vorhängeschloss einrastete. Dann sich entfernende Schritte, das Dröhnen der Stille in den Ohren. Wie in einem Grab.

Pia schreckte vom ersten Weckerklingeln aus einem Albtraum. Sie lag an den Rand ihres Bettes gequetscht. Irgendwann war sie also doch noch eingeschlafen. Dennoch fühlte sie sich unendlich müde. Ihre Augen brannten, sodass sie sich noch mal die acht Minuten bis zum nächsten Klingeln gönnen wollte.

»Mama!«

»Ja.« Ihre Zunge klebte am Gaumen.

»Mama! Kann nicht einschlafen!«, kam es anklagend.

»Du hast doch schon geschlafen. Jetzt ist es Morgen«, stöhnte sie.

»Hab noch gar nicht geschlaft!«, behauptete Felix und setzte sich auf.

»Doch, du hast schon geschlafen. Komm, kuschel dich noch einen Augenblick an! Wir stehen gleich auf.« Doch daraus wurde nichts. Felix war bereit, den neuen Tag zu beginnen, auch wenn er »gar nicht geschlaft« hatte. Dafür war er ziemlich munter, jedenfalls im Vergleich zu seiner Mutter.

Und auch Rüdiger Denker sah eine Stunde später so aus, wie ein Mann eben aussieht, der unerwartet eine Nacht im Knast verbracht hat. Genauer gesagt im Polizeizentralgewahrsam, in einer vom Boden bis zur Decke gefliesten Zelle mit einem Abfluss in der Mitte, in der sonst hauptsächlich Betrunkene und Junkies ihren Rausch ausschliefen.

Pia ließ Rüdiger Denker in das Verhörzimmer bringen und entfernte die Handschließen. Ein Kollege vom Dauerdienst würde bei der Vernehmung dabei sein. Manfred Rist knauserte mit seinen Leuten, was Pia gut verstehen konnte. Während der Fahrt ins Kommissariat hatte sie gesehen, dass ihr Fall schon wieder auf der Titelseite einiger lokaler Zeitungen prangte. Heute Vormittag hatten Rist und Jantzen zu einer Pressekonferenz geladen. Pia war dem Staatsanwalt kurz im Flur begegnet. Sie hatte ein Lächeln unterdrücken müssen, denn der Mann hatte sich – wohl in seinem Bestreben, besonders repräsentabel auszusehen – heute Morgen beim Rasieren in den Hals geschnitten. Der Druck, endlich einen Täter zu präsentieren, wuchs mit jedem Tag, mit jeder Stunde.

»Der Obduktionsbericht hat ergeben, dass Vanessas Körper einige Verletzungen aufweist. Blaue Flecken, Quetschungen, Abschürfungen, besonders an den Handgelenken und den Beinen«, sagte Pia und schob Rüdiger Denker ein paar Detailaufnahmen aus der Rechtsmedizin über den Tisch. Sie hatte Denker über seine Rechte belehrt, bevor sie zu der Schocktherapie ansetzte. Sie hatte nicht vor, ihn wegen seiner Flucht oder des versuchten Angriffs auf sie zur Rechenschaft ziehen zu lassen. Aber ihn zu schonen, darauf hatte sie heute Morgen schon gar keine Lust. So, wie sie sich hier gegenübersaßen, konnten ihre Augenringe durchaus miteinander in Konkurrenz treten.

»Dieses Schwein!«, sagte Denker. Sein Blick wanderte unruhig über die Fotos. Er vermied es, Pia anzusehen.

»Da stimme ich Ihnen zu. Nur, wer ist es? Machen Sie Ihr kontraproduktives Verhalten von neulich wieder gut und helfen Sie uns, den Mörder zu finden! Der Rechtsmediziner meint, dass einige der Verletzungen ältere Verletzungen überlagern.«

Er sah sie verständnislos an.

»Vanessa ist misshandelt worden. Und das nicht nur kurz vor ihrem Tod. Einige der Hämatome sind bestimmt zwei Wochen alt und älter.«

»Sie war auch schon länger von zu Hause weg.« Denkers kräftige Hände, die bisher reglos auf der Tischplatte gelegen hatten, krampften sich zusammen. Sie wiesen frische kleine Schnittwunden sowie Narben auf. Pia nahm sich vor, sie im Anschluss untersuchen und protokollieren zu lassen. Sie sahen zwar aus wie Arbeitsverletzungen, aber er konnte sie sich auch im Kampf mit Vanessa zugezogen haben. »Was für ein Unmensch tut so etwas?«, fragte er.

»Es gibt verschiedene Motive, die denkbar sind. Beschreiben Sie mir noch mal Ihr Verhältnis zur Tochter Ihrer Lebensgefährtin.«

»Was mit ihr passiert ist, hat doch nichts mit mir oder meinem Verhältnis zu Vanessa zu tun. Sie war beinahe wie eine Tochter für mich.«

»Beinahe wie eine Tochter?«, wiederholte Pia. In ihrer Stimme schwangen Zweifel mit. »Was sagten Sie doch beim ersten Mal: dass Sie ihr hin und wieder mal eine ›gelangt‹ haben. Tut man das bei einer Beinahe-Tochter?«

»Sie drehen mir ja das Wort im Mund herum! Warum rede ich überhaupt mit Ihnen?«, sagte er mit lauter werdender Stimme.

»Weil Sie uns helfen wollen, den Täter zu finden. Oder wenigstens so tun als ob.«

»Das ist ... das ist so eine bodenlose Unterstellung!«, rief er. »Ich hab dem Mädchen nie ein Haar gekrümmt! Nicht so. Eine Ohrfeige oder vielleicht zwei, nichts weiter!« Er sah hilfesuchend zu dem Kollegen vom Dauerdienst, als erhoffte er sich von dem älteren Mann Unterstützung. Aber dies war Pias Vernehmung.

»Wie kam es zu diesen Übergriffen?«, fragte sie eisig.

»Sie hat mich zur Weißglut gebracht mit ihrem unverschämten Verhalten. Man kann sich doch nicht alles gefallen lassen! Ich habe ihr eine Ohrfeige gegeben, nicht doll, es war nur eine Warnung. Und das ist auch schon über ein Jahr her. Ich hab mich danach sogar bei ihr entschuldigt. Und ob Sie es glauben oder nicht, danach lief es besser.«

»Gerade Sie sollten wissen, dass Gewalt keine Lösung für irgendwas ist.«

Denker kniff die Augen zusammen. »Ich hab dafür gebüßt. Mein Leben wäre beinahe ruiniert gewesen.«

»Sie sind wegen schwerer Körperverletzung verurteilt worden. Wie kam es dazu?« Pia hatte das vor der Vernehmung in seiner Kriminalakte nachgelesen, aber sie wollte es von ihm selbst hören. Wollte hören, ob sich seine Einstellung zu Gewalt grundsätzlich geändert hatte oder ob nur seine Tarnung besser geworden war.

»Das war eine Jugendsünde, und ich hab teuer dafür bezahlt. Ich hatte damals keine Ausbildung, keinen Job, und ich hab zu viel getrunken. Das war eine Kneipenschlägerei, in die ich da hineingeraten bin. Ich hatte einen Filmriss, kann mich nicht mal mehr daran erinnern.«

»Nach einem einmaligen Vorfall unter Alkoholeinfluss wären Sie normalerweise mit einer Bewährungsstrafe davongekommen.«

»Ich hatte vorher schon eine Bewährungsstrafe«, stieß er hervor. »Das war eben nicht hilfreich.«

»Sie haben ein neunzehnjähriges Mädchen bedroht und angegriffen. Sie musste danach im Krankenhaus behandelt werden. Und sie hat Sie wegen sexueller Nötigung angezeigt.«

»Das war meine Exfreundin. Sie war sauer auf mich. Wir haben uns gestritten und ich ...«

»... habe ihr eine gelangt?«, schlug Pia vor. Das Mädchen war ebenfalls betrunken gewesen. Sie hatte eine Platzwunde über dem linken Auge davongetragen, stand in dem Bericht.

Denker zuckte bei der Bemerkung, doch er beherrschte sich. »Ich war damals nicht ich selbst. Es lag am Alkohol! Das ist vorbei, das müssen Sie mir glauben.«

»Hm.« Pia rieb sich die Stirn. Damit, dass sie seine Kriminalakte lesen würden, hatte er bestimmt gerechnet. So leicht war er nicht aus der Reserve zu locken.

Sie fragte nochmals nach seinem Verhältnis zu Vanessa und deren Mutter. Bohrte nach, weshalb er sich vor der Polizei versteckt hatte. Doch Pia fragte sich, ob sie heute aufmerksam genug war, um Denkers Reaktion richtig zu deuten. Sie wollte ihn gern auf die Probe stellen, um endlich ein Stückchen weiterzukommen. Das Pokern mit dem unter Verschluss gehaltenen »Täterwissen«.

»Sie kennen sich ja anscheinend mit Drogen aus, Herr Denker«, sagte sie provozierend. »Sie haben schließlich sehr schlechte Erfahrungen damit gemacht.«

»Nur Alkohol. Was anderes hab ich nie angerührt.«

»Und hat Vanessa etwas davon mitbekommen? Hat sie das verführt, selbst Drogen zu nehmen?«

»Das ist eine bodenlose Unterstellung!«

»Die Obduktion hat ergeben, dass Vanessa vor ihrem Tod unter Drogeneinfluss stand.« Pia tat so, als lese sie einen Wirkstoff aus ihren Notizen ab, und nannte ihn.

»Dieses Schwein!« Denkers Reaktion kam mit einer winzigen Verzögerung. Pia suchte nach Anzeichen dafür, dass er überrascht war. Nur der Täter wusste mit großer Wahrscheinlichkeit, dass Vanessa nichts dergleichen zu sich genommen hatte. Wenn Denker Täterwissen besaß, durchschaute er ihre Absicht und spielte ihr jetzt etwas vor. Verstärktes Schwitzen, ein starrer Blick, Nervosität ganz allgemein wären die Anzeichen dafür. Pia konnte jedoch nichts davon erkennen. Wenn Rüdiger Denker tatsächlich der Täter war, reagierte er geschickt und schnell.

Nach einer Weile, in der sie wieder und wieder die Fakten mit ihm durchgegangen war, ohne weiterzukommen, klappte Pia ihre Unterlagen zu. Sie hatten noch nicht genug gegen Rüdiger Denker vorliegen, um ihn dem Haftrichter vorzuführen. Keinerlei Beweise. Es gab nichts, das ihn mit dem Fundort der Leichen, dem Röperhof oder auch nur mit dem Dorf Groß Tensin in Verbindung brachte. Und er war in der Zeit von Vanessas Verschwinden bis zu ihrem Tod beinahe jeden Tag zur Arbeit erschienen, zwar auf verschiedenen Baustellen an unterschiedlichen Orten, aber immerhin. Das hatte Wohlert schon herausgefunden. Abends war Rüdiger Denker dann zu Hause gewesen, hatte Andrea Grube ausgesagt. Kein lückenloses Alibi, jedoch eines, das einen Richter schon überzeugen konnte. Außerdem war Denker ihnen draußen wahrscheinlich nützlicher als in U-Haft. Wenn er unschuldig war, war es richtig, dass er Andrea Grube in dieser Zeit zur Seite stand. Wenn er schuldig war … Er könnte einen Fehler machen. Sie sollten ihn beobachten lassen, vorausgesetzt, dafür standen genügend Leute zur Verfügung.

Und das war der nächste Punkt, der Pia Sorgen bereitete. Was bedeutete es, wenn er einen Fehler machte? Dass noch jemand zu Schaden kam?

20. Kapitel

Die eine Stunde am Mittag war Anneke Wieses »Qualitätszeit«, wie man es auf Neudeutsch nannte. Die schönste Zeit des Tages. Dieses Arrangement funktionierte nur, weil Tana quasi neben ihrem Büro wohnte. Sie besaß ein Einzimmer-Appartement, das ihre Großeltern mal als Geldanlage und Steuersparmodell gekauft hatten und das nun ihrer Enkelin als Studentenwohnung diente. Einige Menschen haben eben mehr Glück als andere, ging es Anneke durch den Sinn, die sich seit der Schule, zumindest was ihre Finanzen anging, allein durchgeboxt hatte.

Sie lag wohlig und zufrieden auf Tanas Bett, das in einer Nische des Appartements eingebaut war. Sex statt Mittagessen, schlank macht das in jedem Fall, dachte Anneke amüsiert. Sie hatte, seit sie mit Tana zusammen war, vier Kilo an Gewicht verloren. Und Gernot bemerkte es noch nicht einmal. Er sah sie nicht mehr an. Und wenn er sie doch darauf ansprechen sollte, dann würde sie ihm etwas von Stress erzählen, das hatte er doch früher auch immer getan. Diese eine Stunde mittags war zu kostbar, als dass Anneke sie durch irgendetwas in Gefahr bringen würde. Manchmal kam es ihr so vor, als wäre ihr bisheriges Leben nur so verlaufen, um sie zu diesem Punkt zu führen, zu ihrer Liebe zu einer anderen Frau.

Die wunderschöne Tana, von der Anneke immer noch nicht glauben konnte, dass sie sie, Anneke, liebte, lag neben ihr und streichelte leicht ihren Rücken. Tanas Vater war Afroamerikaner, und ihre Haut hatte die Farbe von Bitterschokolade, ihr Haar war kraus und tiefschwarz. Sie trug es kurz geschoren, was ihren langen Hals und die geschwungene Nackenlinie betonte. Wenn sie zusammen waren, musste die blonde, hellhäutige Anneke immer an Milch und schwarzen Espresso denken, an Tag und Nacht, heiß und kalt, an Gegensätze, die sich unwiderstehlich anziehen. Sie legte den Kopf auf einen Arm und schloss die Augen. Als Tanas Fingerspitzen an der Seite hinunter bis zu ihrem Brustansatz glitten, musste sie tief einatmen. Tana wusste immer genau, wie und wo sie sie berühren musste. »Vorsicht, sonst geht es gleich wieder los!«, warnte Anneke sie scherzhaft.

»Ich hab nichts dagegen.« Tana verfügte, wie wohl die meisten Menschen Mitte zwanzig, über schier unerschöpfliche sexuelle Energie.

»Ich muss gleich wieder los. Um vierzehn Uhr hab ich ein Meeting.«

»Dann haben wir ja noch zwanzig Minuten.«

»Ich muss mich auch noch duschen und wieder anziehen.«

»Annie, Annie, immer so fleißig und pflichtbewusst!«, spottete Tana, die Musikwissenschaften studierte, in Annekes Firma jobbte und sich ansonsten mit einem genialen Job über Wasser hielt: Sie konnte nicht nur unglaublich gut Klavier spielen, sondern sie sah auch noch wunderschön aus. In der VIP-Lounge am Flughafen oder einer entsprechenden Bar brachte das »eine Menge Asche für ein bisschen Geklimper«, wie Tana es nannte. Nebenbei wurde sie auch oft von älteren Männern in teure Restaurants eingeladen, die sie wohl für käuflich hielten, aber Tana war so lesbisch wie nur irgendwas. Sie ließ sich ganz gern mal in ein Edellokal ausführen, sagte aber, sie habe noch nie mit einem Mann geschlafen und auch noch nie das Verlangen danach gehabt. Wie anders die Dinge bei ihr lagen: Anneke war immer noch mit Gernot verheiratet. Störte Tana das denn gar nicht?

Anneke konnte nicht widerstehen und drehte sich auf den Rücken.

Tana lächelte, und ihre Finger schwebten über Annekes

Brüsten, schwebten weiter in Richtung Nabel, ohne sie zu berühren, noch weiter ... »Keine Zeit für eine zweite Runde, oder?«, neckte sie.

»Bitte!«

Zu Annekes Enttäuschung zog ihre Freundin die Hand weg und richtete sich in eine sitzende Position auf. »Du wolltest mir noch von der Polizei erzählen«, sagte sie. »Von der Polizistin.«

»Ach, die! Mit der hatte ich kaum was zu tun ...«

»Schade! Haben sie euch eigentlich auch nach euren Alibis und so gefragt?«

»Wieso interessiert dich das?« Anneke setzte sich ebenfalls auf und zog sich die Decke um die Schultern.

»Ist doch spannend. Ich hab das auch mal überlegt.«

»Was?«

»Polizistin zu werden.«

»Bleib lieber bei deiner Musik!«, sagte Anneke. »Alles andere wäre Talentvergeudung.«

»Findest du? Na, wahrscheinlich wäre das sowieso nichts für mich gewesen. Wenn ich zu viel arbeiten muss, mit frühem Aufstehen und so, geht es mir meistens nicht so gut ...«

»Luxuswesen«, neckte Anneke sie. »Ja, sie haben danach gefragt, doch sie haben es nicht ›Alibi‹ genannt. Sie wollten einfach wissen, wo wir von Samstagabend bis Sonntagmittag waren und wer das bezeugen kann.«

»Ist das die Zeit, in der das Mädchen im Eiskeller umgebracht worden ist?«

»Nee, die ist wohl von allein gestorben, das heißt, sie wissen nicht so genau, wann und wodurch. Ist das nicht furchtbar? Gernot meinte, selbst wenn sie das alles wüssten, dann wären sie schön dumm, es herauszuposaunen. Ich glaube eher, es ist der Zeitraum, von dem sie denken, dass der Typ im Feuerlöschteich erschlagen worden ist. Man kann wohl davon ausgehen, dass die Polizei auch den Mörder des Mädchens gefunden hat, wenn sie dem des Lehrers auf die Schliche kommt.«

Tana schwieg dazu. Sie sah bedrückt aus. »Die arme Kleine! Stell dir vor, in dem Eiskeller zu liegen in der Kälte und der Dunkelheit, und keiner hilft dir! Sie muss schreckliche Angst gehabt haben.«

Anneke musterte die Jüngere. Sie hätte nicht erwartet, dass Tana sich solche Gedanken darüber machte. Die Morde waren in ihrer und Gernots direkten Nachbarschaft passiert, und sie vermieden es, darüber miteinander zu sprechen. Als könnten sie das Grauen so in Schach halten. Tanas Reaktion war vielleicht die natürlichere. Aber sie war auch nicht so dicht dran. Anneke merkte, dass keine sexuellen Übergriffe mehr zu erwarten waren, und stand auf.

»Hast du ein Alibi?«, fragte Tana.

»Ich war erst bei den Pferden und hab dann allein zu Hause gearbeitet«, sagte Anneke. »Gernot war nicht da. Es war ausgerechnet an dem Wochenende, an dem er in Köln bei einem alten Freund gewesen ist.«

»Wie dumm! Brauchst du vielleicht ein Alibi?«

»Keine Ahnung, wie das jetzt weitergeht. Sie werden mich ja wohl kaum für verdächtig halten.«

»Hast du eine Ahnung.«

»Außerdem habe ich denen schon gesagt, dass ich allein zu Hause gewesen bin. Ist ja nichts Ungewöhnliches …«

»Du könntest nachträglich behaupten, dass du mit mir zusammen warst. Ich war auch allein. Du sagst einfach, dass du nicht wolltest, dass deine lesbische Beziehung ans Licht kommt. Deshalb hast du anfangs gelogen, aber nun hat dich dein Gewissen gepackt. Das willst du doch auch nicht, oder? Dass das mit uns rauskommt. Wäre nicht mal gelogen.«

Anneke zog es vor, nicht auf den Vorwurf einzugehen. Ungeduld war wohl ein Vorrecht der Jugend. Stattdessen sagte sie: »Ich glaube, dass Gernot viel eher ein Alibi benötigt als ich.«

»Ach ja?«

»Er hat nämlich richtig gelogen. Er war gar nicht bei seinem alten Freund in Köln.«

»Woher weißt du das?«

»Es gibt Telefone.«

»Hast du Gernot darauf angesprochen?«

»Nein. Ich hatte keine Lust auf seine Ausflüchte.«

»Das ist doch gut«, sagte Tana und reckte ihren Luxuskörper, bevor sie ins Bad ging, um zu duschen.

»Wieso?«, fragte Anneke. Gar nichts war gut, außer die eine Stunde Mittagspause jeden Tag.

»Dann hast du ihn jetzt ja in der Hand.«

Nach Denkers Befragung ging Pia zurück in ihr Büro. Rüdiger Denker war nicht in die kleine Falle getappt, hatte nicht die unwahre Behauptung, Vanessa sei vom Täter unter Drogen gesetzt worden, bestritten oder auch nur verwirrt darauf reagiert. Entweder war er wirklich unschuldig, oder er reagierte unter Stress geistesgegenwärtiger, als sie angenommen hatte. Seine Reaktion auf der Baustelle, der vollkommen sinnlose Angriff auf sie und die anschließende Flucht ließen eher auf erstere Variante schließen. Obwohl: Auf der Baustelle war Denker von ihrem Erscheinen überrascht worden, während er jetzt die Nacht in der Zelle Zeit gehabt hatte, sich zu überlegen, wie er agieren sollte. Doch er schien Pia nicht der große kühle Planer zu sein, und seine Vorgeschichte sprach auch dagegen. Menschen änderten sich meistens nicht so grundlegend.

Broders schaute zur Tür herein, und Pia winkte ihm, näher zu kommen. »Wo warst du denn den ganzen Vormittag?«, fragte sie.

»Unterwegs im Namen des Herrn.«

»Du hast hier was verpasst. Das Duell Denker – Korittki.«

»Wie steht's?«

»Eins zu null für ihn.« Sie musterte ihren Kollegen. »Was ist mir dir? Du siehst so abgehetzt aus.«

Broders fasste sich an den Rücken. »Autsch. Himmel, allein dafür hasse ich ihn!«

»Wen?«

»Rist. Erst schickt er mich auf eine endlose Bahnfahrt von Kiel nach Lübeck, während ihr hier gemütlich klönend zusammensitzt. Ich frage sämtliche Pendler nach Vanessa und zeige ihnen ihr Foto. Natürlich vergeblich. Und als ich eben wiederkomme, meint Rist, es sei doch der falsche Wochentag gewesen und ich solle es übermorgen noch mal versuchen.«

»Schade, dass sich keiner im Zug an Vanessa erinnert hat!«, sagte Pia. »Wenn wir wüssten, wo sie ausgestiegen ist, wüssten wir vielleicht, wohin sie wollte.«

»Ich würde ja in Pansdorf und Bad Schwartau auf den Bahnhöfen und in den Läden nachfragen. Wir haben sie schließlich in Groß Tensin gefunden. Höchstwahrscheinlich ist sie irgendwo dort ausgestiegen und nicht erst in Lübeck.«

»Dann tu das doch«, sagte Pia.

»Also, für heute hab ich genug von der guten Landluft … Ich hab die Kollegen vor Ort darauf angesetzt.«

»Wo wollte Vanessa nur hin?«, fragte Pia ratlos. »Sie hatte anscheinend keine Freunde oder Bekannten in der Gegend.«

»Wissen wir das?«

»Uns ist zumindest nichts in der Richtung bekannt. Inzwischen sind ihre Telefonverbindungen der letzten Monate gecheckt worden. Nichts. Und seit dem Tag, an dem sie verschwunden ist, gab es auch keine Aktivitäten auf dem Handy mehr.«

»Was ist mit ihrem Computer?«

»Da sind die Kollegen noch dran.«

»Es bleibt eben ein Rätsel.« Broders ließ sich auf den zweiten Stuhl im Raum fallen. »Eine junge Frau im Regionalzug mit der Deutschen Bahn auf Tour – wegen der leckeren Verpflegung ist sie bestimmt nicht da eingestiegen. Sag du mir, wo sie hinwollte!«

»Ich bin zwar eine Frau, aber nicht in Vanessas Alter. Keine Ahnung.«

»Stimmt – du siehst auch ganz schön alt aus.«

»Wie bitte?«

»Nichts für ungut. Du bist heute unsere Königin der Augenringe.«

»Felix konnte nicht schlafen.«

»Soll vorkommen. Elias hatte auch eine unruhige Nacht mit seiner Freundin.« Broders verdrehte die Augen.

»Die Jacke und die Decke, die im Eiskeller bei dem Opfer lagen, konnten übrigens zugeordnet werden.«

»Und das sagst du mir so nebenbei?«

»Tata! Sie gehören Armin Fuhrmann. Er hatte die Jacke immer in der Remise an einem Haken hängen, und die Remise ist ja bekanntermaßen offen. So gut wie jeder im Dorf wusste das.«

»Und die Decke?«, fragte Broders.

»Das Gleiche. Das war eine Packdecke, die auch da rumlag. Das ist großer Mist, weil es keine brauchbare Spur darstellt. Jeder konnte da heran. Aber was viel schlimmer ist: die wenigen Spuren an der Leiche, Faserspuren, Haare, sogar Hautschuppen …« Pia schüttelte den Kopf. »Das Labor sagt, dass alle diese Spuren von der Decke und der Jacke auf die Leiche gelangt sein können. Der Aussagewert ist also gleich null. Es passt nämlich auf perfide Weise zu dem, was im Obduktionsbericht steht: dass das Mädchen, nachdem es Geschlechtsverkehr hatte und gefesselt worden war, offensichtlich mit Wasser und einem Reinigungsmittel abgewaschen wurde, um Spuren, die auf den Täter hinweisen, zu entfernen.«

Der *Lindenhof* war voller als sonst. Benjamin Bredow, der ein regelmäßiger Gast war, betrachtete seine Nachbarn, einen nach dem anderen. Die Leute in Groß Tensin dürsteten anscheinend nach Nachrichten. Guten oder schlechten. Sie würden nehmen, was sie bekommen konnten. Er sah die Angst in ihren Gesichtern: Angst, etwas zu verpassen, wenn sie wie sonst vor ihrem Fernseher saßen und sich berieseln ließen. Und trotzdem blieben die Leute spürbar auf Abstand. War ihnen ihr Nachbar, den sie doch schon so lange kannten, plötzlich suspekt? Sie suchten Nähe, und sie fürchteten sie zugleich. Die meisten waren heute Abend in den Gasthof gekommen, um ihre verdammte Sensationslust zu befriedigen. Es war menschlich und trotzdem widerwärtig.

»Diese Morde verändern unser Dorf schneller, als ich dachte«, sagte der Wirt und sprach damit Benjamins Gedanken laut aus. »Zuerst sah es ja noch nach einer aufregenden, wenn auch tragischen Abwechslung vom Alltagstrott aus. Aber so langsam entwickelt sich das alles zu einem ernsthaften Problem für unsere Gemeinschaft.«

»Es *ist* ein Problem unserer Gemeinschaft. Ich mein, der Eiskeller und die Turmhügelburg, das kennen doch nur die Einheimischen.« Bredows Blick wanderte durch den Raum.

»Sag das nicht so laut! Hier guckt sowieso schon jeder verstohlen über seine Schulter.«

»Schlecht fürs Geschäft?«, spottete Bredow.

»Im Moment hätte meinem Geschäft nichts Besseres passieren können als eine kleine Mordserie.«

»Gib es zu, du warst es!«, versuchte Bredow zu spaßen.

Die Augen des Wirtes verengten sich. »Bist du bekloppt?«

»Hey, war 'n Witz«, beeilte Benjamin sich zu sagen. Als Herbert Kleber sich noch nicht entspannte, redete er schnell weiter: »Es kann jeder gewesen sein. Unser vor sich hin dösendes Dorf liegt plötzlich im Scheinwerferlicht. Alles Hässliche wird gnadenlos zur Schau gestellt. Und jeder sieht zu, dass seine bösen Geschichten nicht ans Licht gezerrt werden.«

»Du musst es ja wissen«, sagte der Wirt in scharfem Ton. »Als Briefträger, Postgeheimnis hin oder her, bekommst du bestimmt vieles mit, was so vor sich geht.« Er stellte ein poliertes Glas beiseite. »Genau wie ich.«

Benjamin fühlte sich zunehmend unwohl in Klebers Gegenwart. Er trank hastig sein Bier aus und verabschiedete sich. Eiliger als sonst ging er nach Hause, doch dort angekommen, hatte er keine Lust hineinzugehen. Er würde nur wieder anfangen zu grübeln. Dabei kamen die Wände auf ihn zu, und er wurde immer trübsinniger. Und dann begann er wieder, über den Tod nachzudenken. Das war so sinnlos! Wenn er tot war, musste er sich schließlich keine Gedanken mehr machen, dann war es vorbei. So wie es für den Lehrer und das Mädchen vorbei war. Sie waren tot, Schluss und aus. Sie hatten keine Probleme mehr. Sie waren frei. Vielleicht war das die bessere Lösung? Wie konnte man überhaupt jemanden bemitleiden, der tot war?

Bredow zog sich Trainingssachen an, holte sein Fahrrad aus dem Schuppen und fuhr los. Er hatte kein Ziel. Er wollte nur eine schnelle Runde drehen, um Adrenalin abzubauen und müde zu werden. Morgen musste er wieder früh raus. Er raste in einem hohen Gang die Dorfstraße hinunter, kam am *Lindenhof* vorbei, hinter dessen Fenstern das Licht brannte. Die schlechten Gefühle dort drinnen kamen Benjamin wie eine fahlgelbe Aura vor, die durch das Glas nach draußen drang. Dahinter wurde das Dorf dunkler. Die Straßenlaternen standen in zu großem Abstand, als dass sie die Schlaglöcher in der Straße alle sichtbar machen konnten. Er rumpelte durch ein tiefes Loch im kaputten Asphalt und wusste wieder, weshalb er sich ein Mountainbike zugelegt hatte.

Am Ende der Dorfstraße stand das moderne Holzhaus der Wieses, sorgsam angestrahlt auf dem trapezförmigen Grundstück, dem man trotz der Gärtnerkunst eines Profis immer noch ansah, dass es vom Feld der Fuhrmanns abgeschnitten worden war. Auch die Natur erinnerte sich daran, denn im Frühjahr blühten vereinzelt Raps, Weizen und Phacelia im Rasen der neuen Eigentümer. Ob sie wohl zu Hause waren? Im Wirtshaus hatte er die Wieses nicht gesehen. Der Auftritt der hübschen Anneke neulich war wohl eine Einzelvorstellung gewesen. Wie verunsichert sie da ausgesehen hatte! Ob sie sich nun fürchtete, wenn sie allein zu Hause war? Sie passte nicht hierher ... würde vielleicht nie akzeptiert werden. Im Vorbeifahren sah er, dass im Obergeschoss ein einzelnes Licht brannte. Er wurde langsamer, hielt aber nicht an.

Die Straße führte ihn durch ein Waldgebiet und dann in einer scharfen Kurve an der Mühle vorbei. Er kam auf die Eutiner Straße und schlug einen langen Bogen durch die Felder und Wiesen, bis er nach einer Dreiviertelstunde von hinten an das Wäldchen mit der Turmhügelburg kam. Nun gut, hier führte ein ausgezeichneter Wanderweg entlang. Man nahm ihn beinahe zwangsläufig, wenn man, aus Richtung Ostsee kommend, ins Dorf zurückwollte. Von der Turmhügelburg war im Dunkeln und vom Weg aus nichts zu sehen, und auch den Wall des Eiskellers konnte er nur erkennen, weil noch etwas rot-weißes Absperrband an einem Busch im Wind flatterte. Benjamin trat noch heftiger in die Pedale. Der Ort flog an ihm vorbei. Doch auf diesem Weg näherte er sich zwangsläufig von hinten dem Röperhof.

21. Kapitel

Erst fiel ihm nicht weiter auf, dass hinter dem Küchenfenster des Bauernhauses ein schwacher Lichtschein zu sehen war. Es war ein vertrautes Bild, wenn er morgens in der Dämmerung die Post brachte. Aber die Fuhrmanns waren doch gar nicht da. Armin, Elsa und Thilo waren im *Lindenhof* das Thema des Abends gewesen, denn ihr spurloses Verschwinden war ungewöhnlich, unheimlich und nicht zu begreifen. Es machte sie verdächtig. Warum sonst sollten sie Haus und Hof verlassen haben, wenn nicht, weil sie etwas mit den Toten auf ihrem Land zu tun hatten?, sagten die Leute. Doch dann würden sie nicht freiwillig zurückkommen und für alle Welt sichtbar das Licht einschalten. Andererseits, der Hof lag abgelegen. Hier fuhr außer ihm, Benjamin, um diese Uhrzeit wohl keiner zufällig vorbei.

Die andere Möglichkeit war, dass die Polizei nur vergessen hatte, nach ihrer Durchsuchung das Licht in der Küche zu löschen. Das wäre typisch. Na ja, die Vierzig-Watt-Glühbirne war aber auch so funzelig, dass es einem bei Tageslicht bestimmt gar nicht weiter auffiel, wenn man sie anließ. Bredow musste einfach wissen, was hier los war. Er stoppte, stieg ab, lehnte sein Fahrrad gegen einen Baum. Sein Atem ging schnell, sein Herz hämmerte, und er war verschwitzt. Sinn der Fahrradfahr-Aktion war es ja gewesen, dass er sich auspowerte. Er spürte einen gewissen Widerwillen, zum Haus hinüberzugehen und sich zu vergewissern, ob jemand da war. Einfach weiterfahren, als wäre nichts geschehen, konnte er aber auch nicht.

Obwohl er Schuhe mit weichen Sohlen trug, knirschte der Kies unter seinen Füßen, als er zum Haus hinüberging. Sollte er an der Haustür klingeln? Erst mal durchs Fenster sehen? Oder doch lieber die Polizei informieren? Sein Telefon steckte in der Brusttasche seiner Jacke. Doch wenn die Bullen kamen, und es war ein Fehlalarm, blamierte er sich bis auf die Knochen. Dass er zuerst Gernot Wiese geholt hatte, als er die Leiche gesehen hatte, war von allen Beteiligten als Hinweis darauf gewertet worden, dass er, Benjamin, trotz seiner beeindruckenden Statur ein Feigling war. Das stimmte so nicht. Sie kannten ihn nicht richtig. Für alle war er nur der Briefträger. Sie sahen ausschließlich die Uniform und das Fahrrad ... Jetzt konnte er ihnen beweisen, dass er auch Zivilcourage besaß.

Also zuerst durch das Fenster sehen, um sicherzugehen. Er stellte sich flach an die Hauswand, wie man es aus Krimiserien kannte, und schaute dann vorsichtig über die Scheibengardine hinweg in den Raum. Er überblickte die verschrammten Arbeitsflächen, das ausgefranste Wischtuch und die Spüliflasche neben der Edelstahlspüle, den altmodischen Gasherd, den Tisch mit der geblümten Plastikdecke darauf. Die Lampe mit dem braunen Fransenschirm darüber spendete das einzige Licht. Die Tür, die in den immer kalten Flur führte, stand offen. War das neulich auch schon so gewesen, als er zum Fenster hineingeschaut hatte? Nein, die Polizei musste sie offen gelassen haben. Stockfinster war es dahinter. Wenn die Fuhrmanns nach Hause gekommen wären, hätten sie doch mehr Licht gemacht ...

Da sah er eine Bewegung im dunklen Flur, die just in diesem Moment erstarrte. Benjamin Bredow wollte zurückweichen, doch wer immer dort im Flur stand, hatte ihn wohl schon gesehen. Benjamin hob den Arm, der sich bleischwer anfühlte, zu einer Art Gruß.

Elsa Fuhrmann trat in die Küche. Bredow hätte sie beinahe nicht wiedererkannt. Sie war noch nie das blühende Leben gewesen, hatte von Kindesbeinen an schwer gearbeitet und wenig für sich gehabt, weder Zeit noch Geld. Doch jetzt, im Schein der Deckenlampe, wirkte sie noch mal um zwanzig Jahre älter, als sie war. Ihre Augen lagen tief in den Höhlen. Ihre Haut sah gelblich aus, und das Haar war nicht hochgesteckt wie sonst, sondern hing strähnig an ihrem Kopf herunter. Die graue Bluse und der schwarze Rock, den sie trug, schlackerten um ihren Körper. Sie sah aus wie die böse Hexe aus dem Märchen, nur der schwarze Kater auf der Schulter fehlte. Dafür hatte sie – wie konnte er das erst jetzt bemerken? – ein langes Küchenmesser in der Hand. Er sah Panik in ihrem Blick.

Bredow wich zurück. Es war ihm egal, ob sie ihn schon gesehen und erkannt hatte oder nicht. Elsa war nicht sein Problem. Die Polizei sollte sich darum kümmern. Er würde die Bullen rufen und gut. Sollten die sich mit Elsa Fuhrmann beschäftigen!

Er hatte sein Fahrrad unter dem Baum fast erreicht, als Elsa die Haustür öffnete und heraustrat. Sie stand nun im Gegenlicht, denn sie hatte im Flur das Licht eingeschaltet; ihre Gestalt zeichnete sich scharf vor dem helleren Hintergrund ab.

»Benjamin?«, hörte er sie rufen. »Was machst du um diese Zeit auf meinem Hof?«

»Ich hab nur 'ne Runde mit dem Rad gedreht und das Licht gesehen. Ihr werdet gesucht. Nichts für ungut ...«

»Was war bloß los hier?«

Oh Gott, wusste sie es tatsächlich nicht? Er schob das Rad näher zu ihr heran, damit sie nicht quer über den Hof brüllen mussten. Das Küchenmesser schien sie abgelegt zu haben. Ihre Hände hingen schlaff und leer herunter.

»Hier ist ein Mord passiert«, sagte er. »Die Polizei will mit euch allen sprechen.«

Ihre rechte Hand fuhr hoch, verdeckte ihren Mund. Ihre Augen waren aufgerissen. »Oh ... wieso Mord?«

»Ein toter Mann im Feuerlöschteich.« Benjamin brachte es nicht über sich, auch noch das Mädchen zu erwähnen.

»Das muss ein Irrtum sein.«

»Leider nicht. Wo ist Armin?«

»Armin und Thilo sind weg«, sagte sie nach einer kleinen Pause. Keine Frage, wer gestorben war oder durch wessen Hand.

»Wieso weg?« Was meinte sie damit? Sie waren doch alle drei verschwunden gewesen. Und nun? Waren Ehemann und Sohn ohne sie verreist? Waren sie weggezogen, weggelaufen oder tot? Soweit er wusste, hatte Armin Fuhrmann den Hof seit Jahren nicht mehr länger als zwölf Stunden verlassen.

»Ich weiß einfach nicht, wo sie sind. Ich …« Ihre schmalen Schultern zuckten verdächtig. Beinahe tat sie ihm leid, wie sie da stand, ihr Leben in Scherben. »Es ist alles so verworren und schwierig!«

Das glaubte er ihr aufs Wort. »Soll ich mit reinkommen und mit dir auf die Polizei warten?«, schlug er vor. So recht wusste er allerdings nicht, warum er ihr das anbot. Spontanes »Gutmenschen-Syndrom«, oder war er einfach nur neugierig?

»Würdest … würdest du das tun?«, fragte Elsa Fuhrmann matt.

»Du hattest recht, die Lage hier ist spitzenklasse!«, sagte Anneke Wiese zu ihrem Mann. »Immer in der Mitte des Geschehens.« Sie stand am Fenster des Wintergartens. Gerade war mal wieder ein Polizeiwagen, zwar ohne Martinshorn, aber immerhin mit leuchtendem Blaulicht, vorbeigefahren. Sie sah den Lichtschein über den Hügel hinweg in Richtung Röperhof entschwinden.

»Drück dich bitte etwas klarer aus!«, antwortete Gernot, ohne von seiner Zeitung aufzusehen. »Was ist mit unserer Lage?«

»Unsere Lage ist aussichtslos, doch das Grundstück scheint am Nabel der Welt zu liegen. Mehr Polizei fährt bestimmt auch nicht am Fenster vorbei, wenn man in der Hamburger Hafenstraße wohnt.«

Er legte die Zeitung beiseite und stand auf. »Schon wieder die Polizei?«

»Sag ich doch! Und sie fahren mal wieder zu deiner Cousine.« Jetzt hatte sie seine Aufmerksamkeit.

»Sind Elsa und Armin etwa zurück?«

»Keine Ahnung. Vielleicht wurde auch nur eine neue Leiche gefunden.«

»Das ist nicht witzig, Anneke.«

»Ich finde es auch überhaupt nicht witzig. Im Gegenteil. Es ist furchtbar. Ich möchte gern wissen, was hier gespielt wird.«

»Gespielt?«

Anneke holte tief Luft. Es musste sein. »Dein Alibi, Gernot. Du warst doch gar nicht bei deinem Freund Volker in Köln.«

Er sagte nichts darauf, und sie glaubte schon, er wolle das ignorieren, oder er habe gar nicht richtig zugehört. Da stand er plötzlich direkt neben ihr. »Spionierst du mir nach?«

Die Härchen an ihren Armen richteten sich auf. »Ich musste Volker sowieso anrufen, und da hab ich ihn gefragt, wo ihr euch denn rumgetrieben habt. Und er sagte glatt, nirgendwo, er sei nämlich gerade aus dem Urlaub zurück, das müsse ein Irrtum sein. Es war ihm dann ziemlich peinlich.«

»Warum bringst du ihn auch in so eine Situation? Das ist wieder so typisch für dich, Anneke!«

»Typisch für mich? Wo warst du denn wirklich?«

»Nur in Lübeck.«

»Ach ...«

»Ich will noch nicht darüber reden, aber du erfährst es als Erste, wenn es spruchreif ist.«

»Ein neuer Job?« Das wäre allerdings eine gute Nachricht.

»Vielleicht. Ich will nicht die Pferde scheu machen, bevor es so weit ist. Du weißt, da bin ich abergläubisch.«

Das war er wirklich. Doch es war auch die beste Ausflucht, die er sich hatte ausdenken können.

»Wann weißt du es denn?«, hakte sie nach.

»Vielleicht nächste Woche.«

Oder übernächste? Oder nie? Die Hoffnung wich wieder der Enttäuschung und einem soliden Misstrauen. »Der Polizei musst du es aber sagen«, entgegnete Anneke boshaft. »Ein falsches Alibi finden die bestimmt nicht lustig.«

»Ich möchte zu gern wissen, warum die schon wieder zum Hof gefahren sind«, murmelte Gernot statt einer Antwort.

»Frag sie doch!«

Er schien es ernsthaft zu erwägen. »Ach, nein. Lassen wir sie erst mal machen. Wir werden es früh genug erfahren.«

»Sag mal ...«, meinte Anneke. »Was ist eigentlich, wenn unsere Nachbarn nie wieder zurückkommen?«

»Wieso?«

»Mit dem Hof und so?«

»Keine Ahnung.«

»Wer erbt das alles?«

Gernot sah sie mit einem seltsam bohrenden Blick an. Seine Pupillen wurden riesengroß. »Wirklich, Anneke: Ich habe keine Ahnung.«

Sie glaubte ihm nicht.

Elsa Fuhrmann war wieder da. Nur Elsa Fuhrmann. Das war doch mal eine Sensation! Broders saß neben Manfred Rist im Wagen. Sie waren auf dem Weg zum Röperhof. Der Briefträger Benjamin Bredow hatte vorhin die Polizei informiert, dass er Elsa an ihrem Haus angetroffen hatte. Sehr seltsam, das Ganze, aber es würde den Ermittlungen eine neue Wendung geben.

Ulf Nielsens Leiche war am Donnerstag entdeckt worden, die von Vanessa Grube am Samstag. Jetzt hatten sie schon wieder Donnerstag. Für eine schnelle Aufklärung waren sie längst ins Hintertreffen geraten. Die Erfahrung lehrte, dass es bei Mord entweder sehr schnell ging – drei Tage waren eine realistische Frist –, oder es dauerte unendlich lange, bis sie den Täter ermittelt hatten. Die Statistik sagte allerdings auch, dass sie fast immer erfolgreich waren. Es war nur eine Frage der Zeit ...

»Kommt der Herr Staatsanwalt auch?«, fragte Broders, um das Schweigen im Wagen zu brechen.

»Jantzen? Nee. Der hat wohl anderes zu tun.«

»Wir werden ohne ihn bestimmt besser mit dieser Elsa Fuhrmann klarkommen«, sagte Broders. »Da stört dieser Fatzke nur.«

»Meinst du? Der hat sein Studium mit Auszeichnung abgeschlossen, heißt es.« Rist presste die Lippen aufeinander und gab auf einem freien Stück Landstraße Gas.

»Das nützt ihm wenig, solange ihm die Intuition und das Einfühlungsvermögen fehlen.« Broders wäre lieber mit Pia zum Röperhof gefahren, denn auch Rist fehlten seiner Meinung nach ein paar Punkte auf der Skala dessen, was sich auf Neudeutsch »emotionale Intelligenz« schimpfte.

Das bewies sich kurze Zeit später, als sie in Begleitung eines uniformierten Kollegen die Küche des Bauernhauses betraten. Elsa Fuhrmann saß auf einem Stuhl, angespannt wie ein Patient im Wartezimmer vor einer Darmspiegelung.

»Frau Fuhrmann? Wissen Sie eigentlich, dass Sie auf einer Fahndungsliste der Polizei stehen? Ganz oben?«, fragte Rist sie anstelle einer Begrüßung.

Broders konnte sehen, wie sich die Frau noch weiter in sich verkroch. Manfred Rists körperliche Präsenz konnte zart besaitete Menschen schon einschüchtern, auch ohne dass er einem gleich mit polizeilicher Fahndung kam. Broders stellte sich Elsa

Fuhrmann vor, um einer halbwegs aussichtsreichen Befragung eine zweite Chance zu geben. »Wie geht es Ihnen, Frau Fuhrmann? Dürfen wir uns zu Ihnen setzen?«, bat er der Form halber und deutete auf die anderen Stühle am Tisch.

Sie nickte, sah kurz von einem zum anderen. Dann wurde ihr Blick wieder leer.

Broders erschrak, als aus dem dämmrigen Hintergrund der Küche ein Mann auftauchte. Erst dachte er, es müsse Elsa Fuhrmanns Ehemann oder ihr Sohn sein, doch dann sah er, dass er sich geirrt hatte.

»Ich geh dann mal, Frau Fuhrmann«, sagte Benjamin Bredow. »Sie sind jetzt ja wohl in den besten Händen.« Die Ironie war nicht zu überhören.

»Was machen Sie denn hier?«, fuhr Rist ihn an.

»Ich bin derjenige, der die Polizei informiert hat«, antwortete der Briefträger. »Ich bin zufällig auf meiner Trainingsrunde hier vorbeigekommen. Da ist mir aufgefallen, dass das Licht brennt. Dann hab ich Frau Fuhrmann gesehen ...« In seinen hautengen Sportsachen sah er eher wie ein Teilnehmer der »Tour de France« aus. Was für ein Body!

Bredow verließ Küche und Bauernhaus, und Broders zwang sich, sich auf Elsa Fuhrmann zu konzentrieren. Sie sah so verschreckt und hilflos aus, dass er das Gefühl hatte, sie vor seinem Kollegen Rist verteidigen zu müssen. Zwar hatte man auf ihrem Hof und Grund zwei Leichen entdeckt, doch bisher gab es keinen Hinweis darauf, dass die Frau etwas mit den Todesfällen zu tun hatte. Davon abgesehen konnte ihr bisher auch kein anderes Verbrechen zur Last gelegt werden.

Rist informierte sie über ihre Rechte und wies sie darauf hin, dass sie das Gespräch aufzeichneten. Er hätte sie wohl gern auf der Stelle zu einer Vernehmung mit ins Kommissariat genommen, aber selbst er schien zu spüren, dass die Frau kurz vor einem Zusammenbruch stand. Also besser jetzt alle Informationen abgreifen, die sie von ihr bekommen konnten, bevor womöglich ein Arzt sie daran hinderte.

»So, nun mal von Anfang bis Ende«, sagte Rist betont deutlich. »Wo kommen Sie jetzt her, Frau Fuhrmann? Und warum sind Sie, Ihr Mann und Ihr Sohn abgereist, ohne dass jemand wusste, wo Sie waren?«

»Wir wollten nach Lettland. Mein Mann kennt dort Leute, die einen großen landwirtschaftlichen Betrieb besitzen. Die wollten wir besuchen.«

»Ein Besuch.« Rist würzte die an sich harmlose Feststellung mit einer deutlichen Portion Unglauben.

»Ja, ein Besuch. Wir sind mit dem Auto bis Travemünde gefahren. Dann haben wir die Fähre nach Liepāja in Lettland genommen. Armin hatte alles organisiert.«

»Wann genau war das?«

»Am Sonntag. Wir sind nachmittags so gegen fünf hier losgefahren und haben das Auto in Travemünde in einem Wohngebiet abgestellt. Von dort sind wir zu Fuß zur Fähre gegangen.«

»Wo waren Sie alle am Sonntagmorgen?«, fragte Broders.

»Na hier. Wo denn sonst?«

»Ist etwas Ungewöhnliches passiert?«

»Armin hat uns gesagt, wir sollen unsere Sachen packen. Danach sind wir losgefahren.«

»Erzählen Sie uns mehr über diese Reise.«

»Wir hatten eine Kabine unter Deck. Ich konnte nicht schlafen, weil der Schiffsmotor so laut war. Man bekommt Platzangst da drinnen, wissen Sie. Ich hab dann gegen Mitternacht eine Tablette eingenommen.«

»Was für eine Tablette?«

»Ein Schlafmittel. Das hat mein Arzt mir gegeben, weil ich öfter Probleme mit dem Einschlafen habe. Von den Tabletten schlafe ich dann aber immer gleich wie eine Tote.« Sie sah von einem zum anderen. Als die Polizisten geduldig warteten, fuhr sie fort: »Als ich wieder aufwachte, war es schon neun Uhr. In der Kabine konnte man nicht sehen, ob Tag oder Nacht ist, wissen Sie. Es war eine billige Kabine. Keine Fenster.« Wieder der leere Blick. Sie seufzte. »Ich dachte mir da aber nur, dass Armin und Thilo vielleicht schon frühstücken gegangen sind.«

»Und?« Bei den langen Pausen, die Elsa machte, war es schwierig, nicht die Geduld zu verlieren. Selbst Broders kribbelten die Beine, die er nicht gerade bequem unter dem Tisch neben dem klobigen Tischbein verstaut hatte.

»Ich hab sie nicht gefunden. Die Fähre ist groß, wissen Sie. Ich bin noch nie auf so einem riesigen Schiff gefahren.«

»Wo waren denn dann Ihr Mann und Ihr Sohn?«

»Ich weiß es nicht.«

»Haben sie Ihnen nicht gesagt, was sie gemacht haben?«

Wahrscheinlich hatten sie an einer der Bars gesessen und das mühsam verdiente Geld versoffen, dachte Broders.

»Nein.« Elsa sah Heinz Broders mit ihren seltsam blassen Augen an. »Ich konnte sie nicht fragen.«

»Wieso das?«, herrschte Rist sie an.

»Weil sie weg waren.« Elsa betonte jedes einzelne Wort, als wäre Rist ein Kind, das nicht begreifen wollte, was man ihm sagte. Broders begriff es sofort.

»Sie meinen ... Sie haben sie nicht mehr wiedergetroffen?«, fragte er mehr fürs Protokoll.

»Das versuche ich Ihnen doch die ganze Zeit zu sagen.« Ihre Augen röteten sich, eine einzelne Träne lief über und rann die schlaffe Wange herunter. »Sie sind einfach weg gewesen.«

22. Kapitel

Am folgenden Morgen traf Pia als Erste im Kommissariat ein. Laut einem ungeschriebenen Gesetz in dieser Abteilung war sie somit an der Reihe, die Kaffeemaschine im Besprechungsraum in Betrieb zu setzen. Sie füllte Wasser auf und schaufelte Kaffeepulver in die frisch eingelegte Filtertüte. Im Besprechungsraum dominiert die traditionelle Technik, dachte sie mit Blick auf den Röhrenfernseher, der ihnen als Bildschirm diente.

Manfred Rist erschien kurz nach ihr. Er nickte ihr zur Begrüßung nur zu und fixierte dann die Kaffeemaschine, die röchelnd und dampfend die letzten Tropfen in die Glaskanne abgab. Rist schenkte sich ein, noch bevor der Kaffee ganz durchgelaufen war. Die letzten Kaffeetropfen fielen zischend auf die Warmhalteplatte.

Pia öffnete die Fenster, denn später, wenn alle da waren, würde wie immer jemand schreien, dass es zog. Sie legte ihre Unterlagen an ihren Platz.

Nachdem Rist seinen Becher geleert hatte, schien er wieder kommunikationsfähig zu sein. Er berichtete Pia von Elsa Fuhrmanns unverhofftem Auftauchen auf dem Hof und der anschließenden Befragung. »Ich lasse sie gerade abholen«, sagte er. »Du übernimmst dann mit mir zusammen die Vernehmung.«

»Hast du sie nicht gestern mit Broders befragt?« Pia war schon neugierig auf Elsa Fuhrmann und ihre Geschichte, doch es gab ihrer Ansicht nach keinen Grund, ihren Kollegen abzulösen. Das sorgte nur für Verwirrung.

Rist rollte mit den Augen. »Ich will aber dieses Mal keine

Schwulette, sondern eine richtige Frau dabeihaben. Bei so einer Tante wie der Fuhrmann weiß man ja nie.«

»Vielleicht solltest du die Vernehmung Broders und mir überlassen. Von so einer bornierten Hete wie dir möchte Frau Fuhrmann vielleicht auch nicht befragt werden«, sagte Pia.

Rist holte Luft, um sie in ihre Schranken zu verweisen. Pia starrte ihm wütend ins Gesicht. So schüttelte er nach Bruchteilen von Sekunden, in denen die Sache in der Schwebe hing, nur leicht den Kopf. »Wir sehen uns um zehn Uhr im Vernehmungsraum. Pünktlich.«

»Zu Befehl«, sagte Pia spöttisch. Es war nicht nur Rists verbaler Ausrutscher, der sie störte. Es war seine grundsätzliche Haltung seinen Mitmenschen gegenüber, egal, ob es sich um Mitarbeiter oder Zeugen handelte. Die spürbare Herablassung, die vielleicht auch Elsa Fuhrmann daran hindern würde, ihnen alles zu erzählen, was sie wusste.

Elsa Fuhrmann hatte sich schick gemacht. So wirkte es jedenfalls auf Pia. Sie trug einen langen Faltenrock, eine weiße Bluse und eine Lodenjacke. Im Gegensatz zur akkuraten Kleidung war ihr Haar nur hastig nach hinten gebunden und ihr Gesicht blass und ungeschminkt. Ihre kräftigen Hände ruhten in ihrem Schoß. Die Füße in den Schnürschuhen standen eng nebeneinander. Sie sah aus wie eine zu alte Schülerin, die die Schule geschwänzt hatte und nun auf einen Termin beim Direktor wartete.

Pia begrüßte sie freundlich und setzte sich etwas näher zu ihr, nicht frontal vor sie, sondern leicht seitlich. Rist, dessen Haltung Aggression und Ungeduld ausstrahlte, hielt sich wohlweislich im Hintergrund. Immerhin. Mit etwas Glück würde Elsa Fuhrmann seine Anwesenheit einfach vergessen. Noch vor der Tür zum Verhörraum hatte Pia Rist leise den Vorschlag gemacht, dass sie die Fragen stellte und er nur ergänzte, wenn er noch etwas wissen wollte, und er hatte nach kurzer Überlegung zugestimmt.

Zuerst ließ sie sich von Elsa Fuhrmann noch einmal die Geschichte ihrer Abreise und der Fährpassage erzählen. Elsa blieb dabei, dass Armin ganz plötzlich mit ihnen nach Lettland hatte reisen wollen. Er habe von einer großen Chance gesprochen, die sich ihm dort böte. »Wir sind fast pleite«, sagte sie nüchtern. »Generationen von Röpers auf dem Hof, und ich bin die Letzte. So kleine Höfe wie unserer lohnen sich nicht mehr. Dann noch ein paar schlechte Entscheidungen und eine miese Ernte … Armin ist nicht damit klargekommen. Er hat wohl gehofft, in Lettland noch mal neu anfangen zu können.«

Pia registrierte, dass sie in der Vergangenheitsform von ihrem Ehemann sprach. »Haben Sie denn das Geld für einen Neuanfang?«

»Nicht sehr viel, glaube ich«, sagte sie vage.

Pia fragte nach den zwanzigtausend Euro, die vor Kurzem von einem Konto der Fuhrmanns verschwunden waren.

»Um so was hat sich Armin immer gekümmert«, sagte Elsa Fuhrmann ungerührt. »Ich weiß nicht, was noch da war. Aber die Bekannten in Lettland wollten uns unterstützen.«

Pia konnte das nicht so recht glauben. Ohne Geld war ein Neuanfang schwierig. »Wie heißen diese Bekannten? Wie ist ihre Adresse? Sicher können wir Ihren Mann und Sohn dort für Sie finden.«

Elsa zuckte unbehaglich mit den Schultern. »Vitol oder Vitols oder so. Ich erinnere mich nicht so genau. Es ging alles schrecklich schnell.«

Pia versuchte herauszufinden, warum Elsa Fuhrmann nicht Himmel und Hölle in Bewegung setzte, um ihre Familie zu finden. Doch sie bekam keine Antwort, die ihr in dieser Hinsicht weiterhalf.

Rist stellte noch ein paar Fragen dazu, die Elsa Fuhrmann immer weiter in die Defensive drängten, bis sie schließlich gar nichts mehr sagte.

Pia fragte noch einmal nach den beiden Todesfällen auf ihrem Land. Elsa verkrampfte sich sichtlich. Entweder hatte sie wirklich erst jetzt davon erfahren, oder sie war eine gute Schauspielerin. So jedenfalls kamen sie nicht weiter. Pia versuchte, sich dem Thema anders zu nähern.

»Ich war während der Ermittlungen auch in Ihrem Haus. Wir mussten dort nachsehen. Es hätte Ihnen ja auch etwas passiert sein können«, erklärte sie.

»Das verstehe ich«, sagte Elsa ernsthaft.

»Ich war auch oben in dem Zimmer Ihrer Tochter. Es ist doch Meikes Zimmer gewesen, oder?«

»Sie wissen von Meike?«

»Ja. Wir haben mit vielen Ihrer Bekannten gesprochen. Meike war Thilos Zwillingsschwester, nicht wahr?«

»Sie wird immer unser Kind bleiben«, sagte Elsa bestimmt.

Pia nickte beschwichtigend. »Ja, natürlich. Ein Kind bleibt immer das eigene Kind.« Sie fühlte sich mit einem Mal unbehaglich. Auch über den Tod hinaus bleibt es das, dachte sie.

»Haben Sie Kinder?«, fragte Elsa. Es war die erste Äußerung, die von ihr ausging.

»Ja. Einen Sohn.«

»Gesund?« Elsas Ton war fordernd.

Pia war es unangenehm, mit ihr darüber zu sprechen, nach allem, was Elsa wohl durchgemacht hatte. »Ja.« Sie verspürte das dringende Bedürfnis, auf Holz zu klopfen.

»Wir hatten so ein Glück! Meike war zwar krank, und das war schrecklich, doch wir hatten ja auch noch Thilo. Er war so ein lieber Junge! Aber er hat seine Schwester vermisst. So ist das bei Zwillingen. Sie waren ja in meinem Bauch zusammen, und dann wurden sie getrennt.«

»Sie haben Ihre Tochter bestimmt auch vermisst, als sie im Heim gelebt hat.«

»Das war nicht recht!«, sagte Elsa aufgebracht. »Sie gehörte auf den Hof. Sie hatte bei uns ihr Zimmer.«

»Aber es ging nicht, oder?«

»Sie haben mich dazu gezwungen, Meike wegzugeben. Sogar Armin … Dabei: Er hat Meike auch sehr geliebt. Sie war ja seine einzige Tochter. Er konnte es nur nicht so zeigen. Genau wie Thilo. Männer sind da anders, nicht wahr?«

»Einige vielleicht.« Pia brach der Schweiß aus. »Wie war das mit Thilo? Woran haben Sie gemerkt, dass er Meike vermisst hat?«

»Oh, als Mutter weiß man so was.«

»Ich habe gehört, dass er viel mit Mädchen gespielt hat und sie auch gemalt hat.«

»Ja, er hat die Bilder mit den Mädchen gemalt. Er konnte malen! Lesen und Schreiben waren nicht seine Stärke … oder Rechnen, doch seine Bilder waren wirklich gut.«

»Wann haben Sie gemerkt, dass Thilo Lernschwierigkeiten hat?«

»Ach, das! Die Lehrer mochten ihn nicht, weil er handwerklich begabt war und sich lieber draußen aufgehalten hat als im Klassenzimmer. Er war kein Stubenhocker, wie die meisten anderen Kinder. Schule hat ihn nicht interessiert. Und was soll ein Bauer mit Binomischen Formeln und so?, frag ich Sie. Als ob es darauf ankäme!«

Pia konnte sich schon ein paar mathematische Herausforderungen im Alltag eines Landwirts vorstellen, verkniff sich aber diesen Kommentar. »Kennen Sie Ulf Nielsen, Frau Fuhrmann?«

»Nielsen? Sie meinen den Lehrer Nielsen aus Klein Tensin?«

»Ich weiß nicht, woher er stammt.«

»Die aus Klein Tensin waren unseren Leuten nie richtig grün. Das war schon immer so. Als ich hörte, der Thilo bekommt in der Grundschule einen aus Klein Tensin als Lehrer, da wusste ich gleich, dass das nicht gut geht. Und so war es auch: Der Nielsen hat unseren armen Thilo von Anfang an nicht gemocht, wollte ihn von der Schule haben. Der hatte uns auf dem Kieker.«

»Sie meinen, ein Groll zwischen den Bewohnern zweier Dörfer hatte Einfluss auf Nielsens Urteil als Lehrer?«

»Entweder das oder er konnte uns nur nicht ausstehen.«

»Wieso? Hatten Sie ansonsten noch mit ihm zu tun?«

»Nein. Aber es war eben so. Und unser Thilo musste darunter leiden. Wollte dann nicht mehr zur Schule gehen und ist weggelaufen und so.«

»Hm. Können Sie sich einen Grund vorstellen, warum Ulf Nielsen kurz vor Ihrer Abreise bei Ihnen auf dem Röperhof war?« Warum er tot in Ihrem Feuerlöschteich lag?

»Nein.« Sie schüttelte resolut den Kopf. »Und damit haben wir auch nichts zu tun. Das können Sie uns nicht anhängen.«

Pia fragte im Anschluss nach Vanessa Grube, doch Elsa Fuhrmann sagte aus, dass sie niemanden dieses Namens kenne. Auch Rist versuchte noch mal sein Glück, bekam aber nicht mehr aus Elsa heraus. Da nichts weiter gegen sie vorlag, ließ Rist sie gegen zwölf Uhr zurück auf den Röperhof fahren. Sie wollte es so. Es war ja ihr Zuhause.

»Glaubst du ein Wort von dem, was sie uns da erzählt hat?«, fragte Rist, als Elsa Fuhrmann gegangen war.

»Ich glaube, dass *sie* es im Großen und Ganzen glaubt.«

»Auch dass Mann und Sohn einfach so verschwunden sind? Und die Geschichte mit Lettland, der Besuch bei ihr Unbekannten?«

»Das mit Mann und Sohn ist nicht stimmig. Sie weiß mehr, als sie uns gesagt hat. Und die Bekannten in Lettland?« Pia zuckte mit den Schultern. »Wird schwer, diese Leute zu finden, wenn wir nichts als ihren Nachnamen haben. Vitols oder Vitol ...«

»Ich werde Wohlert darauf ansetzen«, sagte Rist.

Pia gelang es nicht, ihr Unbehagen abzuschütteln, das sie seit Elsa Fuhrmanns Aufbruch erfüllte. »Findest du es richtig, dass sie jetzt allein auf ihrem Hof hockt, nach allem, was da passiert ist?«

»Was sollen wir denn sonst mit ihr tun? Sie irgendwo einsperren? Würde ich ja gern, wenn du mir einen plausiblen Grund dafür nennst.«

Nach der Vernehmung von Elsa Fuhrmann traf Pia in der Teeküche Juliane an. Ihre Kollegin hatte soeben den Kaffeeautomaten zerlegt.

»Oh, das passt wohl gerade nicht!« Pia stand mit ihrem Kaffeebecher in der Hand da und sah auf die Einzelteile, die sich über die Arbeitsfläche ausbreiteten.

»Du sagst es«, kam es zurück.

»Dann komme ich später wieder«, meinte Pia.

»Ja, ja, lass den Mist mal immer nur die anderen machen!«

»Wie bitte?«

»Du hast das schon richtig verstanden.« Julianes Wangen waren gerötet und ihr Haar zerzaust. Ihre Hände waren vom Kaffee braun verfärbt.

»Bist du sauer, weil du den Kaffeeautomaten sauber machst? Du musst das nicht tun, soweit ich weiß.« Wenn man lange genug wartete, erbarmten sich abwechselnd Broders, der das Ding angeschleppt hatte, und die Reinigungskräfte, oder der Automat blieb eben so, wie er war.

»Nein, ich hab kein Problem mit diesem ekligen Kaffeeautomaten. Ich hab ein Problem damit, dass hier immer dieselben Leute die guten Jobs bekommen, während andere ...«

Pia war versucht, sich umzudrehen, um nachzuschauen, ob Model-Mutter Heidi Klum hinter ihr stand. *Die guten Jobs bekommen …* »Was genau meinst du? Die Vernehmung eben?«

»Tu doch nicht so schwer von Begriff! Warum fragt Manfred ausgerechnet dich, ob du mit ihm die Vernehmung durchführst.«

»Er hat mich nur deshalb gefragt, weil er eine Frau dabeihaben wollte. Er hatte Angst, sonst von Elsa Fuhrmann später wegen sexueller Belästigung oder so belangt zu werden.« An Julianes Erröten sah sie, dass das die falsche Antwort gewesen war.

»Bin ich keine Frau?«, fuhr die Kollegin sie an.

»Hey, du warst noch nicht da, ich schon.«

»Ich bin aber sonst immer da. Im Gegensatz zu einigen anderen hier. Ich schufte wie blöd. Und dann komme ich ein Mal fünf Minuten später, weil mein Auto nicht anspringt, und du drängst dich vor, obwohl …« Sie wischte sich mit der Hand durchs Gesicht, was einen braunen Schmierfleck auf der Wange hinterließ. »Obwohl du sonst nie da bist, wegen deiner Mutterpflichten.« Sie hatte das Wort »Mutterpflichten« mit einem Augenrollen begleitet. Nun sah sie weg. Offensichtlich war ihr bewusst, dass sie gerade über das Ziel hinausgeschossen war.

Pia atmete ruhig ein und aus. Vielleicht war es ja gut, dass Juliane ihrem Groll gegen sie einmal Luft gemacht hatte, obwohl Pia sich sicher war, dass sie nur der Blitzableiter gewesen war. Da lag etwas ganz anderes im Argen. »Nur um das klarzustellen: Ich habe mich nicht vorgedrängt. Ich war zufällig gerade hier und du nicht. Und ansonsten arbeite ich zurzeit ein paar Stunden weniger im Monat, weil mein Sohn noch sehr klein ist. Dafür bekomme ich übrigens auch entsprechend weniger Geld.«

»Ich hätte die Vernehmung machen sollen«, beharrte Juliane.

»Ich hab wegen dieser Ermittlung schon so viele Überstunden geschoben.«

»Das mag sein.«

»Manfred ist so ein mieser Typ!«

Das mag ebenfalls sein, dachte Pia. Weiter wollte sie die Bemerkung ihrer Kollegin nicht thematisieren.

Pia las noch einmal den Bericht über Elsa Fuhrmanns Vernehmung. Dabei beschäftigte sie die Frage, ob es möglich war, dass die Bäuerin tatsächlich nichts von den beiden Todesfällen auf ihrem Hof gewusst hatte. Selbst wenn die Familie den Röperhof am späten Sonntagnachmittag verlassen hatte, ohne etwas von einer Leiche im Feuerlöschteich oder dem Mädchen im Eiskeller zu wissen, so gab es schließlich auch auf einer Fähre Tageszeitungen ... War der genaue Ort des Leichenfundes in der überregionalen Presse eigentlich bekannt gegeben worden? Das Dorf zumindest war namentlich genannt worden. Da hätten die Fuhrmanns doch aufmerksam werden müssen, selbst wenn sie nicht gewusst hatten, dass die Leichen auf ihrem Grund und Boden gelegen hatten. Denn wie viele einsam gelegene Höfe mit Feuerlöschteich und Eiskeller mochte es in Groß Tensin geben?

Je mehr sie darüber nachdachte, desto überzeugter war Pia, dass Elsa Fuhrmann log. Eine andere Möglichkeit war, dass nur Armin Fuhrmann von der Leiche oder den Leichen gewusst und die anderen von zu Hause weggelockt hatte. Vielleicht hatte er seinen Sohn oder seine Frau in Verdacht, etwas mit den Todesfällen zu tun zu haben. Oder er hatte Angst, fälschlicherweise verdächtigt zu werden, und wollte seine Familie mit der Flucht nach Lettland schützen? Oder er selbst war der Schuldige?

Es war alles noch so undurchsichtig, die Familienverhältnisse ungewöhnlich und kompliziert! Wenn wir die Vernehmung fortführen, werden wir geschickter vorgehen und uns besser vorbereiten als beim ersten Mal, nahm Pia sich vor. Die Fuhrmanns und ihren Hof umgab ein Geheimnis. Wenn sie es aufdeckten, wussten sie mit einiger Wahrscheinlichkeit auch, wer der Mörder war.

Olivia Vollert legte ihre Oboe zurück in den Transportkasten. Sie war froh, dass Ivana sie nicht fragte, wie der Termin mit dem Agenten verlaufen war. Olivia fühlte sich wie eine Versagerin, weil dieser Alexander Kastner nicht zu ihrer Verabredung erschienen war. Bestimmt hatte er sie mit ihrer Mutter im *Bühneneingang* sitzen gesehen und sich gegen sie entschieden.

Ivana hingegen war heute ausgesprochen gut gelaunt. Sie sagte, Olivias Spiel sei gar nicht mal so schlecht gewesen. Olivia habe wohl doch etwas Talent, was recht nützlich sei. Dann folgte die altbekannte Leier, dass sie jetzt alles andere diesem Talent unterzuordnen habe. Das sei das eigentlich Entscheidende, wenn man Erfolg haben wolle. Talent hätten viele, Durchhaltevermögen aber nicht.

Vielleicht würde sie ja wirklich Musikerin werden? Olivia zog sich ihre Jacke über, wünschte ihrer Lehrerin noch einen schönen Abend – bei was denn? – und griff nach dem Oboenkasten.

Ivana sah von ihrem Stundenbüchlein auf. »Sag mal, Olivia, ich habe heute noch eine Anfrage fier Oboenstunden bekommen. Es war jemand, der dich wohl kennt. Ein Vater wollte wissen, wann du spielst und ob du tauschen kannst Termin mit seine Tochter. Er sucht noch Oboen-Unterricht fier seine zwölfjährige Tochter.«

Olivia sah sie überrascht an.

»Er mir sagte, dass du ihm hättest angeboten, deine Stunde mit seine Tochter zu tauschen. Die Kleine hat nicht so viel Zeit.«

»Davon weiß ich gar nichts.«

»Vielleicht hast du ja mal erwähnt, wann du hast bei mir Unterricht?« Ivana klappte ihren Block zu. »Bist du denn prinzipiell dazu bereit, zu verschieben deine Unterrichtsstunde?«

»Kommt darauf an«, sagte Olivia zurückhaltend. Sie fühlte sich beleidigt, weil der Unterricht eines kleinen Mädchens Ivana offenbar wichtiger war als ihrer, Olivias.

»Du kannst das ja mal mit deine Mutter besprechen. Entweder wir verschieben auf mittwochs, oder du kommst freitags eine Stunde später.«

»Okay. Ich bespreche das mal mit ihr«, sagte Olivia widerstrebend. Es war ihr egal, wann sie Unterricht hatte. Die beiden Stunden waren bis auf den Chor am Montag die einzigen festen Termine, die sie hatte.

Sie verabschiedete sich nochmals von Ivana, diesmal jedoch noch etwas deprimierter, und verließ den Unterrichtsraum. Das Wochenende lag öde vor Olivia. Dass die Möglichkeit, etwas Aufregendes zu erleben – wie bei Dreharbeiten für einen Werbespot dabei zu sein –, sich doch wieder zerschlagen hatte, machte nun alles irgendwie noch schlimmer.

Olivia ging den langen Flur der Musikschule entlang, der nach Bohnerwachs, Jugendlandschulheim und Heimweh roch. Mit jedem Schritt wippte der Oboenkasten gegen ihren Rücken. Die Flurbeleuchtung hatte eine Zeitschaltung und war schon an gewesen, als sie ihren Unterrichtsraum verlassen hatte. So war es nicht verwunderlich, dass das Licht ausging, bevor Olivia die Eingangstür erreicht hatte. Die Türen zu den anderen Unterrichtsräumen waren alle geschlossen. Sie war offensichtlich die letzte Schülerin für diesen Tag. Um diese Uhrzeit war in der Musikschule nichts mehr los.

Durch die verglaste Eingangstür unter dem Vordach fiel nur wenig Licht von dem schlecht beleuchteten Parkplatz vor dem Haus. Olivia stieß die Tür auf und achtete darauf, auf der gefliesten Außentreppe nicht auszurutschen, falls es schon wieder Frost gegeben hatte. Nicht auszudenken, mit der teuren Oboe auf dem Rücken! So ging sie betont vorsichtig, Schritt für Schritt, und atmete erleichtert aus, als sie den rauen Asphalt unter ihren Schuhsohlen spürte.

Vor der Musikschule, einem reizlosen Gebäude aus den Sechzigern, lag ein freies Grundstück hinter einem Bauzaun. Darauf stand ein großes weißes Zelt. Dahinter wiederum erhoben sich die angestrahlten Türme der Marienkirche in den dunklen Abendhimmel. Bei dem riesigen Zelt handelte es sich um ein Grabungszelt. Teil eines Projektes mit dem Ziel, über Jahrzehnte die Überreste des Lübecker Gründungsviertels wieder freizulegen. Olivia stellte sich vor, dass man sofort auf die Überreste des Mittelalters stieß, wenn man auf der Altstadtinsel nur einen Spaten in den Boden stach. Einmal, als sie draußen auf Ivana hatte warten müssen, hatte sie die Informationstafel studiert: Bis zu sechs Meter tiefe Abfallschächte hatten sich für die Archäologen wohl als wahre Fundgruben entpuppt. Olivia konnte jedoch weder über achthundert Jahre alte Eichenbalken noch über Fundstücken aus Kloaken ins Schwärmen geraten.

Sie überquerte die Braunstraße. Schräg gegenüber befand sich in einem hübschen Giebelhaus eine Kneipe. Wenn sie auf schnellstem Wege zum Kohlmarkt wollte, wo ihr Bus abfuhr, musste sie durch die kleine Lederstraße gehen. Olivia mochte die Straße mit dem Erotikshop und dem Erotikkino nicht, an deren Ende sie ein dunkler Durchgang erwartete. Sie warf im Vorbeigehen einen Blick durch das Kneipenfenster, hinter dem ein paar Leute zusammensaßen und Bier tranken. Jeder hatte irgendwen. Nur sie war allein.

Rechts parkte ein kleiner Lieferwagen so eng neben dem Bürgersteig, dass Olivia auf das rutschige Steinpflaster der Straße auswich. Irgendwo grölten ein paar Betrunkene. Eilig ging sie an dem Lieferwagen vorbei in Richtung Holstenstraße. Dort würden wieder mehr Menschen unterwegs sein. Olivia fühlte einen heftigen Stoß im Rücken und stolperte nach vorn. Die Oboe!, war ihr erster Gedanke. Sie war darauf gedrillt, immer zuerst auf das wertvolle Instrument achtzugeben. Olivia verlor das Gleichgewicht, riss die Arme nach vorn, um sich abzustützen, und landete auf Knien und Händen. Sie keuchte, ihre Knie brannten, und in ihr rechtes Handgelenk war ein scharfer Stich gefahren. Oh Mist, bitte sei nicht gebrochen!, war ihr nächster Gedanke. Nur das nicht, ich brauche meine Hände! Darauf, stets und überall ihre Hände zu schonen, war sie ebenfalls programmiert.

Die eigentlich nächstliegende Frage, wer oder was sie gestoßen hatte, blitzte erst in ihrem Gehirn auf, als sie ein Geräusch hinter sich hörte, ein Scharren und scharfes Einatmen, gefolgt von einem stechenden Geruch von etwas, das gegen ihren Mund und ihre Nase gepresst wurde. Immer noch dachte Olivia an einen Unfall, an eine ungeschickte Hilfsmaßnahme. Sie versuchte, sie ungeduldig abzuwehren. Ich brauch keinen Desinfektionslappen im Gesicht, du Idiot! Hilf mir einfach aufzustehen. Doch der Druck des Lappens auf ihre Nase und ihren Mund ließ nicht nach. Sie bekam nicht genug Luft, und von dem Geruch wurde Olivia schwindelig.

Was, verdammt, passiert mit mir?, schrillte nun doch ein verspäteter Alarm in ihrem Kopf. Gleich werde ich vergewaltigt – das, wovor sie mich immer gewarnt haben! »Geh nie allein im Dunkeln durch einsame Gassen. Dann bist du nämlich selbst an allem schuld.« Alles, nur das nicht! Eine Welle von Panik, Scham und übelkeiterregender Todesangst überrollte sie. Sie bäumte sich gegen den Angreifer in ihrem Rücken auf, versuchte, ihn abzuschütteln und wieder Luft zu bekommen, doch sie hatte keine Chance. Nach ein paar Sekunden sank sie schlaff wie eine führungslose Marionette auf den feuchten Asphalt.

23. Kapitel

Olivia wünschte, die Bewusstlosigkeit, dieser tiefe, traumlose Schlaf, würde andauern. Schon während des ersten Muskelzuckens, als die Geräusche und Empfindungen zurückkehrten, wusste sie, dass sie nicht aufwachen sollte. Die Geräusche waren das Rauschen ihres Blutes in den Ohren und ihr eigener, gepresster Atem. Die Empfindungen, die zurückkehrten, waren Kälte und Schmerz. Etwas war schiefgegangen. Gründlich schief. Und das war noch die Untertreibung des Jahrhunderts. Sie befand sich in einer albtraumhaften Lage, so viel war ihr zumindest klar. Was war mit ihr passiert?

Die Erinnerung an den Überfall in der Nähe der Musikschule kehrte ungebeten und mit erbarmungsloser Schärfe zurück. Sie war durch die dunkle Straße auf die Tordurchfahrt zugegangen. Dann ein Stoß, vollkommen unerwartet, und sie war hilflos nach vorn gefallen. Ihre Knie brannten noch immer, der Stoff ihrer Hose schien an der Haut zu kleben, und ihr rechtes Handgelenk pochte und stach. Dann erinnerte sie sich an den stechend und übel riechenden Lappen auf Nase und Mund. Ihre Nasenschleimhaut brannte ebenfalls, und ihr Mund war so trocken, als hätte sie eine Tasse Sägemehl gegessen. Tatsächlich hatte sie etwas im Mund. Sie begann zu würgen. Stoff? Zellstoff? Einen Knebel?

Olivia bewegte sich, versuchte vorsichtig, ihre Lage zu verändern, da merkte sie erst, dass sie gefesselt war. Die Handgelenke waren vor ihrer Brust mit etwas Glattem, Dünnem zusammengebunden, die Fußgelenke waren ebenfalls aneinandergefesselt. Warme Tränen sickerten aus ihren Augenwinkeln und rannen über ihre Haut. Was sollte das? Was passierte mit ihr?

Es war so schrecklich dunkel, und es war kalt! Sie streckte zaghaft ihre Beine, stieß jedoch sofort gegen eine feste Begrenzung, und ein hohles Geräusch erklang. Auch nach oben war nur wenig Bewegungsfreiheit. Wo zur Hölle war sie hier? Nicht dran denken, nur daran nicht ... An den Film, den sie mal heimlich gesehen hatte und der sie seitdem ängstigte. In dem ein Mann seine seit Langem vermisste Freundin sucht, die auf einer Autobahnraststätte verschwunden ist. In der vorletzten Szene fragt der Entführer ihn, ob er wirklich wissen will, was mit ihr passiert ist. Und in der letzten Szene erwacht der Mann in Dunkelheit. Er zündet sein Feuerzeug an und sieht, dass er sich in einem Sarg unter der Erde befindet.

Am Samstagmorgen erschien Hinnerk pünktlich bei Pia, um Felix abzuholen. Er blieb jedoch im Flur stehen und druckste herum. Deshalb fragte sie ihn, ob er noch einen Kaffee mit ihr trinken wolle.

»Gute Idee, ich hatte noch keinen«, sagte er und folgte ihr in die Küche.

Pia erhitzte Milch in einem kleinen Topf, schäumte sie auf und kochte Kaffee. Den ersten mit Kaffee und Milch befüllten Becher stellte sie Hinnerk vor die Nase, der am Küchentisch saß und mit einem übergeschlagenen Bein wippte. Er hatte Felix wie immer überschwänglich begrüßt, ihn dann aber zum Spielen nach nebenan geschickt. Irgendetwas lag ihm quer.

»Spuck es aus, Hinnerk!«, sagte Pia. »Ich kann Spannung schlecht aushalten.«

»Das musst du gerade sagen«, entgegnete er, und sein Mund verzog sich ein wenig in Richtung eines Lächelns. Immerhin schien er seinen Humor noch nicht zur Gänze verloren zu haben. Aber dafür würde Mascha schon noch sorgen. Sei nicht so negativ, schalt Pia sich. Die Frau hat dir überhaupt nichts getan. »Willst du ein Franzbrötchen zum Kaffee? Ich war heute Morgen beim Bäcker.«

»Pia, sag nicht, Felix bekommt dieses fiese, süße Zeug zu essen.«

»Keine Sorge, er hatte ein normales Brötchen. Aber ich nehme mal an, dass ihn ein Franzbrötchen auch nicht umbringen würde. Ich bin mit süßer Brause aufgezogen worden.«

»Schon gut. Mascha ist manchmal auch zu besorgt.« Er nahm das Franzbrötchen aus dem Brotkorb, den Pia auf den Tisch gestellt hatte, riss es in der Mitte durch und tunkte ein Stück in seinen Kaffee. Hinnerk sah müde aus.

»Anstrengende Besuchsvorbereitungen?«, fragte Pia. Deshalb hatte er es wohl nicht eilig, zurück zu seiner Freundin zu kommen. Vielleicht sollte er noch das Silber putzen?

»Auch.« Er tunkte wieder ein und biss genüsslich ab. Zucker und Krümel schwammen nun auf dem Milchkaffee. »Mascha kocht und wühlt und putzt ... Na, du weißt schon.«

Pia zuckte mit den Schultern.

»Lecker. Woher hast du die?«, fragte er.

Pia nannte ihm den Bäcker. »Ich nehme an, du sitzt hier nicht, um mit mir über Brötchen zu philosophieren.«

»Ich muss dir was Wichtiges sagen. Bevor du es hintenrum erfährst.«

Was kam denn jetzt?

»Mascha und ich werden heiraten«, platzte er heraus.

»Oh ... Herzlichen Glückwunsch!«

»Wir möchten Felix da auch mit einbeziehen.«

»Ah«, sagte Pia etwas ratlos. »Zum Blumenstreuen oder wie?«

»Nein. Ganz grundsätzlich.«

Pia überkam das atavistische Bedürfnis, durch die offen stehende Tür zu Felix zu stürzen und ihn an sich zu reißen.

»Also: Mascha kann Felix jedenfalls sehr gut leiden.«

»Was hat das damit zu tun?«, fragte Pia. »Heiraten tut man doch zu zweit.«

»Ich wollte nur, dass du es weißt.« Hinnerk stippte den letzten Brötchenrest in seinen Kaffee.

»Na ja. Mascha will ja bestimmt auch noch eigene Kinder haben«, sagte Pia mit einer gewissen Anspannung in der Stimme. »So kinderlieb, wie sie ist.«

Hinnerk nickte. »Ja, Mascha liebt Kinder. Es ist nur ...«

Pia zog fragend die Augenbrauen hoch, weil sie Angst hatte, ihre Stimme könnte einen komischen Kiekser produzieren, wenn sie jetzt etwas sagte.

»Ach, schon gut. Nicht so wichtig«, meinte er eilig.

Pias Handy piepste. Es war Kürschner. Bei ihm konnte sie sich sicher sein, dass er nicht am Samstag anrufen würde, wenn es nicht wichtig wäre. »Entschuldige bitte einen Moment!«, bat sie.

Hinnerk trank weiter seinen Kaffee, während sie an der Balkontür stand und telefonierte. Kürschner teilte ihr mit, dass es eine neue Vermisstenmeldung gab. Ein siebzehnjähriges Mädchen aus Lübeck. »Sie ist seit gestern Abend verschwunden.«

»Was ist passiert?«

»Das Mädchen ist nicht wie erwartet von der Musikstunde nach Hause gekommen.«

»Nicht noch eine!«, rief Pia erschrocken.

»Es kann auch ganz harmlos sein. Immerhin handelt es sich um ein Mädchen aus Lübeck, nicht aus Kiel. Aber so, wie die Eltern es schildern, ist es wohl untypisch für ihre Tochter. In Anbetracht der Tatsache, dass sie die Zweite ist, also ... Wir treffen uns um elf Uhr im Kommissariat. Wenn du es irgend möglich machen kannst.«

»Ich werde da sein«, sagte Pia knapp.

Hinnerk blickte durch die offen stehende Küchentür zu Felix, der immer noch konzentriert spielte. Hinnerk hatte zugehört und dachte sich seinen Teil, das sah sie an seinem Gesichtsausdruck. »Hast du Felix' Sachen schon zusammengepackt?«, fragte er beiläufig.

»Klar. Wieso nicht?«

»Nun, da ist ja auch noch dein Beruf. Du bist bestimmt in diesen scheußlichen Groß Tensiner Fall involviert. Ging es bei dem Anruf darum?«

»Ich darf nicht darüber reden.«

»Pia. Findest du das eigentlich gut?«

»Was?«

»Dass unser Sohn das alles so mitbekommt?«

»Was bekommt er denn mit?«, fragte sie mit gesenkter Stimme. »*Du* machst hier einen Aufstand. Ansonsten gibt es kein Problem.«

Er schob den Becher weg und richtete sich auf. »Machst du es dir da nicht etwas zu einfach, Pia? Mascha fürchtet auch, dass Felix darunter leiden könnte. Dieser Job und ein Kind. Das ist ganz *grundsätzlich* nicht gut miteinander vereinbar.«

»Das lass mal meine Sorge sein!«

Als Hinnerk mit Felix gegangen war, räumte Pia mechanisch die Kaffeebecher in die Spüle und wischte den Tisch ab. Ihr war flau, beinahe übel, so als hätte sie am Abend zuvor zu viel getrunken. Wenn es denn wenigstens so gewesen wäre! Die Situation mit Hinnerk und seiner Freundin in Bezug auf Felix wuchs ihr allmählich über den Kopf. Mascha hier, Mascha dort. Wieso wurde sie das Gefühl nicht los, dass die Frau eine Bedrohung für Felix und sie, Pia, darstellte?

So schlimm der Anlass war – sie war froh, heute noch in die Dienststelle zu fahren. Ein weiteres vermisstes Mädchen. Wie groß war die Chance, dass das in keinem Zusammenhang mit dem Mord an Vanessa Grube aus Kiel stand?

Die Einsatzbesprechung begann ohne Manfred Rist. Er sei durch einen Wasserrohrbruch in seinem Haus verhindert, hatte er ausrichten lassen. So leitete Wilfried Kürschner die Besprechung, und seine ruhige, besonnene Arbeitsweise hatte einen guten Einfluss auf die Stimmung im Team.

Olivia Vollert war gestern Abend nach ihrer wöchentlichen Musikstunde nicht nach Hause gekommen. Die Musiklehrerin Ivana Stjevo hatte ausgesagt, dass sich Olivia wie gewohnt um einundzwanzig Uhr von ihr verabschiedet hatte. Das Mädchen fuhr gewöhnlich mit dem Bus nach Hause, sagten die Eltern. Die Musiklehrerin war bisher die Letzte, die Olivia gesehen hatte. Um kurz vor zwölf hatten Olivias Eltern sich bei der Polizei gemeldet. Ihre Tochter war angeblich sehr zuverlässig und ging noch nicht in die Disco oder in Kneipen. Ihre Freundinnen hatten sie schon angerufen, und auch die wussten weder, wo Olivia war, noch dass sie etwas Besonderes vorgehabt hatte. Auch von einem Freund war nichts bekannt.

»Olivia Vollert ist wie vom Erdboden verschluckt«, sagte Kürschner nach seinem Bericht. »Sie wird jetzt vierzehn Stunden vermisst, und da ihr Verschwinden nicht zu ihren normalen Verhaltensmustern passt und sie außerdem noch minderjährig ist, sind wir jetzt an der Reihe.«

Er hatte gerade die zur Verfügung stehenden Leute für die anstehenden Aufgaben eingeteilt, als Manfred Rist hereingestürmt kam. »Was ist? Schon alles gelaufen?«, fragte er. Sein Gesicht war rot und sein Hemd durchgeschwitzt.

»Wir starten sofort mit der Suche«, sagte Kürschner ruhig. »Wenn es einen Zusammenhang zu den Morden in Groß Tensin gibt, zählt jede Minute.«

»Und wenn die Kleine nur irgendwo anders pennt, machen wir uns lächerlich«, sagte Rist.

»Das Risiko nehme ich auf mich«, versicherte ihm Kürschner.

Rist öffnete den Mund, schloss ihn dann aber wieder, als er sah, dass sich schon alle erhoben, um ihre Aufgaben zu erledigen.

Kürschner war zwar ein unauffälliger Polizeibeamter, der nichts von großen Worten oder Gesten hielt, doch er war gründlich, und gut organisieren konnte er auch: In den nächsten Stunden sollten die Musiklehrerin, die Anwohner und das Kneipenpersonal im Umfeld der Musikschule, die Fahrer der entsprechenden Buslinie sowie die Taxifahrer befragt werden.

Pia hatte mit Broders die Aufgabe übernommen, mit Olivias Eltern zu sprechen. Eine typische Frauen-Aufgabe, wie sie wieder einmal zu spüren bekam, aber auch eine, die ermittlungsrelevante Informationen aus erster Hand versprach. So schien Juliane das ebenfalls zu sehen. Sie würde mit Olivias Mitschülerinnen reden, was sie offenbar für weniger relevant hielt, denn sie zog ein mürrisches Gesicht. Pia beobachtete die Reaktion ihrer Kollegin mit Besorgnis: In einem Fall wie diesem wusste man vorher nie, wer etwas Wichtiges mitzuteilen hatte, und Voreingenommenheit konnte fatal sein. Zum Glück würde Gerlach Juliane begleiten. Von den Kollegen vom K1 fuhr erst mal niemand nach Groß Tensin, um Elsa Fuhrmann nochmals auf den Zahn zu fühlen. Dazu war der neue Vermisstenfall zu dringlich. Die Bäuerin und der Hof sollten jedoch noch unter Beobachtung gestellt werden, wenn es die Personaldecke zuließ. Kürschner hatte zusätzlich Kollegen einbezogen, die noch mal das Land der Fuhrmanns mit Hunden durchstreifen würden. Es schien unwahrscheinlich zu sein, dass der

Täter dasselbe oder ein nahe gelegenes Versteck ein zweites Mal ausgewählt hatte, vorausgesetzt, es handelte sich in Olivia Vollerts Fall überhaupt um ein Verbrechen und um denselben Täter. Aber sie konnten es sich auch nicht leisten, es nicht zu überprüfen.

Die Vollerts wohnten in einem älteren Reihenhaus im Lübecker Stadtteil St. Gertrud, in dem Teil, der sich Marli nannte. Die Straße, in der Olivia mit ihrer Familie lebte, war auf beiden Seiten zugeparkt, weil es kaum Garagen oder Stellplätze auf den Grundstücken gab. Sie fanden in der Nebenstraße eine schmale Lücke, in die Pia ihr Fahrzeug hineinzirkelte. Zwei ältere Männer, mit Tüten vom Wochenendeinkauf bepackt, blieben stehen und sahen ihr dabei zu.

»Da staunt ihr, was?«, murmelte Pia, als der Wagen mit jeweils zehn Zentimetern zum vorderen und zum hinteren Wagen in der Lücke stand.

Am Haus der Vollerts hatten sie noch nicht einmal auf die Klingel gedrückt, da wurde die Tür schon aufgerissen, und drei Kinder, etwa zwischen acht und zwölf Jahren, starrten sie schweigend an. Sie waren alle blass, hatten braunes glattes Haar und vereinzelte Sommersprossen auf der Nase. Sie hätten geklont sein können. Sah die vermisste Olivia auch so aus? Dann war sie zumindest ein ähnlicher Typ wie Vanessa Grube. Sie benötigten dringend ein Foto von Olivia Vollert.

Pia stellte Broders und sich vor und fragte die Kinder nach ihren Eltern. Da schob sich schon eine rundliche Frau in den Vordergrund und bat sie mit fahrigen Bewegungen herein. Sie warf ihren Kindern nur einen mahnenden Blick zu, und sie verschwanden, ohne auch nur einen Laut von sich gegeben zu haben. Die Atmosphäre war bedrückend.

Frau Vollert führte Pia und Broders ins Wohnzimmer, das

von einem alten Klavier und einem Biedermeiersofa dominiert wurde. Ihr Haar stand in alle Richtungen wie das Fell eines abgeliebten Kuscheltiers. Ihre Augen sahen verweint aus.

»Setzen Sie sich doch!«, bat sie. »Sie müssen Olivia finden! Warum kommen Sie eigentlich erst jetzt?«

»Wir hatten bis eben eine Einsatzbesprechung, um festzulegen, wie wir auf der Suche nach Ihrer Tochter am besten vorgehen. Ist Ihr Mann auch hier?«

»Im Garten.« Sie winkte ab. »Holz hacken. Der ist hier drinnen nicht zu gebrauchen. Besser, er bleibt an der frischen Luft, bis …«

»Bis wir Ihre Tochter gefunden haben?«, fragte Broders. »Wir werden ihn heute auch noch sprechen müssen. Aber zuerst brauchen wir einige Informationen von Ihnen.«

»Das habe ich den Polizisten heute Nacht doch schon alles gesagt.«

»Wir haben trotzdem noch ein paar Fragen«, sagte Pia und zog ihren Notizblock aus der Jackentasche. »Je mehr wir wissen, desto effektiver können wir suchen.«

Sie tasteten sich mühsam voran und legten das Porträt eines zurückhaltenden, musisch begabten Mädchens frei, das für sein Alter noch stark unter dem Einfluss der Mutter zu stehen schien. Außer ihrer Musik – Olivia spielte Oboe und sang in einem Chor – und ein wenig sozialem Engagement für die Kirche schien sie keine Hobbys oder Interessen zu haben. Auch das kleine Dachzimmer, das Frau Vollert ihnen zeigte, ließ auf wenig anderes schließen als darauf, dass Olivia ihre Zeit mit der Schule und ihrer Oboe verbracht hatte. Sie hatte angeblich nur eine gute Freundin, deren Adresse die Mutter ihnen etwas zögerlich gab.

»Hat Olivia einen Computer oder ein Handy oder Smartphone?«, fragte Pia, der ein ungewöhnlicher Mangel an Technik in dem Zimmer auffiel. Es hätte auch ein Jugendzimmer aus den Achtzigern sein können; es fehlten nur die Poster von Depeche Mode.

»Nein! Wir sind gegen Handys. Die strahlen. Wir haben nur so ein altes Teil für Notfälle. Aber wir besitzen einen Computer, der bei uns im Schlafzimmer steht. Da dürfen die Kinder auch ran, wenn sie mal was für die Schule nachschauen müssen.« Sie seufzte. Das war offensichtlich ein leidiges Thema im Hause Vollert.

»Hat Ihre Tochter daran gearbeitet? Hatte sie Mailverkehr oder Zugang zu Sozialen Netzwerken?«

»Soziale Netzwerke?«

»Facebook, Mama«, kam eine genervte Stimme aus dem Hintergrund. Ein etwa zwölfjähriger Junge stand im Türrahmen. Er hatte sie offensichtlich belauscht.

»Wir würden uns gleich auch gern noch mal mit dir unterhalten«, sagte Pia zu ihm.

Er blinzelte nervös.

»Geh so lange in dein Zimmer, Onno!«, forderte die Mutter.

Der Junge verschwand wieder. Onno und Olivia. Wie hießen die anderen Geschwister? Olga und Ottilie?

»Olivia hat sich nichts aus Computern gemacht. Sie wollte das künstlerische Profil wählen«, sagte die Mutter nun.

»Trotzdem könnte sie ja im Internet mit Gleichaltrigen kommuniziert haben. In dem Alter erzählen Kinder ihren Eltern ja nicht mehr alles. Es würde helfen, wenn wir den Computer untersuchen lassen könnten. Unsere Experten sehen da mehr. Sie bekommen ihn so bald wie möglich zurück.«

»Das sollten Sie Gunnar fragen.« Olivias Mutter sah in Richtung Garten.

»Ist in den letzten Tagen etwas Außergewöhnliches vorgefallen? Ein Streit, Probleme in der Schule? Liebeskummer oder eine neue Bekanntschaft Ihrer Tochter?«

»Also, was denken Sie denn? Olivia würde nicht einfach weglaufen, nur weil es Probleme gibt.«

»Wir wollen nur helfen. Denken Sie bitte über meine Frage nach.«

»Also ... Etwas war schon ungewöhnlich. Olivia ist vor ein paar Tagen angesprochen worden, um bei einem Werbefilm mitzuwirken. Nicht, was Sie jetzt denken ... Es ging darum, dass sie so gut Oboe spielen kann. Ihre Musiklehrerin hatte ihr das vermittelt.«

Das war doch schon mal was! Wer befragte noch einmal die Musiklehrerin?

»Was ist daraus geworden?«, hakte Broders nach.

»Jemand von einer Talentagentur wollte sich mit Olivia treffen. Ich bin selbstverständlich mit zu dem Termin gegangen. Man weiß ja nie ... Aber dann ist derjenige nicht zu dem Treffen erschienen. Es war eine Frechheit, uns dort sitzen zu lassen!« Sie errötete bei der Erinnerung daran vor Ärger.

»Wann und wo war das? Wie hieß der Agent?«

»Wir sollten einen Herrn Alexander Kastner von der Agentur *Mystic Talents* im Restaurant *Bühneneingang* treffen. Das ist in der Nähe des Stadttheaters. Wir saßen fast eine Stunde dort wie bestellt und nicht abgeholt. Dann sind wir wieder gegangen. Und als Olivia versucht hat, den Agenten telefonisch zu erreichen, gab es die Nummer nicht mehr.«

Pia vermutete, dass es weder die Agentur *Mystic Talents* noch einen Agenten namens Alexander Kastner gab. Aber es war ein erster Hinweis darauf, dass Olivia nicht von zu Hause weggelaufen war, sondern dass ihrem Verschwinden tatsächlich ein Verbrechen zugrunde lag.

Sie sprachen noch mit dem ältesten Sohn Onno, der bestätigte, dass Olivia sehr wohl einen Facebook-Account besessen hatte. Allerdings nicht unter ihrem richtigen Namen. Irgendwas mit Oli Via ... »Wir können hier immer nur kurz an den

Computer«, sagte er. »Mama passt auf wie ein Schießhund.« Aber in der Schule hätten sie manchmal die Möglichkeit. Und er, wenn er bei Freunden war. »Olivia hat allerdings nicht so viele Freunde«, ergänzte er.

»Hast du irgendeine Idee, wo deine Schwester sein könnte?«, fragte Pia. »Wir verraten auch nicht, dass wir es von dir haben.«

Er schüttelte nachdenklich den Kopf. »Ich hatte gedacht, sie wäre vielleicht nach Berlin zu Susanne gefahren. Das ist Olivias Patentante, mit der sie auch schon im Urlaub war. Aber bei Susanne hat Mama schon angerufen.«

Gunnar Vollert, der verschwitzt und deprimiert aus dem Garten hinzukam, hatte noch weniger Hilfreiches beizutragen.

Pia und Broders verließen das bunt gestrichene Haus mit dem Familien-Computer, der Telefonnummer der Patentante Susanne und einem Konfirmationsfoto von Olivia, das sie in einem dunkelblauen, hochgeschlossenen Kleid und mit ondulierten Haaren zeigte.

»Hatten die kein Bild, auf dem ihre Tochter aussieht wie ein echter Mensch?«, fragte Broders, als sie wieder im Auto saßen.

»Offensichtlich nicht.«

»Ich fühle mich wie nach dem dritten Spülgang bei zu heißer Temperatur«, klagte er und schloss die Augen.

Pia drehte den Zündschlüssel und sah ihn fragend an.

»Ausgelaugt«, ergänzte er. »Niemand, der es nicht schon selbst erlebt hat, weiß, wie anstrengend so eine Befragung aufgebrachter und besorgter Eltern ist.«

»Für die Eltern ist es noch schlimmer.«

»Ja, das sage ich mir ja auch immer wieder. Und was lernen wir daraus?«

»Das zu schätzen, was wir haben. Solange es geht.«

Zurück in ihrem Büro, erfuhr Pia, dass sie, wenn sich nichts Neues ergab, am Abend nach Hause fahren konnte. Die Vorstellung, allein herumzusitzen und über den Fall nachzudenken, deprimierte sie. Sie wählte Lars' Nummer. Er klang erstaunt, als er hörte, dass sie dran war.

»Ich hab was wiedergutzumachen«, sagte Pia. »Wegen neulich. Und weil ich dich nicht gleich zurückgerufen habe ...«

»Du meinst, weil mir dein Exfreund beinahe an die Gurgel gegangen wäre?«, fragte er und nahm damit der Situation die Peinlichkeit.

»Es war knapp.«

»In jeder Beziehung.«

Pia errötete. »Was hältst du von Wiedergutmachung?«

»Sehr viel. Was schlägst du vor?«

»Ich könnte dich heute Abend zum Essen einladen.« Vorausgesetzt, es kam nichts dazwischen.

24. Kapitel

Pia brachte den Computer der Vollerts zu einem ihrer IT-Spezialisten mit der dringenden Bitte, sich sofort darum zu kümmern. »Es geht insbesondere um das, was Olivia Vollert als Nutzerin damit veranstaltet hat. Das Mädchen ist seit gestern Abend verschwunden«, sagte sie zu dem neuen, bärtigen Kollegen mit der dickrandigen Brille. Er kam ihr noch sehr jung vor.

»Alles ist immer furchtbar eilig hier«, maulte er und griff nach einem Coffee to go in einem Pappbecher.

»Aber bei mir geht es vielleicht um Leben und Tod«, sagte Pia und beugte sich weiter vor, um seine Aufmerksamkeit von seinem Bildschirm weg auf sich zu lenken.

»Wirklich?«, fragte er wenig beeindruckt. Er schielte in Richtung ihres Ausschnitts, dann wandte er sich wieder dem Geschehen auf dem Monitor zu.

»Noch einmal: Eine Siebzehnjährige ist seit gestern verschwunden. Es sieht nicht so aus, als wäre sie nur ausgerissen. Wir vermuten, dass es einen Zusammenhang zu dem Eiskeller-Mord geben könnte. Wenn dem so ist, lebt Olivia vielleicht noch. Aber das kann sich jeden Moment ändern.« Pia blickte besorgt aus dem Fenster, wo ein paar Schneeflocken durch die Luft wirbelten. Der Himmel war behördenaktenschrankgrau.

»Schon gut.« Der Kollege rollte ein Stück von ihr zurück, und Pia richtete sich wieder auf. »Worauf soll ich denn achten?«

»Wir müssen wissen, mit wem Olivia Vollert in Kontakt

stand. Was sie so vorhatte. Dinge, die sie vor ihren Eltern vielleicht geheim gehalten hat. Mein Kollege Broders kann dir auch noch mit Infos zum Mordfall Vanessa Grube weiterhelfen. Das ist die Tote aus dem Eiskeller. Vielleicht gibt es Personen, die mit beiden Mädchen etwas zu tun hatten.«

»Okay, okay. Ich kümmere mich gleich darum.« Er warf einen kritischen Blick auf den Computer der Vollerts, den Pia auf seinem Schreibtisch mitten zwischen den anderen Rechnern abgestellt hatte.

»Danke!« Pia legte ihre Karte auf den Tisch und wandte sich zum Gehen. »Das allgemeine Passwort des Computers ist übrigens ›Kirchentag‹. Wenn du was für mich hast: Ich bin in meinem Büro oder unter dieser Nummer zu erreichen. Jederzeit.«

Pia telefonierte mit Olivias Patentante, Susanne Buttgereit, in Berlin. Pia hatte sie offenbar aus einer Besprechung geholt, doch als sie hörte, dass es um Olivia ging, schloss sie im Hintergrund eine Tür und konzentrierte sich auf das Telefongespräch.

»Olivias Mutter hat mich schon angerufen«, sagte sie. »Aber bei mir ist Olivia nicht. Sie hat sich auch nicht bei mir gemeldet, das arme Ding!«

»Armes Ding?«

»Ach, sie tut mir irgendwie leid, die Kleine. Die hat es nicht leicht mit ihren Eltern. Darum versuch ich ja auch, mich ein bisschen um sie zu kümmern, obwohl es mit der Patenschaft nach der Konfirmation doch eigentlich vorbei ist.«

»Und wie kümmern Sie sich?«

»Vor allem höre ich ihr zu, ohne gleich alles zu kommentieren. Ich schenk ihr ab und zu mal was. Sie wird zu Hause furchtbar kurzgehalten. Und ich war im Frühjahr mit ihr im

Urlaub. Ihr erster Auslandsaufenthalt überhaupt. Wir waren in der Türkei. Sie ist da richtig aufgeblüht. Na ja, sie hat sich benommen wie ein ganz normales junges Mädchen. In der Sonne liegen, baden, shoppen, Sport.«

»Wissen Sie, ob Olivia Urlaubsbekanntschaften geschlossen hat?«

»Also, ich stand nicht die ganze Zeit neben ihr. Schon möglich, aber sie hat mir nichts erzählt. Sie ist eher zurückhaltend. Vollkommen umdrehen kann man jemanden mit zwei Wochen ›Türkei *all inclusive*‹ ja auch nicht.«

»Frau Buttgereit, wissen Sie etwas über den Werbefilm, für den Olivia gecasted werden sollte?«

»Sie meinen, dass jemand sie beim Oboespielen aufnehmen wollte? Sie hat es mir geschrieben. Schade, dass es nicht geklappt hat! Die Aufmerksamkeit hätte ihr gutgetan.«

»Wie hat Sie Ihnen geschrieben, Frau Buttgereit?«

»Oh, jetzt kommt es wohl doch noch raus! Sie hatte es mir gesimst. Ich hatte ihr nach dem Urlaub ein Smartphone geschenkt. Ich fand, sie brauche eins. Das ist natürlich ein Vertrauensbruch ihren Eltern gegenüber. Die sind strikt dagegen.« Sie seufzte.

Pia atmete tief durch. »Warum haben Sie das nicht sofort gesagt? Vielleicht können wir sie über die Nummer orten?«

»Daran hab ich noch gar nicht gedacht! Ich hab schon versucht, sie anzurufen, doch es geht nur die Box ran … Ich dachte, Olivia hätte es zu Hause liegen lassen.«

»Wer bezahlt die Gebühren?«

»Ich habe ihr eine Flatrate spendiert. Die kosten heute ja nicht mehr die Welt.«

»Na wunderbar! Dann können wir zumindest rausfinden, mit wem Olivia vor ihrem Verschwinden in Kontakt stand.« Vielleicht erfahren wir sogar, wo sie ist, dachte Pia hoffnungsvoll und ließ sich Olivias Handydaten geben.

Sie informierte Kürschner und Rist von der neuen Entwicklung und veranlasste umgehend die Ortung von Olivias Handy. Zuerst musste der Netzbetreiber kontaktiert werden. Pia überbrückte die Wartezeit, indem sie sich etwas zu essen besorgte. Als sie gerade in ein belegtes Baguette biss, platzte Rist in ihr Büro.

»Wir haben jetzt die Position von Olivia Vollerts Handy! Der Netzbetreiber hat uns gerade die Koordinaten der nächsten Sendemasten geschickt.« Er ruderte mit dem linken Arm, mit dem rechten hielt er noch sein Telefon am Ohr.

»Und wo ist es?« Sie wischte sich unauffällig einen Klecks Mayonnaise vom Kinn.

»Olivias Handy befindet sich angeblich in der Nähe von Middelburg. Du kannst gleich mit mir mitfahren.«

»Fahren wir allein, oder kommt noch jemand dazu?«, fragte Pia. Manfred Rist hatte sich hinter das Steuer eines alten BMW, eines der Poolfahrzeuge, geklemmt. Auf der Autobahn in Richtung Puttgarden gab Rist so viel Gas, dass der Auspuff röhrte wie ein brunftiger Hirsch. Der Wagen sollte demnächst mal wieder eine Werkstatt sehen.

»Wir sind allein. Ich will erst mal die Lage vor Ort sondieren. Wenn wir gleich mit vielen Streifenwagen et cetera dort aufkreuzen, erregen wir zu viel Aufmerksamkeit.«

»Das Mädchen kann sich in Lebensgefahr befinden, und du willst das im Alleingang erledigen?«, fragte Pia empört.

»Wenn wir den Täter durch zu viel Polizei aufschrecken, ist sie erst recht in Gefahr. Und unsere Leute sind ja in wenigen Minuten hier.«

Sie fuhren an der Ausfahrt Eutin ab und kamen am Campingplatz Waldesruh vorbei. Die Stadt Eutin lag noch kilometerweit entfernt; die nächste Abzweigung ging nach Middelburg. Obwohl sich der Ort recht nah bei Lübeck befand, war Pia noch nie hier gewesen. Im benachbarten Süsel schon, dort gab es einen beliebten Wasserskilift, doch Middelburg kannte sie nicht. Ein Schild verwies auf das Krankenhaus dort.

»Sie wird doch nicht in der Klinik sein?«, fragte Rist irritiert.

»Die Kollegen haben heute Morgen schon sämtliche Krankenhäuser der Umgebung abtelefoniert«, sagte Pia. »Ohne Ergebnis.«

»Aber dieses hier ist eine Art Spezialklinik. Die haben sie vielleicht ausgelassen?«

»Was sagen denn unsere GPS-Koordinaten?«

»Die leiten uns in eine andere Richtung. Direkt im oder am Krankenhaus ist das Handy von Olivia Vollert jedenfalls nicht.«

Sie fuhren an einem See entlang. Je näher sie den angegebenen Koordinaten kamen, desto angespannter wurde Pia. Es muss nicht noch eine Tote geben, sagte sie sich. Olivias Fall lag anders als der von Vanessa Grube. Sie war vielleicht nur hier spazieren gegangen und hatte sich dabei den Fuß gebrochen. Wenig wahrscheinlich, abends nach neun Uhr. Ein heimliches Treffen mit einem Freund nach ihrer Musikstunde? Aber Olivia besaß weder einen Führerschein noch ein Auto. Der graue See, der düstere Wald. Es war ein seltsamer Ort für ein Treffen. Es sei denn, der »Freund« arbeitete oder wohnte in Middelburg. Vielleicht ein Krankenhaus-Angestellter? Aber wenn ihr im Wald etwas passiert wäre, hätte sie doch mit dem Handy um Hilfe gerufen, oder?

»Hier in der Nähe muss es sein.« Rist stoppte am Straßenrand. Sie stiegen aus und sahen sich um.

»Die Funkzelle ist zu groß, wir brauchen Verstärkung«, sagte Pia noch einmal.

»Wir schauen uns nur kurz um, damit ich entscheiden kann, wie wir weiter vorgehen.«

»Ich halte das für falsch.« Pia musterte die Umgebung. Sie hätten sich einen *IMSI Catcher* besorgen können. Dann wäre es einfacher, das Mobiltelefon zu finden. Doch das hätte sie mehr Zeit gekostet, denn die Dienststelle Lübeck besaß kein solches Gerät.

Die Straße führte durch ein kleines Waldgebiet. Es war erst früher Nachmittag, aber aufgrund des stark bewölkten Himmels und der dicht stehenden Bäume war es schon recht dunkel.

Pia nahm eine Taschenlampe aus dem Kofferraum. Rist hielt das GPS-Gerät in der Hand. Pia musterte den umliegenden Wald. Gab es hier einen Ort, ein Versteck, wie den Eiskeller der Fuhrmanns? Vielleicht eine Hütte oder ein Bootshaus? Sie sollten jemanden dabeihaben, der sich hier auskannte.

Gemeinsam mit Rist durchstreifte sie das infrage kommende Gebiet. Sie sahen unter Farnkraut und hinter Holzstapel. Keine Spur von Olivia Vollert oder dem Handy. Keine Spur von sonst irgendwem ... Pia zog ihr Telefon heraus und wählte Olivias Nummer. Sie ließ es klingeln und lauschte.

»Das bringt doch nichts«, murrte Rist. »Und wer weiß, wie lange der Akku noch hält.«

Der Wald sah im Zwielicht abweisend und lebensfeindlich aus. Eine Nacht hier zu verbringen, wie Olivia es vielleicht getan hatte, wollte Pia gewiss nicht. Mittlerweile wurde es empfindlich kühl.

»Wir fahren zum Krankenhaus und fragen nach, ob jemand hier ein unbekanntes Mädchen gesehen hat«, sagte Rist. »Oder irgendwas anderes, das uns weiterhilft.«

»Warte!« Pia hatte erneut gewählt und lauschte. Sie meinte, ein schwaches melodisches Geräusch zu hören. Es kam aus Richtung der Straße, etwa fünfzig Meter von ihrem Wagen entfernt. Sie waren in einem Bogen durch den Wald gegangen. Pia bewegte sich zielstrebig in die Richtung, aus der das Geräusch kam. Es war so schwach, dass sie es sich beinahe auch einbilden konnte. Aber eben nur beinahe. »Hörst du nichts?«, fragte sie Rist, der ihr unentschlossen folgte.

»Ich bin ein bisschen schwerhörig. Alter Heavy-Metal-Fan«, sagte er beinahe entschuldigend. Immerhin, mal ein sympathischer Zug an ihm.

Pia lauschte mit schräg gelegtem Kopf und ging dann auf ein dichtes Gebüsch am Straßenrand zu, das sie noch nicht untersucht hatten. Bitte, bitte, lass Olivia noch am Leben sein!, schickte sie ein Stoßgebet zum düster verhangenen Nachmittagshimmel. Verdammt, sie wollte nicht schon wieder auf eine Leiche stoßen! Der Anblick von Ulf Nielsen und Vanessa Grube saß ihr noch in den Knochen.

Pia näherte sich dem Gebüsch, zog ein paar Zweige auseinander. Direkt hinter sich hörte sie Rist scharf ein- und ausatmen.

»Hier klingelt ja wirklich was«, murmelte er.

Schnellmerker! Pia holte tief Luft, wie ein Apnoetaucher, bevor er unter Wasser gleitet, und kroch in das Dickicht. Der Strahl ihrer Taschenlampe ließ den Busch von unten wie einen bizarren Märchenwald aussehen. Doch ohne gute Fee, ohne Hänsel und Gretel und ohne Olivia.

Als sie wieder auftauchte, ein paar welke Blätter im Haar und Schmutzflecken auf Jeans und Jacke, hielt Pia eine durchsichtige Plastiktüte in der Hand. Darin lag ein neu aussehendes Smartphone in einer pinkfarbenen Plastikhülle. »*Voilà*«, sagte Pia.

»Olivias Handy, das ihre Patentante ihr ohne das Wissen der Eltern geschenkt und wofür sie auch die monatlichen Gebühren übernommen hat, ist in die Tüte gesteckt und weggeworfen worden«, sagte Pia eine Stunde später bei einer Besprechung im Kommissariat.

»Wieso? Und weshalb die Tüte?«, fragte Gerlach.

»Sie war mit einem Clip verschlossen, wie man sie für Gefriergut verwendet. Daher würde ich meinen, es ging darum, das Handy vor Feuchtigkeit zu schützen. Damit es möglichst lange zu lokalisieren ist«, sagte Pia.

»Demnach hat der Täter uns eine feine falsche Spur gelegt?« In Broders' Stimme schwang ein Hauch Amüsement mit, das sicherlich Manfred Rist galt.

Rist schaute seit seiner Rückkehr noch grimmiger drein als sonst. Er hatte wohl gehofft, statt des Handys gleich das Mädchen zu finden und im Triumph zurück nach Hause zu bringen. Stattdessen hatte die Suchaktion sie fast zwei wertvolle Stunden gekostet. Sie waren auch noch im Krankenhaus gewesen, hatten sich dort nach Olivia erkundigt und nach den Angestellten, die am Freitagabend Dienst gehabt hatten. Das alles ohne greifbares Ergebnis. Rist fühlte sich offenbar bloßgestellt, weil er auf das versteckte Telefon hereingefallen war. Aber auch die Entdeckung einer falschen Spur bringt uns letzten Endes weiter, dachte Pia.

Auf dem Besprechungstisch standen zwei große Teller mit verschiedenen Teilchen und Kuchenstücken darauf, ordentlich und abwechslungsreich arrangiert. Die mussten von Broders sein. Jeder andere hätte einfach nur das Papp-Tablett mit Kuchen mitten auf den Tisch geklatscht.

»Ich kann mir keine andere Erklärung denken, als dass der Täter, oder aber Olivia selbst, wollte, dass wir das Handy orten und an genau diesem Ort finden«, sagte sie und griff nach einem Plunderstück mit Marzipan. »Sonst hätte er den Akku rausgenommen und die SIM-Karte entfernt.« Sie biss hinein, die Krümel rieselten auf die Tischplatte. Als hätte sich ein Bann gelöst, griffen die anderen nun ebenfalls zu.

»Um uns zu zeigen, wie sehr wir im Dunkeln tappen? Um uns eine lange Nase zu drehen?« Rist schnaubte. »Was haben die anderen?«

So, wie es aussah, erinnerten sich die Angestellten der Lokale rund um die Musikschule weder an Olivia noch an andere besondere Vorkommnisse. Bei den Anwohnern, die sie befragt hatten, war es das Gleiche. Es gab auch im fraglichen Zeitraum keine Taxifahrt von der Musikschule aus, nicht einmal in der näheren Umgebung. Gegen zehn Uhr war dann ein Pärchen vor einer Kneipe in der Braunstraße in ein Taxi gestiegen und in die Weberkoppel in St. Jürgen gefahren. Die Beschreibung der Frau passte aber nicht auf Olivia Vollert. Die Busfahrer, die an dem Abend in Lübeck unterwegs gewesen waren, erinnerten sich nicht, die Vermisste mit dem Oboenkasten auf dem Rücken gesehen zu haben.

Olivias »beste Freundin«, die Frau Vollert ihnen genannt hatte, beschrieb das Mädchen als Einzelgängerin. Olivia war anders, weil sie Oboe spielte und im Kirchenchor sang. Weil sie weniger coole Klamotten trug und keine Zeit oder kein Geld hatte, um mit ihren Freundinnen shoppen zu gehen. Sie interessierte sich nicht dafür, abends auszugehen, und hatte nichts mit Jungs. Obwohl sie Vanessa Grube in Statur, Haarfarbe und Gesichtsform ähnlich sah, hatte sie ansonsten wenig gemein mit ihr. Sowohl in Vanessas als auch in Olivias Umfeld sagten alle aus, dass die Mädchen sich ihres Wissens nicht gekannt hatten. Das gab Anlass zur Hoffnung. Wenn die Fälle nicht zusammenhingen, war Olivia Vollert vielleicht wirklich nur ausgerissen. Sie hatte ihr Handy in den Wald geworfen und versteckte sich irgendwo. Was direkt zur nächsten Frage führte: Welche Möglichkeiten hatte die Siebzehnjährige, sich längere Zeit versteckt zu halten, so behütet, wie sie allem Anschein nach aufgewachsen war? Pia sah sie nicht in der Hausbesetzer-Szene untertauchen oder gar ins Ausland verschwinden.

»Weißt du, ob Olivia ihren Personalausweis oder Pass mit sich führt?«, fragte sie Broders. Er hatte noch weiter mit der Mutter gesprochen, als Pia den Vater allein befragt hatte.

»Nein, das hat alles die Mutter in Verwahrung. Olivia hatte nur ein bisschen Kleingeld und ihre Oboe bei sich.«

»Äh«, meldete Gerlach sich zu Wort. »Nur für den Fall der Fälle: Wie sieht eine Oboe aus?«

25. Kapitel

Als die Besprechung beendet war, raste Pia nach Hause, zog sich aus, warf die verschwitzten und im Wald schmutzig gewordenen Kleidungsstücke in die Wäsche und duschte so lange, bis der Warmwasserboiler in der Küche ein seltsames Stöhnen von sich gab. Sie versuchte, mit dem vielen Wasser auch die Sorge um Olivia und die Gedanken an die Arbeit abzuspülen. Dieser Abend gehörte ihr.

Sie hatte Lars in ein indisches Restaurant in der Großen Burgstraße eingeladen. Pia liebte asiatisches Essen, und sie wusste, dass Lars auch gern indisch aß. Pünktlich um acht fuhr sie zum Koberg hinüber und stellte ihr Fahrrad neben dem Restaurant ab. Sie kannte die Besitzer des Lokals, weil sie in den Zeiten vor Felix öfter hier gewesen war. Die beiden erkannten sie tatsächlich wieder und führten Pia zu einem ruhigen Tisch im hinteren Teil des Lokals. Sie bestellte sich schon mal ein Bier und genoss die Vorfreude auf das Wiedersehen.

Durch das Fenster sah sie in die Große Gröpelgrube auf die Backsteinwand des Heiligen-Geist-Hospitals. Dort drinnen fand um diese Zeit wieder der traditionsreiche Lübecker Weihnachtsmarkt mit Kunsthandwerk statt. Sie könnte mal mit Felix dorthin gehen, wenn er etwas älter war. Die weihnachtlichen Verkaufsstände von Ausstellern aus aller Welt konnten sogar Erwachsene in Weihnachtsstimmung versetzen. Pia erinnerte sich aber auch, wie bedrückend sie es als Kind empfunden hatte, als ihre Mutter ihr erklärt hatte, dass in den kleinen, nach oben offenen Holzverschlägen, den Kabäuschen, früher Menschen gewohnt hatten.

Wo blieb Lars denn nur? Es war schon zehn Minuten nach der verabredeten Zeit. Pia sah auf ihr Telefon: keine Nachricht. Vielleicht ordnete er ihre Verabredung vollkommen anders ein? Ein lockeres Treffen, nichts weiter … Hatten sie sich missverstanden? Während sie so dasaß, musste Pia wieder daran denken, wie schlecht sie Lars das eine oder andere Mal behandelt hatte. Wahrscheinlich geschah es ihr recht, dass er sie hier sitzen und warten ließ.

Wovor hatte sie eigentlich Angst? Dass Felix mit einer Beziehung seiner Mutter zu einem neuen Mann überfordert war? Wollte sie denn überhaupt eine Beziehung? Sie misstraute dem Gerede über glückliche Patchwork-Familien.

Ihre Mutter hatte geheiratet, als Pia fünf Jahre alt gewesen war. Sie konnte das Gefühl des Schocks und des Verrats, das sie damals empfunden hatte, jederzeit wieder in sich wachrufen, so einprägsam war es gewesen. Kurz nach der Hochzeit war ihre Mutter schwanger gewesen. Sie hatte Zwillinge geboren: Tom und Nele. Die niedlichsten Babys der Welt, wenn man den Erwachsenen Glauben schenken durfte. Spätestens von da an hatte Pia sich in der Familie als Außenstehende gefühlt. Wie von einem anderen Stern. Vater, Mutter, Sohn und Tochter. Die vier waren ohne sie perfekt gewesen. Für Pia, die sich zu groß und ungelenk gefühlt hatte, war ihrer eigenen Meinung nach kein Platz mehr in dieser Bilderbuchfamilie gewesen.

Im Nachhinein verstand sie, was da passiert war. Ihre Mutter hatte nach den Zwillingen einfach nicht mehr genug Zeit und Kraft gehabt, sich so um sie zu kümmern wie bisher. Wie anstrengend war es, ein einziges kleines Kind zu versorgen. Sie war schlichtweg überfordert gewesen, besonders in einer Zeit, als Väter sich noch auf Sonntagsausflüge und abendliche Fragestunde mit ihrem Nachwuchs beschränkt hatten.

Pia hatte nicht vor, je wieder schwanger zu werden. Sie wollte Felix auch nicht einen Bruchteil ihrer negativen Erfahrungen zumuten. Nur, was passierte, wenn sie so weitermachte wie bisher? Wenn sie Felix zuliebe allein blieb? Er wurde älter und bekam immer mehr von ihrem Leben mit. Es würde zunehmend schwieriger. Wenn sie ihm zuliebe auf Sex, Liebe, vielleicht eine Partnerschaft verzichtete, würde sie unzufrieden werden. Würde sie ihrem Sohn den Verzicht später vielleicht sogar mal zum Vorwurf machen? Was war das für eine Last für ein Kind? Pia sah in die Karte, um sich abzulenken. Sie wusste schon, was sie essen wollte. Chicken Vindaloo. Ihr Magen knurrte leise. Sie zuckte zusammen, als ihr Telefon klingelte. Jetzt sagte Lars ihr bestimmt ab.

»Pia, wartest du schon lange?«, fragte er. Seine sonst so ruhige, tiefe Stimme klang gepresst.

»Ich bin beinahe schon betrunken«, versuchte sie, einen leichten Ton anzuschlagen.

»Tut mir leid. Ich hatte einen Unfall. Auf der Fackenburger Allee ist mir so ein Idiot an der roten Ampel ins Auto gefahren.«

»Bist du verletzt?«

»Nur ein paar Prellungen. Deine Kollegen waren schon hier und haben sich um alles gekümmert.«

Tatsächlich hörte sie ein Martinshorn im Hintergrund. »Soll ich zu dir kommen?«, fragte sie besorgt.

»Nein. Mein Auto wird gerade abgeschleppt. Ein Taxi ist schon unterwegs. Ich wollte dir nur Bescheid sagen, dass ich jetzt zu dir ins Lokal komme. Besser spät als nie.«

»Aber ... tut dir wirklich nichts weh?«

»Das geht schon.«

Sie überlegte kurz. »Wir können uns genauso gut bei mir oder dir zu Hause treffen. Was dir lieber ist. Ich bringe uns etwas zu essen mit und kümmere mich um dich.«

»Das klingt verlockend.« Im Hintergrund hörte sie Stimmen. Lars sagte noch etwas zu jemandem, der in seiner Nähe stand, nannte seine Versicherung. »Entschuldigung. Ich bin aber nicht schwer verletzt oder so. Ich kann in das Restaurant kommen, wenn du willst. Du hattest dich doch so aufs Ausgehen gefreut.«

»Ich hab mich aufs Nicht-kochen-Müssen gefreut«, sagte Pia. Und dann, reumütig, weil sie wieder in ihr gewohntes Verhalten rutschte: »Lars, ich hab mich auf *dich* gefreut.«

»Okay, es ist mir schon etwas lieber, wenn ich nicht im Restaurant auf einem Stuhl herumsitzen muss. Ich würde gern mein Knie hochlegen und kühlen ... Magst du zu mir kommen?«

Pia bestellte Chicken Vandaloo, Madarasi Lamm und Rasmalai zum Mitnehmen und ließ sich auch gleich noch Getränke mit einpacken. Besondere Umstände – und Autounfälle zählten Pias Meinung nach dazu – erforderten besondere Maßnahmen.

Lars wohnte außerhalb der Lübecker Altstadt am Kanal. Die Haustür ließ sich aufdrücken. Die Treppenhausbeleuchtung funktionierte nicht. Pia stellte ihr Fahrrad in den Hausflur und stieg, mehr tastend als sehend, die Stufen nach oben. Die Tür im obersten Stockwerk war nur angelehnt, also trat sie einfach ein. Sie besaß keinen Schlüssel, und Lars wollte wohl nicht gleich wieder aufstehen, um ihr zu öffnen. Wahrscheinlich hatte er, was seine Verletzungen betraf, schamlos untertrieben. Oder er hatte noch unter Schock gestanden.

Bisher war sie erst einmal kurz in seiner Wohnung gewesen. Sicher, sie bewohnten beide eine Endetage, aber damit hatte es sich auch schon mit den Gemeinsamkeiten. Im Vergleich zu seinem Refugium kam Pia sich wie ein Höhlentierchen vor. Er bewohnte zwei Räume, einer davon turnhallengroß mit offen liegenden Balken und weißem Sichtmauerwerk. Bei Tag war der Raum lichtdurchflutet, und durch eines der nachträglich eingesetzten Fenster sah man ein Stück der Kanal-Trave und einen kleinen Teil der Altstadt. Den zweiten Raum, aller Wahrscheinlichkeit nach Lars' Schlafzimmer, hatte sie noch nicht zu Gesicht bekommen.

Die Küche befand sich direkt neben der Eingangstür und war vom Wohnbereich teilweise durch eine Glasbausteinmauer getrennt. Pia stellte die Tüten mit dem Essen und Trinken auf der Arbeitsplatte ab. Dann trat sie um die Ecke und musterte die Umgebung im Dämmerlicht erneut. Insgesamt gab es nur wenige Gegenstände, die sich Möbel nennen durften. Am anderen Ende des Raumes, vor einer unverputzten Wand, stand ein überdimensionales Sofa aus grauem Stoff. Lars saß darauf. Pias Herz klopfte bei seinem Anblick ein paar Takte schneller. Er trug nur ein schwarzes Polohemd und eine Unterhose. Das verletzte Bein hatte er auf einem niedrigen Tisch aus Baubohlen abgelegt, eine blaue Kühlkompresse auf dem Knie. Er wollte aufstehen, um sie zu begrüßen, doch er verzog das Gesicht, als hätte er Schmerzen. Über der rechten Augenbraue prangte eine ansehnliche Beule, die sein in die Stirn fallendes Haar nicht ganz verdecken konnte.

»Mein Held!«, sagte Pia in dem Versuch, ihren Schrecken zu überspielen. Sie ging rasch auf ihn zu. »Verdammt, welcher Idiot hat dir das angetan?« Es war offensichtlich doch schlimmer verlaufen, als er ihr hatte weismachen wollen.

»Immerhin ist sein Wagen, ein SUV, reif für die Schrottpresse, während der Landy kaum eine Beule abbekommen hat«, sagte er nicht ohne Stolz.

»Man sollte halt immer erst schauen, mit wem man sich anlegt.« Pia fürchtete allerdings, dass der Unfallgegner in einem modernen, mit allen Finessen der Sicherheitstechnik ausgerüsteten Fahrzeug weniger Blessuren davongetragen hatte als Lars.

»Wusstest du, dass achtzig Prozent aller Land Rover, die jemals gebaut wurden, immer noch auf den Straßen unterwegs sind?«

Und was ist mit den dazugehörigen Fahrern?, dachte Pia, schluckte die Bemerkung aber herunter. Sie setzte sich zu ihm auf das Sofa, strich ihm vorsichtig das Haar aus dem Gesicht, um die Verletzung zu inspizieren, und küsste ihn sanft auf die warmen Lippen. Die Berührung versetzte ihr eine Art Stromstoß. Lars drehte sich zu ihr, so weit sein hochgelegtes Bein es erlaubte, nahm ihren Kopf in die Hände und erwiderte den Kuss, nicht zart oder vorsichtig wie neulich, sondern fordernd. Seine Zunge glitt zwischen ihre Lippen. Er schmeckte nach Kaffee, Lakritz, nach ihm selbst.

Pia schwang ihr Bein über ihn, sodass sie rittlings auf ihm saß. Sie fuhr mit den Händen unter sein Shirt. Er fühlte sich gut an. Die warme Haut, darunter feste Muskeln. »Bist du ansonsten wirklich unverletzt?«, flüsterte sie. »Ich muss das überprüfen, das verstehst du doch?«

Seine Augen sahen ungewohnt dunkel aus. Vor Erregung oder weil sie ihn nach dem Unfall unter irgendwelche Drogen gesetzt hatten? Seine Hände lagen warm an ihrer Taille.

»Alles okay, ich kann mich nur nicht so furchtbar gut bewegen.«

»Macht nichts«, sagte sie leise an seinem Ohr. »Macht gar nichts.« Sie zog ihm das Shirt aus, schnupperte an ihm. Er roch genau so, wie ein Mann riechen muss. Pias Finger fuhren durch sein dichtes Brusthaar, glitten tiefer. Sie fühlte, wie sich seine Bauchmuskeln unter ihren Händen anspannten.

Sie zog sich ihr Oberteil über den Kopf, warf es ebenfalls weg. Seine Hände umschlossen ihre Brüste. Dann fuhr er mit dem Zeigefinger am oberen Rand der Körbchen entlang, schob den Stoff hinunter und legte die Brustwarzen frei, die sich vor Erregung zusammengezogen hatten. Pias Körper war so empfindlich, als müsste er sich bei der kleinsten Berührung auflösen.

»Behandelt man so seine Krankenschwester?«, fragte sie. Er beugte sich ein Stück zu ihr vor. Als sein Mund ihre Brust berührte, stöhnte sie auf. Der große Raum, der um sie herum in Dunkelheit versank, hatte etwas von einer Bühne. Ihrer Bühne. Endlich waren sie allein zu zweit, hatten ungestört Zeit. Haut an Haut, nichts konnte sie mehr aufhalten.

Elsa Fuhrmann lag auf ihrer Seite des wuchtigen Ehebettes, das mehr Ähnlichkeit mit einem auf dem Rücken liegenden Kleiderschrank ohne Türen hatte. Sie fühlte sich wie in einer Holzkiste. Oder wie die Prinzessin auf der Erbse. Sie spürte jede einzelne Feder der dreigeteilten Matratze unter sich. Das Bettzeug war klamm und schwer. Elsa hatte sich nicht dazu aufraffen können, gründlich zu lüften oder das Bett neu zu beziehen.

Sie war nur froh, wieder hier zu sein. Auf ihrem Hof, umgeben von den vertrauten Wiesen und Äckern. Hier fühlte sie sich sicher. Als könnte niemand sie je vertreiben. Sie war eine Röper. Der Ehename zählte nicht so viel. Sie war genau genommen die letzte Röper. Hier und nirgendwo anders gehörte sie hin. Das konnte selbst Armin, der auch an diesem Hof hing, nicht verstehen. Oder vielleicht doch? Hatte er sie deshalb zurückgelassen?

Verzweifelt überlegte Elsa, was sie hätte anders machen können. Am Sonntag, als Armin vollkommen verstört in die Küche getaumelt gekommen war. Als er sie gezwungen hatte, ihre Sachen zu packen. Für alle drei, für einen kurzen Urlaub. Sie waren noch nie im Urlaub gewesen, und dann diese Hektik …

Er war so außer sich gewesen, das Gesicht starr, die Bewegungen ruckartig, wie eine Marionette, sodass sie nicht gewagt hatte, ihm zu widersprechen. Dann die Fahrt nach Travemünde, in die Abenddämmerung hinein. Die bedrückende Stimmung im Wagen. Das Schweigen. Die Angst und das Nicht-Verstehen. Thilo hatte geweint. Ihr Sohn hatte immer wieder gesagt, dass er es nicht gewollt habe. Sie hatte es nicht verstanden, hatte angenommen, Thilo meinte den überstürzten Aufbruch. Armin war ihm grob über den Mund gefahren, und da war der Junge verstummt. Sie sah die Fähre wieder vor sich aufragen. Die Lkws und Autos verschwanden darin wie in einem dunklen Maul. Sie waren ohne ihren Wagen an Bord gegangen. Zu teuer, hatte Armin gesagt. Er, der sonst keinen Meter zurücklegte, ohne motorisiert zu sein. Auch auf der Fähre war es beängstigend gewesen: die vielen Leute, Betrunkene, die Hektik und Orientierungslosigkeit.

Ihre Kabine hatte weit unten im Schiff gelegen, ohne Fenster, wie eine Zelle. Zwei an der Wand befestigte Etagenbetten und ein kleiner Tisch. Ein Fluchtplan für Notfälle hing an der Wand. Sie hatte an den Film *Titanic* denken müssen. Daran, wie die Türen und Gitter vor der dritten Klasse geschlossen worden waren, damit die anderen die Plätze in den Rettungsbooten für sich hatten. So waren die Menschen. Die armen Passagiere im Rumpf des Schiffes waren alle ertrunken wie die Ratten.

Armin hatte über ihre Ängste, die Innenkabine betreffend, nur den Kopf geschüttelt. Er hatte gesagt, dass die Ostsee so flach sei, dass die Fähre gar nicht ganz untergehen könne. Sie, Elsa, könne sich ja dann auf den Schornstein setzen, bis Hilfe käme. Immer musste er sie lächerlich machen. Auch vor Thilo. Doch dem Jungen war nicht nach Lachen zumute gewesen. Die fremde Situation machte ihm Angst. Er bekam Heimweh, wenn er nicht zu Hause war, das musste Armin doch wissen. Und Thilo mochte kein Wasser. Was für ein grausamer Plan!

Ihr Sohn hatte ja trotz all ihrer Bemühungen nie schwimmen gelernt.

Der Gedanke daran tat zu weh. Es war nur schwer auszuhalten. Elsa wollte nicht glauben, was die Polizei ihr über das Mädchen im Eiskeller und den Toten im Feuerlöschteich erzählt hatte. Der Tote war mal Thilos Lehrer gewesen. Sie erinnerte sich an den selbstgerechten Mann, seine Ratschläge zu Thilos »Wohl«. Und noch schlimmer, beinahe unglaublich, die junge Frau im Eiskeller ... Wieso war sie überhaupt dort gewesen? Woran war sie gestorben? Wieso passierten so unvorstellbar schreckliche Dinge?

Sich einzureden, dass die Polizei ihr nicht die Wahrheit gesagt hatte, gelang Elsa aber auch nicht. Das alles ergab nun auf grausame und schreckliche Weise einen Sinn. Die überstürzte Abreise. Die Fähre. Armins abwesender Blick. Sein zusammengepresster Mund und die Art, wie er Thilo immer wieder verzweifelt angesehen hatte. Seine Worte, dass es nur eine Lösung gebe. Dass die Ostsee sie reinwaschen würde.

Thilo war unschuldig, egal, was passiert sein mochte. Im Geist war er ein kleines Kind geblieben. Sühne war etwas für Erwachsene, die Gut und Böse voneinander unterscheiden konnten. Kinder wollten doch nur spielen. Wieso hatte Armin sie nicht ins Vertrauen gezogen? Thilo war ebenso ihr Kind, auch wenn er seinem Vater wohl immer näher gestanden hatte. Und Meike ihr. Ob es ihr gut ging? Sie war ja jetzt eine junge Frau.

Elsa seufzte tief und drehte sich rastlos auf die andere Seite. Die letzten Tage waren ein Albtraum gewesen, der in dem Verhör auf dem Polizeirevier sein Finale gefunden hatte. Was bildete sich die junge Polizistin ein, ihr all diese privaten Fragen zu stellen? Was wusste die schon vom Leben? Wie konnte sie sie nach ihren Kindern fragen? Niemand konnte verstehen, was hier passierte. Was hier seit Jahren geschah ...

Sie lauschte in die Stille, hörte nur den Wind, der gegen die großen Dachflächen des Gebäudes anstürmte und die alten Eichenbalken ächzen ließ. Und ihren eigenen Atem, das gelegentliche Rascheln des Bettzeugs, wenn sie es wagte, sich zu bewegen, und mit ihren Füßen neue, noch kältere Regionen unter der Bettdecke berührte.

Sie könnte sich eine Wärmflasche machen. In Meikes Zimmer lag eine. Die mit den Marienkäfern auf dem weißen flauschigen Bezug. Sie hatte sie vor der Geburt gekauft. Oh, wie sehr sie Meike vermisste! Nichts und niemand konnte sie je ersetzen. Ihre Tochter. Elsa wusste, dass sie nicht würde einschlafen können.

Pia und Lars verspeisten das Chicken Vandaloo und das Madarasi Lamm mit den Fingern, halb nackt auf dem Sofa sitzend, kurz bevor sie vor Entkräftung zusammengebrochen wären. Pia hatte ihnen zwei Tellergerichte in der Mikrowelle aufgewärmt, dazu tranken sie kühles Bier. Beim Umzug in sein Bett humpelte Lars und verzog wieder das Gesicht. Pia bekam bei dem Anblick ein schlechtes Gewissen, denn sein Knie war durch ihre Aktivitäten auf dem Sofa sicher nicht besser geworden.

Dafür war alles andere viel besser. Sie fühlte sich geradezu euphorisch, war mit sich und der Welt zufrieden. Noch ein kleiner Nachschlag in seinem Bett und dann eng an ihn geschmiegt einschlafen. Der Schlaf würde allerdings von kurzer Dauer sein. Pia stellte den Alarm in ihrem Handy auf sieben Uhr, um rechtzeitig, wenn Felix von Hinnerk zurückgebracht werden würde, wieder zu Hause zu sein. *Alarm in 5 Stunden, 35 Minuten*, teilte ihr das elektronische System ungefragt mit. Sie hätte das Telefon gegen die Wand schleudern können. Kurz darauf sank sie in einen tiefen, traumlosen Schlaf.

Ich könnte eine Schlaftablette nehmen, dachte Elsa nach einer Weile. Auf der Fähre hatte sie eine genommen. Ihr Hausarzt verschrieb sie ihr, sobald sie danach fragte. Er wollte damit wohl vermeiden, in ein Gespräch über Elsas Kummer und Sorgen verwickelt zu werden, die ihr regelmäßig den Schlaf raubten.

Doch Elsa konnte sich nicht dazu überwinden, wieder etwas von dem Zeug zu schlucken, so verführerisch die Vorstellung auch war. Sie schlief davon wie im Koma und bekam nichts mehr von ihrer Umwelt mit. So war es auch auf dem Schiff gewesen: Am Tag darauf war sie viel zu spät aufgewacht und hatte sich benommen gefühlt. Armin und Thilo waren nicht mehr da gewesen. Sie hatte sie gesucht. Elsa war stundenlang auf der Fähre umhergelaufen, doch sie hatte weder Armin noch Thilo finden können. Ihr Mann und ihr Sohn waren auf einem Schiff mitten auf der Ostsee verschwunden und hatten sie, von Schlafmitteln betäubt, allein zurückgelassen. Armin hatte doch nicht wirklich ernst gemacht? Unrecht, das gesühnt werden musste? Nein, das glaubte sie nicht. Das durfte nicht wahr sein. Zu dem Zeitpunkt hatte sie es zumindest noch nicht geglaubt. Sie hatte aber auch nicht gewagt, nach ihrer Familie zu fragen oder jemanden über ihr Verschwinden zu informieren. Armin hatte ihr eingeschärft, nicht mit Fremden zu reden. Es sei in ihrer Situation viel zu gefährlich.

Irgendwann waren sie in Lettland angekommen. Elsa hatte an der Reling gestanden und die Passagiere beobachtet, die zu Fuß die Fähre verließen. Ihr Ehemann und ihr Sohn waren nicht darunter gewesen. Sie war als eine der Letzten allein von Bord gegangen.

Elsa verstand die Welt nicht mehr. Und dann ihr Herumirren in Liepāja in der Hoffnung, ihre Familie doch noch zu finden. Ihr Anruf bei Karlis Vitols, die schwierige Verständigung. Die Nachricht, dass er nichts von Armin und Thilo gehört hatte ...

Ein Geräusch, das nicht zu denen des Windes passte, ließ Elsa aufmerken. Es war ein Rauschen oder Fauchen. Als hätte jemand ein Fenster oder eine Tür geöffnet. Dazu ein kaum wahrnehmbares Knistern und Knacken.

Ihr Entschluss, hier demütig zu verharren, geriet ins Wanken. Eine Welle der Panik schwappte über Elsa hinweg; sie setzte sich auf und schob die schwere Decke von sich. Im Schlafzimmer war die Luft kalt. Ihre Nasenspitze fühlte sich eisig an.

Elsa sank wieder auf die quietschende Matratze, zog die Decke hoch. Sie lag reglos da. Lauschte. Warum schlafe ich nicht einfach ein?, dachte sie. Doch das funktionierte nicht. Wieder dieses Knacken. Leise, aber unverkennbar und bestimmt keine Einbildung. War es das alte Holz?

Elsa fuhr wieder auf, und dieses Mal setzte sie die nackten Füße auf die kalten Dielenbretter neben ihrem Bett. Nein, sie waren nicht kalt. Es fühlte sich an, als hätte sie neuerdings Fußbodenheizung. Dieser Gedanke beschleunigte ihren Herzschlag. Sie schaltete das Licht ein, stand auf und tappte zur Schlafzimmertür. Die hohe Temperatur war keine Einbildung. Unter der Türritze quoll grauer Rauch ins Zimmer. Es brannte. Ihr Haus brannte wirklich.

Sie wollte die Tür öffnen, doch sie zuckte zurück, weil der Türgriff so heiß war. Nun war alles klar: Hinter der soliden alten Holztür ihres Schlafzimmers tobte ein Inferno.

26. Kapitel

Ihr Handy weckte Pia, doch irgendetwas war falsch. Das Fenster befand sich auf der rechten Seite, nicht über ihr, und ihr Handy tanzte vibrierend über den glatten Fußboden neben dem Bett. Sie wollte sich dorthin drehen, doch Lars' Arm lag schwer auf ihr, sodass sie ihn erst wegschieben musste. Sie tastete nach dem Telefon und wollte den Alarm ausschalten, als sie merkte, dass sie angerufen wurde.

»Korittki«, meldete sie sich.

»Tut mir leid, dich aus dem Schönheitsschlaf zu reißen, Pia, aber der Röperhof ist heute Nacht abgefackelt.« Es war Broders, der schon aufreizend munter klang. Sie sah auf das Display, es war kurz vor sieben. Gleich wäre eh der Alarm losgegangen. Und das alles am Sonntag.

»Ich fahre jetzt mit Rist zusammen los. Willst du mitkommen?«, fragte er gut gelaunt.

»Felix kommt gleich wieder, ich muss mich heute um ihn kümmern und ...«

Lars neben ihr brummte irritiert.

»Oh, du bist nicht allein?«

»Ich melde mich später, okay?« Sie zögerte. »Sag mir noch, was los ist! Ist jemand zu Schaden gekommen? Was ist mit Elsa Fuhrmann?«

»Sie lebt. Sie hat wohl wahnsinniges Glück gehabt.«

»Das ist gut.« Pia beendete das Gespräch und kuschelte sich noch einmal an Lars, bevor sie widerwillig aufstand. Sie ließ ihn schlafen, denn die Beule auf seiner Stirn sah im ersten Tageslicht noch beängstigender aus als am vergangenen Abend. Ich hätte ihn schonen sollen, dachte sie. Doch bedauern konnte sie den gestrigen Abend auch nicht so recht.

Um halb neun kämpfte sich die Sonne allmählich durch den Dunst, der über den Feldern von Groß Tensin lag. Broders fröstelte in seiner dicksten Jacke. Er hatte kalte Füße, noch nicht gefrühstückt und überhaupt. Der Fall erschien ihm immer verworrener und grausamer.

Das Wohnhaus der Fuhrmanns mit dem angrenzenden Stallgebäude war nur noch eine stinkende, rußgeschwärzte Ruine. Die Dachbalken, die die Feuerwehr freigelegt hatte, um den Brand besser löschen zu können, stachen in den grauen Morgenhimmel wie die Rippen eines gigantischen Wals. Und es roch auch so, als wäre ein Wal gegrillt worden. Beißend und ungesund.

Elsa Fuhrmann war mit einem Rettungswagen nach Lübeck ins Krankenhaus gebracht worden. Es bestand der Verdacht auf eine Rauchvergiftung. Ansonsten war sie bis auf ein paar kleinere Schürf- und Brandwunden unverletzt geblieben, was an ein Wunder grenzte. Die Feuerwehrfahrzeuge und ihre Besatzungen – insgesamt waren aus vier benachbarten Gemeinden die Freiwilligen Feuerwehren im Einsatz gewesen – zogen langsam wieder ab. Nur eine der Wehren würde länger vor Ort bleiben, falls das Feuer doch noch mal aufflackern sollte. Die Glut, die in der Morgendämmerung gespenstisch ausgesehen hatte, erlosch mehr und mehr, je heller der neue Tag wurde.

»War wirklich keiner mehr im Haus oder im Stall?«, fragte Broders einen der Feuerwehrleute, aus dessen rußgeschwärztem Gesicht ein paar erstaunlich blaue Augen leuchteten.

»Die Frau hat uns gesagt, sie sei allein im Haus gewesen. Ihr Mann und Sohn sind wohl im Ausland, soweit ich das verstanden habe. Aber noch kann ich niemanden in die Ruine reinlassen. Es besteht akute Einsturzgefahr. Außerdem«, er deutete auf das Chaos hinter sich, »hat da drinnen auch keiner überlebt. Keine Chance. Das Einzige, was wir eventuell später noch bergen werden ...«

»Ist eine Leiche, schon klar«, ergänzte Broders.

»Was, vermuten Sie, war die Brandursache?«, fragte Rist, der zu ihnen gekommen war.

»Ich will ja nichts vorwegnehmen, doch für mich sieht es verdächtig nach Brandstiftung aus. Unterhalb der Treppe muss das Feuer so heiß geworden sein, dass ich auf einen Brandbeschleuniger tippe.«

»Könnte Frau Fuhrmann den Brand auch selbst gelegt haben?«

Er zuckte mit den Schultern. »Also ... technisch möglich ist das wohl. Aber dann wäre sie entweder blöd oder lebensmüde.«

»Danke. Das hilft schon weiter«, sagte Rist und wandte sich ab.

Der Feuerwehrmann guckte irritiert, ging dann jedoch mit langen, ziehenden Schritten eines Mannes davon, der das Bewusstsein genießt, einen guten Job gemacht zu haben.

Am Sonntag arbeiteten sie im Kommissariat mit dezimierter Besetzung, dafür aber umso hektischer. Rist saßen Olivia Vollerts Eltern im Nacken, die sich zu Recht große Sorgen um ihre Tochter machten. Die üblichen Anlaufpunkte und Vorgehensweisen bei der Suche nach dem Mädchen waren ausgeschöpft, und das in Middelburg im Wald gefundene Handy des Mädchens verhieß nichts Gutes. Während bei Vanessa Grube längere Zeit die Hoffnung bestanden hatte, es mit einer Ausreißerin zu tun zu haben – immerhin hatte sie sich mit ihrem Stiefvater nicht verstanden und ansonsten schon weitgehend ein eigenes Leben gelebt –, schien es bei Olivia unwahrscheinlich zu sein, dass sie freiwillig ihrem Elternhaus fernblieb. Ihre Eltern waren bei der Nachricht, dass sie gegen ihren Willen ein Handy besessen hatte, aus allen Wolken gefallen. Nun war Rist noch mal auf dem Weg zu ihnen.

Broders wollte nicht mit ihm tauschen. In der Haut der wohlmeinenden Patentante wollte er allerdings jetzt auch nicht stecken.

Doch Olivias Mobiltelefon konnte ihnen vielleicht noch nützlich sein. Die Daten vom Telefonanbieter mit einem Einzelgesprächsnachweis der letzten drei Monate hatten sie schon. Da Olivia über ihr Smartphone auch auf Facebook aktiv gewesen war, hatten sie wiederum dort Einsicht in ihre Daten verlangt. Aber das konnte dauern, wie sich auch bei Vanessa wieder einmal gezeigt hatte. Irgendwie mussten die beiden Mädchen, besonders jedoch die schüchterne, zurückgezogen lebende Olivia, mit ihrem Mörder in Kontakt gekommen sein.

Broders berichtigte sich in Gedanken. Noch war nicht sicher, dass Olivia tot war. Sie konnte sich auch irgendwo verstecken, oder aber sie wurde von ihrem Täter gefangen gehalten, wie Vanessa in dem Eiskeller. Wobei immer noch fraglich war, ob das Mädchen aus Kiel in dieser Jahreszeit drei Wochen in einem Erdloch hätte überleben können. Wahrscheinlicher war, dass sie die Zeit vorher irgendwo anders verbracht hatte. Nur wo? Hatten sie es mit einem Täter zu tun, der junge Ausreißerinnen ausfindig machte und in seine Gewalt brachte. Der sie quälte, missbrauchte und schließlich ermordete? Lebte Olivia noch, befand sie sich in Lebensgefahr und hatte Todesangst, während er, Broders, in seinem Büro saß und Cappuccino schlürfte? Heinz Broders schüttelte sich. Er konnte inzwischen gut nachvollziehen, dass Rists Laune halbstündig um jeweils ein paar Grade sank.

Am frühen Nachmittag kam Rist wieder ins Büro und berichtete von seinem Gespräch mit Olivias Eltern. Sie gaben nun der Patentante in Berlin die Schuld an allem. Seit ihrem Urlaub mit Olivia in der Türkei sei ihre Tochter verändert gewesen. Unzufriedener. Sie hätte die Ansichten und Grundwerte ihrer Familie infrage gestellt.

»Das ist doch ein ganz normaler Prozess des Erwachsenwerdens«, meinte Broders. »Was die Eltern sagen, zählt in der Pubertät nicht mehr. Die Alten sind hoffnungslos altmodisch, peinlich und zu nichts anderem mehr zu gebrauchen, als der jüngeren Generation ein schönes Leben zu ermöglichen.«

Rist sah ihn irritiert an. »Sprichst du aus Erfahrung?«

Broders dachte an die Badewannen-Orgie, in dessen Nachbereitung er wie ein kompletter Spielverderber und verklemmter Idiot ausgesehen hatte. »Ich doch nicht!« Er hob abwehrend die Hände. »Das weiß man eben.«

»Bevor Tante Susanne sie in der Türkei mit dem ›Dolce Vita all inclusive‹ verdorben hat, hat sich Olivia zum Beispiel für gemeinnützige Organisationen eingesetzt, sagen ihre Eltern.« Rist zog die Stirn in Falten. »Sie hat Kindern aus sozial schwachen Familien bei den Hausaufgaben geholfen, und sie hatte einen Jugendleiterschein.«

»Alles gute Gelegenheiten, Kontakte zu knüpfen. Auch die falschen«, merkte Broders an.

»Denkst du an Thilo Fuhrmann?«, fragte Rist.

»Nicht ausschließlich. Das war mehr so allgemein gesprochen.«

»Toll. Wer zum Teufel soll all diesen Menschen nachlaufen, mit denen sie da gearbeitet hat? Ich bräuchte zehn bis zwanzig Mal so viele Leute, ansonsten ...«

»... finden wir nur noch Olivias Leiche«, ergänzte Broders. Er steckte sich noch einen Keks in den Mund und kaute geräuschvoll. Dabei musterte er Rist mit neu erwachtem Interesse. Hatte er tatsächlich die Nerven für Gablers Job? »Und wie wäre es, wenn sie in dem Sündenurlaub Bekanntschaft mit unserem Täter gemacht hat?«, fragte er.

»Da gab es keine Sünde, sagt zumindest die Patentante. Etwas Sport, so was wie Yoga, Poolgymnastik und ein Tauchkurs. Olivia konnte sich nicht einmal für die abendliche Hotel-Disco erwärmen.«

»Hat sie in dem Urlaub keine Bekanntschaften geschlossen?«

»Susanne Buttgereit behauptet, dass das nicht der Fall war. Wenn Olivia jemanden kennengelernt hat, dann ist es ihr gelungen, das vor ihrer Tante geheim zu halten. Und sie haben in einem Bungalow gewohnt, waren fast die ganze Zeit zusammen. Bis auf den Tauchkurs, da musste die Tante wegen ihrer Herzprobleme leider passen.«

Rist stand polternd auf. »Also weiter im Text.«

»So weit sind wir noch nicht. Die Musiklehrerin hat eben noch mal hier angerufen«, meldete sich Conrad Wohlert zu Wort. »Ihr ist noch was eingefallen. Soweit ich es verstanden habe, hat ein Vater sie gefragt, ob Olivia mit seinem Kind die Musikstunden tauschen könnte.«

»Was sagt uns das?«, fragte Rist ungeduldig.

»Es stützt die Entführungstheorie. Auf diese Weise kann sich der Täter darüber informiert haben, wann Olivia Musikunterricht hat«, sagte Broders.

»Und wer ist dieser Vater?«

»Das weiß Frau Stjevo nicht.«

»Na klasse. Umso wichtiger ist es, weiter mit Hochdruck nach dem Mädchen zu suchen.«

Mit Hochdruck, aber hoffentlich auch mit Verstand, dachte Broders.

»Ich hol sie ab, und du kümmerst dich um sie«, forderte Anneke Wiese.

»Ich kann Elsa auch abholen«, entgegnete Gernot. Er saß in seinem Sessel am Fenster, ein Glas mit Lübecker Rotspon und eine kleine Schachtel Marzipan neben sich auf dem Beistelltisch, die *Lübecker Nachrichten* auf den Knien.

»Meinst du? Wie viel hast du schon getrunken?«, fragte Anneke. »Vorhin im Wirtshaus hattest du doch auch schon ein paar ...«

»Ich war nur da, um auf dem Laufenden zu bleiben«, sagte Gernot. »Der Brand heute Nacht ... Die halbe Freiwillige Feuerwehr hat im *Lindenhof* ihren Nachdurst gelöscht.«

»Und was sagen die?« Anneke zog schon mal ihre Jacke über. Sie war entschlossen zu fahren. Schließlich war sie nüchtern, und er brauchte seinen Führerschein ja vielleicht noch mal. Wenn er denn wieder einen Job fand.

»Nix Besonderes.« Er hob die Zeitung wieder auf. »Brandstiftung vermutlich. Und dass Elsa wahnsinniges Glück gehabt hat.«

»Na, ich weiß nicht, ob das ein Glück ist: die Tochter tot. Der Mann und der Sohn verschwunden. Und nun ist auch noch das Haus abgebrannt.«

»Irgendwie geht es immer weiter. Wenn du glaubst, es geht nicht mehr ...«, philosophierte Gernot.

Er hatte wirklich zu viel getrunken! »Alles klar. Ich hol sie ab, du kümmerst dich«, wiederholte Anneke.

»Wieso hackst du so darauf rum? Wir können uns doch beide um Elsa kümmern.«

»Ha, ha.« Sie errötete. »Dann läuft das so wie neulich, als deine Mutter vier Tage hier war. Du hast nur im Sessel gesessen und gelesen oder die *Sportschau* geguckt, und ich habe mich mit ihr unterhalten.«

»Wieso auch nicht?«

»Weil wir uns nichts zu sagen haben!« Anneke schrie es fast. »Immer bleibt so was an den Frauen hängen. Aber nicht mehr mit mir! Ich hätte in meiner knapp bemessenen Freizeit nämlich auch gern auf dem Sofa gesessen und ein Buch gelesen.«

»Weiber!«, murmelte Gernot und verschanzte sich hinter der Zeitung.

Pia saß mit ihrem Notebook am Küchentisch und arbeitete sich durch die Dateien über Vanessa Grubes und Olivia Vollerts Computeraktivitäten. Felix' Nacht bei Hinnerk musste kurz gewesen sein, denn sein Mittagsschlaf dauerte schon eineinhalb Stunden. Sie nutzte die Ruhe, auch wenn er dann die Nacht zum Tag machen würde. Bisher hatte niemand aus ihrem Team die Zeit gehabt, sich in allen Einzelheiten mit diesen Informationen zu beschäftigen. Olivia Vollert und Vanessa Grube waren nicht in einem Sozialen Netzwerk miteinander »befreundet« gewesen, so viel stand schon mal fest. Ihr Freundeskreis hatte auch keine Schnittmenge, was nicht verwunderlich war. Olivia besaß, wie sie offen in ihrem Profil angab, nur achtzehn Freunde, die alle bis auf eine Ausnahme ihrem schulischen Umfeld entstammten. Die Ausnahme war ihre Patentante Susanne.

Gab es überhaupt eine Verbindung zwischen dem ermordeten und dem vermissten Mädchen? Und, wenn ja, worin bestand sie? Wenn sie wussten, was die beiden gemeinsam hatten, wussten sie vielleicht auch, wie der Täter auf sie aufmerksam geworden war. Vorausgesetzt, es handelte sich tatsächlich um ein und denselben Täter.

Pia griff nach ihrem Kaffeebecher, doch er war leer. Sie starrte auf den Bildschirm. Irgendwo hier lag mit etwas Glück die Lösung des Falles. Sie atmete tief ein und aus und ging dann

Vanessas umfangreiche Aktivitäten von ihrem Start vor vier Jahren bis zu dem Tag ihres Verschwindens durch. Es war ermüdend, die endlosen Dialoge zu lesen. Mit Fotos von sich selbst war Vanessa sparsam umgegangen. Sie gehörte nicht zu den Mädchen, die sich in sexy Posen im Netz präsentierten. Immerhin etwas. Einige wenige Gruppenaufnahmen. Mehrere Mädchen oder auch Mädchen und Jungs ... Pia starrte in die Gesichter, in der Hoffnung, auf ein bekanntes zu stoßen. Sie betrachtete einen Schnappschuss von Vanessa mit ihrer Familie, aufgenommen an einem Urlaubsort. Pia erkannte Vanessas Mutter und ihren Stiefvater auf Liegen an einem Pool. Es folgten eine von der Sonne ausgedörrte Landschaft, magere Kätzchen, Unterwasseraufnahmen, ein Jachthafen bei Sonnenuntergang und ein opulentes Abendbuffet ... Pia stand auf, kochte sich noch einen Kaffee und suchte nach Keksen. Es war schon nach vier Uhr. Felix schlief jetzt seit über zwei Stunden. Sie wollte die Dateien durchgesehen haben, wenn er aufwachte.

Als sie es geschafft hatte, schmerzten ihre Schultern und ihre Augen brannten. Sie hatte nichts gefunden, das ihre Ermittlungen vorantrieb. Dafür kannte sie Vanessa nun ein wenig besser, was traurig und sinnlos schien, da sie ja unwiederbringlich tot war.

Vanessas letzte Nachricht an ihre Freundin lautete:

Mama hat keine Ahnung. Sie versucht, mich zu kontrollieren. Die ganze Welt geht den Bach runter, und ich soll für die Schule lernen? Wofür? Damit es mir mal so geht wie ihr? Es gibt mehr als das. No risk no fun. Dann ein Smiley und ein Herz.

Das war's. Vanessas letztes Lebenszeichen.

27. Kapitel

Elsa Fuhrmanns Benehmen war Anneke unheimlich. Und sie hatte gedacht, sie würde Mitleid für ihre Nachbarin empfinden. Die stoische Gelassenheit, mit der die Bäuerin ihr Schicksal ertrug, brachte Anneke eher auf die Palme.

Sie hatte sie gestern, nachdem sie sie vom Krankenhaus hierhergefahren hatte, mit Tee und Mohnkuchen bewirtet. Letzterer kam zwar aus der Packung, aber immerhin. Anneke hatte versucht, ein Gespräch zu beginnen, das möglichst keine verfänglichen Themen wie Kinder, Ehemänner, Häuser, Mord, Polizei, Feuer oder Ähnliches streifte. Doch es war wie der Vorsatz, nicht an einen rosa Elefanten zu denken. Es klappte nicht so richtig.

Und heute Vormittag das gleiche Spiel. Gernot hatte sich nach dem misslungenen Sonntagabend heute in aller Frühe aus dem Staub gemacht. Er hatte ihr gesimst, er sei in seinem Café – arbeiten. Und sie, wie sollte sie hier arbeiten? Anneke hatte sich zusammengerissen, solange Elsa anwesend war, aber als die Ältere sich ins Gästezimmer im ersten Stock zurückgezogen hatte, hatte sie Gernot angerufen.

»Was denkst du dir eigentlich, mich hier mit deiner Cousine allein zu lassen? Es war immerhin deine Idee, dieses Grundstück zu kaufen und aufs Land zu ziehen. Jetzt sitze ich hier, während du ...?«

»Ich dachte, wir lassen sie erst mal in Ruhe«, sagte er. »Viel tun können wir eh nicht.« Im Hintergrund hörte Anneke Stimmen und Musik. Wie immer bei dieser Geräuschkulisse musste sie an die CDs denken, die man mit solchen Hintergrund-

Untermalungen kaufen konnte. Gerade sie … »Und wann gedenkst du, wieder hier zu sein?«, fragte sie eisig.

»Wenn es so eine Katastrophe für dich ist, bin ich in einer halben Stunde da.« Er legte einfach auf.

Sie stand in der Küche, stellte das Telefon behutsam zurück in die Station und starrte auf die Dunstabzugshaube aus mattem Edelstahl. Sie hatte sich mit Gernot über die Form gestritten. Er wollte einen klassischen, sie einen flachen, modernen Dunstabzug mit einer Glasplatte und einer Reling als Abstellfläche. Sie hatte sich durchgesetzt. Wohl weil er den Standort des Hauses bestimmt hatte. Ausgleichende Gerechtigkeit? Das hatte sie nun davon: eine formschöne Dunstesse und eine ihr fremde Frau im Haus, der sie helfen mussten, da sie nicht nur ihre Nachbarin, sondern auch Gernots Cousine war.

Leise hörte sie die Haustür ins Schloss fallen. Annekes Härchen auf den Armen stellten sich auf. Im Haus oder nicht im Haus?, das war hier gerade die Frage.

Anneke erwartete ihren Mann mit in die Seiten gestützten Händen. Sie stand im Eingang und starrte ihn an.

»Hi, Schatz. Alles in Ordnung bei euch?«

»Das weiß ich nicht.«

Er stutzte. »Was ist mit Elsa? Schläft sie noch nach dem Schock?«

»Du kannst ja mal nachsehen.«

»Also, das ist ja wohl irgendwie unpassend, oder?« Er streifte seine Jacke ab und hängte sie über einen der Garderobenhaken, von denen Anneke wollte, dass sie Besuchern vorbehalten blieben. Tausend dunkle Jacken an der weißen Wand sähen »Flodder-mäßig« aus, sagte sie immer. Ihre eigenen Jacken gehörten in den Garderobenschrank, den sie in einem Antikhof in der Gegend gekauft und von einem Fachmann hatten aufarbeiten lassen. Es war Gernot egal. Er spürte, wie der feste Grund unter ihm langsam nachgab. Wie die um sich greifende Krise sein Leben unterspülte.

»Als ich nach Elsa sehen wollte, war die Tür zum Gästezimmer abgeschlossen«, sagte Anneke.

Er zuckte mit den Schultern. »Dann lassen wir der armen Frau doch ihre Privatsphäre. Elsa hat Schlimmes durchgemacht.«

»Gern.« Sie ging ihm voraus in die Küche. Er spürte, dass sie darauf brannte, noch etwas hinzuzusetzen. Sie drehte sich um, als sie am Küchenblock angekommen war. »Ich vermute aber, dass Elsa gar nicht in unserem Gästezimmer ist.«

»Was?«

»Ich glaube, sie ist vor zwanzig Minuten weggegangen.«

»Oh. Hat sie gesagt, wo sie hinwill?«

»Sie hat gar nichts gesagt.« Anneke verschränkte die Arme vor der Brust.

»Ich verstehe nicht.«

»Ich hab nur die Tür klappen gehört. Deine Cousine ist einfach so abgehauen, Gernot.«

Er ließ sich auf einen der Esstischstühle sinken. Das Ganze wuchs ihm allmählich über den Kopf. »Na ja, sie ist ein freier Mensch. Oder etwa nicht?«

»Noch«, sagte Anneke. Ihre Stimme wurde leiser. »Ich weiß nicht, das ist alles so seltsam! Erst der Mann im Feuerlöschteich, dann das Mädchen im Eiskeller und nun das Feuer. Das kann doch kein Zufall sein. Irgendwas haben die Fuhrmanns damit zu tun.«

»Du glaubst doch nicht, dass unsere Nachbarn Mörder sind? Also wirklich. Ich kenne Elsa schon mein Leben lang. Sie ist der friedlichste, aufopferungsvollste Mensch, den es gibt.«

»Aber irgendwann ist vielleicht bei jedem mal das Maß voll. Sie hat immer nur eingesteckt, immer nur gegeben. Vielleicht war das alles zu viel für sie, und sie ist irgendwie ... durchgedreht.« Anneke sah über ihre Schulter, als könnte Elsa plötzlich hinter ihr stehen.

Gernot registrierte ihren Blick. »Du glaubst, sie hat was mit den Morden zu tun?«

»Vielleicht nicht direkt. Ich meine, sie hat es bestimmt nicht eigenhändig getan. Doch angenommen, sie deckt jemanden. Immerhin sind sie geflohen. Ich fand Armin schon immer recht seltsam ... und auch Thilo. Niemand weiß, was in dem Jungen vor sich geht.«

»Das ist wieder typisch für dich, Anneke. Nur weil Leute nicht in dein geschniegeltes Weltbild passen, sollen sie auch gleich Mörder sein?«

»Ich weiß es nicht! Und du auch nicht. Das ist ja das Schlimme.« Sie fuchtelte hilflos mit den Händen. »Ich finde es unheimlich.«

Gernot musste ihr im Stillen beipflichten. Es war unheimlich. Irgendjemand hatte es schließlich getan.

Anneke holte tief Luft. »Aber eines weiß ich«, sagte sie entschlossen. Bei ihrem harten Blick wurde Gernot flau.

»So können wir nicht weitermachen.«

»Ach ja? Das ist ja was ganz Neues«, flüchtete er sich in Sarkasmus.

»Ich ... ich liebe nämlich eine Frau.«

Gernot war türenschlagend und ohne seine Jacke aus dem Haus gerannt. Da es nieselte und die Luft kalt war, floh er nach zehn Minuten in den *Lindenhof*. Er setzte sich an den Tresen und bestellte etwas Tröstliches zu trinken. Gernot registrierte sehr wohl, dass er dem Klischee des betrogenen Ehemannes entsprach, der Schutz und Trost in seiner Stammkneipe sucht. Nur dass dieser Ort nicht sein Stammlokal war und er sich auch keinen echten Trost und erst recht keinen Schutz versprach. Er wollte einfach nur nicht zu Hause sein. Er wollte vergessen.

»Ich hab gehört, dass ihr die Elsa bei euch aufgenommen habt«, sagte der Wirt, während er ihm ein Bier zapfte.

»Wo soll sie auch sonst hin?«, gab Gernot zurück. Das alles hing ihm zum Halse raus. Er beschloss, einfach das Thema zu wechseln. Für diese Uhrzeit an einem Montag war der Schankraum gut besucht. Er wandte sich an eine Frau, die er kannte. Sie ritt ebenfalls und hatte mehrere Pferde. »Sag mal, Esther, braucht ihr noch ein braves Reitpferd für eines der Kinder? Ich hab ja aufgehört, und Anneke ist beruflich so eingespannt, sie schafft das alles auch nicht mehr.«

»Du willst euren Fuchs, den Drengur, verkaufen?« Die Ablenkung war ihm gelungen. Der Wirt wandte sich ab, dafür war Gernot die Aufmerksamkeit sämtlicher Reiter und Pferdefreunde in der Kneipe sicher.

»Ich muss. Es tut mir in der Seele weh. Drengur hat mich nie im Stich gelassen. Aber wenn er nur rumsteht, geht es ihm auch nicht gut.«

»Ich dachte, Anneke kümmert sich um ihn. Ich hab sie neulich mit einer Freundin bei den Pferden angetroffen. Die Frau ist euren Drengur geritten. Sie war nicht schlecht.«

»Das ist ja keine Dauerlösung«, sagte Gernot mit klopfendem Herzen. War das diese Freundin gewesen, Annekes »große neue Liebe«? Die Frau nahm ihm nicht nur seine Ehefrau weg, sondern ritt auch noch sein Pferd?

»Sie sind ausgeritten. Es sah irgendwie so aus, als würden sie das jetzt regelmäßig tun.«

»Gut zu wissen«, stieß Gernot hervor.

»Oh, ich hoffe, ich hab jetzt nichts Falsches gesagt!« Esther hielt sich in gespielter Verlegenheit eine Hand vor den Mund. Ihre Augen glitzerten neugierig.

»Natürlich nicht.«

»Ich glaube, sie heißt Tana Albers. Versteht was von Pferden, so wie die mit deinem Drengur fertiggeworden ist. Sie sind zusammen zum alten Eiskeller geritten, haben sie mir hinterher erzählt ... Oh, das wollte ich gar nicht schon wieder erwähnen.«

»Kein Problem. Man bekommt das sowieso nicht aus dem Kopf, nicht wahr? Wann war das denn?«, fragte Gernot wie beiläufig.

»Weiß ich nicht mehr. Tut mir leid. Immer diese furchtbare Geschichte! Die bringt noch das ganze Dorf durcheinander.«

»Na, ein Mord soll ein Dorf schon mal ein wenig durcheinanderbringen«, meldete sich der Postbote neben ihr zu Wort. Er starrte wieder in sein Glas. Litt er etwa immer noch unter seiner Entdeckung am Feuerlöschteich?

»Du hast die eine Leiche ja gesehen, Benni. Was denkst du, wer es war?«, fragte ein anderer Gast.

Gernot verdrehte die Augen und wandte sich ab.

»Ich denke, es muss einer von hier gewesen sein«, hörte er Bredow schwafeln. »Schließlich hatte der Mörder eine gehörige Portion Ortskenntnis.«

Oder er hat bei einem Ausritt arglos gezeigt bekommen, wo alles ist, dachte Gernot. Auf dem Weg nach Hause zog er sein Telefon aus der Tasche.

Anneke machte sich Vorwürfe. Sie war so ungeschickt damit herausgeplatzt. Und jetzt, da sie es ausgesprochen hatte, kamen schon die Zweifel. Die neuen Erfahrungen, die sie mit Tana gemacht hatte, waren wie ein Rausch. Trotzdem fühlte es sich unwirklich an. Wie gut kannte sie ihre Freundin überhaupt? Sie war so selbstbewusst, so autark. Vielleicht spielte Tana nur mit ihr. Die erfolgreiche, aber brav verheiratete Anneke Wiese war möglicherweise nur eine Trophäe für sie? Erhoffte Tana sich bloß berufliche Vorteile, wenn sie mit ihr schlief? Wenn sie einander wirklich so nahe waren, warum traute sie sich dann jetzt nicht, Tana anzurufen?

Ein Scharren ließ Anneke aufschrecken. Es klopfte an der Haustür. Hatte sie früher die Tür einfach aufgerissen – man war hier schließlich auf dem Land, wo nie etwas passierte –, schaute sie jetzt durch das seitliche Fenster aus geätztem Glas neben der Eingangstür. Sie meinte, Elsas gedrungenen Umriss zu sehen. Die dunkelblaue Jacke, die grauen Haare. Sie hielt etwas in der Hand.

»Elsa, mein Gott, wo hast du gesteckt? Wir haben uns Sorgen gemacht!«, begrüßte sie ihre Nachbarin, die wie ein begossener Pudel vor ihr stand, und zog sie ins Haus.

»Das wollte ich nicht. Ich musste ein paar Sachen besorgen. Das ist alles.«

»Aber ich hätte dich doch fahren können. Oder Gernot.«

»Ihr habt sowieso schon genug Mühe mit mir.« Sie schickte sich an, nach oben zu gehen. Ihre derben Schuhe mit dem Profil hinterließen nasse Schmutzflecken auf dem Echtholzparkett.

»Soll ich dir die durchnässte Jacke abnehmen? Die Tasche oder die Tüten?«

»Nicht nötig.« Elsa presste ihre Einkäufe an sich. Eine Tüte aus einem Drogerie-Discounter, eine aus einem Kaufhaus sowie eine neu aussehende Reisetasche. Sie musste mit dem Bus nach Lübeck oder Bad Schwartau gefahren sein. Das war demnach für Fuhrmann'sche Verhältnisse ein richtiger Luxus-Einkauf gewesen.

»Hast du vielleicht Hunger?« Irgendwie wollte Anneke Elsa in ihren schmutzigen Schuhen jetzt nicht einfach so nach oben gehen lassen. Dieses Haus war schließlich kein Hotel.

Elsa zuckte mit den Schultern.

»Ich muss auch noch was essen. Komm mit, ich richte uns

schnell was!« Sie ging ihr voraus und hörte zu ihrer Erleichterung, dass Elsa ihr folgte. Sie kam ohne die Jacke und die Tüten in die Küche.

Schnell durchsuchte Anneke das Tiefkühlfach nach einer Fertigmahlzeit.

»Ich geh mir kurz die Hände waschen«, sagte Elsa.

Anneke fand zwei Pakete Lasagne, die sie nur aufwärmen musste. Sie heizte den Backofen vor, stellte schon mal zwei Teller auf den Tresen, legte Gabeln und Messer dazu. Mit Gernot rechnete sie so schnell nicht wieder. Hunger hatte sie nicht, aber sie musste etwas essen. Und Elsa auch. Die nächsten Tage würden sie all ihre Kraft brauchen.

»Was hast du denn so eingekauft?«, fragte sie ihre Nachbarin, als die wieder in die Küche kam. Himmel, sie wusste nie, worüber sie mit ihr reden sollte.

»Ich brauchte was ... für mich. Ist ja alles verbrannt.«

Anneke biss sich schuldbewusst auf die Unterlippe. Sie hätte ihr Klamotten von sich anbieten sollen, Kosmetik und so ... Wie unaufmerksam! Die Handtücher und das Duschgel im Gästebad reichten natürlich nicht.

So sehr sie sich bemühte, die Unterhaltung beim Essen blieb einseitig, bis sie schließlich ganz verebbte. Anneke goss sich zur Entspannung ein Glas Weißwein ein. Elsa trank eine Milch.

Als Anneke zum Gäste-WC ging, stoppte sie vor der Tasche und den Tüten, die Elsa im Eingangsbereich am Fuße der Treppe abgestellt hatte. Verdammte Neugier. In der Tasche entdeckte sie T-Shirts, eine Hose, beigefarbene BHs und »vernünftige« Unterhosen, wie ihre Mutter diese Art Buchsen immer genannt hatte. Zwei Päckchen mit Baumwollsöckchen. Sie fragte sich, wie lange Elsa damit wohl auszukommen gedachte. Wollte sie jeden Abend etwas durchwaschen? In den Tüten fand sie wie erwartet Shampoo und Duschgel, beides billige Marken, eine Allzweckcreme, Zahnpasta, eine Zahnbürste und eine Bürste.

Dann noch Schmerztabletten, Pflaster, Schokoriegel mit Kokosgeschmack und, ganz unten, ein paar Dosen mit Corned Beef. Anneke stutzte. Hatte Elsa etwa die Befürchtung, hier nicht genug zu essen zu bekommen? Wollte sie mehr Fleisch essen? Brauchte sie Nervennahrung in Form von diesen Süßigkeiten? Anneke fühlte sich beschämt, und kurz darauf wurde sie wütend. Was sollte das? Sich mit Notvorräten einzudecken, während sie, Anneke, kochte und der Kühlschrank und der Vorratsschrank gut gefüllt waren. Traute sich Elsa nicht, sich etwas zu essen zu nehmen, wenn sie Hunger hatte? Das war lächerlich.

Anneke hörte Teller klappern und dann Schritte. Sie legte die Tüten so zurück, wie sie sie vorgefunden hatte, und erhob sich. Dann ging sie auf die Toilette. Durch die geschlossene Tür bekam sie mit, wie Elsa mit den Tüten raschelte, dann knarzten die Holzstufen, als sie langsam und schweren Schrittes ins Obergeschoss ging. Wie typisch, nach dem gemeinsamen Essen einfach so zu verschwinden, ohne noch etwas zu sagen. Nicht einmal Danke.

Als Anneke später erneut über Elsas Einkäufe nachdachte, fiel ihr noch etwas ein. Ein kleines Detail, das seltsam war. Elsa aß so gut wie keine Süßigkeiten, weil sie sie angeblich gar nicht mochte …

28. Kapitel

Am frühen Dienstagmittag fuhren Pia und Rist nach Groß Tensin, um nochmals mit Elsa Fuhrmann und auch mit den beiden Wieses zu sprechen.

Bei der Frühbesprechung im Kommissariat hatte Michael Gerlach berichtet, dass Gernot Wiese sich am vergangenen Abend noch telefonisch bei der Kriminalpolizei gemeldet hatte. Offenbar war er ziemlich aufgeregt gewesen und hatte von einer Frau namens Tana Albers erzählt. Sie war angeblich im fraglichen Zeitraum in der Nähe des Fuhrmann'schen Eiskellers gesehen worden. Er hatte sogar eine Zeugin dafür angegeben. Im weiteren Verlauf des Gesprächs hatte Gerlach herausgefunden, dass diese Tana Albers eine enge, sehr enge Freundin von Anneke Wiese sein sollte. Die beiden waren angeblich zusammen im Gelände ausgeritten. Die Meldung klang mehr nach einem Racheakt seitens Gernot Wieses, doch Rist hatte Gerlach nach einigem Hin und Her trotzdem zu Tana Albers geschickt.

Manfred Rist war wohl außerdem der irrigen Ansicht, Pia habe inzwischen ein Vertrauensverhältnis zu Elsa Fuhrmann aufgebaut. Nur aus diesem Grund hatte er sie mit nach Groß Tensin beordert. Von Vertrauen seitens Elsa Fuhrmanns konnte natürlich überhaupt keine Rede sein. Mit etwas Einfühlungsvermögen und durch geschickte Gesprächsführung würde es Pia vielleicht gelingen, sie zum Reden zu bringen. Aber nicht einmal das war sicher.

»Was hältst du von dem Hinweis auf diese Tana Albers?«, fragte Pia.

»Eine Lesbe und zwei verschwundene Mädchen. Ziemlich

weit hergeholt, doch wir müssen jeder noch so unwahrscheinlich scheinenden Spur nachgehen.«

Pia runzelte die Stirn. »Viele Leute werden den Eiskeller und die Turmhügelburg kennen«, sagte sie.

»In einer Ermittlung, in der es um zwei Morde und ein vermisstes Mädchen geht, haben wir einfach keine andere Wahl.«

»Das ist mir klar. Aber wie passt der Brandanschlag dazu?«

»Ich vermute, dass die Fuhrmann selbst das Feuer gelegt hat. Wenn es jemand auf sie abgesehen hätte, dann wäre sie da auch nicht mehr lebend rausgekommen. Maroder alter Kasten …«

»Das kann ich mir nicht vorstellen. Sie liebt den Hof. Die Frage ist doch, wem dieser Brand nützt. Und wer profitiert hätte, wenn Elsa ums Leben gekommen wäre.«

Rist rutschte unruhig auf seinem Sitz hin und her. Es behagte ihm wohl nicht, kutschiert zu werden. Pia gab absichtlich noch ein bisschen mehr Gas.

»Wir haben rausgefunden, dass Gernot Wiese der Nächste in der gesetzlichen Erbfolge ist, sollten alle drei Fuhrmanns sterben. Aber was will er mit einem verschuldeten Bauernhof?«

»Das Land ist eine Menge wert. Und von der Altlast des maroden Wohnhauses ist es ja nun befreit.« Pia fuhr durch Groß Tensin und bog in die Einfahrt zum Haus der Wieses. Sie betrachtete es mit neu erwachtem Interesse. Die Wieses waren wohl eher Liebhaber moderner Architektur. »Wie sicher ist denn inzwischen, dass es Brandstiftung war?«, fragte sie und stieg aus.

»Das abschließende Gutachten steht noch aus«, antwortete Rist und öffnete eilig die Beifahrertür. »Morgen schauen sich noch mal zwei Brandexperten die Ruine an. Doch einer ersten Einschätzung nach wurde ein Brandbeschleuniger benutzt, der am Fuße der Treppe ins Obergeschoss zum Einsatz kam.«

»Und das ist angeblich passiert, als Elsa oben in ihrem Schlafzimmer lag?«

»Richtig. Sie hat nach eigener Aussage nicht geschlafen, das war ihr Glück. Aber bisher konnten wir nur ganz kurz im Krankenhaus mit ihr sprechen.« Sie gingen nebeneinander auf den Eingang zu. Rist senkte die Stimme: »Schade ist nur, dass die hintere Wand des Hauses zum Teil eingestürzt ist. Elsa Fuhrmann hat ausgesagt, dass sie aus dem Fenster geklettert und über das Vordach runtergesprungen ist. Doch das können wir nicht mehr nachvollziehen. Keine Spuren, keine Fußabdrücke. Sie hatte ein paar Schrammen und schmutzige Knie und Hände.«

»Ansonsten ist sie unverletzt?«

»Ja. Klingt ein bisschen unwahrscheinlich, oder?«

Anneke Wiese begrüßte die Polizeibeamten wie sehnlich erwarteten Besuch. Sie führte sie in die Küche und bot ihnen Kaffee oder Tee an. Nach der Fahrt durch den kalten, nassen Dezembertag sah ihre Küche warm und anheimelnd aus. Es war tatsächlich verlockend, sich jetzt in die kleine Sitzgruppe in den verglasten Erker zu setzen und in Ruhe einen Milchkaffee zu trinken. Doch die Anspannung im Haus hing so deutlich spürbar in der Luft wie der Geruch eines verstopften Abflusses.

»Wo ist denn Ihr Mann?«, fragte Rist.

»Der kommt gleich. Er muss ein paar Besorgungen machen.«

»Und Frau Fuhrmann? Sie wohnt doch übergangsweise bei Ihnen?«, wollte Pia wissen.

»Ja. Aber sie schläft bestimmt noch. Jedenfalls hab ich aus dem Gästezimmer noch keinen Laut gehört.«

»Ach ja?« Pia kam das seltsam vor. Hieß es nicht immer, Landwirte stehen in der Frühe mit ihren Hühnern auf?

»Sie hat so viel durchgemacht. Ihr Haus ist ja vollkommen zerstört. Ich weiß gar nicht, was nun werden soll.« Die Sorgenlinien in Anneke Wieses Gesicht vertieften sich. »Elsa hat uns gestern Abend gesagt, dass sie ein Schlafmittel nehmen wird.«

»Wir sprechen dann später mit ihr. Zunächst können Sie uns ja von der Frau erzählen, mit der Sie neulich ausgeritten sind«, sagte Pia. Sie hatte nicht mit einer derartigen Reaktion gerechnet: Anneke Wiese fasste sich an die Kehle und wurde bleich. »Woher ... wissen Sie das?«

»Wissen wir *was?*«

»Von Tana.«

»Wir sind mitten in einer Ermittlung, Frau Wiese. Woher kennen Sie Frau Albers?«, fragte Pia.

»Wir arbeiten zusammen.«

»Wie kommt es, dass sie in Groß Tensin gesehen worden ist?«

»Wer sagt das denn? Gernot kann unmöglich ...« Sie verstummte.

»Das tut nichts zur Sache, Frau Wiese. Warum war sie hier?«, fragte Rist barsch.

»Herrgott, sie mag Pferde und sie kann reiten. Da mein Ehemann sich ja leider nicht mehr dazu herablässt, seinem Pferd etwas Bewegung zu verschaffen, hab ich ihr angeboten, mit mir ins Gelände zu reiten.«

»Wann war das?«

»Ich müsste in meinem Filofax nachsehen.«

»Tun Sie das!«, sagte Rist ungeduldig.

Anneke verließ den Raum, um ihren Kalender zu befragen. Sie brauchte eine Weile, vielleicht auch, um sich nach dem Schrecken zu sammeln. Als sie wiederkam, pfefferte sie ihnen die Daten um die Ohren. Von ihrer anfänglichen Aufgeschlossenheit war nichts mehr zu spüren. Dreimal war Tana Albers bei ihr in Groß Tensin gewesen. Zum Ausreiten und vielleicht auch zu mehr. Auf jeden Fall hatte die Frau dabei gute Ortskenntnis auf dem Röperhof erworben, Turmhügelburg und

Eiskeller inklusive. Während Rist vor die Tür ging, um zu rauchen und um Gerlach telefonisch die Daten zu übermitteln, nutzte Pia die Gunst der Stunde, um Anneke Wiese allein zu befragen. »Wie ist Ihre Beziehung zu Tana Albers?«

»Sie ist eine Freundin.«

»Sie arbeiten zusammen, und Sie reiten gemeinsam aus. Weiter nichts?« Pia hasste, was sie da tun musste. Aber sie wollte die Liebesbeziehung, die Gernot Wiese angedeutet hatte, von seiner Frau bestätigt haben.

»Ich ... möchte nicht darüber reden«, sagte Anneke Wiese und sah weg.

»Ich frage das nicht aus Neugierde oder weil es mich persönlich interessiert. Es könnte ermittlungsrelevant sein. Zwei Menschen sind ermordet worden, und ein dritter, eine junge Frau, schwebt in Lebensgefahr.«

Anneke Wieses Augen wurden groß. »Meinen Sie das vermisste Mädchen aus Lübeck?«

»Ja, genau. Sie heißt Olivia. Sie ist siebzehn, und sie ist höchstwahrscheinlich in großer Gefahr. Wenn Sie offen zu mir sind, helfen Sie uns bei unserer Arbeit.« Pia warf durch die Glasscheibe einen Seitenblick auf Rist, der nicht mehr telefonierte, aber immer noch rauchte und in die unwirtliche Landschaft starrte. Seine Nase war gerötet. Die Temperaturen fielen. Für heute waren wieder Schnee oder Graupel vorhergesagt.

»Das eine hat doch mit dem anderen nichts zu tun«, sagte die Frau trotzig.

»Das zu beurteilen sollten Sie mir überlassen.«

Anneke Wiese sah nun ebenfalls hinaus, und Pia merkte ihr an, dass sie abschätzte, wie lange Rist wohl noch dort blieb.

»Also gut: Wir haben eine Liebesbeziehung, Tana und ich. Wenn Gernot weg war, hat sie mich hier hin und wieder besucht. Ich weiß auch nicht, warum. Es ist einfach passiert.«

»Weiß Ihr Mann darüber Bescheid?«

»Ja. Er muss Ihnen doch erzählt haben, dass Tana hier war. Aber ich habe keine Ahnung, woher er das weiß. Wir waren vorsichtig.«

»Sie leben in einem kleinen Dorf.«

Anneke Wiese seufzte. Sie holte tief Luft, als wollte sie noch etwas dazu sagen, doch da erschien Elsa im Türrahmen, und ihr Mund klappte wieder zu. Kurz darauf betraten auch Rist und Gernot Wiese gleichzeitig die Küche, und die Chance, dass Anneke noch etwas Wichtiges von sich geben würde, ging gegen null.

Elsa Fuhrmann blieb unsicher neben dem Küchenblock stehen. Der Raum schien sich zu verdunkeln. Draußen wirbelten erste Schneeflocken durch die Luft.

Gernot stellte einen Einkaufskorb auf der Arbeitsplatte ab und sah misstrauisch von einem zum anderen. »Hab ich was verpasst?«

Anneke Wiese sprang auf, bot der Bäuerin einen Platz an, fragte sie, ob sie Frühstück wolle oder wenigstens einen Tee oder Kaffee. Elsa Fuhrmann verneinte.

Da in dem Chaos sowieso kein Gespräch mehr möglich war, schlug Pia vor, sich mit Elsa irgendwohin zurückzuziehen, vielleicht mit einer Tasse Tee und einem Brot oder Brötchen, falls Elsa Fuhrmann doch noch etwas zu sich nehmen wollte. Die Bäuerin sah vollkommen geschafft aus. Wie kurz vor einem Zusammenbruch.

Anneke nickte und stellte routiniert ein Frühstückstablett zusammen. Rist übernahm es, Gernot Wiese zur Seite zu nehmen, um sich mit ihm zu unterhalten.

»Dann kann ich ja jetzt in mein Arbeitszimmer gehen«, sagte Anneke Wiese mit einem Blick zur Uhr. »Ins Büro zu fahren lohnt sich heute wohl nicht mehr.«

»Bleiben Sie bitte für uns erreichbar!«, forderte Pia sie auf. Einen triftigen Grund, die Frau in ihrem Haus festzuhalten, hatten sie nicht. Aber die Ermittlungen waren in einem Stadium angekommen, in dem sich die Ereignisse jeden Moment überschlagen konnten.

Pia wartete, bis Elsa Fuhrmann eine Tasse Tee getrunken und ein paar Mal lustlos von ihrem Hörnchen abgebissen hatte. Die fahrigen Bewegungen der Frau und ihr gleichgültiger Gesichtsausdruck schürten ihre Ungeduld. Das war nicht hilfreich. Pia versuchte, sich zusammenzureißen und zu berücksichtigen, was Elsa Fuhrmann gerade durchmachte. Sie saßen in Gernot Wieses Büro. Der Raum war klein und die Wände waren mit Akten und Büchern vollgestellt. An der Pinnwand über dem Schreibtisch hingen Fotos von den Pyramiden, der Golden Gate Bridge und tropischen Stränden. Die alternativen »Beweisfotos« der Kinderlosen, dass auch sie etwas mit ihrem Leben anzufangen wussten … Oder war es umgekehrt? Hängten Eltern sich Kinderbilder auf, um den gefühlten Mangel an Fernreisen zu kompensieren?

»Erzählen Sie mir von dem Brand!«, forderte Pia Elsa Fuhrmann mit ruhiger Stimme auf.

Die zuckte mit den Schultern. »Es kam alles so plötzlich. Wenn ich nicht wach gewesen wäre, dann wäre ich verbrannt!«

»Ist Ihnen vorher irgendwas Ungewöhnliches im Haus oder auf dem Hofplatz aufgefallen?«

»Nein. Es war ja dunkel. Kann sein, dass da Geräusche im Haus waren, aber es ist ja nie vollkommen still bei uns, wissen Sie. Manchmal haben wir einen Marder auf dem Dachboden. Und die Katzen machen auch immer mal wieder ein Geräusch.«

»Die Feuerwehr vermutet, dass die Ursache des Feuers wahrscheinlich Brandstiftung war. Können Sie sich vorstellen, wer Ihnen oder Ihrer Familie etwas antun wollte?«

»Nein. Wir haben ja auch nie einer Menschenseele was getan.«

»Man muss ja nicht gleich etwas *getan* haben. Aber vielleicht hatten Sie oder Ihr Mann Meinungsverschiedenheiten mit jemandem. Oder Thilo hatte Probleme?«

»Lassen Sie meinen Sohn aus Ihrem schmutzigen Spiel!«, fuhr Elsa sie an.

Eine interessante Reaktion. Vielleicht kam sie mit Provokation weiter als mit Verständnis und Empathie? »Welches Spiel? Wer spielt hier ein Spiel?«

»Das weiß ich doch nicht!«

»Jemand hat Ihnen das Dach über dem Kopf angezündet, Frau Fuhrmann. Zwei Menschen sind auf Ihrem Hof ermordet worden, ein weiteres Mädchen wird vermisst. Es muss etwas vorgefallen sein. Und es wird Zeit, dass Sie offen mit uns reden.«

»Was ist das für ein Mädchen?«

»Eine Schülerin, siebzehn Jahre alt. Sie hat Oboe gespielt und ist nach dem Unterricht nicht nach Hause gekommen.«

»Was hat das mit uns zu tun?«

»Sie ist ein weiteres Mädchen, das in der Gegend als vermisst gemeldet worden ist. Die erste junge Frau haben wir tot in Ihrem Eiskeller entdeckt, nachdem sie drei Wochen lang verschwunden war. Nun haben wir das Telefon des anderen Mädchens in einem Gebüsch in einem Wald bei Middelburg gefunden«, sagte Pia mehr aufs Geratewohl.

Elsa zuckte zusammen und stellte die Tasse, die sie zum Mund hatte führen wollen, klirrend auf die Untertasse. »Was wollte die denn dort?«

»Kennen Sie Middelburg?«

»Meike, meine Tochter, war dort jahrelang im Krankenhaus.«

29. Kapitel

Nachdem Pia so viel wie möglich über Meike Fuhrmanns Aufenthalt und Behandlung in Middelburg herausgefunden hatte, ließ sie Elsa Fuhrmann einen Moment allein und besprach sich mit Rist.

»Warum sind wir nicht früher darauf gekommen?«, murrte er. Pia sah ihm an, dass er darüber nachdachte, wem er das Versäumnis, diese Verbindung herzustellen, anlasten könnte.

»Es ergibt aber trotzdem keinen Sinn«, wandte Pia ein. »Es beantwortet nicht unsere Frage, was Olivia Vollert in Middelburg wollte. Meike Fuhrmann ist, wie wir herausgefunden haben, schon über ein Jahr tot. Außerdem wissen wir nicht, woher Olivia Vollert die Fuhrmanns überhaupt gekannt haben soll.«

»Es könnte mit ihrer Beschäftigung mit Jugendlichen zu tun haben. Dabei könnte sie Meike oder auch Thilo kennengelernt haben.«

»Aber wohin führt uns das?« Pia, die sich draußen vor der Tür mit Rist besprach, fröstelte. »Vielleicht besteht die Verbindung ja auch nicht zu Olivia selbst, sondern zu ihrem Entführer, der Middelburg gut kennt«, sagte Pia nachdenklich.

»Thilo Fuhrmann?«

»Oder Armin Fuhrmann.«

»Sprich weiter mit Elsa!«, forderte Rist sie auf. »Ich brauche noch ein bisschen Zeit mit Gernot Wiese. Der Mann steckt in finanziellen Schwierigkeiten. Höchst interessant.«

Als Pia zurück in das kleine Büro trat, saß Elsa Fuhrmann mit geschlossenen Augen da. Ihre Hände ruhten in ihrem Schoß, die Füße in den hoch geschlossenen Schuhen standen gerade nebeneinander. Hatte sie die in ihrem Schlafzimmer getragen, als sie das Feuer bemerkt hatte? Pia fragte sie danach. Elsa blickte sie verwundert an. »Die Schuhe standen neben meinem Bett. Ich habe sie angezogen, bevor ich das Haus verlassen habe.«

Pia runzelte die Stirn. Ihren Erfahrungen nach liefen die meisten Menschen – und besonders die, die auf dem Lande lebten – in ihrem Schlafzimmer nicht mit Straßenschuhen herum. Auch für Elsa Fuhrmann fand sie dieses Verhalten sonderbar, doch es war natürlich kein Beweis für eine Beteiligung an der Brandstiftung. Und warum machte sich Elsa Fuhrmann nicht mehr Sorgen um den Verbleib von Mann und Kind?

»Frau Fuhrmann. Ich möchte mit Ihnen noch mal über Ihren Mann sprechen«, sagte sie. »Wieso ist er verschwunden? Hat er sich in letzter Zeit anders verhalten als sonst?«

»Inwiefern?«

»Das frage ich Sie. Sie haben mit ihm zusammengelebt. Da lernt man einander doch gut kennen.«

»Armin hat nicht viel geredet«, entgegnete sie. »Und besonders mit mir nicht.«

»Warum nicht mit Ihnen?«

»Er hielt mich für langweilig oder sogar für dumm«, sagte sie bitter.

»Warum haben Sie ihn geheiratet?«

»Weil es die einzige Möglichkeit war, den Hof weiterzuführen. Ich wollte nicht, dass das alles mit mir zu Ende geht.«

»Wie war das Verhältnis Ihres Mannes zu Frauen allgemein?«

»Darüber hat er nicht mit mir geredet.«

»Gab es ... Gerüchte?«

»Die gibt es doch immer. Und wenn die Leute nichts Konkretes wissen, dann sind sie unzufrieden und denken sich etwas aus.«

»Was haben sie sich denn ausgedacht?«

»Da hab ich gar nicht hingehört.«

»Wirklich nicht? Also ich würde hinhören.«

Die Bäuerin schwieg, und Pia befürchtete schon, sie hätte sich ganz in sich selbst zurückgezogen. Sie versuchte, Elsa Fuhrmanns Haltung zu imitieren. Den durchgedrückten Rücken, die zusammengepressten Knie. Sie wollte nachvollziehen, wie Elsa sich jetzt und in dieser Haltung fühlte. Es war nicht angenehm. Pia verspürte einen Druck in der Magengegend.

»Armin war verbittert, wegen Meike ... und auch wegen Thilo. Nun ja, Sie haben es sicher schon gehört. Es war manchmal nicht ganz einfach mit dem Jungen. Wir wussten nicht, ob er den Hof mal übernehmen kann. Ob ...« Ihre Stimme wurde leiser. »Armin hat sich Sorgen gemacht, ob Thilo ohne uns zurechtkommen würde. Später. Wenn wir mal nicht mehr sind. Das hat ihn beschäftigt. Wenn Armin schlecht drauf war, ist er meistens weggelaufen. Oft ist er morgens früh raus und kam erst spät abends wieder.«

»Was, glauben Sie, hat er die ganze Zeit gemacht?«

»Er sagte, er wäre arbeiten gewesen. Aber er wollte Thilo immer öfter nicht dabeihaben. Früher waren sie andauernd beisammen, den ganzen Tag, es sei denn, der Junge musste in die Schule gehen. Und Thilo hat nicht verstanden, warum das auf einmal nicht mehr so war. Er ist herumgelaufen und hat seinen Vater gesucht.« Sie seufzte schwer.

»Könnte Thilo Ihren Mann bei etwas überrascht haben, das er nicht sehen sollte?«, fragte Pia vorsichtig. Ihr Herz klopfte, während sie auf die Antwort wartete.

Doch Elsa Fuhrmanns Gesicht zeigte nicht die leiseste Regung. Sie hob nur die Schultern. Täuschte sich Pia, oder stand dabei das nackte Grauen in ihren Augen? Das Gespräch schien emotional ungeheuer anstrengend für Elsa Fuhrmann zu sein. Sie sah jedenfalls so aus, als benötigte sie dringend eine weitere Pause.

Als Pia eine Unterbrechung vorschlug, erhob sich Elsa Fuhrmann sofort und ging eilig die Treppe hinauf in das Gästezimmer der Wieses. Pia konnte nur unzureichend ermessen, wie es sich anfühlen musste, in so kurzer Zeit den Ehemann, den Sohn und das eigene Heim zu verlieren und noch dazu im Mittelpunkt einer Mordermittlung zu stehen. Dafür war Elsa Fuhrmann im Grunde noch recht gefasst. Doch wenn sie ihre Gefühle nur unterdrückte, wie lange würde die Frau das durchstehen?

Pia ging vor die Tür und sog erleichtert die frische Luft ein. Das Haus kam ihr dumpf und stickig vor. Ihr Atem kondensierte, so kühl war es. Immerhin, das bisschen Schnee, das gefallen war, blieb nicht liegen. Sie kontrollierte ihr Mobiltelefon. Keine neuen Nachrichten. Mit Felix war also alles in Ordnung. Sie wollte ihn gegen fünf Uhr bei Fiona abholen. Heute Abend war sie mit Lars bei sich zu Hause verabredet.

Der Wind war so eisig, dass sie die Hände in die Taschen steckte. Ihre Finger ertasteten einen Schokoriegel. Nervennahrung. Sie packte ihn aus und biss geistesabwesend hinein. Rist war noch mit Gernot Wiese beschäftigt. Als Pia wieder hineinging, kam ihr Anneke Wiese entgegen. Es sah ein bisschen so aus, als hätte sie auf sie gewartet. »Was ist denn nun mit Elsa?«, fragte Anneke.

»Sie ruht sich einen Moment aus. Ich hatte Angst, dass sie mir sonst während der Vernehmung zusammenklappt.«

»Müssen Sie sie denn so lange befragen?«

»Wenn wir rausfinden wollen, was hier los ist, schon. Sie ist der Polizei gegenüber nicht gerade mitteilsam.«

»Ich glaube, sie ist niemandem gegenüber mitteilsam. Ich

hab ein komisches Gefühl, wenn sie hier wohnt.« Anneke Wiese sah unbehaglich nach oben.

»Ist etwas Besonderes vorgefallen?«

»Ich weiß nicht. Es ist vielleicht albern von mir ...« Sie deutete mit dem Kopf in Richtung Küche. »Kommen Sie mit?«

Pia folgte ihr und ließ sich ihr gegenüber am Tresen nieder. Anneke strich sich das Haar zurück, kaute auf ihrer Unterlippe.

Spuck es aus!, dachte Pia ungeduldig.

»Elsa war gestern allein los, ein paar Besorgungen machen. Sie hatte mir nicht Bescheid gesagt, sonst hätte ich sie natürlich gefahren. Als sie wiederkam ...« Anneke errötete. »Ich weiß nicht, warum, aber ich hab in ihre Tüten geschaut. Sie war so komisch, und ich konnte mir nicht recht erklären, was so wichtig war, dass sie den weiten Weg mit dem Bus auf sich genommen hat, anstatt mich zu fragen.«

»Was war in den Tüten?«

»Kultursachen und Klamotten. Ich kann ja verstehen, dass sie was Eigenes will, obwohl ich ihr ein paar Sachen von mir rausgelegt hatte, die mir sowieso zu groß sind. Aber da waren auch Schokoriegel und Fleischkonserven.«

»Was ist daran so seltsam?«

Wieder der unbehagliche Blick. »Also, soweit ich weiß, isst Elsa keine Süßigkeiten. Und dann noch so komisches Zeug mit Kokos. Und Corned Beef? Sie bekommt hier doch alles, was sie braucht.«

Pia starrte sie wie elektrisiert an. »Was glauben Sie, für wen sie die Sachen dann gekauft hat?«

»Entweder für sich, weil sie plötzlich Heißhunger darauf bekommen hat ...«

»Oder?«

»Ich hab an Meike gedacht. Sie redet manchmal über Meike, als lebte das Mädchen noch. Gruselig.«

Nicht über den Tod des eigenen Kindes hinwegzukommen war bestimmt schrecklich. Doch Pia fürchtete bei Anneke Wieses Neuigkeit viel mehr, dass die Nahrungsmittel für ein lebendes Mädchen bestimmt sein könnten. Olivia Vollert.

Sie klopfte an die Tür des Zimmers, in dem Manfred Rist Gernot Wiese befragte. Erst reagierte Rist ungehalten über die Störung, doch als er die Tragweite von Pias Vermutung begriff, wurde er hektisch. Anstatt zu handeln, wandte er sich jedoch zuerst an Anneke Wiese, die immer noch in der Küche am Tresen saß und nervös mit ihren Haaren spielte.

»Warum sagen Sie uns das denn erst jetzt?«, blaffte er sie an.

Sie drückte die Schultern durch. »Seien Sie froh, dass ich es überhaupt erwähne! Es ist mir eben erst wieder eingefallen, als ich Ihre Kollegin mit dem Schokoriegel draußen stehen sah«, setzte sie hinzu.

Rist kniff die Lippen zusammen und wandte sich ab.

»Ich gehe nach oben und hole Elsa Fuhrmann. Für übertriebene Rücksichtnahme ist jetzt nicht der richtige Zeitpunkt«, sagte Pia.

»Nein, das erledige ich«, fuhr Rist sie an. Immer zwei Stufen auf einmal nehmend, lief er die Treppe hinauf. Sie hörten ihn gegen eine Tür hämmern. »Frau Fuhrmann? Frau Fuhrmann, öffnen Sie! Sofort!«

Die nachfolgende Stille lastete auf Pia wie ein Gewicht. Sie versuchte, der Beklemmung durch tiefe Atemzüge beizukommen. Hatte Elsa Fuhrmann sie bei der Vernehmung an der Nase herumgeführt? Durch das Fenster sah sie, dass sich hinter dem angrenzenden Feld eine weitere dunkle Wolkenwand auftürmte.

»Frau Fuhrmann, machen Sie sofort die Tür auf! Ich sehe mich sonst gezwungen, zu Ihnen reinzukommen.«

Das ist allerdings eine handfeste Drohung, dachte Pia spöttisch. Nichts passierte. Rist rüttelte an der Türklinke.

»Haben Sie noch einen Schlüssel?«, fragte Pia.

Anneke Wiese nickte. »Sie sind alle gleich.« Sie gingen zu einem Schlüsselbrett in der Diele, die Frau nahm einen der Zimmerschlüssel, und sie stiegen hintereinander die Treppe hinauf.

Rist schloss auf und öffnete die Tür. Er blieb abrupt im Durchgang stehen.

»Was ist?«, fragte Pia beunruhigt.

Er trat zur Seite. Das Bett in dem kleinen Gästezimmer war akkurat gemacht, die Vorhänge zugezogen. Im Dämmerlicht sah Pia die Plastiktüten mit den Resten von Elsas Einkäufen, die neben einer Kommode standen. Doch keine Spur von Elsa selbst. Sie suchten sie im ganzen Haus – vergebens. Elsa Fuhrmann war verschwunden.

30. Kapitel

»Wo kann sie sein?«, herrschte Rist Anneke Wiese an.

»Sie hat kein Auto, und der Bus fährt nachmittags bloß einmal. Eigentlich kann sie nur bei sich auf dem Hof sein oder ...«

»Was *oder?*«

»Vielleicht auf dem Familienfriedhof?«

»Bitte wo?«, blaffte Rist.

»Sie besucht dort immer Meike – ihre Tochter«, sagte Anneke Wiese. »Ich hab sie da jedenfalls schon ein paar Mal gesehen, wenn ich ausgeritten bin.«

»Wo ist dieser Friedhof?«, fragte Pia.

»Es ist die private Grabstelle der Familie Röper. Mit Sondergenehmigung und so. Die Dorfstraße runter und dann links den Hügel hoch. Die Gräber liegen etwas versteckt auf einer kleinen Anhöhe.«

»Ich werde dort nach Elsa Fuhrmann schauen«, sagte Pia. Und zu ihrem Kollegen: »Schaust du auf dem Hof nach ihr?«

»Wie weit ist es von hier bis zu dem Friedhof?«, wollte Rist wissen.

»Zehn Minuten zu Fuß. Soll ich Sie fahren?«, bot Anneke Wiese Pia an.

»Gute Idee, tun sie das! Wir haben es eilig. Ich nehme unseren Wagen«, sagte Rist.

Pia sah ihn stirnrunzelnd an.

»Ich muss ja vielleicht auch noch zum Eiskeller und zu diesem Erdhügel fahren und dort nachschauen. Gott allein weiß, wo diese Frau steckt«, setzte er eilig hinzu.

Anneke zog eine Jacke über und klimperte mit dem Autoschlüssel. Die Sorge der beiden Polizisten hatte sich auf sie übertragen.

»Halte mich auf dem Laufenden!«, sagte Rist zu Pia. »Wenn die Fuhrmann nicht auf dem Hofgelände und nicht auf dem Friedhof ist, müssen wir Verstärkung anfordern.«

Pia ließ sich von Anneke Wiese am Ende der Dorfstraße absetzen, von wo aus sie zur Grabstelle gehen konnte. Sie musste am Rand eines Ackers entlang zu der kleinen Anhöhe emporsteigen. »Danke fürs Fahren«, sagte Pia. »Wissen Sie eigentlich, warum die Familiengrabstelle so weit vom Wohngebäude entfernt liegt?«

»Vielleicht wollten die ihre toten Vorfahren nicht so nah am Haus haben?«, vermutete Anneke Wiese. »Soll ich hier auf Sie warten?«

»Nein. Fahren Sie besser auf direktem Weg zurück nach Hause, falls Elsa Fuhrmann zurückkommt! Ich kann zu Fuß gehen. Es ist ja nicht weit. Und falls Frau Fuhrmann in der Zwischenzeit wieder auftaucht, sagen Sie uns bitte sofort Bescheid, meine Handynummer haben Sie ja. Und halten Sie sie irgendwie fest, wenn es geht. Aber begeben Sie sich dabei nicht in Gefahr!«, setzte Pia hinzu.

Anneke Wiese riss die Augen auf. »Sie denken tatsächlich, dass Elsa etwas mit den Morden zu tun hat?«

»Es ist besser, auf alles vorbereitet zu sein«, sagte Pia statt einer Antwort. Es gab noch etwas, dass außer der Polizei wohl nur der Täter wusste: Im Eiskeller hatten sich die Verpackungen von Schokoriegeln und leere Corned-Beef-Dosen befunden.

Anneke Wiese hakte nicht weiter nach und brauste davon.

Pia stieg über einen Graben hinweg und ging am Rand des Feldes in Richtung Anhöhe. Ihre Hosenbeine und Schuhe waren sofort nass, als sie dabei das kniehohe Gras steifte. Oben angekommen, kletterte sie über einen schiefen Zaun. Der Ort unter den alten Bäumen strahlte eine fast andächtige Stille aus. Es war schon dämmrig. Die Lichter des Dorfes waren nur noch schwach im Dunst zu erkennen. Gleich fängt es bestimmt wieder an zu regnen oder zu schneien, dachte Pia mit einem Blick zum Himmel. Vor ihr erstreckten sich die von Knicks durchzogenen Hügel bis hin zur Ostsee. Pia ging ein paar Schritte weiter, bis sie an den Feldsteinen stand, die die Grabstellen markierten. Sie befanden sich auf dem Waldboden, keine Beete, keine Rasenfläche drumherum. Es waren nur drei Steine. Ein kleinerer, der etwas abseits lag, trug Meike Fuhrmanns Namen. Davor lag ein erfrorener Rosenstrauß. Der konnte noch nicht allzu lange hier liegen. Vielleicht seit Sonntag, als die Fuhrmanns abgereist waren? Doch von Elsa Fuhrmann oder einem anderen Menschen war keine Spur zu sehen.

Pia stand einen Moment unschlüssig vor den Gräbern. Die Idee, Elsa Fuhrmann sei hier, hatte gar nicht schlecht geklungen. Doch sie hatten sich geirrt. In der Ferne sah sie einen Bus, der von hier oben wie ein Spielzeug wirkte. Er kroch den Hügel hinauf, entfernte sich von Groß Tensin. Der einzige Nachmittagsbus. Vielleicht saß Elsa Fuhrmann darin? Sie hätten lieber zuerst an der Bushaltestelle nachsehen sollen. Pia zog ihr Telefon hervor, um Rist zu informieren, doch hier oben hatte sie kein Netz. Schneeflocken wirbelten durch die Luft, als Pia wieder zur Straße zurückging.

Sie bog in Richtung Dorfmitte ab, entschlossen, Elsa zu entdecken, sollte sie sich irgendwo in Sichtweite aufhalten. Nach den Stunden in der trockenen, warmen Luft im Haus der Wieses würde ihr ein kurzer Gang durch den Ort guttun. Zunächst führte die Straße am Feldrand entlang, über eine flache Steinbrücke, dann erreichte Pia die ersten Häuser von Groß Tensin.

Manfred Rist hatte seinen Wagen nicht direkt vor der Ruine des Röperhofs abgestellt, sondern ein Stück weiter vorn, wo ihn ein dorniger Busch und ein rostiger alter Anhänger verdeckten. Schon beim Aussteigen roch er wieder den Brand. Nasse Asche, verkohlte Balken und den ganzen schädlichen Mist, der unweigerlich mit verbrannt war.

Im Dämmerlicht sah die Ruine des Bauernhauses nicht anheimelnder aus, als er sie in Erinnerung hatte. Rundum war das Gebäude abgesperrt, weil immer noch Einsturzgefahr bestand. Rist bezweifelte allerdings, dass Elsa Fuhrmann sich von dem Flatterband würde abschrecken lassen, wenn sie vorhatte, ihr ehemaliges Haus zu betreten. Wenn sein Heim abgebrannt wäre, würde er auch retten wollen, was noch zu retten war. Er umrundete das Haus und starrte durch die zerborstenen Fenster ins Innere, sah jedoch nur Schutt und rußgeschwärztes Mauerwerk.

Am dritten Fenster hätte er beinahe einen Satz zurück gemacht. Elsa Fuhrmann stand in ihrer ehemaligen Küche. Das Dach fehlte zur Hälfte, aber man konnte den alten Herd noch erkennen. So schwarz, wie alles war, sah es aus wie das Bühnenbild einer modernen Theater-Inszenierung. Doch keine nackten oder blutverschmierten Gestalten hüpften darin herum. Elsa Fuhrmann kniete vor etwas, das wohl mal ihr Küchenschrank gewesen war.

»Frau Fuhrmann?«, rief er. »Was machen Sie hier? Die Ruine ist aus gutem Grund abgesperrt. Das ist doch lebensgefährlich!«

Sie drehte sich zu ihm um. »Ich hab Sie schon erwartet«, sagte sie. »Kommen Sie rein, Herr Kommissar!« Sie sprach, als wollte sie ihn auf ein Bier oder eine Tasse Kaffee in ihre Küche einladen. Als hätte der Brand gar nicht stattgefunden.

»Nein. Sie kommen raus! Das Haus kann jeden Moment über Ihnen zusammenstürzen.«

Sie sah prüfend zu dem Stück rußgeschwärzter Decke, schüttelte dann den Kopf. »So schlimm ist es gar nicht. Das sind alte Eichenbalken. Die sind nur oberflächlich verbrannt. Das Schlimmste hier ist das verdammte Löschwasser gewesen. Das halbe Erdgeschoss steht noch unter Wasser.«

»Kommen Sie sofort da raus!«, sagte er mit aller Autorität, die er in der Aufregung aufbringen konnte.

»Kommen Sie zu mir herein.«, forderte sie ihn erneut auf.

»Niemals. Das ist lebensgefährlich.« Ich hätte Pia mitnehmen sollen, überlegte er ärgerlich. Sie kann besser mit Verrückten reden. Sie hat mehr Geduld als ich.

Elsa Fuhrmann richtete sich auf und strich sich die rußigen Hände an ihrem Rock ab. Jenseits aller Eitelkeit, dachte er. Sie hat nichts mehr zu verlieren.

»Ich muss Ihnen aber was zeigen«, sagte sie.

»Was wollen Sie mir zeigen?«

»Kommen Sie!«

»Kommen Sie jetzt raus, verdammt!«

»Hinten, im alten Kuhstall, wo die Decke eingestürzt ist, da ist jemand.«

»Wer?«

Sie hob die Schultern. »Ich konnte nur die Füße sehen.«

Bei dem Wetter war die Straße menschenleer. Die Bewohner hatten sich in ihre Häuser zurückgezogen. Pia begegnete nicht einmal den sonst allgegenwärtigen Hundebesitzern. Nicht einmal Hunden ohne Begleitung ... Auch hinter den blank geputzten Scheiben und den gerafften und gerüschten Gardinen der Häuser am Straßenrand zeigte sich keine Menschenseele. Nirgendwo brannte Licht. Wenn Pia in Lübeck aus ihrem Fenster schaute, war eigentlich immer irgendwo Leben. Nicht so hier. Waren sie alle noch bei der Arbeit, beim Einkaufen, in der Kneipe? Sie sollte auch im Wirtshaus vorbeischauen und nachfragen, wenn sie dort vorbeikam. Irgendjemand musste Elsa Fuhrmann gesehen haben.

Pia war beinahe erleichtert, als sie das erste Licht hinter einem der Fenster sah. Also existierte doch noch menschliches Leben in Groß Tensin. Sie konnte in eine Küche schauen. Zu ihrer Überraschung sah Pia den Briefträger, Benjamin Bredow, darin hin- und hergehen. Er wohnte anscheinend in dem kleinen Siedlungshaus, das ein neues, glänzendes Dach hatte und auch ansonsten gepflegt aussah. Im dazugehörigen Carport standen nicht nur ein alter Mercedes, sondern auch mehrere Mountainbikes. Unter dem Dach hingen Surfbretter und ein Kajak.

Vielleicht hatte Bredow Elsa Fuhrmann ja vorbeigehen sehen? Er kam auch ansonsten viel im Dorf herum und wusste so einiges. Pia durchquerte den Vorgarten und stieg die drei Stufen zur Haustür hinauf. Sie klingelte. Es dauerte einen Moment, bis Bredow ihr öffnete. Er trug Trainingsklamotten in leuchtendem Gelb und Schwarz, als wäre er gerade Rad gefahren. Sein blondes langes Haar war feucht.

»Herr Bredow, ich hab gerade Licht bei Ihnen gesehen. Vielleicht können Sie mir helfen.«

»Frau Kommissarin? Entschuldigen Sie, ich hab Ihren Namen vergessen.«

»Korittki. Ich hab nur ein paar Fragen. Es dauert nicht lange.«

»Ich komme gerade von meiner Trainingsrunde«, sagte er unentschlossen.

»Das ist wunderbar«, meinte Pia und trat einen Schritt vor. »Wenn Sie gerade herumgefahren sind, kann uns das sogar nützlich sein.«

»Wenn Sie meinen.« Er lächelte und ließ sie eintreten. »Kommen Sie, wir müssen ja nicht im Flur rumstehen!« Er schloss hinter ihr die Tür.

Beim Durchqueren des Flurs fiel Pia ein schwacher Geruch nach Holzkohle auf. Heizte Bredow das Haus mit Holz?

»Was kann ich für Sie tun?«, fragte er, als sie in seiner kleinen Küche standen. Ein Brettchen mit Brot und Käse stand auf einem massiven Hackklotz in der Mitte des Raumes. Vielleicht war Bredow deshalb zunächst so abweisend gewesen? Er hatte Hunger und sich gerade etwas zu essen zubereitet.

»Wir suchen Elsa Fuhrmann. Haben Sie sie gesehen?«

»Jetzt gerade?«

»In der letzten Stunde. Sie ist nach dem Brand in ihrem Haus bei den Wieses untergekommen. Vor etwa einer Stunde hat sie das Haus verlassen, ohne ein Wort zu sagen. Wir waren quasi noch mitten in einer Vernehmung.«

»Na so was! Ich hab sie aber nicht gesehen. Ich bin gerade meine Ostseerunde gefahren. Es war kaum jemand unterwegs, und Elsa wäre mir bestimmt aufgefallen.«

Er verschränkte die Arme vor der Brust. Pia starrte auf den leuchtend gelben Ärmel seines Trikots. Sie war abgelenkt, als sie ihn fragte: »Haben Sie sonst noch irgendeine Idee, wo sie sein kann?«

»An Meikes Grab«, kam es prompt.

Pia wurde mit einem Mal klar, was sie da gerade gesehen hatte. Sie wandte den Blick ab, doch er hatte ihn schon aufgefangen und schaute nun ebenfalls auf die kleinen schwarzen Löcher im Trikotstoff an seinem Unterarm.

»Auf dem Familienfriedhof hab ich schon nachgeschaut. Schade, doch es war einen Versuch wert«, sagte Pia so lässig wie möglich.

»Tut mir leid, dass ich nicht helfen konnte.« Er sah sie aufmerksam an.

Elsa Fuhrmann führte Rist aus der Küche, den Flur hinunter, durch die Milchkammer, die weitestgehend noch unzerstört war, bis in den angrenzenden Stall. Hier konnte er über Schutt, Löschwasserseen und verkohlte Wände bis in den offenen grauen Himmel schauen. Rist war sich klar darüber, dass er das nicht zulassen durfte. Er musste vielmehr die Frau, die offensichtlich langsam den Verstand verlor, hier rausbringen. Aber er war zu neugierig. Zu versessen darauf, endlich weiterzukommen mit dieser Ermittlung. Seiner ersten in leitender Position. Vom Ausgang des Falles hingen unter anderem sein Ruf und seine berufliche Zukunft ab. Und dort, wo es kein Dach mehr gab, konnte ihm ja auch keines auf den Kopf fallen.

»Da vorn ist es«, sagte Elsa und deutete auf einen Schuttberg, der noch zu dampfen schien. Die zusammengestürzten Balken des Dachstuhls bildeten eine Art Scheiterhaufen. Der Gestank war bestialisch. Die Klamotten, die er trug, würde er hinterher mehrmals waschen müssen.

Die Bäuerin stieg ungerührt über knirschende Scherben und Geröll. Dann zeigte sie auf etwas, das unter einem Schuttberg hervorschaute. »Sehen Sie das hier, Herr Kommissar?«

Er folgte ihr und erstarrte. Unter den Trümmern schaute ein verkohlter nackter Fuß hervor.

Pia ging in Gedanken ihre Möglichkeiten durch. Angriff oder Flucht? Wenn das Brandlöcher in Bredows Trikot waren, dann hatte er wahrscheinlich etwas mit dem Feuer auf dem Röperhof zu tun. Und er hatte gesehen, dass sie es gesehen hatte. Wenn sie weglief, war er im Vorteil. Er kannte das verwinkelte Haus, die Stolperfallen. Außerdem stand sie mit dem Rücken zur Küchentür. Sobald sie sich umdrehte, würde er ihr nachsetzen. So hatte sie keine Chance. Also Angriff. Hohes Risiko.

Pia zog ihre Dienstwaffe, die sie im Holster am Gürtel mit

sich trug. Kaum hatte Pia die Walther P99 in der Hand, kippte Bredow ihr den Hackklotz entgegen. Das massive Gestell knallte gegen ihre Hüfte. Er schleuderte das mit Küchengeräten behängte Gitter, das von der Decke gebaumelt hatte, in ihre Richtung. Eine schwere kleine Eisenpfanne fiel herunter und traf Pias rechtes Handgelenk. Sie schrie auf, die Waffe sackte nach unten, doch es gelang ihr, sie festzuhalten.

Bredow griff nach einem Küchenmesser und sprang auf sie zu, noch bevor sie die Waffe wieder gehoben hatte. Sie spürte einen brennenden Schmerz am rechten Oberarm. Er hatte sie geschnitten. Da sich der Hackklotz zwischen ihnen befand, konnte sie nicht nach ihm treten. Sie warf ihren Kopf nach vorn, sodass ihre Stirn sein Nasenbein traf. Es gab ein knackendes Geräusch. Er schrie nicht mal auf. Eine gebrochene Nase schien ihn nicht im Geringsten bremsen zu können. Pia spürte die Messerklinge an ihrem Hals.

»Die Pistole weg!«, forderte er. Aus seiner Nase lief das Blut, als hätte jemand einen Wasserhahn aufgedreht. Er leckte sich über die Lippen.

Ich hab ja nicht mal die Zeit gehabt, die Waffe zu entsichern, registrierte Pia, als die P99 auf den Fliesenboden knallte. Bredow stieß die Pistole mit dem Fuß an, sodass sie wegrutschte und außerhalb ihrer Reichweite liegen blieb.

»Auf die Knie«, befahl er außer Atem. Seine Zähne waren rot von seinem Blut. Er sah vollkommen anders aus als noch vor ein paar Minuten, als er sie ins Haus gelassen hatte.

Niemals!, dachte Pia. Aus dem Augenwinkel konnte sie den hässlichen Stahl des langen Messers sehen. Doch als sie das Brennen an ihrem Hals fühlte, wogte eine Welle der Panik über sie hinweg, und ihre Knie gaben nach. Sie spürte einen Schlag auf dem Kopf, der Schmerz schien in ihrem Schädel zu explodieren. Nein, nicht bewusstlos werden!, war ihr letzter Gedanke, bevor es finster und still wurde.

31. Kapitel

Manfred Rist ging vor dem Fuß, der aus den Trümmern ragte, in die Hocke. Die Haut war verkohlt, das Fleisch verbrannt, er konnte geschwärzte Knochen und bloßliegende Sehnen sehen. Wie ein Hähnchen, das man auf dem Grill vergessen hat, dachte er. Der Fuß war nicht sonderlich groß, er maß die Länge mit seiner Hand und vermutete, dass es sich um einen Frauenfuß handelte. Größe 37 oder 38.

Olivia Vollert, das vermisste Mädchen? Hatte er sie gefunden? Oder war es eine andere Frau, die hier in der Ruine des Röperhofs ums Leben gekommen war? Wenn sie denn hier gestorben war.

Immerhin, er richtete sich auf, hatte er diesen Fund gemacht – genauer gesagt, Elsa Fuhrmann, aber in seiner Gegenwart. Er hatte erst überlegt, Pia herzuschicken und selbst die Grabstelle zu überprüfen. Nicht auszudenken, dann hätte sie wieder einmal vollkommen grundlos allen Ruhm eingeheimst. Die Frau war gefährlich, denn sie vereinte ihren unbequemen Ehrgeiz mit einer unverschämten Portion Glück. Dazu noch diese butterweichen emotionalen Fähigkeiten einer Frau. Wie er das hasste! Immer wieder beobachtete er, wie es ihr gelang, sich bei Zeugen einzuschmeicheln und sie in der Vernehmung zu ihrem Vorteil zu beeinflussen. Auf gut Deutsch: Sie war eine echt nervige Konkurrentin. Aber es reichte nicht für diesen Job. Was Intelligenz, Logik und deduktive Fähigkeiten anging, da war er ihr ja wohl haushoch überlegen. Es war nur gerecht, dass er diesen Fund gemacht hatte. Er wusste, was zu tun war.

Rist griff zum Telefon und informierte erst Kürschner im K1, dann den üblichen Tross an Kollegen. Die Kriminaltechniker, den Fotografen, die Rechtsmedizin, nicht zu vergessen den Herrn Staatsanwalt. Der würde Augen machen: ein knuspriger Fuß ... Rist konnte ihn gar nicht aus den Augen lassen, so eine morbide Faszination ging von ihm aus.

Nachdem Manfred Rist die Telefonate zu seiner Zufriedenheit erledigt hatte, verließ er das Areal, das mal ein Stall gewesen war. Der Geruch ätzte ihm langsam die Schleimhäute weg. Gesund war was anderes. Er hatte trotzdem das Bedürfnis, jetzt eine zu rauchen.

Draußen war es dunkel geworden. Eine einsame Hoflaterne verbreitete einen schwachen Lichtschein, in dem Schneeflocken wirbelten. Sie würden alles gut ausleuchten müssen, wenn sie die Leiche bargen. Oder sollten sie erst mal auf die Feuerwehr warten, die die Brandruine dafür freigab? Kniffelig, dachte er. Hier war ein Entscheider gefragt.

»Frau Fuhrmann, ich habe alles in die Wege geleitet. Meine Kollegen sind gleich hier«, sagte er in die Dunkelheit. Er hatte die Bäuerin in der Aufregung ganz vergessen.

Die Antwort war nur ein Windstoß, der ein paar trockene Blätter über den Hof wehte. In der Ruine rührte sich nichts. Dahinter Felder, Knicks, dahinjagende Wolken, schwach vom Mondlicht erhellt. Das würde eine verdammt kalte Nacht für alle werden. »Frau Fuhrmann?«

Sie war wohl zurück zu den Wieses gegangen, um sich aufzuwärmen. Vielleicht stand sie auch unter Schock? Wäre kein Wunder, nach allem, was sie durchgemacht hatte. Oder aber ... Ihre Reaktion war so seltsam kontrolliert gewesen. Und wieso hatte sie den Fuß überhaupt entdeckt? Was hatte sie in dem zerstörten Stall gesucht? Dass sie im Wohnhaus umherlief, auf der Suche nach Dingen, die nicht dem Feuer und dem Löschwasser zum Opfer gefallen waren, konnte er ja noch verstehen.

Aber sich in einem ausgebrannten, leeren Stall in Todesgefahr zu begeben?

Hatte sie geahnt oder gewusst, was sie dort finden würde? Wer im Stall versteckt gewesen war? Versteckt wie das andere Mädchen in dem Eiskeller, Vanessa? Was lag näher als die Vermutung, dass die verschwundene Olivia Vollert in dem an das Wohnhaus grenzenden Stall eingesperrt gewesen war? Kein Mensch hätte das gemerkt, so einsam, wie es hier war. Wer sagte ihnen eigentlich, dass sich Armin Fuhrmann und sein Sohn nicht ebenfalls irgendwo hier in der Nähe befanden? Hatten sie schon wieder ihre widerwärtigen Folterspielchen gespielt, bis ein weiteres Mädchen vor Angst und Entkräftung gestorben war? Und hatten sie dann die eigene Bude angezündet? Um Spuren zu vernichten? Um die Versicherungssumme zu kassieren? Die Motivation, die hinter alldem stand, konnte er noch nicht so richtig nachvollziehen. Hatte das etwas mit der verstorbenen Tochter zu tun? Alles hatte immer mit allem zu tun ... Mit der Psychologie dahinter sollten sich andere befassen. Für Rist zählten mehr die Fakten.

Er ging zum Haus, sah wieder durch das Küchenfenster. Hinter ihm raschelte es. Eine Maus oder eine Ratte im Laub? Eine Katze auf Mäusejagd? Was soll das?, schalt er sich ärgerlich. Fürchtete er sich etwa vor einer älteren Frau? Wo steckte sie bloß? Was hatte sie vor? Rist versuchte, Pia zu erreichen, doch sie ging nicht an ihr Handy. Er hatte Gernot Wieses Telefonnummer wohlweislich in seinem Mobiltelefon gespeichert und rief ihn nun ebenfalls an. Der sagte ihm verwundert, dass er und seine Frau allein im Haus seien. Keine Spur von Elsa Fuhrmann, erst recht nicht von der Kommissarin.

»Rufen Sie mich sofort an, sobald eine von ihnen auftaucht!«, wies Rist ihn an. Er probierte es noch einmal bei Pia, doch sie meldete sich immer noch nicht. Typisch. Seine eigene Frau erreichte er auch nie, wenn er sie brauchte. Er stöhnte genervt und begann, auf und ab zu gehen, damit seine Füße nicht am Erdboden festfroren. Langsam dämmerte ihm, dass er ziemlich blöd dastand, wenn Elsa Fuhrmann nicht bald wieder auftauchte.

Pia erwachte in Kälte und absoluter Dunkelheit. Sie lag auf etwas Hartem. Es stank nach Kunststoff, Metall und Diesel ... Sie lag im Kofferraum eines Autos. Bei dem Versuch, sich zu bewegen, merkte sie, dass ihre Handgelenke auf dem Rücken zusammengebunden waren. Über ihrem Gesicht lag etwas Raues.

Leider erinnerte sie sich sofort an das, was in Bredows Küche passiert war. Das Schwein hatte sie niedergeschlagen. In ihrem Kopf pulsierte ein dumpfer Schmerz, ihr Oberarm brannte, und ihr war schlecht. Außerdem war sie verschnürt wie ein Weihnachtspaket. Es fühlte sich so an, als hätte er ihr etwas über den Kopf gezogen, einen Leinenbeutel oder einen Sack. Bloß keine Panik!, ermahnte Pia sich – vergeblich. Sie spürte ihr Herz rasen und sah Lichtpunkte vor ihren Augen tanzen. Ihr Atem ging schneller und schneller, doch durch den Sack über ihrem Kopf bekam sie nicht besonders viel Luft.

Was hatte Bredow mit ihr vor? Sofort sah sie die tote Vanessa zusammengekauert auf dem Grund des Eiskellers vor sich liegen. Sie versuchte, an etwas anderes zu denken, aber es war unmöglich. Sie werden nach mir suchen und mich finden, versicherte Pia sich. Rist wundert sich bestimmt schon, wo ich bleibe. Er weiß, dass ich zu Meikes Grab gegangen bin. Mehr wusste er allerdings nicht.

Wie bescheuert von ihr, bei Bredow zu klingeln, um nach Elsa Fuhrmann zu fragen. Sie hatte den Briefträger als einen etwas schrägen, aber umgänglichen Zeitgenossen eingeordnet und deshalb nicht als möglichen Tatverdächtigen auf der Rechnung gehabt. Sie hatte sich zu sicher gefühlt. Nicht zuletzt, weil sie ja ihre Dienstpistole bei sich gehabt hatte. Sie war eine Idiotin! Hereingelegt von Benjamin Bredow mit seinen strahlend blauen Augen, den Grübchen und den sonnengebleichten Surferlocken. War er derjenige, den sie suchten? Ansonsten ergab ihre missliche Lage keinen Sinn.

Was ging in ihm vor, dass er erst Vanessa Grube und dann Olivia Vollert entführt hatte? Wie war es Bredow gelungen, die Polizei so lange an der Nase herumzuführen? Die Veränderung, die in der Küche mit ihm vorgegangen war, war erschreckend. Und woher kannte er die Mädchen überhaupt? Sie entsprachen grob einem ähnlichen Typ: jung, zierlich und dunkelhaarig mit heller Haut, auch wenn Vanessas und Olivias Persönlichkeit grundverschieden gewesen zu sein schienen. Doch interessierte einen Perversen die Persönlichkeit seines Opfers?

Das Geräusch leichter Schritte und eine zuschlagende Autotür lenkten sie ab. Der Motor des Wagens startete. Pia spürte die Vibration und das Holpern über unebenen Grund, als sich ihr Gefängnis in Bewegung setzte. Wohin fuhr er mit ihr?

Wenn er den Kofferraum des Mercedes öffnete, würde sie sich bewusstlos stellen und dann in einem günstigen Moment zuschlagen … Ein Plan, der, vorsichtig ausgedrückt, recht optimistisch war, da sie wegen des Sacks über ihrem Kopf nichts sehen konnte.

Um zwanzig Minuten nach fünf wurde Fiona unruhig. Felix war der Letzte heute, und es passte nicht zu Pia, dass sie nicht kam und sich noch nicht einmal bei ihr meldete. Sie war zwar beruflich stark eingespannt, aber sie war normalerweise höchst zuverlässig.

Telefonisch war sie nicht erreichbar, weder auf dem Festnetz noch mobil, doch für Notfälle hatte Pia ihr die Telefonnummer ihrer Mutter notiert. Fiona kannte Pias Mutter von ein paar Gelegenheiten, als Anna Liebig ihren Enkelsohn abgeholt hatte. Sie zögerte den Moment, sie anzurufen, noch etwas hinaus, um sie nicht unnötig zu beunruhigen. Einmal, als ein anderes Kind beim Spielen gestürzt war, hatte Fiona sich mit ihr über die Ängste von Müttern unterhalten, die nach einer Anmerkung von Pias Mutter nie aufhörten, egal, wie alt das eigene Kind schon war. Es war eine Anspielung auf Pias Job bei der Polizei gewesen. Es war nicht schön, sie jetzt zu ängstigen, doch Felix stand schon ganz verloren mit seiner Brottasche im Flur herum und sah immer wieder zur Tür. Er war inzwischen weder mit Apfelschnitzen noch mit guten Worten abzulenken.

Pia versuchte mitzuverfolgen, wohin er sie brachte. Jede noch so winzige Information konnte ihr später vielleicht nützlich sein. Konnte ihr Leben retten.

Oder war es nur müßige Ablenkung, um nicht vor Angst wahnsinnig zu werden? Sie hatte gespürt, wie Bredow den Wagen aus der engen Zufahrt seines Hauses bugsiert hatte. Dann hatte er beschleunigt, war nach rechts abgebogen, hatte wieder Gas gegeben. Wenn sie nicht alles täuschte, waren sie jetzt auf der Landstraße unterwegs. Nicht zum Röperhof, nicht zum Eiskeller. Es war lächerlich, dass sie das beruhigend fand, denn es sagte nichts darüber aus, was Benjamin Bredow mit ihr vorhatte. Mit ihr in die Urlaubsfrische fahren wollte er gewiss nicht. Der Röperhof und das gesamte Hofgelände standen zu sehr im Fokus der Aufmerksamkeit. Dorthin würde er sie bestimmt nicht bringen. Irgendein einsamer Ort würde es sein, wo er ungestört war. Wo niemand nach ihr suchen würde. Wo Schreien garantiert nichts nützte.

Die Fahrt im Wagen war nur ein Aufschub. Sie würden nicht ewig fahren. Einerseits gut, denn Pia hatte schon Krämpfe in den Beinen, die ihr die zusammengekauerte Haltung im Kofferraum einbrachte, und ihr Arm mit der Schnittwunde schmerzte bei jeder Erschütterung. Auch ihr misshandelter Schädel rebellierte; sie hatte Kopfschmerzen, und es kostete sie all ihre Willenskraft, sich nicht in den Sack, den sie über dem Kopf trug, zu erbrechen. Und als wäre das der Demütigung und Qual noch nicht genug, musste sie auch noch pinkeln. Anneke Wieses Kaffee ... Wie lange war es her, dass sie in der warmen Küche der Wieses gesessen hatte? Eine Stunde? Höchstens zwei. Und da fiel ihr mit jähem Erschrecken ein, dass es Zeit war, ihren Sohn von der Tagesmutter abzuholen. Pia sah nun Felix vor sich, wie er vergeblich auf sie wartete. Sie konnte nicht zu ihm kommen. Nicht in der nächsten Stunde, mit einiger Wahrscheinlichkeit nicht mehr heute Abend, vielleicht nie mehr.

32. Kapitel

Pias Mutter beobachtete, wie ihr Mann mit Felix zusammen auf dem Wohnzimmerfußboden saß und die Holzeisenbahn aufbaute. Sie hatte sie wohlweislich aufbewahrt, als ihre Kinder größer wurden und nicht mehr damit spielten. Segen und Fluch eines Kellers, der über Jahrzehnte alles klaglos schluckte, bis kein Durchkommen mehr war. Damit, dass sie so schnell Oma werden würde, hatte Anna Liebig irgendwie nicht gerechnet. Obwohl, Pia war über dreißig gewesen, als sie Felix bekommen hatte. Da konnte man nicht von übereilt sprechen. Die Überraschung war wohl eher, dass sie überhaupt ein Kind bekommen hatte. Anna selbst war bei Pias Geburt erst neunzehn Jahre alt gewesen, sodass sie sich immer noch als junge Oma fühlte. Aber ihre Nerven waren wohl doch nicht mehr so gut wie damals.

Anna Liebigs Hand zitterte, als sie zum Telefon griff. Pia hatte ihr neulich die Nummer ihres Freundes gegeben. Lars Kuhn. Es war noch nichts Festes, aber immerhin so weit gediehen, dass Pia ihr von ihm erzählt hatte. Vielleicht wusste er mehr als sie.

»Herr Kuhn? Lars Kuhn? Anna Liebig hier. Ich bin Pias Mutter. Ich würde Sie nicht anrufen, wenn es nicht wichtig wäre. Pia hat ihren Sohn heute nicht von der Tagesmutter abgeholt, und ich kann sie nicht erreichen. Wissen Sie, wo sie ist?« Anna Liebig starrte auf ein Foto an ihrer Pinnwand, das Pia zusammen mit Felix in einem Strandkorb an der Ostsee zeigte. Pia trug eine Sonnenbrille, und Felix hatte ein großes Eis in der Hand, das ihm auf die Finger tropfte. »Ja, genau. Ich finde es auch seltsam … Hat sie nicht? Nein? Sie sind heute um sieben mit ihr verabredet? Wenn Sie von ihr hören …«

Lars Kuhn konnte sich nicht vorstellen, wo Pia steckte.

Nun war da noch jemand, der sich Sorgen machte. Anna seufzte. Doch was sollte sie tun? Die Polizei anrufen? Es war irgendwie widersinnig, denn Pia war ja bei der Polizei. Aber trotzdem, das war der logische nächste Schritt.

Der Wagen verlangsamte seine Fahrt, bog scharf nach rechts. Unter den Autoreifen knirschte Kies. Sie rumpelten durch ein paar Schlaglöcher, dann hielt das Auto. Als der Motor mit einem letzten, für alte Diesel typischen Zucken erstarb, hörte Pia ein bisher nicht da gewesenes Rauschen.

Irgendetwas würde nun passieren. Das war einerseits gut. Sie konnte nicht länger hier eingesperrt liegen. Jeder Muskel ihres Körpers, jeder Nerv schmerzte. Unter ihrer Schulter fühlte sich der Stoff ihrer Jacke feucht an. Sie wusste nicht, wie viel Blut sie verloren hatte. Immerhin hatte sie bisher weder gespuckt noch sich in die Hose gemacht. Ein winziger Trost.

Gleichzeitig graute ihr vor dem, was nun geschehen würde. Würde sich die gnädige Illusion, dass sie noch eine Chance hatte, gleich in nichts auflösen?

Zufrieden beobachtete Manfred Rist, wie der große Scheinwerfer in Position gebracht wurde. Jetzt, da die Dinge in Bewegung kamen, fühlte er sich vollkommen in seinem Element. Er hatte mit dem Feuerwehrmann darum gerungen, einen Teil der Brandruine, den entscheidenden Teil, betreten zu dürfen, damit die Kriminaltechniker die Spuren sichern und der Rechtsmediziner den Leichnam untersuchen konnten, bevor die Nässe und der Schnee alles zerstörten.

Der Feuerwehrmann wusste auch nicht, wieso er und seine Leute den verkohlten Fuß unter den Trümmern nicht schon vorher entdeckt hatten. Das hatte, moralisch gesehen, seine Position verschlechtert und ihn zu Zugeständnissen bewegt. Einen Teil der Ruine hatte er zum Betreten freigegeben. Insgeheim vermutete Rist, dass Elsa Fuhrmann ein paar Gesteinsbrocken entfernt hatte, als sie die Leiche in der Ruine ihres Hauses gesucht hatte. Sie musste gewusst haben, dass sie dort irgendwo lag. Sie hatte ein schlechtes Gewissen! Wieso war sie sonst verschwunden? Bei diesem Gedanken verschlechterte sich seine Laune ein wenig. Warum hatte das Weib ausgerechnet ihm entwischen müssen?

Pia hörte, wie sich die Autotür öffnete, dann Schritte, die sich von ihr entfernten. Sie lauschte ängstlich und angespannt. Wo zum Teufel war sie? Die Fahrt hatte etwa zwanzig Minuten gedauert, vielleicht auch nur eine Viertelstunde. Sie konnte jetzt sonst wo sein. Am Eiskeller jedoch nur, wenn Bredow einen Umweg gefahren war. Nein, der Eiskeller, überhaupt das gesamte Gelände des Röperhofes kamen nicht infrage. Bredow musste damit rechnen, dass man nach ihr suchte. Selbst Manfred Rist würde irgendwann auffallen, dass sie nicht von Meikes Grabstelle zurückgekehrt war. Und dann? Rist würde dort nachsehen, dann bei den Wieses und schließlich eine Suche nach ihr veranlassen. Es war nur eine Frage der Zeit, bis man sie finden würde. Sie musste durchhalten.

Übelkeit wallte erneut in ihr auf, als sie Schritte hörte, die sich jetzt wieder näherten. Pia schluckte krampfhaft, ihre schmerzenden Muskeln spannten sich an. Als sich der Kofferraum öffnete, sah sie durch das grobe Gewebe des Sacks über ihrem Kopf helles Licht. Erst dachte sie, dass es Tageslicht wäre, dass doch viel mehr Zeit vergangen wäre, als sie angenommen hatte. Doch kurz darauf war alles beinahe so dunkel wie zuvor. Es musste also eine Lampe oder ein Scheinwerfer gewesen sein. Da wurde sie grob von kräftigen Händen gepackt und hochgezogen.

»Bredow, was soll das?«, sagte sie so laut und barsch, wie es ihr möglich war. »Lassen Sie mich gehen, sonst bringen Sie sich in eine verdammt schwierige Lage!«

Er antwortete nicht. Wenn er nicht mit ihr sprach, war sie nur ein Objekt für ihn. Das war schlecht. Stattdessen hievte er sie weiter hoch wie einen Sack Kartoffeln, zog sie über die Kante des Kofferraums und ließ sie unsanft in eine harte, kalte Wanne plumpsen. Oder was war das? Er hob ihre zusammengeschnürten Beine hinein, sodass sie dort lag wie ein Embryo. Es gab ein hohles Geräusch, als ihre Füße in den Stiefeln gegen den Rand stießen. Pia musste an eine kleine Zinkbadewanne denken, eine wie die, die sie als Kinder in Stockelsdorf im Garten zum Planschen gehabt hatten.

Als sie sich schaukelnd in Bewegung setzte, wusste sie, dass sie in einer Schubkarre lag. Und das war irgendwie noch schlimmer. Sie wollte sich hinausrollen, nur weg, doch als sie sich bewegte, stieß Bredow sie brutal gegen die Schulter mit dem verletzten Arm, sodass sie aufschrie und wieder zurücksackte. Bredow sagte immer noch nichts, aber sie hörte ihn vor Anstrengung und vielleicht auch Anspannung schwerer atmen. Die Schubkarre ruckelte über unebenen Grund, dann holperte sie über etwas, das eine Schwelle sein konnte, und anschließend rollte die Karre leichter. Gleichzeitig hatte sich die Geräuschkulisse verändert. Das Rauschen – war es Wind oder Wasser? – war nur noch gedämpft zu hören.

Sie befanden sich in einem Gebäude. Kein modernes Haus mit gedämmten Wänden, sondern eines, das nicht besonders solide gebaut war. Das Rollgeräusch und Bredows Schritte klangen hohl … Leere Räume. Eine Halle vielleicht?

Pias Bedürfnis zu wissen, wo sie sich befand, wuchs von Sekunde zu Sekunde. Als wäre damit etwas gewonnen, als wüsste sie dann, was ihr bevorstand. Was er mit ihr vorhatte. Als hätte sie eine Chance, ihr Schicksal abzuwenden. Sie suchen dich, sagte Pia sich nochmals. Es war wie ein Mantra. Sie suchen dich, und sie werden dich rechtzeitig finden.

Er kippte die Schubkarre. Pia rollte seitlich hinaus und fiel auf einen kalten, leicht elastischen Fußboden. Dielenbretter? Sie versuchte, trotz ihrer Fesseln auf die Füße zu kommen, doch wieder stieß oder trat er sie, sodass sie gegen eine Wand rollte und dort vor Schmerz und Schock wie betäubt liegen blieb.

»Bredow, Sie können niemals gewinnen«, sagte sie, als sie wieder Luft bekam. Sie legte all ihre Überzeugungskraft in ihre Stimme. »Sie machen es nur immer noch schlimmer. Sie können mit mir zusammenarbeiten, nicht gegen mich. Dann kriegen Sie eine faire Chance.«

Psychogewäsch, dachte Pia. Wenn nicht mal ich daran glaube. Sie lauschte in die Stille. Die Dielen knarrten, sie hörte immer noch gedämpftes Rauschen.

Rede!, dachte Pia. Ich bin ein Mensch, kein Objekt. Verdammt, sag irgendetwas!

Anna Liebig landete mit ihrem Anruf in der Einsatzleitzentrale der Lübecker Polizei. Sie schilderte ihre Sorge. Der Beamte am Apparat versuchte, sie routiniert zu beruhigen. In Groß Tensin, wo Kriminaloberkommissarin Korittki vom K1 sich zusammen mit einem Kollegen aufhielt, habe sich eine Lage ergeben. Mehr könne er dazu nicht sagen. Aber es sei wohl mehr als wahrscheinlich, dass ihre Tochter zu beschäftigt war, um sich zu melden, und außerdem in dem Trubel ihr Telefon gar nicht hörte.

»Sie würde doch niemals ihr Kind vergessen!«, sagte Anna Liebig empört.

»Wo ist das Kind jetzt?«

»Bei mir. Ich habe Felix bei seiner Tagesmutter abgeholt.«

»Dann ist ja alles in Ordnung«, sagte die unpersönliche Stimme am Telefon. »Das in Groß Tensin kann noch dauern, hab ich gehört. Ihre Tochter meldet sich bestimmt bei Ihnen, sobald sie Näheres weiß.«

»Ich will meine Tochter sprechen!« Anna Liebig schrie beinahe, so frustriert und besorgt war sie inzwischen. Irgendwas stimmte nicht, das spürte sie genau.

»Tut mir leid. Da kann ich Ihnen nicht helfen. Hier gehen gerade mehrere neue Anrufe ein. Auf Wiederhören.«

Knack.

Pias Mutter ging ins Wohnzimmer und winkte ihren Mann Günther zu sich in die angrenzende Küche. Sie wollte nicht, dass Felix mitbekam, welch große Sorgen sie sich um Pia machte.

»Die in der Einsatzleitstelle waren nicht gerade hilfreich«, berichtete sie leise und raufte sich nervös die Haare. »Sie sagen, sie können Pia auch nicht erreichen. Dort, wo sie ist, hat sich gerade ›eine Lage ergeben‹.«

»Vielleicht ist es ja wirklich so, wie ihr Kollege sagt: Sie ist beschäftigt und hat darüber alles andere vergessen«, meinte Günther.

»Das glaubst du doch auch nicht«, entgegnete Anna mit einem Blick auf Felix.

»Nein«, bekannte er. »Irgendwas müssen wir tun.«

Nach dem Anruf von Pias Mutter war es mit Lars Kuhns Ruhe und seiner Vorfreude auf den gemeinsamen Abend mit Pia vorbei gewesen. Dass Pia Felix nicht abholte, ohne Bescheid zu sagen, passte nicht zu ihr. Er befürchtete ebenfalls, dass etwas Schlimmes passiert war.

Um kurz nach sieben, als Pia sich eigentlich mit ihm hatte treffen wollen, stand er im Gang vor ihrem Haus und erwog seine Möglichkeiten. Oben in ihrer Wohnung war erwartungsgemäß alles dunkel, und auf sein Läuten hin öffnete ihm niemand die Tür. Pias Mutter hatte ihm gerade berichtet, dass sie mit ihrem Anruf bei der Polizei auf wenig bis überhaupt keine Unterstützung gestoßen war. Aber immerhin wusste er nun grob, wo Pia heute arbeitete. In Groß Tensin, es war gar nicht so weit von hier entfernt. Er würde hinfahren und sie suchen. Sich zur Not ihre Kollegen persönlich vorknöpfen. Irgendjemand musste etwas wissen.

Heinz Broders stöhnte vor Schmerz. Er lag mit den fiesesten Rückenschmerzen aller Zeiten im Bett. Seit ein paar Stunden war er quasi bewegungsunfähig, und er hasste es. Jeder Gang zur Toilette war eine Qual, bei der er sich am Geländer, an Türklinken und Stuhllehnen festhalten musste wie ein Tattergreis. Dass es ihn in Ralphs Haus erwischt hatte, machte die Sache noch schlimmer.

Er war aus der Dienststelle hierhergefahren, weil sein Rücken ihm zu schaffen gemacht hatte. Allerdings nicht mehr als in den vergangenen Tagen. Bei seinem Freund angekommen, hatte er idiotischerweise einen von Elias' Socken unter dem Tisch auflesen wollen, und schon war es geschehen. Ein scharfer Schmerz war ihm dabei zwischen die Lendenwirbel gefahren, sodass er sich nur noch flach auf den Boden hatte legen können. Er hatte eine Stunde gebraucht, um ins Bett zu kriechen. Sein Zustand machte ihn wütend und war ihm hochgradig peinlich. Ausgerechnet hier, ausgerechnet jetzt. Außerdem war in Groß Tensin wieder richtig was los. Er beneidete Pia ein wenig, dass sie heute mit Rist dorthin gefahren war. Sie hatten doch tatsächlich eine weitere Leiche gefunden. Ob Rist mit all dem fertig wurde? Broders fehlte Horst-Egon Gablers Ruhe und vor allem dessen Übersicht. Manfred Rist wollte nach wie vor alles im Alleingang machen. Gabler hingegen war gut im Delegieren und darin, die beste Leistung aus seinen Leuten herauszukitzeln. Rist war zu hemdsärmelig, wollte die Lorbeeren selbst ernten ... Wahrscheinlich lag es an seiner Zeit als verdeckter Ermittler. Da war er weitestgehend auf sich selbst gestellt gewesen. Man sagte, er sei gut gewesen, aber ob diese Erfahrung ihn darauf vorbereitet hatte, eine Mordermittlung zu leiten? Broders bezweifelte es.

Er griff nach seinem Notebook, das neben ihm auf Ralphs Seite des Bettes lag. Dann suchte er die Fernbedienung für das Luxusbett und ließ das Kopfteil surrend hochfahren, bis er eine halbwegs sitzende Position erreicht hatte. Immerhin, seit Ralphs Hausarzt ihm vor einer Stunde die Spritze gesetzt hatte, ging es ihm schon ein klein wenig besser. Broders stöhnte zwar auf, als seine Rückenmuskeln in Bewegung kamen, doch dann beruhigte sein Rücken sich, und die neue Lage wurde erträglich. »Verdammtes Seniorenbett«, hatte er sich seinerzeit mokiert, aber Ralph hatte nur gegrinst und gesagt: »Wirst schon sehen ...«

Dass er so schnell die Vorteile sehen und vor allem fühlen würde, hatte Broders nicht gedacht. Doch in dieser halb sitzenden, halb liegenden Position konnte Broders wenigstens so tun, als arbeitete er. Er klappte das Notebook auf und ließ es hochfahren.

Pia war es gelungen, sich an eine Wand gelehnt aufzusetzen. Jedes Mal, wenn sie versuchte aufzustehen, traf sie ein Schlag oder Tritt mit solch brutaler Gewalt, dass sie allmählich von diesem Vorhaben absah. Jedenfalls solange sich Bredow in ihrer Nähe befand. Sie hatte noch mehrmals versucht, mit ihm zu reden – ohne Erfolg.

Im Raum war es kalt, nicht viel wärmer als draußen, jedoch windgeschützt. Pia zitterte. Sie versuchte, sich durch bewusstes, langsames Atmen zu beruhigen. Vor allem wollte sie nicht, dass Bredow sah, in welch große Angst die Situation sie versetzte.

Es schien kein elektrisches Licht zu geben. Durch das grobe Gewebe vor ihrem Gesicht nahm sie einen einzelnen Lichtschein schräg rechts vor sich wahr. Es sah aus wie von einem Scheinwerfer. Die Zeit arbeitet für mich, sagte Pia sich, um sich zu beruhigen. Aber was nützte es, wenn niemand wusste, wo sie war?

Sie konnten sie doch über ihr Mobiltelefon orten? Aber sie spürte es nicht mehr in ihrer Jackentasche. Bestimmt hatte Bredow es ihr längst abgenommen. Ungebeten schlichen sich wieder die Bilder der toten Vanessa vor ihr inneres Auge. Auch bei ihr hatte er sich viel Zeit gelassen. Hatte sie nicht ermordet, sondern Hunger, Durst, Kälte und Erschöpfung die Tat zu Ende bringen lassen.

Bei mir ist das anders, sagte Pia sich. Ich bin nicht eines seiner Opfer. Ich bin ihm bloß im Weg, weil ich ihm auf die Schliche gekommen bin. Doch was hatte er mit ihr vor? Er besaß ein Messer, er war sogar in den Besitz ihrer Dienstwaffe gelangt. Bredow hätte sie längst töten können ... Wenn er es denn einfach haben wollte.

»Ich will zuallererst wissen, ob es sich um die sterblichen Überreste von Olivia Vollert handelt«, sagte Rist zu Enno Kinneberg.

Der Rechtsmediziner ging neben dem verkohlten und verkrümmten Leichnam in die Knie. Der Schutt, der sich darüber befunden und die Leiche verdeckt hatte, war inzwischen vorsichtig abgetragen worden.

»Kann ich mir vorstellen, dass Sie das wissen wollen. Aber das wird ein ziemliches Stück Arbeit. Wie soll ich Ihnen sagen, wer das ist? ›Es‹ trägt keinen Schmuck, nicht mal eine Gürtelschnalle oder ein Jeansknopf sind noch da.«

»Körpergröße, Geschlecht, Alter?«

»Alles nur Mutmaßungen. Sie sehen ja selbst. Das Feuer hat ganze Arbeit geleistet. Was das Geschlecht angeht, tippe ich auf weiblich, der Statur, der Größe der Füße und der Breite des Beckens wegen … Aber ich kann mich auch täuschen.«

»Und ansonsten?« Rists Telefon klingelte, und er wandte sich kurz ab. Jemand aus der Einsatzleitstelle fragte, ob Pia Korittki in der Nähe sei.

»Im Prinzip schon, doch gerade nicht greifbar«, antwortete er abgelenkt, weil er sich auf den Rechtsmediziner konzentrieren wollte. Der strich gerade mit einem Holzspachtel über die schwarz verfärbte Haut an einem der Handgelenke und roch daran. Rist schüttelte sich.

Pia solle sich bei ihrer Mutter melden, richtete der Beamte von der Einsatzleitstelle ihm aus.

»Ja, ja«, sagte Rist und rollte genervt mit den Augen.

»Das Opfer war an Händen und Füßen gefesselt.« Kinneberg deutete auf eine Stelle an den Handgelenken, wo Rist nun mit viel Fantasie ein fremdes Gewebe erkennen konnte. »Und es war nackt oder so gut wie nackt.«

Damit hatte er Rists volle Aufmerksamkeit. »Sind Sie da sicher? Ist doch alles verbrannt.«

»Wollen Sie nun wissen, was ich weiß, oder nicht?«

»Ja, ja. Schon gut.« Manfred Rist steckte das Telefon weg.

»Das hier hat eine große Ähnlichkeit mit der Auffindesituation der anderen Toten – bis auf das Feuer natürlich.«

»Das ist gut«, murmelte Rist. »Das bringt mich weiter.«

Broders saß im Bett und hatte sein Notebook auf den Knien. Er rief MERLIN auf, das Fallbearbeitungssystem, in das sie alle Daten der Ermittlung eingepflegt hatten. Er war auf der Suche nach einem Hinweis oder einer Verknüpfung, die sie bisher übersehen oder nicht genügend beachtet hatten. Wenn er schon bewegungsunfähig war, konnte er wenigstens seinen Verstand gebrauchen. Er verglich die Lebensumstände der beiden verschwundenen Mädchen.

Inzwischen war das Material über Vanessa Grube vervollständigt worden. Es waren auch Fotos aus Vanessas Privatleben hinzugekommen. Pia hatte sich mit den Computerdateien der Mädchen beschäftigt. Das Opfer eines Verbrechens wird auch noch seiner Privatsphäre beraubt, dachte Broders mit aufflackerndem Unbehagen. Doch es gab eine reelle Chance, so etwas über den Täter herauszufinden. Bei den Urlaubsbildern von Vanessa stutzte Broders und zog sein Telefon hervor.

»Frau Buttgereit? Susanne Buttgereit? Ich muss noch mal mit Ihnen über Ihr Patenkind Olivia reden.«

»Haben Sie sie gefunden?«

»Nein. Wir brauchen Ihre Hilfe.«

Sie seufzte. »Was wollen Sie denn noch wissen?«

»Ihr gemeinsamer Urlaub mit Olivia. Wo waren Sie da?«

»Im *Club Marathon* in der Türkei.«

»Nicht im *Mira Sun Resort?*«

»Das war das Hotel nebenan.«

»Wann waren Sie da?«

Sie nannte ihm das Datum. Es passte! Broders hieb mit der flachen Hand auf die Bettdecke. Das Nachbarhotel war das, in dem Vanessa ungefähr zur selben Zeit mit ihrer Familie Urlaub gemacht hatte. »Gab es zwischen Ihrem Hotel und dem Nachbarhotel Kontakte, ein gemeinsames Animationsprogramm oder irgendwelche Ausflüge?

»Nein, nicht, dass ich wüsste.«

»Es wäre eine Verbindung zu dem anderen vermissten Mädchen … und vielleicht zum Täter.«

Er hörte Susanne Buttgereit schwer atmen. »Das Einzige, das mir dazu einfällt, ist, dass Olivia einen Tauchkurs mitgemacht hat, der im *Mira Sun* stattfand. Da war sie mit einem anderen Mädchen zusammen.«

»Niemandem sonst?«

»Ich glaube, sie fand einen der Mittaucher ganz toll … Aber er hat sich nicht für sie interessiert. Nur für die andere.«

»Hieß das andere Mädchen zufällig Vanessa?«

»Ich weiß es nicht.«

»Wie hieß der Mann?«

»Da habe ich überhaupt keine Ahnung.«

Waren die Mädchen einander tatsächlich in der Türkei im Urlaub begegnet, hatten ihre Kontaktdaten ausgetauscht? Und mit dem »jungen Mann« ebenso? War das Hotel *Mira Sun Resort* endlich die gesuchte Verbindung?

Broders dankte Susanne Buttgereit, beendete das Gespräch und schnaufte einmal tief durch. Wenn sie den Mann aus dem Tauchkurs hatten, dann wussten sie wahrscheinlich auch, wer der Täter war. Heinz Broders hoffte, dass das Hotel und die Tauchschule sich als auskunftsfreudig erweisen würden.

Der Anruf von Pias Mutter auf seinem Mobiltelefon riss ihn aus seinen Gedanken. Er hatte Kürschner erwartet, vielleicht Gerlach oder Pia selbst. Doch niemals Anna Liebig. Broders erinnerte sich, dass Pia den Mädchennamen ihrer Mutter – Korittki – trug, die dann später einen Mann namens Liebig geheiratet hatte.

Anna Liebig erzählte ihm, dass Pia ihren Sohn heute nicht von der Tagesmutter abgeholt hatte. Sie war auf dem Handy nicht erreichbar, und in der Einsatzleitstelle hatte man Anna Liebig auch nicht weiterhelfen wollen. Im ersten Moment war Broders überrascht und genervt, dass Pias Mutter ihn kontaktierte, doch er musste ihr zustimmen. Wenn man Pias sonstiges Verhalten berücksichtigte, war die Situation durchaus besorgniserregend. Er versprach ihr, sich darum zu kümmern und sich alsbald bei ihr zu melden. Als das Gespräch beendet war, warf er sein Telefon aufs Bett und wollte die Beine über die Bettkante schwingen. Er schrie vor Schmerz auf, und ihm wurde schwindelig. So ging es nicht. Er würde weiterhin seinen Kopf anstrengen müssen, um seiner Kollegin zu helfen. Mehr konnte er im Moment nicht für sie tun.

Mit verzerrtem Gesicht fischte er wieder auf der Bettdecke nach seinem Handy. Er wollte gerade seine Kollegen über Anna Liebigs Befürchtungen und die neue Spur informieren, als sein Telefon erneut läutete. Ein unbekannter Anrufer.

»Kuhn hier, Lars Kuhn. Pias Mutter hat mir Ihre Nummer gegeben. Ich weiß, dass Pia vermisst wird. Ich bin auf dem Weg nach Groß Tensin.«

»Drehen Sie um!«, schnauzte Broders ihn an. »Ich kann jetzt nicht mit Ihnen reden. Ich muss sofort telefonieren. Ich lege jetzt auf.«

Bredow packte Pia unter den Armen und zog sie ein Stück von der Wand weg. Sie wollte sich wehren, ihn angreifen, wenn möglich verletzen oder sogar außer Gefecht setzen, aber sie wusste, dass sie einen günstigen Moment abpassen musste, so schwer es ihr auch fiel. Sie konnte ihn durch den Stoff des Sacks hindurch nur schemenhaft erkennen, und ihre Hände und Füßen waren immer noch gefesselt.

Er drehte sie, sodass sie auf dem Rücken zu liegen kam, die Arme unter ihr. Bredow setzte sich auf ihre Oberschenkel und schob ihre Jacke und ihr T-Shirt ein Stück hoch. »Kind, steck dein Hemd in die Hose!«, hatte ihre Mutter sie früher immer ermahnt. Sie hatte dabei an Erkältungen gedacht. Aber in dieser bedrohlichen und ekelerregenden Situation hätte Pia es ihrem Angreifer gern wenigstens ein klein wenig schwerer gemacht … Gleichzeitig wunderte sie sich, dass sie vor lauter Angst überhaupt noch denken konnte. Als seine warme, verschwitzte Hand ihren Bauch berührte, hätte sie ihm gern ins Gesicht gespuckt.

»Fass mich nicht an!«, schrie sie. Durch den Sack hindurch klang ihre Stimme fremd und gedämpft.

Etwas Kaltes, Scharfkantiges kitzelte sie knapp unterhalb des Bauchnabels. Die Messerklinge?

»Wenn du dich wehrst, schneide ich dir deine Innereien einzeln heraus«, sagte er. »Stück für Stück.«

Ein Sadist!, dachte sie. Bredow ist ein gefühlskalter Egomane, der sich an seiner Macht aufgeilt. Wieso hatten sie das nicht eher erkannt? Weil er den hilfsbereiten, sensiblen Briefträger gespielt hatte. Den netten, aufgeschlossenen Freizeitsportler. Pia lag auf ihren zusammengebundenen Armen. Er saß auf ihren Beinen. Wenn sie daran nicht bald etwas änderte, würde es ihr ergehen wie Vanessa. Er zog an ihrer Jeans.

»Ich muss mal«, fuhr sie ihn an.

»Jetzt sofort, sonst platze ich!«

Die Klinge des Messers wanderte tiefer.

»Du gibst dir doch solche Mühe, keine Spuren zu hinterlassen, Bredow. Deswegen hast du Vanessas Leiche abgewaschen, und Nielsens Körper lag so lange im Teich, dass wir auch keine verwertbaren Spuren mehr gefunden haben. Nichts hat auf dich gedeutet. Es war perfekt«, schmeichelte sie ihm. »Aber jetzt bist du kurz davor, einen sehr dummen Fehler zu begehen. Urin bekommst du nämlich nicht so leicht wieder ab. Mitsamt der darin enthaltenen DNA. Im Labor lässt sich das ohne Weiteres nachweisen, auch wenn du dich noch so sehr abschrubbst. Sie werden dich dadurch drankriegen.« Pia hoffte, dass er es nicht besser wusste.

Er hielt in der Bewegung inne.

»Lass mich pinkeln gehen!«, forderte sie. »Jetzt!«

Bredow verlagerte sein Gewicht. Ein Schatten fiel über sie. Sie spürte das Messer durch den Stoff des Jutesackes hindurch an ihrer Kehle. Dann zog er sie hoch und schubste sie vor sich her. Ihre Fußfesseln hatten ein Stück nachgegeben, sodass sie kleine Schritte machen konnte. Er stieß sie ungeduldig vorwärts. Sie gelangten durch einen schmalen Flur in einen dunklen Raum, der nach Urin und Schimmel roch. Das WC oder das Badezimmer?

Er drehte sie an den Schultern herum, sodass sie ihm gegenüberstand.

»Beeil dich!« An der Rückseite ihrer Beine spürte sie den Rand einer Kloschüssel. Bredow stieß sie noch einmal an. Pia verlor das Gleichgewicht und fiel zur Seite. Da spürte sie etwas Glattes und Kühles an ihrer Schulter, das leicht nachfederte. Dadurch, dass sie so gut wie nichts sehen konnte, schienen sich ihr Hörvermögen sowie ihr Geruchs- und Tastsinn verschärft zu haben. Der Klang war hohl gewesen, als sie dagegengestoßen war. Und da war noch etwas zu hören gewesen: ein leises Knirschen, als sie mit ihrem Gewicht dagegengedrückt hatte. War es eine Fensterscheibe in marodem Fensterkitt? Was sollte es sonst sein? Sie befand sich also in einem Raum mit einem größeren Fenster, das links von ihr war. Dem sonstigen Zustand des Hauses, der klammen Kälte, der Hellhörigkeit und dem modrigen Geruch nach zu urteilen, war es alt und baufällig. Mit ein wenig Glück handelte es sich hier nicht um ein Thermopanefenster.

»Mach schon!«, herrschte er sie an und zerrte sie wieder auf die Füße.

»Wie soll das gehen? Ich kann nichts sehen, und meine Hände sind zusammengebunden.«

Als er sich runterbeugte, um ihre Jeans zu öffnen, vermutete

Pia, dass er dazu beide Hände benutzte. Er musste das Messer zur Seite gelegt haben. Sie hatte die Toilette eben hinter sich an ihren Kniekehlen gespürt. Pia ließ sich rückwärtsfallen, riss die Beine hoch und trat mit der Kraft der Verzweiflung nach vorn. Sie fühlte einen eher nachgiebigen Widerstand. Bredow flog zurück und stieß einen unterdrückten Schmerzensschrei aus. Doch sie hatte ihm damit noch lange nicht genug Schmerz zugefügt. Es polterte, als er fiel. Sie hörte das Messer auf dem Fußboden klappern. Damit hatte sie Sekunden gewonnen oder vielleicht nur Bruchteile einer Sekunde, so trainiert, wie er war. Doch sie hatte auch nichts mehr zu verlieren.

33. Kapitel

Mit der unverletzten Schulter und dem Ellenbogen stieß Pia mit aller Kraft gegen das, was sie für die marode Glasscheibe eines Badezimmerfensters hielt. Das erste Mal knirschte es nur, und sie federte zurück. Pia keuchte und ließ sich beim zweiten Mal mit ihrem ganzen Gewicht dagegenfallen. Sie hoffte, dass der Jutestoff ihren Kopf vor den Scherben schützen würde. Es knackte, das Material gab nach. Pia fühlte einen kalten Luftzug und warf sich mit viel Schwung ein drittes Mal gegen das Glas. Sie hatte erwartet, einfach durch die kaputte Scheibe zu fallen, doch sie musste sich durch die Glaszacken zwängen und landete schließlich unter Klirren und Knirschen auf weichem Untergrund. Hohes Gras? Ungläubig, dass es ihr tatsächlich gelungen war, kam sie hastig und unbeholfen auf die Füße. Sie versuchte, sich zu orientieren. Rechts von sich, oberhalb ihres Kopfes, hörte sie weiteres Glas brechen. Versuchte Bredow, ihr auf diesem Weg zu folgen? Doch wenn man die spitzen Glasscherben sehen konnte, stürzte man sich vielleicht nicht ganz so wagemutig hindurch ...

Dann vernahm sie nichts weiter als das Heulen des Windes. Und da war auch wieder das Rauschen. Die Ostsee! Wieso war sie nicht eher darauf gekommen? Pia vermutete, dass Bredow gerade auf einem anderen Weg das Haus verließ. Welche Chance hatte sie, ihm zu entkommen, mit gefesselten Händen und Füßen und so gut wie blind? Sie musste versuchen, Zeit zu gewinnen, sich vor ihm zu verstecken. Aber wenn sie dem Rauschen des Meeres folgte, war das definitiv eine Sackgasse. Doch sie hatte keine Zeit, zu überlegen und das Meeresrauschen zu orten. Pia bewegte sich hastig in eine Richtung, von der sie hoffte, dass sie nicht direkt in Bredows Arme führte.

Es war verdammt schwierig, sich derart zusammengeschnürt fortzubewegen. Sie konnte ja nur winzig kleine Schritte machen. Zwar lockerten sich die Fußfesseln immer mehr, aber der Untergrund war tückisch. Zuerst ging es durch hohes Gras, dann spürte Pia Laub unter ihren Füßen rascheln. Sie prallte gegen einen Baumstamm und stürzte, als sich ihre Füße in irgendwelchen Ranken verfingen. Pia fiel, ohne sich abstützen zu können, auf ihren verletzten Arm und unterdrückte mit allergrößter Mühe einen Aufschrei. Als das Unterholz dichter wurde, kam sie nur seitlich rollend und robbend vorwärts. Bei aller Qual und Demütigung hoffte Pia, dass Bredow sie so weniger schnell entdecken würde. Sie hatte ihn noch nicht wieder gehört. Das war nur wenig beruhigend. Doch im Moment war alles besser, als ihm hilflos ausgeliefert zu sein.

Ihre Kraft schwand. Pia blieb einen Moment reglos liegen. Jeder Atemzug schmerzte, und ihr Herz klopfte zum Zerspringen. Sie versuchte, sich auf ihre Umgebung zu konzentrieren: Sie hörte weder Schritte noch Atemgeräusche. War das nicht seltsam? Vielleicht stand er ja schon direkt über ihr und beobachtete sie?

Da vernahm sie entfernt verhaltenes Rascheln. Sie versuchte, es zu orten. Was sollte sie tun? Einfach liegen bleiben und hoffen, dass Bredow sie nicht fand? Das war mehr als unwahrscheinlich, da er alle Zeit der Welt und einen Scheinwerfer hatte, den er einsetzen konnte. Um Hilfe rufen? Pia war sich beinahe sicher, dass niemand sie hier würde hören können, niemand außer Bredow. Der abgelegene Eiskeller als Versteck war so von ihm gewählt worden, dass Vanessa sich hätte die Seele aus dem Leib schreien können. Was sie vielleicht ja auch getan hatte ...

Der Wind frischte auf und ließ die Zweige über ihr knacken.

Pia nutzte die Geräuschkulisse, um sich von Bredow, seinem angenommenen Standort, robbend zu entfernen. Sie spürte, wie sie beinahe an einem Draht hängen blieb, der über ihr gespannt war, rollte darunter hindurch und stieß mit dem Fuß gegen etwas Festes. Ein Zaunpfosten? Hatte sie das Grundstück verlassen? Und wo war sie jetzt? Das Gebüsch, durch das sie sich bewegte, schien noch dichter zu werden. Pia robbte weiter. Dornige Zweige zerrten an ihren Kleidern, und spitze Steine bohrten sich in ihre Haut.

Als sie durch das Gewebe vor ihren Augen einen schnell vorbeihuschenden Lichtschein sah, wusste sie, dass Bredow sie nun mit dem Scheinwerfer suchte. Es war nur eine Frage der Zeit, bis … Sie robbte weiter in eine bestimmte Richtung und hoffte, auf diesem Weg noch tiefer in das Gebüsch zu gelangen. Wie eine Schlange wand sie sich, und dann … spürte sie, wie der Boden unter ihr nachgab.

Jetzt hörte sie das Rauschen viel deutlicher, der Wind blies heftiger. Pia ahnte mit einem Mal, wo sie sich befand: auf der Abbruchkante der Steilküste über der Ostsee. Sie wusste nur nicht, wie hoch und wie steil die Klippe an dieser Stelle war. Ob unten weicher Sand oder ein paar ansehnliche Findlinge aus Skandinavien auf sie warteten. Das Haus, in das Bredow sie gebracht hatte, konnte eigentlich nur eines der beiden leer stehenden direkt an der Abbruchkante sein. Vielleicht das mit dem schönen alten Wintergarten, das im nächsten Winter vermutlich in die Ostsee abrutschen würde? Und sie hatte sich gewünscht, es mal von innen zu sehen und den Ausblick zu genießen.

Sie konnte Bredows Lichtschein verfolgen, der systematisch die Umgebung abtastete. Gleich würde der Kegel sie erfassen. Als der Lichtfinger ihr immer näher kam, rollte Pia sich über ihren verletzten Arm zur Seite.

»Ich bin jetzt in Groß Tensin angekommen. Sagen Sie mir endlich, wo Pia ist, Herr Broders!«, forderte Lars Kuhn. »Ich finde es sowieso heraus, es dauert nur etwas länger.«

Broders fühlte sich an den Film *Der Knochenjäger* erinnert, in dem ein querschnittgelähmter ehemaliger Ermittler – gespielt von Denzel Washington – eine Kollegin von seinem Krankenbett aus durch die Unterwelt einer amerikanischen Großstadt dirigiert ... New York? Die Bewegungsunfähigkeit machte Broders beinahe wahnsinnig. Er stellte das Kopfteil des Bettes noch höher und stöhnte vor Schmerz auf. Noch schlimmer war, dass er Rist zwar erreicht hatte, aber nicht wirklich zu ihm durchgedrungen war. Die Reaktion des Kollegen auf die mögliche Verbindung zwischen den beiden Mädchen war zurückhaltend ausgefallen. Immerhin wusste Broders jetzt, wohin Pia gegangen war, als sie sich getrennt hatten: zu Meikes Grab. Manfred Rist hatte ihm zwar versichert, er habe alles im Griff, aber Broders zweifelte daran. Hatte Rists vom Ehrgeiz umnebelter Verstand erfasst, dass seine Kollegin Pia sich wahrscheinlich in Lebensgefahr befand?

»Wir wissen noch nicht, wo sie ist«, sagte er.

»Suchen Sie sie?«

»Natürlich«, bellte Broders. Einerseits durfte sich Lars Kuhn als Privatperson keinesfalls in die polizeiliche Ermittlung einmischen. Andererseits ... Er war ja schon vor Ort.

Pia stürzte die Klippe hinunter. Ein Moment des freien Falls, ein Aufprall, der ihr die Luft aus der Lunge presste. Sie rollte eine schräge Ebene hinunter, wurde herumgeschleudert wie in einer Waschmaschine. Mit auf dem Rücken zusammengebundenen Handgelenken hatte sie keine Chance, sich irgendwo festzuhalten. Eine Lawine aus Sand und Steinen begleitete ihren Sturz.

Sie wurde langsamer, rollte aus. Zumindest war beim Fallen der Sack von ihrem Kopf gerissen worden. Sie lag am Strand am Fuße einer Steilküste. Die Ostsee brandete gegen die Küste. Pia sah einen Stein von der Größe eines Medizinballs neben ihrem Kopf. Glück im Unglück. Einen Moment blieb sie reglos liegen und versuchte, die Schmerzen zu lokalisieren. Arme und Schultern taten höllisch weh, der Kopf brummte immer noch, schien jedoch keine schwereren Stöße abbekommen zu haben. Nun schmerzten aber auch noch ihre linke Hüfte und – wie zum Ausgleich – der rechte Knöchel, mit dem sie sich irgendwo verfangen hatte. Vorsichtig bewegte sie ihre Gliedmaßen, soweit das möglich war. Auch die Fußfesseln hatten sich weiter gelöst. Und es schien zumindest nichts gebrochen zu sein. Sie schaute die Klippe hinauf. Es hätte schlimmer kommen können. Viel schlimmer, dachte sie, bis sie über sich den wandernden Lichtfinger sah. Bredow suchte sie mit seinem Scheinwerfer.

Broders gelang es, sich mit dem Geschäftsführer des *Mira Sun* verbinden zu lassen. Zu seiner Erleichterung sprach der Mann hervorragend Deutsch.

»Moment. Sind Sie wirklich von der Polizei?« Er schien sich einen Ruck zu geben. »Nun gut. Ich sehe mal im System nach. Von welchem Zeitraum sprechen wir noch mal?«

Broders nannte ihn ungeduldig.

»Ah, hier ist es! Eine Vanessa Grube war bei dem Tauchkurs dabei. Sie haben recht. Olivia Vollert? Moment. Ja, die sehe ich hier auch. Die übrigen Teilnehmer? Es waren insgesamt nur sechs. Noch zwei Paare ...«

Die Namen sagten Broders nichts. Er stöhnte vor Frustration auf. Ließ sie sich noch einmal vorlesen. Es hatten nur zwei Männer an dem Tauchkurs teilgenommen. Ein Michael Brauer aus München und ein Stephan Palutzki aus Köln, beide mit ihren Ehefrauen. Wieder eine Spur, die im Nichts endete. »Sonst wirklich niemand mehr?«, fragte Broders.

»Das sind alle. Wir haben hier nur eine kleine Tauchbasis.«

Broders dankte ihm und wollte schon auflegen. »Moment noch! Wer war der Tauchlehrer?«

»Ach, der! Es war seine erste Saison bei uns. Und seine einzige.«

»Wie hieß er?«

»Ben. Sein Name war Ben Bredow.«

»Bingo«, sagte Broders und hieb mit der flachen Hand auf die Bettdecke.

Lars Kuhn hielt vor einem Siedlungshaus kurz vor dem Ortsende. Er kontrollierte die Hausnummer. Es war Benjamin Bredows Haus. Seine Hartnäckigkeit hatte sich ausgezahlt. Pias Kollege, der mit einem Hexenschuss im Bett lag, hatte ihn hierhergelotst.

»Meine Kollegen sind auch schon informiert. Die werden jeden Moment da auftauchen«, hatte Broders ihm mit kratziger Stimme versichert.

»Wer ist dieser Bredow?«, wollte Lars wissen. Das Backsteinhaus mit dem Satteldach sah so normal, so harmlos aus.

»Bleiben Sie dem Mann und dem Haus in jedem Fall fern!«, warnte Broders. »Schauen Sie nur, ob Pia da ist. Bredow ist gefährlich.«

Im Inneren des Hauses brannte kein Licht. Der spitze Giebel war der Straße zugewandt. Ein paar hohe Tannen standen davor. War Pia da drinnen? War sie in Gefahr? Er konnte doch nicht nur hier rumsitzen und warten. Lars ließ seinen Wagen mit laufendem Motor in der Einfahrt stehen, stieg aus, lief zum Eingang und klingelte Sturm. Er hämmerte gegen die Tür, bis ihm die Knöchel wehtaten. Welch taktisch überlegtes Vorgehen, dachte er selbstironisch. Wo verdammt noch mal war Pia?

»Es macht niemand auf«, rief er ins Telefon, nachdem er Heinz Broders wieder in der Leitung hatte.

»Wo, verflucht, bleiben meine Leute?«, fragte Broders aufgebracht.

»Keine Ahnung. Ich bin allein hier.«

»Zum Teufel! Irgendwo muss Pia sein«, rief Broders beunruhigt.

»Moment, ich schau mich mal um.« Lars unterbrach die Verbindung nicht, holte sich jedoch eine Taschenlampe aus dem Auto und ging um das Haus herum. Er verschaffte sich einen Überblick über den kleinen Garten, untersuchte den Carport. Es lagerten jedoch nur Sportgeräte und Gartenwerkzeuge darin. Lars legte sich sogar auf den Boden und leuchtete in die Kellerfenster. Er war nicht schlauer als vorher.

»Steht ein Auto auf dem Grundstück?«, fragte Broders.

»Nein.«

»Dann hat er sie vielleicht fortgebracht.«

»Was? Wohin?«

»Keine Ahnung«, sagte Broders. »Ich muss noch mal telefonieren. Ich denke …«

»Ich geh jetzt rein«, fuhr Lars dazwischen. »Vielleicht finde ich was, das uns einen Hinweis darauf gibt, wo er sie hingebracht hat.«

»Das ist Sache der Polizei«, sagte Broders entnervt. »Warten Sie! Der Typ kann ganz in der Nähe sein.«

Zu spät, dachte Lars. Er lief noch einmal um das Haus herum und suchte nach einer Möglichkeit hineinzukommen. Weil kein Fenster offen stand, tastete er den Türrahmen und die Regenrinne des kleinen Vordachs ab. Er schaute sogar unter die Fußmatte und den Blumenkübel neben der Tür. Kein Schlüssel.

Lars stieg in den Land Rover, gab spielerisch Gas. Am liebsten wäre er direkt zur Eingangstür hineingefahren. Wenn da nicht die drei Stufen im Wege wären. Doch neben der Treppe befand sich ein Kellerfenster auf Bodenniveau. Es war groß genug, um hindurchzuschlüpfen, aber vergittert. Lars stieg wieder aus, betrachtete das Gitter. Er nahm das Seil, dessen eines Ende an der Winde vor dem Kühlergrill befestigt war – sein neuestes Spielzeug. Lars hatte gar nicht gedacht, dass es so schnell zu einem echten Einsatz kommen würde. Er befestigte es an dem Gitter. Zurück am Wagen, betätigte er die Winde. Das Seil spannte sich, dann passierte erst einmal nichts. Der Wagen ruckte, Steine und Putz knirschten, das Gitter wölbte sich und sprang mit einem Ächzen aus der Verankerung.

Lars sah sich unruhig um, doch niemand schien den Vandalismus am Haus zu bemerken. Entspannte Nachbarschaft. Er schaltete die Winde aus, nahm die Taschenlampe wieder zur Hand und zog Arbeitshandschuhe aus der Kiste im hinteren Teil des Wagens. So ausgestattet, ging er zu dem Fenster. Er schlug die Scheibe mit seiner Taschenlampe ein und betätigte den Fenstergriff. Oh Mist, ich bin zu alt für solche Kletterpartien!, dachte er, als er sich durch das Fenster zwängte und unsanft in den Scherben landete.

Das Eindringen in ein fremdes Haus beschleunigte seinen Puls. Während er lauschte, ob er bemerkt worden war, fühlte er seine Halsschlagader pochen. Es blieb alles ruhig, trotzdem wagte er nicht, nach Pia zu rufen. Im Schein der Lampe suchte er sich seinen Weg nach oben. In der Küche herrschte Chaos. Ein umgekippter Hackklotz und auf dem Boden liegende Gerätschaften deuteten auf einen Kampf hin. Der Fußboden war schmutzig. Waren das Blutflecken? Er rief wieder bei Broders an.

»Ich bin jetzt in der Hütte drin«, sagte er atemlos.

»Stopp. Ich will gar nicht wissen, wie Sie reingekommen

sind. Gehen Sie wieder, verlassen Sie das Haus! Die Polizei ist schon auf dem Weg.«

»Wo bleiben Ihre Leute denn? Hier ist Blut auf dem Boden.«

»Alle verfügbaren Streifenwagen sind zu Bredows Adresse unterwegs. Der Leiter der Mordkommission muss auch gleich mit seinen Leuten eintreffen.«

»Streifenwagen? Wir brauchen Spezialkräfte, Spürhunde, das ganze Programm.«

»Das SEK ist informiert.«

»Informiert? Soll das ein Witz sein? Pia ist in Gefahr!«

»Wir wissen nicht, wo sie ist.«

Lars wollte gerade losschimpfen, als er stutzte. »Ich glaube, ich hab was gefunden. Pias Handy liegt in der Spüle. Ich bin mir sicher, dass es ihres ist. Es hat diesen Aufkleber mit der Lübeck-Silhouette drauf.«

»Also ist nichts mit Ortung«, stöhnte Broders.

»Aber sie war hier«, sagte Lars bitter. Es wunderte ihn, wie ruhig er war. Da er etwas tun konnte, war die Panik einer grimmigen Entschlossenheit gewichen. »Ich schau mich weiter um.« Er drückte Broders' Proteste einfach weg.

Während Lars mit der Taschenlampe durch die fremden, dunklen Räume ging, spürte er das Adrenalin durch seine Adern rauschen. Pia hatte versucht, ihm das Gefühl zu beschreiben; jetzt erst verstand er, wovon sie gesprochen hatte. Doch Lars fand nichts, das auf Pias Verbleib hinwies. Ein normaler, chaotischer Single-Haushalt mit einer Hängematte im Wohnzimmer und einer breiten, schmuddeligen Matratze im Schlafzimmer. Durch das Schlafzimmerfenster sah er, wie sich ein Streifenwagen mit Blaulicht, jedoch ohne Martinshorn Bredows Haus näherte. Er hatte nicht mehr viel Zeit.

Sein Land Rover stand direkt vor dem Haus. Das Seil der Winde war noch mit dem zerstörten Kellerfenstergitter verbunden. Das würde die Polizisten bestimmt dazu veranlassen, mit gezogenen Waffen und Schutzweste hier hereinzuspazieren. Hoffentlich mussten sie die Westen erst noch anlegen! Das würde ihm etwas Zeit verschaffen.

Das Haus war so winzig, dass jetzt bloß noch der Keller übrig blieb, den er bisher nur schnell durchquert hatte. Als Lars die steile Treppe hinabstieg, hörte er draußen die Stimmen der Polizeibeamten. Sie berieten sich. Dann riefen sie nach ihm. Sollten sie doch! Er spürte, dass dies die letzte Gelegenheit für ihn war, Einfluss auf das Geschehen zu nehmen.

Unten angekommen, stand er in einem winzigen Flur mit einer Decke, die so niedrig war, dass er den Kopf einziehen musste. Es gab drei Türen. Die eine führte in den Heizungskeller, durch den er hereingekommen war. Im zweiten Kellerraum fiel der Lichtschein seiner Lampe auf eine schmuddelige Matratze mit rostroten Flecken darauf. In der Wand dahinter waren glänzende, neue Eisenringe angebracht. Ihm wurde eiskalt. Pia war nicht hier. Auch sonst niemand. Und er hörte, dass die Polizei jetzt im Haus war. Einen Raum hatte er noch zu durchsuchen.

Im dritten Kellerraum stand unter einem weiteren Kellerfenster ein Schreibtisch mit einem Computer darauf. Lars schaltete das Licht der Schreibtischlampe ein. Das Modell kam ihm entfernt bekannt vor, so wie die gesamte Einrichtung an ein Jugendzimmer aus den frühen Neunzigern erinnerte. Lars zog systematisch die Schreibtischschubladen auf. Papiere über Papiere. Bredow schien nichts von Ablage in Aktenordnern zu halten. Er hörte Schritte auf der Kellertreppe. Hastig blätterte er durch die Papiere.

»Ich bin hier unten. Ich suche nur meine Freundin. Sie heißt Pia Korittki, und sie ist Polizistin«, rief er vorsichtshalber und kam sich idiotisch dabei vor.

Die Tür hinter ihm sprang auf und knallte gegen die Jugendzimmer-Schrankwand aus Pressspan.

»Heben Sie die Hände hoch und drehen Sie sich um, sodass ich Sie sehen kann!«, vernahm er eine autoritäre Stimme hinter sich.

Da sah er es: eine Rechnung von Bredows Mobilfunkanbieter. Lars hob die Hände, den Din-A4-Bogen hielt er fest. »Ich hab hier was«, sagte er.

»An die Wand!«, forderte der zweite Polizist.

»Klar. Aber hiermit können Sie ihn finden.« Lars wedelte mit dem Zettel.

»Klappe halten! Ich nehme Sie wegen Einbruchs, Sachbeschädigung und Hausfriedensbruchs fest.«

34. Kapitel

Pia suchte den Strand nach einem scharfkantigen Stein oder einem Stück Metall ab, mit dem sie ihre Handfesseln lösen konnte. Bredow verstand was vom Fesseln. Ihre Finger fühlten sich taub an, und ihre Handgelenke brannten. Immerhin konnte sie wieder etwas sehen. Der Himmel war aufgerissen, und der Mond stand fast voll am Himmel. Bredow lief oben am Rand der Klippe entlang; offenbar war er auf der Suche nach einer geeigneten Stelle, um zu ihr hinabzuklettern. Ein unüberwindliches Hindernis stellte der Steilhang nicht dar, jedenfalls nicht für einen trainierten Mann wie ihn. Aber er wollte wohl auf den Füßen und unversehrt unten ankommen, um ihr keine Gelegenheit zu geben, ihn anzugreifen und zu überwältigen.

Der Schuss kam unerwartet. Nicht weit von Pias Fuß entfernt peitschte Sand auf. Ein Schuss aus ihrer eigenen Waffe. Der schlimmste, dümmste Fehler, der einem Polizisten unterlaufen konnte: sich die Dienstwaffe abnehmen zu lassen. Pia suchte hinter einem großen Findling Deckung und zwang sich mitzuzählen, als ein weiterer Schuss fiel. Sie besaß schon die neue Dienstwaffe mit fünfzehn Schuss statt acht. Das konnte ihr jetzt zum Verhängnis werden.

Die Erkenntnis, dass sie trotz ihrer Anstrengungen noch immer in der schlechteren Position war, machte Pia wütend. Sie wollte nicht sterben. Nicht hier und nicht heute. Felix brauchte sie.

Ihr blieb nur noch wenig Zeit. Bredow kletterte jetzt über den Rand der Klippe. Den Scheinwerfer schien er oben gelassen zu haben, denn sie sah keinen Lichtstrahl mehr. Pia kniete hinter dem Stein und konzentrierte sich auf die Handfesseln. Das Material hatte sich mittlerweile durch die Belastung ein klein wenig gedehnt. Langsam, unter Schmerzen und mit dem Gefühl, gleichzeitig die Haut wie einen Handschuh abzustreifen, zog sie eine Hand heraus. Sie rieb sich das abgeschürfte Gelenk, testete, ob sie ihre rechte Hand noch bewegen konnte. Dann befreite sie auch die linke. Ihre Finger stachen und prickelten, als die Blutzirkulation wieder in Gang kam. Es war keine Minute zu früh. Bredow stieg schon den Hang hinab. Langsam und kontrolliert. Ihre Schusswaffe steckte sicherlich in Griffweite in seinem Hosenbund.

Pia versuchte, auch die Fußfesseln zu lösen, doch ihre Finger waren noch zu taub und zu kraftlos. Es dauerte zu lange. Sie griff nach einem faustgroßen Stein. Er fühlte sich kühl und vertrauenerweckend schwer an. Wenn Bredow unversehrt am Strand ankam, würde es auf einen Zweikampf hinauslaufen. Pistole gegen Stein. Ein paar Jahrtausende technischer Fortschritt lagen dazwischen. Aber es nützte nichts. Hier konnte sie ihm nicht entkommen, weder zu Fuß noch schwimmend durch die Ostsee.

Bredow hatte zwei Drittel des Steilufers hinter sich gebracht, als er den Halt verlor. Er rutschte den sandigen Abhang hinab, doch er fing sich wieder und landete viel zu schnell und federnden Schrittes am Fuße der Klippe. Pia fluchte im Stillen. An Bredows Haltung sah sie, dass er ihre Waffe jetzt vor sich hielt. Er hatte von oben einen guten Überblick gehabt und wusste, wo sie sich versteckte. Langsam, mit dem sicheren Schritt eines Jägers, der sich seiner Beute gewiss ist, kam er auf sie zu.

»Was mache ich nur mit dir?«, hörte sie ihn fragen. »Wie sollen wir gleich die Klippe wieder raufkommen? Ich hab alles so schön geplant. Wenn man dich später in dem Haus oben gefunden hätte, hätten alle an die Fuhrmanns gedacht. Das Häuschen gehörte nämlich mal Armins Familie. Es hätte so gut gepasst.

Und du hast es verdorben! Ich werde mir eine besondere Strafe für dich ausdenken.«

»Es ist zu spät. Meine Kollegen suchen mich längst. Du kannst nur noch dein Strafmaß mindern, indem du kooperierst.«

»Wo suchen sie denn? Wo?«, spottete er. »Kommen deine Leute vom Wasser aus? Oder von oben? Die haben keine Ahnung, wo wir stecken. Du bist ganz allein. *So* sieht es aus.«

Pia fasste den Stein fester. Bredow war schon ganz nahe, und der Findling bot ihr nicht genügend Deckung. Selbst wenn Bredow noch nie mit einer Pistole geschossen hatte, konnte er ihr auf diese Entfernung Schaden zufügen. Schweiß trat ihr aus allen Poren.

Bredow hob die Pistole. Sie warf den Stein, verfehlte ihren Angreifer aber. Er lachte auf und drückte ab. Sie sah, wie der Feuerstrahl aus ihrer Waffe sein Gesicht erhellte. Der Schuss schien ihr Trommelfell zu zerfetzen. Drei.

»Netter Versuch!«, sagte er. »Soll ich dich zur Strafe gleich hier am Strand vergewaltigen und deinen Kopf dabei unter Wasser drücken?«

Er kam näher, die Pistole auf sie gerichtet. In Pias Ohren rauschte es, und das war nicht die Ostsee. Kurz darauf erklang ein rhythmisches Donnern, das immer lauter wurde. Ein kräftiger Wind peitschte den Sand auf, und ein heller Schein raste über das Wasser und den Strand. Jetzt ist es so weit, dachte Pia. Jetzt werde ich verrückt.

35. Kapitel

Der Hubschrauber bewegte sich vom Wasser direkt auf Pia zu. Dann schien er in der Luft stehen zu bleiben. Die Rotorblätter wirbelten Sand und Gischt auf. Pia legte schützend einen Arm vors Gesicht. Hatten sie sie gesehen? Sie blinzelte.

Benjamin Bredow stand im Scheinwerferlicht. Die Pistole in seiner Hand richtete sich von Pia auf den Hubschrauber. Pia stockte der Atem. Er konnte ... Er würde doch nicht?

»Polizei. Nehmen Sie die Waffe runter!«, forderte eine metallisch klingende Stimme aus Richtung des Helikopters. Bredow stand breitbeinig da, hielt die P99 in beiden Händen und zielte auf die Frontscheibe des Hubschraubers. Dann hob er sie langsam höher, als wollte er den Rotorkopf treffen. Er schien unschlüssig zu sein, wo er den größtmöglichen Schaden anrichten konnte. Die Chance, dass er mit der Pistole etwas treffen würde, war zum Glück gering.

Pia erwog die Möglichkeiten, die die veränderte Situation ihr bot. Der Hubschrauber würde nicht landen können. Der Strand war an dieser Stelle zu schmal, und es lagen zu viele große Steine herum. Oberhalb der Steilküste auf dem nächsten Feld sollte es möglich sein. Doch bis von dort jemand hier unten wäre ... Der Helikopter nützte ihr momentan nicht viel, außer dass er Bredow einen Moment von ihr ablenkte. Sie bezweifelte, dass ein Scharfschütze an Bord war, der Bredow außer Gefecht setzen konnte. Eine Patt-Situation.

»Lassen Sie die Waffe fallen!«, erklang wieder die unpersönliche Stimme über den Lärm hinweg.

Benjamin Bredow schoss auf den Helikopter. Schuss vier,

fünf und sechs. Er schien nicht getroffen zu haben. Trotzdem war es zu gefährlich. Was, wenn Bredow zufällig doch noch einen Treffer landen sollte? Er zielte erneut.

In der Erwartung, dass der Hubschrauberpilot beidrehen würde, wenn nochmals auf ihn oder sein Fluggerät geschossen würde, kam Pia hinter dem Stein hervor und sprang mit einem Hechtsprung auf Bredow zu. Sie packte ihn an den Beinen und riss sie ihm weg. Beide landeten hart, Pia kam halb auf ihm zu liegen. Sie grabschte nach dem nächsten Stein, bekam jedoch nur Sand und trockenen Seetang zu fassen, den sie dorthin schleuderte, wo sie Bredows Gesicht vermutete. Er schrie auf und wischte sich mit seiner Linken über die Augen. Seine rechte Hand hielt nach wie vor ihre Pistole umklammert. Ein weiterer Schuss pfiff über Pia hinweg, gar nicht weit entfernt von ihrem Ohr. Sieben. Der Hubschrauber drehte ab.

Pia erwischte Bredows rechten Arm. Sie verdrehte ihn, sodass seine Hand mit der Waffe in den Sand gedrückt wurde, doch er hielt die Pistole immer noch fest umklammert. Als er versuchte, sich wieder aufzurichten, stieß Pia ihm mit aller Kraft ihren Ellenbogen ins Gesicht. Sie traf sein ohnehin schon angeknackstes Nasenbein. Dieses Mal heulte er vor Schmerz auf, und Pia nutzte den Moment, um ihm die Pistole abzunehmen.

»Das ist meine«, stieß sie wütend hervor und robbte ein Stück von ihm weg. Sie zielte auf seinen Brustkorb. Er setzte sich langsam auf und starrte sie aus weit aufgerissenen Augen an.

Als Ihre Kollegen herunter an den Strand kamen, saß Pia reglos im Sand, mit dem Rücken an den Findling gelehnt, der ihr zuvor nur unzureichend Deckung geboten hatte. Die Pistole hielt sie fest in beiden Händen.

»Alles in Ordnung?«, fragte einer der Polizisten sie.

Sie zuckte mit den Schultern.

Es war weit nach Mitternacht, als Pia endlich nach Hause kam. Sie war nach Bredows Angriff zunächst einmal ärztlich versorgt worden und hatte darauf bestanden, Kürschner und Rist unverzüglich zu berichten, was passiert war. Zum Glück hatte sie nur Prellungen und die Schnittwunde am Arm davongetragen, die gesäubert, genäht und verbunden worden war. Wahrscheinlich würde eine Narbe zurückbleiben. Eine kleine Erinnerung an diesen Abend.

Pia fühlte sich wie zerschlagen und war gleichzeitig aufgewühlt. Felix war bei ihrer Mutter geblieben. Lars, der mit einiger Verspätung an der Steilküste eingetroffen war, wollte heute Nacht bei ihr bleiben. Pia war froh darüber. Trotzdem zuckte sie zurück, als er ihr half, das Oberteil über ihren verbundenen Arm zu ziehen.

»Tut es weh? Haben sie dir noch ein Schmerzmittel mitgegeben?«, fragte er.

»Ich brauch keines mehr. Es geht schon.«

Er runzelte die Stirn. »Kann ich irgendetwas für dich tun?«

»Es ist gut, dass du hier bist.« Sie zog sich weiter aus, ließ ihre Kleidungsstücke achtlos auf dem Fußboden liegen und kroch zitternd unter die Decke. »Bleib heute Nacht einfach nur bei mir.«

Lars entledigte sich seiner Kleidung und kam zu ihr ins Bett. Er legte vorsichtig einen Arm um sie.

Die Ereignisse der letzten Stunden kreisten in Pias Kopf. »Bist du wirklich in Bredows Haus eingestiegen?«, fragte sie, um sich von ihren Erlebnissen abzulenken.

»Musste ich ja. Schließlich war sonst keiner da.«

»Und Broders hat dich dabei auch noch unterstützt?«

»Er wollte mich eher davon abhalten.«

»Glaubst du, dann hätte er dir die Adresse genannt?«

»Was, denkst du, wird aus meiner Anzeige?«, fragte Lars. »Einbruch, Sachbeschädigung und Hausfriedensbruch.«

»Oh, die Kollegen sind ziemlich sauer, dass du dich da eingemischt hast. Zuerst der Einbruch. Dann hast du dich den Aufforderungen der Polizei widersetzt. Noch dazu, als man eine Waffe auf dich gerichtet hat. Großes No-Go.« Sie schüttelte amüsiert den Kopf. Das Zittern ließ allmählich nach.

»Schon klar«, sagte er. »Aber es war ja für 'nen guten Zweck. Das war es mir wert.«

»Ich denke nicht, dass da noch viel nachkommt. Schließlich warst du in besonderer Mission unterwegs«, sagte Pia. Sie musste lächeln. »Und wenn doch: Die Bestrafung übernehme ich.«

»Bestrafung?« Er strich mit den Fingerspitzen über ihren gesunden Oberarm. »Ich fand übrigens, dass es eine recht interessante Erfahrung war«, sagte er nachdenklich. »In das Haus einzubrechen, meine ich. Und die Geschichte mit dem Hubschrauber. Ein bisschen kann ich jetzt schon nachvollziehen, was dir an dem Job gefällt.«

»Ach ja? Was denn?«

»Die Aufregung. Die Jagd. Versteh mich nicht falsch! Es war schlimm, Angst um dich zu haben. Nicht zu wissen, was dir passiert war. Aber in dem Moment, als ich etwas tun konnte, ins Haus einbrechen und so … da war alles anders.« Er machte eine Pause und fügte dann in lockerem Ton hinzu: »Nicht zu vergessen: Ich konnte endlich die Winde am Landy sinnvoll einsetzen.«

»Das hat also was? Nicht, dass du dich morgen bei der Polizei bewirbst!«

Lars stützte sich auf einen Ellenbogen und beugte sich über sie. In der Dunkelheit ihres Schlafzimmers sah sie ihn nur schemenhaft. »Also, dann gehe ich doch lieber gleich zur Fremdenlegion. Wenn schon, denn schon.«

»Dafür bist du zu alt.«

»Was?«

»Was ist an ›zu alt für die Fremdenlegion‹ so schwer zu verstehen?«

»Die wären froh, wenn sie mich kriegen könnten.«

»Du verwechselst dich und dein Auto.«

»Das wollen sie natürlich auch haben. Weißt du, ich könnte dir sofort beweisen, dass ich nicht zu alt bin.«

Sie spürte sein vom Bartwuchs raues Kinn an ihrer Wange. »Lars, das sind aber nicht die Fähigkeiten, die die Fremdenlegion abprüft.«

Bei der Frühbesprechung am nächsten Tag erfuhr Pia, dass zwar schon ein richterlicher Haftbefehl gegen Benjamin Bredow erlassen worden war, der Postbote sich aber noch auf der Krankenstation befand. Sie hatte ihm die Nase gebrochen und die rechte Schulter ausgekugelt.

Pia konnte nicht sagen, dass es ihr leidtat. Insbesondere, als sich im Laufe des Tages herausstellte, dass es sich bei der Leiche in der Brandruine tatsächlich um Olivia Vollert handelte. Der Zahnarzt des Mädchens hatte es bestätigt, noch bevor eine DNA-Untersuchung ein Ergebnis hatte liefern können.

Die Stimmung im Kommissariat war aufgrund dieser Neuigkeit entsprechend gedrückt. Manfred Rist, der sich bei der Ermittlung nicht gerade mit Ruhm bekleckert hatte – unter anderem, weil er Pias Abwesenheit zu lange ignoriert hatte –, war besonders schlecht drauf. Pia hielt es für klüger, ihm in den nächsten Tagen aus dem Weg zu gehen.

Als sie später allein mit Broders in ihrem Büro saß, betrachtete sie noch mal das Foto von Olivia an ihrer Pinnwand. »Warum hat er sie auch noch umgebracht?«, fragte sie.

Broders, der Benjamin Bredow gemeinsam mit Kürschner auf der Krankenstation vernommen hatte, seufzte. »Panik.

Olivia Vollert war der einzige Mensch, der ihn mit Vanessa in Verbindung bringen konnte.«

»Wie hat er sie überhaupt gefunden?«

»Er wusste aus dem Tauchkurs ihren Namen, dass sie aus Lübeck kommt und Oboe spielt. Er hat die Musikschulen in Lübeck durchtelefoniert und herausgefunden, bei wem und wann sie Unterricht hat. So hat er sie geschnappt. Bredow tötete sie, deponierte Olivias Leiche im leeren Kuhstall auf dem Röperhof und setzte das Gebäude in Brand. Wenn Elsa dabei ums Leben gekommen wäre, wäre es für ihn perfekt gewesen.«

Pia und Broders schwiegen einen Moment.

»Und all das nur, weil Vanessa ausgerissen ist und ausgerechnet bei Bredow Unterschlupf gesucht hat«, sagte Pia. Sie schüttelte den Kopf. »Lars hat mir erzählt, dass Benjamin Bredow sich einen richtigen Folterkeller eingerichtet hatte. Warum ist Vanessa nicht gleich wieder abgehauen?«

»Wahrscheinlich fing alles recht harmlos an. ›Lass uns dies mal ausprobieren! Wie gefällt dir das? Komm, stell dich nicht so an!‹ Und als Bredow so richtig Gefallen an seinen Spielchen gefunden hatte, war es zu spät. Da konnte sie sich nicht mehr wehren.«

»Shades of Death«, murmelte Pia. »Man sollte wissen, mit wem man sich einlässt, bevor die Handschließen klicken.«

»Trotzdem war Vanessas Tod wohl eher ein Art Betriebsunfall. Zumindest stellt Bredow es so dar«, sagte Broders. »Er hat sie gewürgt. Sie wurde bewusstlos oder fiel ins Koma. Er dachte, sie sei tot, und geriet in Panik. Da hat er sie in den Eiskeller geschafft, um es Thilo Fuhrmann in die Schuhe zu schieben. Es passte so schön, wegen dieser Mädchengerüchte. Bredow behauptet, dass er nicht wusste, dass Vanessa zu diesem Zeitpunkt noch lebte.«

»Pah, damit kommt er nicht durch! Da waren eine Decke,

Konserven und eine Wasserflasche im Eiskeller. Das legt man doch keiner Toten hin.«

»Hat er auch nicht. Die Sachen stammen von Thilo Fuhrmann. Die Verpackungen lagen schon länger dort. Der Eiskeller war wohl mal Thilos Geheimversteck. Auch das wissen wir von Bredow.«

Pia fasste sich an die Stirn. »Also das war der Grund für Elsas Einkäufe! Sie hat das Corned Beef und die Schokoriegel für ihren Sohn gekauft. Um es ihm mitzubringen. Nicht für Olivia.« Sie zuckte, als sie sich anders hinsetzte und ihre lädierte Rippe protestierte. Pia holte ein Medikamentenbriefchen hervor, drückte eine Schmerztablette heraus und schluckte sie mit dem Rest Kaffee aus ihrem Becher. »Du auch?«, fragte sie. Sie wunderte sich mit einem Mal, dass Broders schon wieder aufrecht auf einem Stuhl sitzen konnte.

»Ich hab schon genug. Danke«, sagte er.

»Was sagt Bredow zu Ulf Nielsen?«, fragte Pia.

»Er hatte Vanessa gerade im Eiskeller deponiert, als Nielsen dort auftauchte und seinen alten Benz gesehen hat.«

»Und warum hat er Nielsens Leiche zum Feuerlöschteich gebracht?«

Broders zuckte mit den Schultern. »Wohl, weil er dachte, dass eventuelle Spuren, die er an Nielsens Körper hinterlassen hat, damit beseitigt werden.«

»Ganz schön gefährlich, so nah am Haus.«

»Er ist die ganze Zeit über ein hohes Risiko gefahren. Er musste ja auch unbedingt die Leiche ›entdecken‹, als die Fuhrmanns nicht mehr da waren.«

»Warum sind die Fuhrmanns überhaupt verschwunden?«, fragte Pia.

»Vermutlich hat Armin Fuhrmann Ulf Nielsens Leiche am Morgen ihrer Flucht im Feuerlöschteich entdeckt. Er dachte wohl, dass sein Sohn den Lehrer umgebracht hat. Und wer weiß, was Thilo gesagt hat? Für Armin Fuhrmann muss zu diesem Zeitpunkt alles zusammengekommen sein: die finanziellen Schwierigkeiten und sein Sohn Thilo in Gefahr, für immer weggesperrt zu werden. Nach allem, was wir wissen, hatte Armin ja schon länger überlegt, im Ausland noch mal von vorn anzufangen. Da hat er seine Familie also an jenem Sonntag ins Auto geladen und ist zur Fähre gefahren. Conrad hat übrigens noch herausgefunden, was die Notiz auf der Schreibtischunterlage im Büro der Fuhrmanns bedeutet. Es sind die Details zur Fährüberfahrt. Uhrzeit, Kabinenart und so weiter.«

»Warum haben Elsa und Armin sich auf der Überfahrt verloren?«

»Vermutlich hat sie zu viele Fragen gestellt, was Thilo betrifft. Vielleicht befürchtete Armin, sie würde ihn der Polizei verraten. Da hat er einen erweiterten Selbstmord vorgetäuscht. Es sollte wohl so aussehen, als wären Vater und Sohn nachts in die Ostsee gesprungen. Um für Nielsens Tod zu sühnen? Es war der sicherste Weg, damit niemand nach ihnen sucht.«

»Gibt es schon eine Spur von Elsa Fuhrmann?«

»Nein. Aber die verschwundenen zwanzigtausend Euro sind kurz wieder aufgetaucht und dann auf ein Konto in Liepāja überwiesen worden.«

»Rist hat Elsa unterschätzt«, sagte Pia. »Sie ist ihm einfach entwischt. Wir haben sie alle unterschätzt.«

»Sie ist jetzt bestimmt auf dem Weg nach Lettland. Vater und Sohn sind inzwischen ja auch dort aufgetaucht. Große Familienzusammenführung! Und ich dachte, Happy Ends wären heutzutage ziemlich uncool.«

»Broders, nur weil du jetzt mit Jugendlichen zusammenwohnst, musst du nicht gleich wie sie sprechen.«

»Warum denn nicht?«

»*Das* ist uncool.«

Als Pia am späten Nachmittag Felix im Gang vor ihrem Haus aus seinem Fahrradsitz hob, trat er ihr aus Versehen gegen die geprellte Rippe. Pia stöhnte auf, biss sich aber schnell auf die Lippe.

»Mama Aua?«, fragte er.

Er sollte nicht unter ihren beruflichen Risiken leiden. »Ja, aber das ist bald wieder in Ordnung.« Sie zwinkerte ihm zu.

»Milla gut«, sagte er versonnen.

Oje. War er etwa verliebt?

Pia trat mit Felix auf dem Arm in den Hausflur. Susanne, die im Erdgeschoss wohnte, öffnete ihre Wohnungstür. »Pia? Oh, wie siehst du denn aus!«, entfuhr es ihr. Sie hielt sich erschrocken die Hand vor den Mund.

»Nur ein bisschen viel los im Beruf«, sagte Pia.

»Sorry, ist mir so rausgerutscht! Hier ist etwas für dich abgegeben worden.« Sie reichte Pia einen Din-A4-Umschlag.

Pia nahm die Post und steckte sie, ohne auf den Absender zu schauen, in ihre Umhängetasche.

»Ist wirklich alles okay?« Susanne blickte auf den Verband, der unter Pias Jackenärmel hervorschaute.

»Ach, das tut kaum noch weh. Nur eine kleine Schnittwunde«, sagte sie. »Ab jetzt wird es wieder ruhiger«, setzte sie hinzu.

»Wart ihr erfolgreich?« Susanne wusste, wo Pia arbeitete, und hatte natürlich in der Zeitung über den Fall gelesen.

»Letztendlich schon.«

Susanne lächelte. »Dann bin ich ja beruhigt. Ich wünsch euch noch einen schönen Feierabend.«

In ihrer Wohnung im Dachgeschoss angekommen, legte Pia die schwere Tasche achtlos auf dem Sofa ab. Als sie endlich dazu kam, sich den Umschlag noch einmal anzusehen, war Felix längst im Bett und schlief.

Das Schreiben kam von einer Lübecker Anwaltskanzlei.

Neugierig riss Pia den Umschlag auf und überflog den Brief. Im ersten Moment verstand sie nicht, was man da von ihr wollte.

... Mandant Hinnerk Joost ... Begründete Bedenken ... Gemeinsames Sorgerecht ... Gefahr durch Ausübung des Berufs ... Kindeswohl ... Grundsätzlich ungeeignet ... Neuregelung des Aufenthaltsbestimmungsrechtes für ihren gemeinsamen Sohn Felix ...

Die Schrift wurde vor ihren Augen unscharf. Pia pfefferte das Papier zur Seite und hieb mit der sowieso schon lädierten Faust gegen den Türrahmen. Ihr erster Impuls war, Hinnerk anzurufen und ihn zu fragen, was zum Teufel er sich dabei dachte. Sie fürchtete jedoch, dass sie ihn nur anschreien würde. Das würde nicht helfen. Wie konnte er es wagen, hinter ihrem Rücken zu einem Anwalt zu gehen, um ihr Felix wegzunehmen? Pia wurde vor Wut übel. Gleichzeitig raubte ihr die Angst vor dem, was da auf sie zukommen konnte, die Luft. Wie war die Rechtslage? Hatte Hinnerk eine Chance?

Nach allem, was ihr in den letzten vierundzwanzig Stunden passiert war, war so ein Konflikt das Letzte, das sie gebrauchen konnte. Und je länger sie darüber nachdachte, desto mehr fand sie, dass die Vorgehensweise nicht zu Hinnerk passte. Steckte Mascha dahinter? Das war gut möglich. Sie, Pia, hätte ihrem Instinkt trauen sollen. Dem Gefühl, dass sich da etwas zusammenbraute. Doch die Ermittlungen und die Sorge um das vermisste Mädchen waren ihr immer wieder dazwischengekommen. Ein Mädchen, das sie dann nicht einmal hatten retten können ...

Pia fühlte sich verletzlich und viel zu müde. Sie rieb ihre Hand, mit der sie den Türrahmen attackiert hatte. Sie musste aufhören, so impulsiv zu reagieren. Erst einmal alles ruhig durchdenken. Dann würde sie handeln. Es konnte nicht sein, dass Hinnerk damit durchkam. Sie würde sich wehren. Es gab keinen Grund zu der Annahme, dass Felix' Wohl bei ihr gefährdet war. Es war eine haltlose Drohung, nichts weiter. Sie würde um ihren Sohn kämpfen. Hinnerk würde nicht mit seiner Forderung durchkommen. Allmählich beruhigte sich Pias rasender Herzschlag.